新 潮 文 庫

ロビンソン・クルーソー

ダニエル・デフォー
鈴 木 恵 訳

JN228547

新 潮 社 版

11161

ロビンソン・クルーソー☆目次

北海
ニューカッスル
ヨーク
ハル
イギリス
クローマー
ヤーマス
ブレーメン
テムズ川
ロンドン
ダンケルク
ドーヴァー
カレー
スタート岬
パリ
大西洋
ラ・ロシェル
ビスケー湾
ガスコーニュ
地方
ラングドック
地方
グロイン
フエンテラビア
トゥールーズ
パンプローナ
ピレネー山脈
マドリッド
リスボン
地中海
0
200km

グロイン
トゥールーズ
マドリッド
リスボン
地中海
カディス
カディス湾
ジブラルタル海峡
サレ
バルバリア海岸
カナリア諸島
大西洋
ヴェルデ岬諸島
ヴェルデ岬
セネガル川
ダカール
15°
ガンビア川
ギニア海岸
ギニア湾
赤道
0°
0
500km

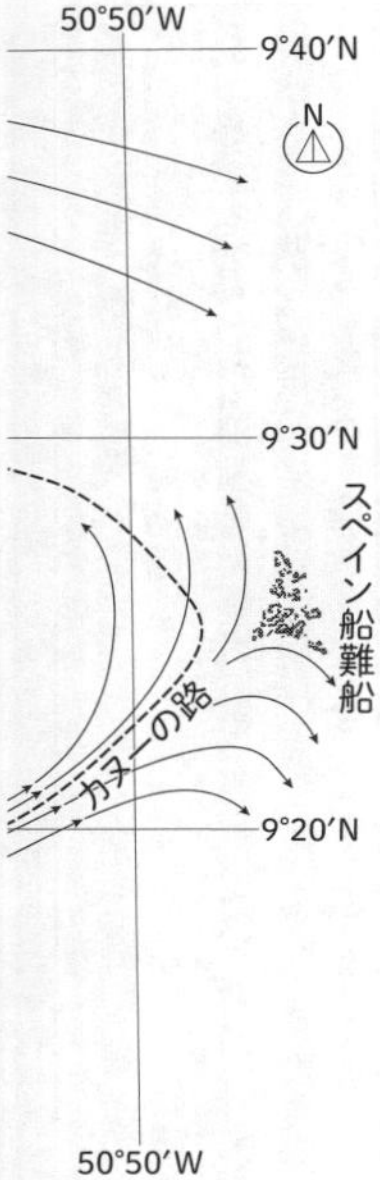

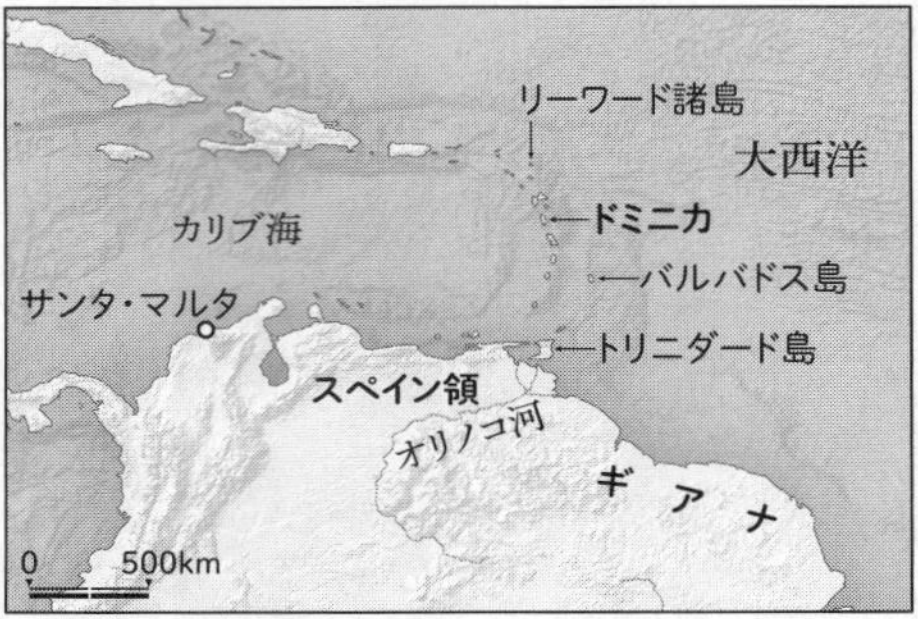

【容積】

1パイント=1/8ガロン≒570ミリリットル→ビールのパイントグラスを思い浮かべるとよい。

1クォート=1/4ガロン→1リットル強。

1ガロン≒4.5リットル
1ペック=2ガロン≒9リットル→クルーソーの計量は目分量なのだから、10リットルぐらいと考えてもさしつかえない。

1ブッシェル=4ペック=8ガロン≒36リットル→40リットルぐらいと考えても、さほど問題ない。

【重さ】
1オンス=1/16ポンド≒28.3グラム
1ポンド≒453.6グラム→大雑把に0.5キログラム。

【面積】

1エーカー≒40アール≒64メートル四方

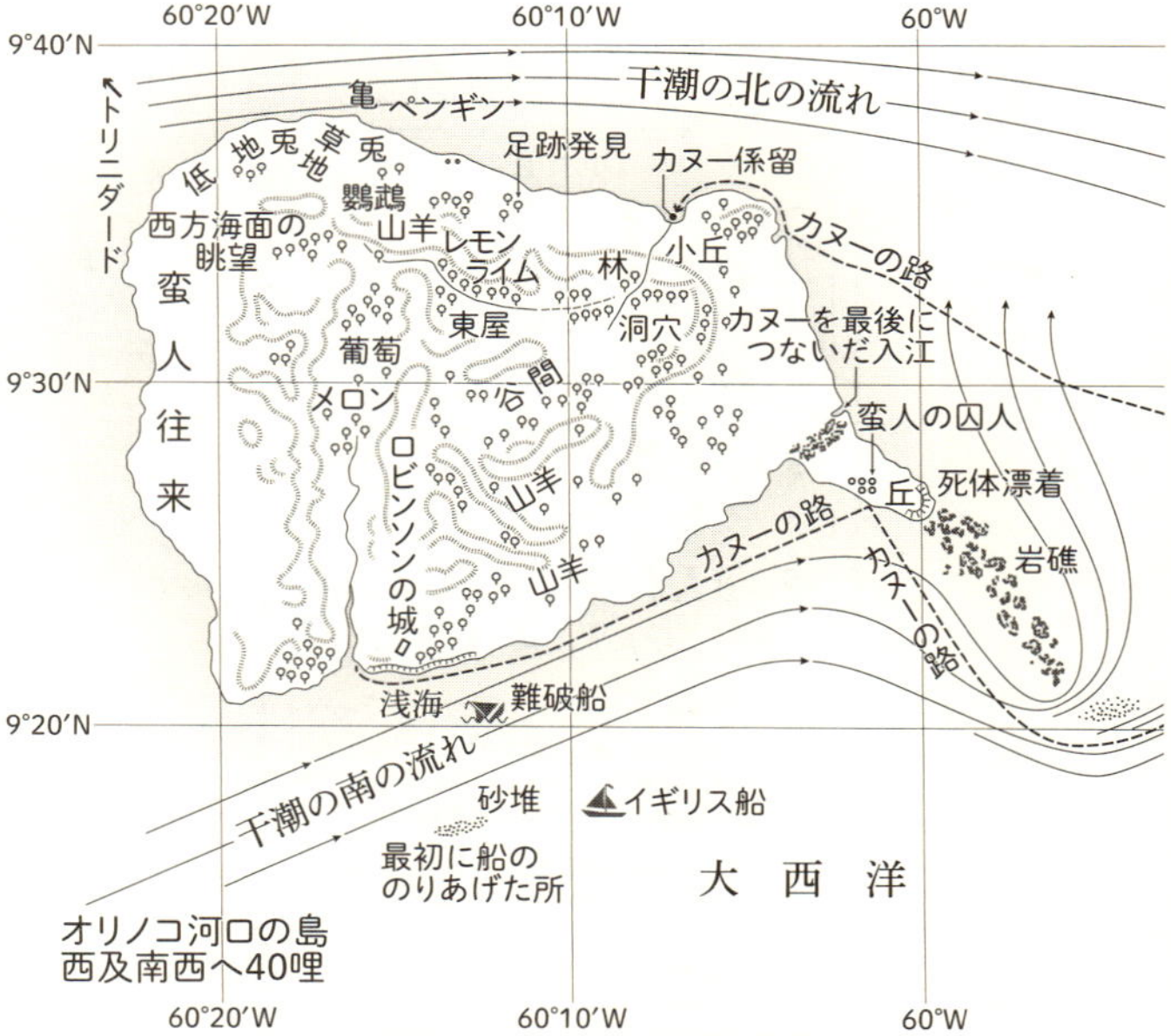

『完訳ロビンソン・クルーソー』（増田義郎訳・解説、中公文庫）の地図を参照した

『ロビンソン・クルーソー』を読むための単位換算表

【長さ】

1インチ≒2.5センチ
1フィート=12インチ≒30センチ→日本の尺貫法のほぼ1尺に相当。

1ヤード=3フィート≒90センチ→3尺（畳や襖の短辺）。大雑把に1メートルと考えても、さほど問題ない。100ヤードなら100メートル。

1尋（ひろ）=6フィート≒1.8メートル→ 6尺（畳や襖の長辺）、背の高い人の身長ぐらい。

1マイル≒1.6キロメートル→1キロ半と考えてさしつかえない。

1リーグ=3マイル→5キロと考えるとわかりやすい。

1ハロン≒200メートル

THE

LIFE

AND

STRANGE SURPRIZING

ADVENTURES

OF

ROBINSON CRUSOE,

Of *YORK*, MARINER:

Who lived Eight and Twenty Years, all alone in an un-inhabited Iſland on the Coaſt of AMERICA, near the Mouth of the Great River of OROONOQUE;

Having been caſt on Shore by Shipwreck, wherein all the Men periſhed but himſelf.

WITH

An Account how he was at laſt as ſtrangely deliver'd by PYRATES.

Written by Himſelf.

LONDON:

Printed for W. TAYLOR at the *Ship* in *Pater-Noſter-Row.* MDCCXIX.

船が難破し、ただひとり生き延びて海岸に打ち上げられ、
アメリカの沿岸はオリノコの大河の河口近くの無人島で、
二十と八年間をたったひとりで暮らした男、
ヨークの船乗りロビンソン・クルーソーの生涯と、
珍しくも驚くべき冒険の数々、
ならびに、奇しくもついに海賊の手により救い出された
顛末について、本人が記した物語。

ロビンソン・クルーソー

序

世界をまたにかけた個人の冒険物語に、かりにも刊行に値するもの、刊行されたさいに広く受け容《い》れられるものがあるとすれば、この記録こそがそれであると編者は考える。

この男の驚くべき生涯は、世にあるどんな物語をも（編者の考えでは）凌駕《りょうが》する。これほど波瀾《はらん》に満ちた生涯を送った男はまずいないであろう。

この物語は節度と真面目《まじめ》さをもって語られ、賢明な人々がかならずするように、できごとを信仰のために活用している。すなわち、実例によって読者を教化し、境遇がどう変転しようとも、そこに働く神の摂理を正しいものとして讃《たた》えている。

編者はこれをまったくの実話だと確信している。作り事めいたところはいっさいない。とはいえ、こういうものはみな読み捨てられるものであるから、実話かどうかは、これを娯楽として読むうえでも教訓として読むうえでも、重要ではあるまい。したがって、これ以上の賛辞はならべずとも、本書を刊行すれば世に資するところ大であると考える。

1 家を飛び出す

わたしは一六三二年、ヨーク市の良家に生まれた。父は土地の者ではなく、ブレーメンから来た外国人で、ハルに身を落ちつけて商売で財を成したのち、仕事をやめてヨークに移り住み、そこで母と結婚した。母の実家はロビンソンといって、土地ではたいへんな名家だったので、わたしはそれにちなんでロビンソン・クロイツネーアと名づけられたのだが、イングランドではよくある発音の転訛《てんか》で、わが家はクルーソーと呼ばれるようになったうえ、自分たちでもそう名乗り、署名するようになったため、わたしも友人たちからはいつもクルーソーと呼ばれていた。

兄がふたりいて、長兄はかの有名なロッカート大佐の指揮するフランドル派遣イングランド歩兵連隊の中佐だったが、ダンケルク近郊でのスペイン軍との戦いで戦死してしまった。次兄の消息は、わたしの消息が父母には何もわからなかったのと同じように、とんとわからない。

一家の三男で、手に職をつけさせられることもなかったわたしは、幼いころからとりとめのない考えで頭をいっぱいにしていた。老齢だった父は、家庭教育と地元の無料学校で学べる程度のものではあっても、それなりの学問をさせてくれ、わたしを法律家にするつもりでいた。ところがこちらは船乗りになることしか頭になく、父の望みどころか命令にも、母や知人たちの懇願や説得にも、頑として耳を貸さず、待ちかまえている苦難の人生にまっすぐに突き進んでいこうとしていたのだから、そこには何やら宿命のようなものが働いていたように思う。

謹厳で思慮深い父は、息子の計画の先にあるものを予見し、心から立派な忠告をしてくれた。ある朝、痛風で閉じこもっている自室にわたしを呼んで、諄々《じゅんじゅん》と諭してくれたのである。この家と故郷を出ていくことに、たんなる気まぐれ以外のどんな理由があるのか。ここにいれば社会にもきちんと出られるだろうし、勤勉に努力をすれば身代を築いて安楽な暮らしを送れる見込みもあるではないか。ひと旗揚げようと危険を冒して外国へ行って、人並みはずれた大仕事で名を成すなどというのは、よほど暮らしに困った者か、よほど暮らしに恵まれた盛運の者のすることだ。おまえの境遇はそこまで下でもなければ、そこまで上でもない。その中間であり、言わば上流の庶民のようなものだ。自分は長年の経験からそれこそがこの世でいちばん望ましい、いちばん人の幸せにふさわしい身の上だと思っている。労働をになう人々のように貧苦や労苦にさらされることもなければ、上流の人々のように体面や、驕《おご》りや、野心や、妬《ねた》みに悩まされることもない。この境遇がどれほど幸せかは、ほかの身分の人々がみなそれをうらやむという一事をもってしてもわかるだろう。王のなかには高貴の身に生まれたわが身の不運を嘆き、貴と賤《せん》という両極端の中間に生まれたかったと思うものも少なくない。それが証拠に、かの賢者ソロモンは、われを貧者にも富者にもしたもうなと神に祈っているではないか(「箴言」三十・八)。

　世間をよく見るがいい、と父は言った。そうすれば、上層の人々も下層の人々も人生の不幸を同じようにたくさん抱えていることがわかる。けれども中間の人々には災いが少なく、上層や下層の人々ほど浮き沈みがない。そればかりか、心身ともに不調や不快にさらされることも少ない。ところが上層の人々は乱れた暮らしと、贅沢《ぜいたく》と、浪費のせいで、また下層の人々はきつい労働と、必要なものの不足と、粗末で不十分な食事のせいで、当然のなりゆきとして体をこわす。中ぐらいの暮らしをしていれば、あらゆる美徳と喜びを得られる。中ぐらいの成功には安らぎと豊かさがかしずいてくれるし、中ぐらいの暮らしには、節度、中庸、平穏、健康、社交のほか、好ましい気晴らしと望ましい娯楽のすべてが、恩恵としてもたらされる。こうして人は穏やかにつつがなく世を渡り、安らかに世を去ることができる。手や頭を酷使して働くことも、日々の糧《かて》と引き換えに奴隷《どれい》の暮らしをすることも、厄介な境遇に陥って心身の安息を奪われることもない。激しい妬みに駆られることも、大それた野心にひそかに身を焦《こ》がすこともなく、安楽な境遇のなかで、生きることの苦さではなく甘さをしみじみと噛《か》みしめつつ、自分は幸せ者だと感じ、日々の経験によってそれをますます実感し、平穏に世を渡ることができるのだ。

そのあと父は、たいそう愛情のこもった態度で懇々とわたしに、若気のあやまちは犯さないでくれと説いた。みずから不幸に飛びこんではいけない。それは自然にも、おまえが生まれついた身分にも、逆らっているように思える。おまえはパンを得るために汲々《きゅうきゅう》としなくてもいいのだ。おまえのことはこの父がきちんとしてやる、さっきからおまえに勧めている暮らしをちゃんと始められるように骨を折ってやる。それでもさほど安らかで幸せでないとしたら、それはもうまったくおまえの運命か、おまえ自身のせいであって、自分にはもはやどうしようもない。おまえが不幸になるとわかっていることはしないよう、こうして諭して義務は果たしているのだから。要するに、おまえがこの父の言いつけどおり家にいついてくれるのであれば、いろいろと心を尽くしてやるつもりでいるが、出ていくというのであれば、おまえの不幸に手を貸すことになるから、励ましすらあたえないぞ。

父はそう言って、最後に兄を引き合いに出した。おまえの兄にも同じように懇々と、ネーデルランドでの戦争へは行くなと諭したのに、あいつは聞き入れず、若者らしい望みに駆られて軍にはいり、死んでしまった。自分はこれからもおまえのために祈るのをやめたりはしないが、それでもあえて言っておく。おまえがその愚かな道へもし本当に踏み出したら、神はおまえを祝福なさらないはずだから、おまえは将来きっと、この父の忠告に耳を貸さなかったのを悔やむことになる。けれどもそのときにはもう、助けてくれる人は誰もいないかもしれないぞ。

父のこの最後の言葉はなんとも予言的だったが、父自身はまさかこれが現実になるとは思っていなかったと思う。見ていると、その顔を涙がぽろぽろと伝い落ちた。戦死した兄のことを語ったときにはひとしおで、おまえはいつか後悔する、助けてくれる人はいないぞと語ったあとはもう、動揺のあまり口がきけなくなってしまい、これ以上は胸がいっぱいでむりだと、話をうち切った。

この忠告はさすがに胸にこたえた。いや、こたえない者がいるだろうか。外国へ行くことはもはや考えまい、父の望みどおり家に落ちつこうと、そう決意した。ところが、悲しいかな、そんな決意は数日でどこへやら。結局、これ以上しつこく泣きつかれてはたまらないと、数週間後にはもう、父のもとから逃げ出す肚《はら》を固めていた。とはいえ、肚を固めた当初の勢いですぐさま行動に移ったわけではなく、あるとき、いつもより機嫌のよさそうな母をつかまえて、こう言ったのである。おれは世界を見たいという思いで頭がいっぱいで、どんな仕事をしても最後までやりとげるほど身がはいらないと思う。どうせ出ていくのなら、父さんの許しを得て行きたい。もう十八なのだから、商家や弁護士のところへ年季奉公や見習いに行くには遅すぎる。かりに行ったとしても、決して年季を勤めあげられないと思うし、年季が明ける前に主人のもとを逃げ出して、船乗りになっているに決まっている。だから母さんの口から、おれを一度外国へ行かせるように、父さんに言ってもらえないだろうか。帰ってきて自分がそれに向いていないのがわかったら、二度と海には出ないし、失った時を取りもどすために人一倍精を出して働くと約束する。

これを聞くと、母はかんかんになってこう言った。そういう話をお父さんにしても無駄なのはわかっている。お父さんは何がおまえのためになるのかよくご存じだから、おまえのためにならないことなど承知なさるはずがない。おまえはお父さんにあれだけ意見をされ、優しく親切に言葉を尽くしてもらいながら、よくもそんなことを考えられたものだ。おまえが自分から身を滅ぼすつもりならしかたないけれど、わたししたちが承知するなどとは思わないことだ。おまえの破滅に手を貸すようなまねをするつもりは、わたしにだってない。お父さんの不承知なものをわたしが承知するなどとは思わないでちょうだい。

そう言って母は父に取り次ぐことを拒んだものの、のちに聞いたところでは、この会話をすっかり父に報告していた。父はそれを聞くと深い憂《うれ》いを示してから、あの子は家にいれば幸せになれるだろうに、外国へなぞ行けば惨《みじ》めきわまりない目に遭うに決まっている、そんなことを承知するわけにはいかない、と嘆息したという。

わたしが家を飛び出したのは、しかしながらそれから一年近くあとのことで、それまでは職に就けという勧めにことごとく耳を閉ざし、おれがどうしてもしたいと思っていることにそれほど頑固に反対しなくたっていいじゃないかと、たびたび父母に不平を言っていた。ところが、ある日ハルにいると、ハルにはたまたま行ったのであって、そのときに出奔する気はまったくなかったのだが、とにかくハルにいると、友達のひとりが父親の船でちょうどロンドンへ行くところで、一緒に行かないか、船賃は要らないぞと、船乗りを募るさいの常套句《じょうとうく》で誘ってきた。わたしはもはや父母に相談することもなく、報《しら》せを送ることさえせずに、噂《うわさ》がいずれ伝わるだろうと考えて、神にも父にも祝福を求めずに、状況も結果もいっさい顧みないまま、運命の一六五一年九月一日、何も知らずにロンドン行きの船に乗りこんだ。

若い冒険者にも数々あるが、わたしほどたちまち不運に見舞われた者も、不運が長く続いた者もあるまい。船がハンバー川を出るが早いか風が吹きだして、波がこのうえなく恐ろしげに立ちはじめ、初めて海に出たわたしは、言いようもない船酔いと恐怖に襲われた。おのれの行ないを心から反省し、不埒《ふらち》にも家出をして義務を放棄した自分にくだされた天罰の正しさを嚙みしめた。両親の忠告の数々、父の涙、母の懇願、それが改めて心によみがえってきた。まだのちのように図太くはなっていなかった良心も、忠告を軽んじて、神と父に対する義務を怠ったおのれを責めた。

そのあいだにも嵐《あらし》は激しくなり、波はいよいよ高くなった。いや、高くなったといっても、それはのちに何度も眼にしたような波はおろか、数日後に眼にしたものにもおよばなかったのだが、当時はただの新米水夫で、そんなことはまるで知らなかったから、それだけで肝をつぶした。波が来るたびにこんどこそ呑《の》まれると思い、船が波の谷間や窪《くぼ》みに、わたしからすれば〝落下《おぼ》〟するたびに、もう浮かびあがれまいと思った。そんな心の苦しみのなか、もし神の思し召しによりこの航海で命が助かり、ふたたび乾いた陸地に立てたならば、自分はまっすぐに父のもとへ帰って、生涯二度と船には乗らない、父の忠告を容《い》れて、このような災難にみずから飛びこんだりは金輪際しないと、何度も誓い、決心をした。父の言う中ぐらいの暮らしの良さを今になって思い知り、父がどれほどたやすく、どれほど安楽に、海の嵐にも陸の困難にもさらされることなく生涯を送ってきたかを悟った。そしてあの放蕩《ほうとう》息子（「ルカによる福音書」十五・十一〜三十二）のように、心を入れ替えて父のもとへ帰ろうと決めた。

　こういう賢明でまともな考えは、嵐が吹き荒れているあいだはもちろん、その後もしばらくはたしかに保たれていたのだが、次の日、風が和らいで波が穏やかになってくると、わたしはいくらか海に慣れてきた。といっても、その日はまだ少し船酔いが残っており、一日じゅう神妙にしていたのだが、夜が近づくにつれて空は晴れわたり、風もすっかりやんで、うっとりするような夕暮れが訪れた。太陽は何ものにも隠されずに沈んで、あくる朝また、何ものにも隠されずに昇ってきた。風はほとんどなく、海は滑らかできらきらと陽に輝いて、見たこともないほどすばらしい光景に思えた。

　前の晩はぐっすりと眠ったので、船酔いも消えてすっかり元気になっており、昨日まではひどく荒れていて恐ろしげだった海を、これほどわずかのあいだにこれほど穏やかで優しげになるものかと、驚きの眼でながめた。

　するとそこへ、こちらの殊勝な決意がまだ続いていはしまいかと、わたしを海へ誘い出した友達がやってきて、「よう、ボブ（ロビンソンの愛称）」とわたしの肩をたたいた。「具合はどうだ？　ゆうべはおびえてたよな、風がちょっとばかり吹いたとき」

「あれがちょっとだって？　すごい嵐だったぞ」とわたしは言った。

「嵐？　ばか言え。あんなものは嵐でもなんでもない。まともな船と操船余地（船を操るのに十分な広さの海面）さえありゃ、あのくらいの突風はへっちゃらさ。でもまあ、おまえはまだ新米だからな。来いよ、パンチでもこしらえて、そんなことはみんな忘れようぜ。こんないい天気になったんだからさ」

というわけで、嘆かわしい顚末《てんまつ》を手短かに語れば、わたしたちはあらゆる水夫の例に漏れず、パンチを器いっぱいに作り、それで酔っぱらってしまい、わたしはその一夜の不行跡で、過去の行ないへの後悔も反省も、将来への決意も、さっぱり忘れてしまった。要するに、嵐がやんで海がふたたび滑らかで穏やかになると、頭もうろたえるのをやめて、海に呑まれるという恐れと不安が薄れ、もとの望みが盛りかえしてきて、危難のさなかに立てた誓いも約束もすっかり忘れてしまったのである。

ときおり反省が顔をのぞかせたり、真面目《まじめ》な考えが、言わば戻ってこようとすることもあるにはあったが、わたしはそれらを振りはらい、あたかも病であるかのように警戒し、酒と仲間づきあいにひたすら逃避して、まもなく そういう〝発作〟と自分の名づけたものを抑えこんだ。そして五、六日後には、良心に悩まされまいと決意した若者なら誰もが望むような完全な勝利を収めて、良心を沈黙させた。

だがわたしはもうひとつ、試練をくぐる運命にあった。そして神はこのような場合の常として、わたしを言い逃れできないところまで完全に追いこむことにした。それゆえ、たとえ今回のことはこちらが神の救いだと認めなかったとしても、次の試練は、どうしようもなく不遜《ふそん》な輩《やから》でさえ、命の危険と神の慈悲をともに認めざるをえないほどのものとなった。

海に出て六日目に、船はヤーマス碇泊地《ていはくち》（イングランド東部ヤーマス港沖合の水域）に着いた。逆風だったし、天候も穏やかだったので、嵐のあとはろくに進んでいなかった。ここで投錨《とうびょう》を余儀なくされ、逆風の南西風があいかわらず吹きつづけるなかで七日か八日碇泊していると、ニューカッスルからの船が続々と碇泊地に集まってきた。テムズ川へ向かう船はたいていここで風待ちをするのである。

本来わたしたちはこれほど長居をせず、潮に乗ってテムズ川をさかのぼっているはずだった。だが、風が強すぎてそれがかなわず、四、五日碇泊しているうちに、ますます風が激しくなってしまったのである。けれどもこの碇泊地は港内と変わらぬほど安全だと考えられていたし、碇泊具も頑丈だったから、乗組員は誰も気にかけず、危険には少しも気づかぬまま、船乗りらしくのんびりと賑《にぎ》やかに時を過ごしていた。ところが八日目の朝、風がさらに強まったため、総がかりで継ぎ檣《しょう》をはずし、すべてを荒天に備えて整え、なるべく安定して碇泊できるようにした。正午ごろ、波がひどく高くなり、舳先《へさき》が沈んで何度か波をかぶり、一、二度錨《いかり》がはずれたように思えた。そこで船長は予備主錨を投じるように命じ、船を前方の二本の錨と、いっぱいに繰り出した錨鎖で繋《つな》ぎとめさせた。

このころには猛烈な嵐になっており、船乗りたちの顔にさえ恐怖と動揺の色が見えはじめた。手を尽くして船を守ろうとしていた船長も、わたしのかたわらを通って自室へ出入りするさいには、「主よ助けたまえ」だの、「もうだめだ」だの、「もうおしまいだ」などと、たびたびつぶやいていた。

この最初の大騒ぎのあいだ、わたしは艫《とも》の船室で呆《ほう》けたように横になっていた。そのときの気持ちはとうてい言葉にできない。あれほどあからさまに踏みにじり撥《は》ねつけた改悛《かいしゅん》を、今さら繰りかえすわけにはいかなかった。死の苦しみは去ったのだ、これは前回ほどのものではない。そう思っていたのに、今述べたように、通りかかる船長がもうだめだとつぶやいているので、すっかり肝をつぶした。

船室から出て外を見てみたが、それほどすさまじい光景は見たこともなかった。山のように高い波が立ち、三、四分ごとに船の上に崩れてくるのである。あたりが見えるときには、難船しか眼にはいらなかった。近くに停まっている二艘《そう》は、荷が重すぎるのでマストを船外へみな切り倒してあったし、わたしたちの水夫が叫ぶには、一マイル(一キロ半ほど)前方に碇泊していた船は沈没したという。さらに二艘は、錨が切れて碇泊地から沖へと、それもマストが一本もないまま、なすすべもなく流されていった。空荷の船はさほどひどく揺れないので、いちばんましだったが、それでも二、三艘が、斜檣帆《しゃしょうはん》だけを張って追い風を受け、そばを通りすぎて沖へ逃げていった。

夕方ごろ、航海士と甲板長が船長に前檣《ぜんしょう》を切り倒させてほしいと頼んだ。船長はひどく渋ったが、甲板長が、そうしなければ沈没しますと断言すると、やっと承諾した。前檣を切り倒してしまうと、大檣《たいしょう》がひどくぐらぐらして船を激しく揺らしたので、それも切り捨てるほかなく、甲板は丸裸になった。

ただの新米水夫で、少しばかりの風であれだけ震えあがったわたしが、この嵐に直面してどんな心地になったかは、誰でも見当がつくだろう。それでも、あのときの胸中を今になって言い表わすとすれば、いったん改悛したくせに、もとの不埒な決心に逆戻りしてしまったという負い目のせいで、死そのものに対するより十倍も大きな恐怖を覚えていたと言っていい。そこに嵐の恐ろしさが加わったのだから、言葉ではとうてい言い表わせないありさまだったのだが、しかし最悪の事態はまだこれからだった。嵐があまりに荒れ狂うので、水夫たちでさえ、こんなにすさまじい嵐は初めてだと認めた。船はいい船だったものの、積荷が重いので波にひどく揺られており、彼らはたびたび〝ファウンダー〟と叫んだ。沈没するという意味なのだが、ある意味では幸いなことに、わたしは人に尋ねるまでそれを知らなかった。けれども嵐があまりに激しいので、めったにない光景を見てしまった。船長や甲板長など、分別のある乗組員たちが祈りを捧《ささ》げていたのである。いつ沈んでもおかしくないと考えていたのだろう。

そのうえ夜更《よふ》けにこんどは、下の様子を見にいっていたひとりが、浸水しているぞと叫び、もうひとりが、船倉に水が四フィート(一フィートは約三十センチ)もたまっていると知らせてきた。そこで総員ポンプにかかれの命令が出た。それを聞くとわたしは心臓が止まったような心地がして、腰かけていた船室のベッドにひっくりかえってしまった。だが、水夫たちに起こされて、おまえは今まで何もできなかったが、ポンプならみんなと同じように押せるだろうと言われた。

そこで発奮してポンプのところへ行き、一生懸命に働いた。そのあいだに船長は、碇泊地で嵐をやりすごせない空の石炭船が何艘か、やむなく錨を捨てて沖へ逃げるさいに、こちらの近くを通りそうなのに気づき、大砲で遭難信号を撃つように命じた。

わたしはその意味を知らなかったので、船が壊れたのか、でなければ何か恐ろしいことが起きたのだと勘ちがいした。要するにまあ、肝をつぶして卒倒してしまったわけだが、そのときにはもう誰もが自分の命のことで頭がいっぱいで、わたしなぞどうなろうと眼中になかった。別の男がポンプに取りついて、わたしを足で横へ押しのけ、死んだと思ってそのままにしておいた。意識を取りもどしたのは、ずいぶんたってからだった。

水夫たちは排水を続けたが、船倉の水は増える一方で、船が沈没するのは明らかだった。嵐はいくぶん弱まったとはいえ、どこかの港へ逃げこむまで浮いていられるとは思えなかったので、船長は助けを求めて大砲を撃ちつづけさせた。すると、すぐ前方で嵐に耐えていた空船が一艘、わたしたちを助けるために敢然とボートをおろしてくれた。

ボートは極度の危険を冒して近づいてきたものの、こちらが乗り移るのも、むこうがこちらへ横づけにするのも不可能だった。そこで、ボートがこちらを救うために命がけで、力いっぱい漕《こ》いでいるあいだに、わたしたちが浮標《ブイ》をつけたロープを船尾から投げて、どんどん繰り出した。それをむこうがたいへんな苦労と危険のすえにつかむと、わたしたちはボートを船尾の下へ引き寄せて、全員が乗り移った。

だが乗り移ってはみても、彼らの本船へ帰ることなどおよそ考えられなかったので、ボートを漂わせて陸のほうへできるだけ漕ぐことになった。わたしたちの船長は彼らに、ボートが海岸で破損した場合にはそちらの船長に弁償すると約束した。かくして、なかば漕ぎ、なかば漂いながらボートは岸を目指し、ほとんどウィンタートン岬まで北へ流された。

乗り移って十五分もしないうちに本船が沈むのが見え、そこで初めてわたしは、船が海に〝ファウンダー〟するとはこういうことなのかと思い知った。白状すると、船が沈むぞと水夫たちに教えられても、ろくに眼も上げられなかった。ボートに乗り移ったというより、運びこまれたときから、恐れと、おびえと、この先に何が待ちかまえているのかという不安とで、言うなれば心が死んでいたのである。

このようにしてみながなおもオールを漕いで、ボートを岸に近づけようとしている一方で、ボートが波に持ちあげられるたびに岸が見え、大勢の人たちが海岸を走っているのが認められた。わたしたちが近づいてきたら、手助けをしようとしてくれているのである。しかしボートはなかなか岸に近づかず、ウィンタートンの灯台を過ぎて、海岸線が西のクローマーのほうへ曲がるとようやく、陸地が強風をいくらか防いでくれたため、岸にたどりつくことができた。

そしてそこで、それなりに難儀はしたものの、全員が無事に陸に上がり、ヤーマスまで歩いていった。ヤーマスでは難船者としてたいそう親切にされたうえ、町の役人たちからは、いい宿舎をあてがってもらい、何人かの商人と船主たちからは、ロンドンに行くのもハルに戻るのも銘々の好きにできるだけの金まで恵まれた。

このとき分別を働かせてハルに戻り、家に帰っていたら、わたしは幸せになっていただろうし、父も聖書の放蕩息子の譬《たと》え話にあるとおり、〝肥えたる犢《こうし》を屠《ほふ》って〟息子の帰りを喜んでくれただろう。というのも、わたしの乗った船がヤーマス碇泊地で難破したと聞いてからずいぶん長いあいだ、父はわたしが生きているかどうかもわからずにいたからである。

だがわたしは悪《あ》しき運命にぐいぐいと、もはやどうにも抗《あらが》えない力で押されており、家に帰れという理性と冷静な判断の声をたびたび聞きながらも、それに従う力はなかった。これをなんと呼べばいいのか。天のひそかな定めだと言い張るつもりはないが、さりとて、そのようなものがなければ、つまり、人を駆り立てておのれの破滅へ向かわせ、その破滅がたとえ眼前にあろうと眼を見ひらいたまま突き進ませるものがなければ、待ちかまえる不幸に飛びこんでいったりはしなかったのもたしかである。なにしろわたしはその不幸に魅入られたごとくに、心の奥底にある冷静な思考と説得にあらがい、初めての企てで二度も示された明白な啓示に逆らって、旅を続けさせられてしまったのだから。

先だってわたしの改心を翻《ひるが》えさせた友達は、船長の息子だったが、こんどはわたしより弱気だった。ヤーマスでは別々の宿舎にいたので、町に着いて最初に顔を合わせたのは二、三日後だったが、すっかり様子が変わっていて、ひどく悄然《しょうぜん》として見えた。首を振り振り、わたしに元気かと尋ね、父親にわたしを紹介し、わたしがこの航海に出たのは外国へ行くための試しにすぎないことを伝えた。

すると父親はひどく重々しい心配げな顔でわたしのほうを向いて、「きみ」と言った。「きみはもう二度と海へ出てはいけない。今回のことは、船乗りになるべきではないという明白なお告げだと考えるべきだ」

「じゃあ、船長さんも二度と海に出ないんですか?」とわたしは言った。

「それはまた話が別だよ」と彼は答えた。「これはわたしの職業だからな、義務でもある。だがきみは、試しにこの航海に出てみて、天がきみをどんな目に遭わせるかわかっただろう。あくまでも続けたら何が待ちかまえているか。ひょっとすると、これはすべてきみのせいで降りかかったのかもしれん。ヨナがタルシシの船に乗ったのと同じで(「ヨナ書」第一章。ヨナが神の命に逆らってタルシシへ逃げようとしたため、神が嵐を起こした)。だいたいきみは何者なんだ。なんだって海になんか出たんだ？」

　そこでわたしが自分の身の上をいくらか話すと、船長はいきなり妙な癇癪《かんしゃく》を起こした。

「そんな縁起でもないやつがわたしの船に乗ってくるなんて、わたしが何をしたというんだ。千ポンド出されたって、二度ときみと同じ船には乗らんぞ」

　これはたしかに、今述べたように、船長の気分の暴発だった。船を失ったせいでまだ動揺していて、つい口が過ぎてしまったのである。しかしそのあとで船長はとても真剣に、お父さんのもとへ帰りなさい、神を試みてはいけない、とわたしを諭した。そんなまねをしたら、きみを破滅させる天の手をはっきりと眼にするだろうと。「だからな」と彼は言った。「これは信じてほしいが、家に帰らないと、どこへ行っても出会うのは災いと失望ばかりで、最後にはお父さんの言葉どおりになるぞ」

　船長とはまもなく別れた。こちらがろくすっぽ返事もしなかったからで、それきり会わなかったし、どちらへ行ったのかも知らない。わたしのほうは、ポケットにいくらか金もあることだし、陸路でロンドンまで旅をした。そして道中でもロンドンでも、人生の行路をどちらに取るべきか、家に帰るべきか海に出るべきかと、大いに悩んだ。

　家に帰るというのが、思いつく最善の選択肢ではあったものの、羞恥心《しゅうちしん》がそれに反対した。近所の人たちにさぞ笑われることだろう。父と母ばかりか、みんなにも合わせる顔がない。そんな考えがすぐに浮かんできた。こののちたびたび気づかされたことだが、このような場合に人を導くはずの理性に対して、人間の、それもことに若者の感情というのは、まことに理不尽で不合理なものである。罪を恥じずに後悔を恥じ、愚かだと思われて当然の行ないを恥じずに、賢いと見なされる唯一《ゆいいつ》の道である後戻りを恥じるのだから。

それでも、そのままもうしばらく悩んでいた。どんな行動を取るべきか、どんな人生の行路を歩むべきか、まだ決めかねていた。だが家に帰るのは、どうしても気が進まなかった。しばらくすると、難破したさいの記憶も薄れ、それとともに、頭のなかにあった帰ろうというささやかな気持ちもしぼんできた。そしてついに、そんな考えはきっぱりと捨てて、航海に出る船を探すことにした。

2 海賊につかまり、奴隷となる

父の家からわたしを連れ去ったその忌《い》まわしい力が何かはともかく、その力のせいでわたしはひと旗揚げたいという無謀で未熟な考えに駆り立てられ、そういう妄念にすっかり取りつかれてしまい、どんなまともな忠告にも、父の懇願や命令にさえ、耳をふさいだのだが、その同じ力のせいでこんどは、あらゆる企てのなかでもとりわけ不吉な企てが眼に留まり、アフリカの海岸へ向かう船に乗りこんだ。わが国の船乗りが俗に〝ギニア行き〟と呼ぶ船旅である（奴隷貿易の婉曲表現）。

わたしの大きな不幸は、これらの冒険を通じて一度も水夫として船に乗らなかったことである。水夫になっていれば、たしかに普通より多少はつらかったかもしれないが、それでも平水夫の役目と仕事を憶えて、いずれは、船長とはいわぬまでも、副長か航海士ぐらいにはなっていたかもしれない。だが、つねに悪いほうを選ぶのがわたしの運命だった。ポケットには金があり、体にはいい服をまとっていたため、いつも紳士然として乗船したものだから、船の仕事にはかかわらなかったし、それを身につけることもなかった。

初めての幸運は、ロンドンでまことにいい連れにめぐりあえたことである。当時のわたしのようにだらしのない不心得な若者には、そうそうあることではない。そういう手合いには、悪魔がごく早いうちからかならず罠《わな》をしかけるものだが、幸いにも、そうはならなかった。最初に知り合いになったのは、ギニア海岸へ行ってきた船の船長だった。彼はそこでたいへんな成功を収めたので、もう一度行こうと考えていた。当時のわたしは決して無愛想ではなかったから、船長はわたしのおしゃべりが気に入り、わたしが世界を見たいのだと話すと、一緒に行く気があるならただで乗せてやろうと言ってくれた。一緒に食事をして、話し相手になってくれ。何か持っていける品があれば、その取引で得られた利益はすべてきみにやろう。多少の資金になるかもしれないぞ、というのである。

申し出を受けたわたしは、正直で裏表のないこの船長とすっかり仲良くなり、一緒に航海へ出た。ささやかな元手を持ってゆき、それをこの私心のない正直な友のおかげでかなり増やした。四十ポンド分ほどの玩具《がんぐ》と小間物を、船長に言われるままに買って持っていったのである。この四十ポンドは、何人かの親戚《しんせき》に手紙を書いて、その助けでかき集めたもので、おそらく彼らがうちの父か、あるいは少なくとも母を説得して、息子の初めての投機にそれだけの額を出資させたのだと思う。

これはわたしの冒険のなかで唯一成功した航海だったと言っていい。友である船長の誠実さと正直さのおかげである。そのうえ彼のもとで数学と航海術のいちおうの知識を得、船の針路を記録する方法、天測を行なう方法を学んで、要するに、船乗りが身につけているべきことがらをひととおり身につけた。船長は喜んで教え、こちらも喜んで学んだので、ひとことで言えば、この航海でわたしは船乗りと商人の両方になった。なにしろ元手と引き換えに五ポンド九オンス（約二・五キログラム）の砂金を持ち帰り、ロンドンで三百ポンド近い利益を得たのだから。そしてそれが野心に火をつけて、その後のわが身の破滅を決定づけたのである。

しかしこの航海でも、ついていないことはいろいろとあった。ことに体の具合が、いつも悪かった。もっぱら北緯十五度から赤道にかけての海岸で取引を行なっていたため、熱帯地方の酷暑によってひどい熱病《カレンチュア》にかかったのである。

こうしてわたしはギニア商人となった。友の船長は、まことに残念ながら帰国してすぐに亡《な》くなってしまったが、わたしはもう一度同じ航海に出ることにして、同じ船に乗りこんだ。前回の航海で航海士を務めた男が、こんどは船の指揮を執った。

この航海は悲惨きわまりないものになった。せめてもの救いは、持っていったのが新たに得た富のうちの百ポンド足らずで、あとの二百ポンドは亡くなった船長の妻に預けてゆき、彼女がそれをとても公正にあつかってくれたことだ。しかしわが身のほうは、この航海でさんざんな目に遭った。始まりはこうである。

船がカナリア諸島へ、というよりカナリア諸島とアフリカの海岸のあいだへ針路を取っていると、未明に突如としてサレ（モロッコの海港で、イスラム海賊の拠点）のイスラム海賊船が現われ、総帆を張って追ってきた。こちらも帆桁《ほげた》に広げられるだけの帆、マストが支えられるだけの帆を張って逃げきろうとしたものの、海賊船がしだいに迫ってきて、数時間後には追いつかれることがはっきりすると、戦いの仕度をした。こちらは十二門、むこうは十八門の大砲を備えていた。

午後の三時ごろ、海賊はこちらに追いついたが、あやまって船尾ではなく、船尾より四分の一ほど前に寄せてきたため、わがほうは八門の砲をそちら側に集めて斉射した。海賊はいったん離れていったが、その前に応射したうえ、乗り組んでいる二百名近い男たちが鉄砲を撃ちかけてきた。けれどもこちらはみな物陰に隠れていて、ひとりも怪我《けが》をしなかった。

敵はふたたび襲撃の準備をし、こちらは防御の仕度をした。ところが海賊は、こんどは反対側の後ろ四半分に船を横づけし、六十名が乗りこんできて、すかさず帆や索具をたたき切りはじめた。こちらは鉄砲、短槍《たんそう》、火薬箱（火薬とともに屑鉄などを入れた木箱。舷側で爆発させて、乗りこんでくる敵を防ぐ）などを浴びせて、二度まで敵を甲板から追いはらったものの、憂鬱《ゆううつ》な部分をはしよって結果を述べると、操船不能に陥り、三名が殺され八名が負傷してやむなく降伏し、みな捕虜としてムーア人の支配するサレの港へ連れていかれた。

わたしの処遇は当初危惧《きぐ》していたほどひどいものではなかった。ほかのみなとちがって、国のさらに内陸にあるモロッコ皇帝の宮殿には連れていかれず、海賊船の船長のところに戦利品として留め置かれて、奴隷にされた。若くて呑みこみが早いので、船長が使うのにちょうどよかったのである。商人からいきなり惨めな奴隷の身分に転落して、わたしはすっかり打ちのめされた。おまえはきっと不幸になり、誰にも助けてもらえなくなるだろうという、父の予言的な言葉を思い出した。おれはあの言葉をみごとに実現して、落ちるところまで落ちてしまった。とうとう天の手に捕らえられて、救いがたく破滅してしまった。そう思ったのだが、悲しいかなこれから明らかになるように、これはこのあと舐《な》めることになる辛酸の、ほんの序の口でしかなかった。

新たな保護者である主人の屋敷に連れていかれたので、わたしはその男がまた海へ出るときには、一緒に連れていってもらえるものと思いこんだ。そうなればその男はいつかかならずスペインかポルトガルの軍艦につかまり、こちらは自由の身になれる。そう希望を抱いたのだが、この希望はすぐにうち砕かれた。主人は、海に出るときにはわたしを陸に残して、ささやかな菜園の世話やら普通の家事やらをさせ、航海から帰ってくると、船室で寝泊まりさせて船の番をさせた。

この地で考えていたのは脱走のことと、それをどんな方法で実現するかということばかりだったが、どれもこれもまったく実現できそうになかった。思い浮かぶのは馬鹿《ばか》げたものばかりだった。相談できる相手がいなかったからである。一緒に実行してくれる仲間の奴隷が。イングランド人も、アイルランド人も、スコットランド人も。そんなわけで二年ほどは、想像でたびたび自分を慰めはしても、脱走を実行に移せる見込みはまるでなかった。

脱走を試みようという考えがふたたび芽生えたのは二年後のことで、ひょんなできごとがきっかけだった。主人は金がなかったらしく、船を艤装《ぎそう》しもせずにいつもより長く陸にいて、週に一度か二度、天候がよければもっと頻繁に、船のボートで沖へ釣りに出ていた。漕ぎ手にはいつもわたしとモリスコ（スペインから追放されてきたムーア人）の少年を連れていった。わたしたちは主人をたいそう楽しませたし、わたしは釣りがうまいことも判明したので、やがて主人はときどき、わたしとモリスコと呼ばれていたその少年を、親類のムーア人とともに海へやって、食事のための魚を釣らせるようになった。

ある日のこと、穏やかな朝だったのだが、釣りに出ると霧がひどく立ちこめてきて、岸から半リーグ（一リーグは約五キロメートル）も離れていないというのに陸が見えなくなった。わたしたちはどちらへ漕いでいるのかもわからぬまま一日じゅう漕ぎ、その夜も漕ぎつづけた。そして朝になると、陸ではなくて沖のほうへ漕いでいたこと、岸から少なくとも六マイルは離れてしまったことに気づいた。どうにか帰りつくことはできたものの、たいへんな苦労をしたし、危険もともなった。朝になると風がかなり強くなってきたし、何より三人とも腹ぺこだったからである。

主人はこの失敗に懲《こ》りて、これからはもっと用心をすることにした。拿捕《だほ》したわたしたちのイングランド船の大型ボートが手元にあったので、かならずこれに羅針盤と食料を積んで釣りに出ることにした。そこで自分の船の、これまたイングランド人奴隷の船大工に命じて、ボートの中央に遊覧船の貴賓室のような小さな船室を造らせた。その後ろには舵《かじ》を操るために立つ場所と、主帆を固定するための場所があり、前にはひとりかふたりが立って帆を操れる空間があった。帆はいわゆる羊の肩肉形で（三角帆のこと）、帆の裾《すそ》を張る円材《ブーム》が屋根の上を移動するため、船室はたいそう低くこぢんまりとしていた。中には主人がひとりふたりの奴隷とともに横になれる空間と、食事をするためのテーブル、それに戸棚がいくつかあり、そこに彼が飲むつもりの酒のほか、パン、米、コーヒーをしまえるようになっていた。

このボートでわたしたちはたびたび釣りに出かけた。魚を釣るのがいちばんうまかったわたしは、かならず供をさせられた。あるとき主人は、土地のムーア人貴顕を二、三人招いてこのボートで気晴らしかたがた釣りに出ることにし、なみなみならぬ準備をした。夜のうちにいつもより大量の食料を積みこませたうえ、わたしに命じて、自分の船に積んである銃を三挺《ちょう》、火薬と弾とともに用意させた。魚を釣るだけでなく、鳥も撃とうという腹づもりだったのである。

すべてを指図どおりに準備したわたしは、あくる朝ボートをきれいに洗い、旗印や三角旗を掲げて、いつでも客を迎えられるようにして待っていた。やがて主人がひとりで乗りこんできて、客に用事ができたので出かけるのは繰り延べになったと告げた。客には屋敷で夕食をふるまうから、いつものふたりとボートで魚を釣ってこい。釣れたらすぐに屋敷へ持ってくるんだぞ。そう命じられたので、わたしは言われたとおりにしようとした。

ところがそのとき、脱走という考えが改めて脳裡《のうり》を駆けぬけた。自分の自由になるボートが手にはいりそうだと気づいたのだ。主人がいなくなると、釣りではなく航海に必要なものを用意しはじめた。行く先などわからなかったし、考えもしなかった。ここから逃げ出せれば、どこでもよかった。

まず考え出したのは、ムーア人の男にわたしたちの食料を積みこませる口実だった。旦那《だんな》様のパンをおれたちが食うわけにはいかないと言うと、男はそのとおりだと答え、ラスクというビスケットを入れた大きな籠《かご》をひとつと、真水のはいった壺《つぼ》を三つ、ボートに積みこんだ。主人の酒瓶を入れた箱は、作りから見て明らかにイングランド船からの分捕り品だったので、ありかはわかっていた。それを男が陸に上がっている隙《すき》にボートに運びこんで、前々から主人のために積んであったように見せかけた。さらに五、六十ポンド（二十五キログラム前後）の大きな蜜蠟《みつろう》の固まりのほか、撚《よ》り糸をひと束と、手斧《ておの》、鋸《のこぎり》、金槌《かなづち》を積みこんだ。どれものちに大いに役立ってくれたが、ことに蠟燭《ろうそく》の原料となる蜜蠟は重宝した。

もうひとつわたしはその男をだまし、それにも男はあっさりと引っかかった。彼の名はイスマエルと言ったが、みなにはムーリーないしモーリーと呼ばれていたので、わたしも「モーリー」と呼びかけた。「旦那様の銃がボートに積んであるから、火薬と弾を少し持ってきてくれないか？　おれたちでアルカミー（わが国の鴫《しぎ》のような鳥）を何羽か撃てるかもしれない。たしか旦那様は船に弾薬を蓄えているはずだ」するとモーリーは、「わかった、取ってくる」と答え、言葉どおりに、一・五ポンドあまりの火薬を入れた大きな革袋と、五、六ポンド分の散弾に若干の弾丸を交ぜた革袋を持ってきて、ボートに積みこんだ。一方わたしのほうは、船室に主人の火薬をいくらか見つけていたので、それを例の箱にあったほとんど空の大瓶に入れた。はいっていた酒は別の瓶に移した。

こうして必要なものをすべてそろえると、魚を釣りに港を出た。港の入口にある砦《とりで》の連中は、こちらが誰なのか知っており、気にも留めなかった。わたしたちは港から一マイルも行かないうちに、帆を下ろして釣りに取りかかった。風はわたしの望みとは反対の、北北東から吹いていた。南から吹いていればきっとスペインの海岸にたどりつけただろうし、少なくともカディス湾には着けたはずなのだが、しかしどちらから吹こうと、自分のいるその忌まわしい場所を逃げ出して、あとは運を天に任せるつもりでいた。

しばらく釣りをしたが、魚がかかっても、モーリーに知られないよう釣りあげずにいたので、収獲はなかった。そこで彼に、これじゃだめだと言った。旦那様に差しあげるものが何も獲《と》れない、もっと沖へ出ようと。彼はかまわないだろうと考えて同意し、舳先にいたので帆を上げた。舵のところにいたわたしは、さらに三マイル近く沖へ出てから、さも釣りをするかのようにボートを停めた。そして舵を少年に任せ、モーリーのいるところまで行くと、その後ろで何かを拾おうとするように腰をかがめ、いきなり彼の股《また》の下に腕をまわして、ざんぶりと海へ放りこんだ。泳ぎのうまいモーリーは、コルクのようにすぐに浮きあがってきてわたしの名を呼び、乗せてくれと懇願し、世界のどこへでもついていくと叫んだ。ボートのあとをぐんぐん追ってくるので、風がほとんどないこともあって、たちまち追いつかれそうになった。

そこで船室から鳥撃ち銃を取ってくると、それを彼に向けてこう言った。あんたに怪我はさせなかったし、おとなしくするならこのあとも怪我はさせない。あんたなら泳ぎが達者だから岸までたどりつけるはずだし、海も凪《な》いでいる。がんばって岸まで泳げば、放っておいてやる。だがボートに近づいてきたら、頭を撃ち抜くぞ。おれはなんとしても自由の身になるつもりだからな。それを聞くとモーリーは向きを変え、岸を目指して泳ぎ去った。彼ほどの泳ぎ手であれば、難なく岸までたどりついたにちがいない。

この男を連れていって、少年を溺《おぼ》れさせてもよかったのかもしれないが、ムーア人を信頼する気にはなれなかった。彼が泳ぎ去ると、わたしはジューリーという名のその少年のほうを向いてこう言った。ジューリー、おれに忠実に仕えるなら、おまえを立派な男にしてやる。だが、おまえが自分の顔をなでて（つまり、マホメットと自分の父親の鬚《ひげ》にかけて）おれに忠誠を誓うと言わないのなら、おまえも海へ放りこむぞ。少年はにっこりして、信頼しないわけにいかない無邪気な口調で、あなたに忠誠を誓い、世界のどこへでもついていきますと答えた。

泳いでいくムーア人が見えているあいだはまっすぐに沖へ進み、むしろ風上へ向かった。そうすればジブラルタル海峡の入口のほうへ逃げたと思ってくれるかもしれないからである（実際、良識のある人間ならば誰でもそうしただろう）。まさか南へ、本物の蛮人《バルバリア》の住む海岸へ向かうとは思わなかったはずだ。そんなところへ行けば、黒人たちのカヌーに総出で取り囲まれて殺されるに決まっていたし、上陸すればかならずや、獰猛《どうもう》な野獣か、野獣よりなお獰猛な野蛮人どもに、むさぼり食われるはずだった。

だが、夕闇《ゆうやみ》が迫ってくるとすぐにわたしは針路を転じ、舵をまっすぐ南微東へ切った。いくぶん東寄りに針路を取ったのは、海岸から離れないようにするためである。風はかなり強い順風で、海も滑らかで穏やかだったので、ボートは大いに進み、あくる日の午後三時に初めて陸にたどりついたときには、サレから少なくとも百五十マイルは南にいたと思う。人の姿はなく、モロッコの皇帝どころか、そのあたりのどんな王の支配もおよばない土地のようだった。

しかしムーア人に対する恐れと、彼らの手に堕《お》ちるのではないかという不安があまりに大きく、停まることも、上陸することも、錨をおろすこともせずに、そのまま順風の続くかぎり、五日のあいだ帆走を続けた。そして風が南に変わると、かりにこちらを追っている船があったとしても、これで諦《あきら》めるだろうと考え、思いきって岸に近づき、小さな川の河口に錨をおろした。

そこがどこなのか、どんなところなのか、皆目わからなかった。緯度も、土地の名も、人々の名も、川の名も。人の姿は見えなかったし、見たいとも思わなかった。何より欲しいのは飲み水だった。この入江にはいったのは夕暮れどきだったので、暗くなったらすぐに泳いで上陸し、あたりを調べることにした。ところが闇が訪れるとたちまち、どんな生き物なのか知らないが、野生の生き物の咆哮《ほうこう》やら遠吠《とおぼ》えやらがひどく恐ろしげに聞こえてきて、憐《あわ》れな少年は恐ろしさのあまり今にも死にそうになり、夜が明けるまで上陸しないでくれとわたしに懇願した。

「なら行かないよ、ジューリー」とわたしは言った。「でも昼間は、ライオンと同じぐらいたちの悪い人間に出くわすかもしれないぞ」

「そしたら鉄砲玉、そいつらにやる。そいつら逃げ出す」とジューリーは笑いながら言った。そんな英語を、彼は奴隷同士のあいだではしゃべったのである。

ともかく、少年が元気になったのでわたしはうれしくなり、もっと元気づけるために（主人の箱の瓶から）酒をひと口飲ませてやった。結局、ジューリーの忠告はもっともだったので、それを受け容れて小さな錨を投じ、ジューリーとひと晩じゅうじっと横になっていた。横になっていたと言うのは、なんと一睡もできなかったからである。二、三時間すると、名前は知らないが、さまざまな種類の巨大な生き物が海辺におりてきては、体を冷やす快感を求めて水に駆けこみ、転げまわったり水浴びをしたりしはじめ、その遠吠えやら金切り声やらが、それこそ聞いたこともないほどすさまじかったからである。

ジューリーはひどくおびえていたし、わたしも実は同じだった。だがこの恐ろしい生き物の一頭が、ボートのほうへ泳いでくる音が聞こえたときには、ふたりともさらに震えあがった。姿こそ見えなかったものの、そのあえぎからすると、怪物じみた猛々《たけだけ》しい巨獣のようだった。ジューリーはライオンだと言った。ことによるとそうだったかもしれないが、定かではない。おびえきったジューリーは、錨を揚げて逃げようと叫んだ。

「いや、ジューリー」とわたしは言った。「錨綱にブイをつけて放ち、沖へ出よう。あいつらは遠くまで追いかけちゃこられない」

ところがそう言ったとたん、その生き物が（何かは知らないが）オール二本分のところまで迫っているのに気づいた。ぎょっとして、すぐさま船室の入口へ行くと、自分の銃をひっつかみ、そいつめがけてぶっ放した。するとたちまちそいつは向きを変え、岸のほうへ泳ぎもどっていった。

だがその銃声に反応してこんどは、海辺ばかりか奥地のほうからも言いようのないほどすさまじい騒ぎと、ぞっとするような叫びや遠吠えがわき起こった。ここの生き物たちは銃声などこれまで聞いたことがなかったにちがいない。これで、夜にはその海岸に上陸できないことがはっきりした。では、昼間に上陸を試みるにはどうすればいいかというと、これもまた難題だった。蛮人につかまるのも、ライオンや虎《とら》につかまるのと変わらないからである。少なくともわたしたちは、どちらも同じように恐れていた。

とはいえ、ボートにはもう水が一パイントも残っていなかったので、どこかに上陸せざるをえなかった。いつどこへ上陸するかが問題だった。ジューリーは自分に壺をひとつ持たせて上陸させてくれたら、水を探して汲《く》んでくると言った。わたしはなぜおまえが行くんだ、なぜおれに行かせて自分はボートに残っていないんだと尋ねた。すると彼はとても思いやり深くこう答えたので、それ以降わたしはこの少年が大好きになった。

「野蛮人来たら、おれ食われる、あんた逃げる」

「じゃあ、ジューリー、一緒に行こう」とわたしは言った。「野蛮人が来たら、そいつらを殺すんだ。食われてたまるか」

そこでジューリーにラスクをひと切れと、例の箱から酒をひと口あたえると、ふたりでボートを適当だと思われるところまで岸に近づけ、それぞれの銃と、水を入れるふたつの壺だけを手に、ざぶざぶと歩いて上陸した。

わたしは蛮人がカヌーで川を下ってくるのが心配で、ボートが見えなくなるところへは行きたくなかったが、少年は一マイルほど奥地に低地があるのを眼にして、そちらへ歩いていった。しばらくして駆けもどってくるのが見えたので、蛮人に追われているのか、野獣に驚いたかしたのだろうと思い、助けに走っていった。ところが近づいていくと、何かを肩にかけているのがわかった。彼の撃った動物だった。野兎《のうさぎ》に似ていたものの、色がちがったし、肢《あし》も長すぎた。それでもわたしたちにはとてもありがたい獲物だったし、肉もうまそうだった。けれどもジューリーが大喜びで走ってきたのは、いい水を見つけたことと、野蛮人はいないことを知らせるためだった。

だがあとになって、それほど苦労しなくとも水を得られることが判明した。その入江を少しさかのぼれば、潮はほとんど上がってこなくなり、引き潮のときには真水が流れていた。そこでわたしたちは壺を満たし、ジューリーのしとめた兎で贅沢な食事をすると、航海を続ける仕度をした。そのあたりの土地には人間の足跡を見かけなかったからである。

前に一度この沿岸を航海した経験から、わたしはカナリア諸島もヴェルデ岬諸島も海岸から遠くないところにあることを、十分に承知はしていた。しかし自分の緯度を知るための天測器具もなかったし、島々の緯度も正確に知らなかったので、というか憶《おぼ》えてはいなかったので、どのあたりを探せばよいのかも、どこで沖へ向かえばよいのかもわからなかった。わかっていれば、今ごろはもうそれらの島々を難なく見つけていただろう。望みをかけていたのは、この海岸に沿ってどこまでも南下し、イングランド人が交易をする地域にたどりつくことだった。そうすれば日々の交易に従事するイングランド船に出くわし、その船に拾いあげてもらえるはずだった。

推測するかぎりでは、現在地は、モロッコ皇帝の領土と黒人たちの領土のあいだに横たわる荒れ地のようだった。野獣のほかには棲《す》むものとてない土地である。黒人はムーア人を恐れるあまりその地を捨てて南へ去り、ムーア人はそこを不毛さゆえに住むに値しないと考えている。どちらも虎やライオン、豹《ひょう》など、その地をすみかとする猛獣のおびただしさから、そこを放置している。だからムーア人はそこを狩りの場としてしか利用せず、いちどきに二、三千名で軍隊のように訪れるだけだった。実際、総計百マイル近くのあいだ、わたしたちがこの海岸で日中に眼にしたものといえば、荒寥《こうりょう》たる無人の土地だけであり、夜間に聞いたものといえば、野獣の遠吠えと咆哮ばかりだった。

昼間に一、二度、カナリア諸島の最高峰であるテネリフェ島の頂きが見えたように思った。たどりつけるのではないかと、思いきって二度、沖へ向かってみたものの、二度とも逆風で押しもどされてしまった。それに、波もわたしたちのボートには高すぎた。そこで当初の計画どおり、海岸沿いを南下することにした。

その地をあとにしたのちも、飲み水を得るために何度か上陸せざるをえなかった。一度、早朝にかなり高い小さな岬の下に投錨した。潮が差しはじめていたので、さらに岸へ近づくためにいったん碇泊したのである。するとジューリーが、わたしより眼が利《き》くと見えて、小声でわたしを呼び、もっと岸から離れたほうがいいと言った。だって、ほら、あそこのあの小山の下にすごい怪物がいて、ぐっすり眠っている。そう教えられて、彼の指さすところを見ると、なるほどすごい怪物がいた。すさまじく大きなライオンが、頭上へいくらか張り出している小山の下の岸辺に横になっていたのである。

「ジューリー、おまえ上陸して殺してくるんだ」とわたしは言った。

ジューリーはぎょっとした顔をして、「おれ殺される！　ひとつの口で食われる！」と言った。ひと口でという意味である。

そこでわたしはそれ以上何も言わず、少年にじっとしていろと命じると、いちばん大きな、マスケット銃とほぼ同口径の銃を手にして、火薬を十分に詰め、大弾《おおだま》を二発こめて下に置いた。それからもう一挺に普通の弾を二発、もう一挺には（銃は三挺あった）小さめの弾を五発こめた。最初の銃で頭に精一杯狙《ねら》いをつけたが、ライオンは鼻の上に前肢《あし》をいくぶん上げていたため、大弾はその肢の膝《ひざ》のあたりに命中して骨を砕いた。ライオンはうなり声を上げてぱっと起きあがったが、肢が折れているのでまた倒れた。それから三本肢で立ちあがり、聞いたこともないほどすさまじい声で吼《ほ》えた。頭に命中しなかったのでわたしは少しあわてたが、すぐに二挺目を取りあげて、逃げかけていたライオンにふたたび発砲し、こんどは頭に命中させた。ライオンはみごとに倒れ、声こそあまり立てなかったものの、懸命にもがいた。するとジューリーが勇気づいて、上陸させてくれと言った。じゃあ行け、と言うと、少年は水に飛びこみ、片手に小ぶりの銃を持ったまま片手で岸へ泳ぎつき、近づいていってライオンの耳に銃口を押しあて、もう一度頭を撃って息の根を止めた。

これはたしかに立派な獲物ではあったが、食料にはならなかった。なんの役にも立たないものに三発分も火薬と弾を使ってしまい、わたしはひどく悔やんだ。ところがジューリーは、そのライオンの一部を持っていくと言いだし、ボートに戻ってくると、手斧を貸してくれと頼んだ。「なんのために?」と訊くと、「頭、切り落とす」と答えた。だが、頭は切り落とせなかったので、足をひとつ持ってきた。とてつもなく大きな足だった。

わたしも毛皮は何かの役に立つかもしれないと思いなおし、できるならば剝《は》いでみることにした。そこでふたりして仕事にかかったのだが、その仕事はジューリーのほうがはるかに巧みだった。わたしはやり方をよく知らなかったのだ。ふたりがかりでなんとまる一日かかったものの、ついにその毛皮を剝ぎとった。船室の屋根に広げておくと、太陽が二日ですっかり乾かしてくれ、それからというもの、わたしはそれを敷いて寝るようになった。

3　ポルトガル船に救われる

このあと、わたしたちは十日から十二日のあいだ南下を続け、乏しくなってきた食料をけちけちと食い延ばしながら、飲み水を汲みにいかざるをえないときにだけ上陸した。こうしてガンビア川かセネガル川まで、すなわちヴェルデ岬のあたりまで行くつもりだった。そこまで行けば、どこかヨーロッパの船に出会えるだろうと思ったのである。出会えなければ、どうしていいかわからなかった。ヴェルデ岬諸島を探すか、そのまま黒人たちの土地で野垂れ死にするか、どちらかだった。ヨーロッパから来る船は、行く先がギニア海岸であれ、ブラジルであれ、東インド諸島であれ、すべてこの岬かその沖合の諸島を経由することをわたしは知っていた。つまり、自分の運命をそっくりこの岬ひとつに賭《か》けていたのであり、そこでどこかの船に出会えなければ、死ぬほかなかった。

そんな覚悟で、いま述べたように十日あまり帆走を続けると、陸に人が住んでいるのがわかるようになってきた。二、三の場所では、岸辺に立ってこちらが通り過ぎるのを眺めている人々が見えた。真っ黒で、裸なのも見て取れた。一度、彼らのところへ上陸してみようという気を起こしたが、わたしよりしっかり者のジューリーに、「行くだめ、行くだめ」と止められた。

それでも声が届くあたりまで岸に近づくと、彼らはボートのそばをかなり長いこと一緒に走ってきた。よく見ると、誰も武器は手にしていなかったが、ひとりだけ、すらりとした長い棒を持っていた。ジューリーが言うにはそれは槍《やり》で、彼らはそれを遠くまで、狙いをあやまたずに投げられるという。そこでわたしはそれ以上近づくのをやめたが、できるかぎりの身振りで話しかけ、とりわけ、食べ物が欲しいというしぐさをしてみせた。すると彼らは、ボートを停めろ、肉を取ってくる、と合図をよこした。

それを見てこちらは帆を下ろし、いったん停船した。すると彼らのうちのふたりが奥のほうへ駆けていき、三十分もしないうちに、乾し肉を二枚と何かの穀物を少しばかり持ってきた。その土地で穫《と》れたものだろうが、どちらの正体も定かではなかった。ありがたく受け取ることにしたものの、どうやって受け取るかが次の問題だった。こちらには彼らのところへ上陸する勇気はなかったし、彼らも同じようにこちらを怖がっていたからである。彼らが採ったのは、どちらにとっても安全なやり方だった。食べ物を岸辺に置いて遠くへ離れていき、こちらがそれを持ってボートへ戻ると、また近づいてきた。

返礼になるものが何もなかったので、わたしたちは感謝のしぐさをしてみせた。ところがちょうどそのとき、礼をする絶好の機会が訪れた。岸近くにまだ停船しているあいだに、山のほうから二頭の猛獣が、一方が他方を追いかけて（だとこちらは思ったのだが）、すさまじい勢いで駆けおりてきたのである。雄が雌を追いかけているのか、戯《じゃ》れているのか喧嘩《けんか》をしているのか、それは判断がつかなかったし、よくあることなのか異常なことなのかもわからなかった。おそらく後者だったと思う。第一に、そういう猛獣は夜にしかまず現われないし、第二に、住民が、なかでも女たちが、ひどくおびえていたからだ。投槍を持った男だけは逃げなかったものの、あとはみな逃げてしまった。

しかし二頭は黒人たちを襲おうとはせず、まっすぐに海まで駆けてきて水に飛びこみ、遊びにでもきたかのように泳ぎまわった。やがて一頭が、思った以上にボートに近づいてきた。だがわたしはすでにもう、それに備えていた。大急ぎで銃に装塡《そうてん》し、ジューリーにあとの二挺にも装塡するよう命じていたのである。獣が射程に十分はいってくると、すかさず頭を撃ちぬいた。そいつはたちまち水中に沈んだが、すぐにまた浮かんできて、ばしゃばしゃと暴れだした。さながら断末魔のもがきのようだったが、実際そのとおりだった。あわてて岸へ向かったものの、頭の傷が命取りになったうえ、溺れて息ができなくなり、岸にたどりつく直前にこときれた。

銃の発した轟音《ごうおん》と炎に対するその憐れな人々の驚きは、とうてい言葉にできない。恐れのあまり絶え入りそうになり、死んだように倒れ伏す者までいた。けれども獣がこときれて水に沈んだのを眼にし、海岸へ出てくるようにとわたしが手招きするのを見ると、みな気を取りなおしてやってきて、死骸《しがい》を捜しはじめた。わたしは海水を染める血を頼りにそれを見つけ、ロープを巻きつけて黒人たちに渡した。彼らがそのロープをたぐって、死骸を岸に引きあげてみると、そいつは感心するほどみごとな斑模《まだら》様を持つ、きわめて珍しい豹だったので、黒人たちはわたしがいかなるものでそいつを殺したのかと、諸手《もろて》を上げて驚嘆した。

もう一頭の獣は銃の轟音と閃火《せんか》に肝をつぶして岸へ泳いでいき、もと来た山のほうへ一目散に逃げていったため、正体はその距離からではほっきりしなかった。黒人たちが獲物の肉を食べたがっていることはすぐにわかったので、わたしはそれを礼として進呈することにし、持っていってかまわないというしぐさをしてみせた。

彼らはとても感謝して、すぐさま皮剝ぎにかかり、ナイフなど持っていないのに、鋭利な形にした木ぎれでそいつの毛皮を、ナイフで剝ぐよりはるかにたやすく剝いでしまった。わたしたちにもその肉を勧めてくれたが、わたしは断わり、あなたがたに差しあげるというしぐさをした。ただし毛皮を欲しいと伝えると、彼らは気前よくそれをくれたうえに、自分たちの食料をまたどっさりと運んできてくれた。見たことのないしろものだったが、わたしはそれを受け取った。

それから水が欲しいというしぐさをして、壺をひとつ持ちあげて逆さにし、それが空であり、水を満たしたいのだということを伝えた。彼らはすぐに仲間たちに声をかけた。すると女がふたり、土でこしらえて天日で乾かしたものだろう、大きな器を運んできて、前と同じように岸に置いた。わたしはジューリーに壺を持っていかせ、三つすべてに水を汲ませた。女たちも男と同じように裸だった。

こうして水と、粗末なものながら根菜と穀物を手に入れ、友好的な黒人たちと別れておよそ十一日のあいだ、陸には寄りつかずになおも進むと、四、五リーグ前方に、長々と沖へ突き出ている岬が見えてきた。海はまったく穏やかだったので、岸から大きく離れて突端へ向かった。陸から二リーグほどのところでようやく岬をまわってみると、岬とは反対の沖合にはっきりと島影が見えた。そこでわたしはこれがヴェルデ岬で、沖にあるのがそれにちなんでヴェルデ岬諸島と名づけられた島々にちがいないと判断した。しかし島まではずいぶんと距離があったので、どちらへ行くのが得策か判断がつかなかった。強風に見舞われたら、どちらにもたどりつけなくなりそうだった。

どうしたものかと考えこみながら、船室へはいって腰をおろしたとき、舵を任せておいたジューリーがだしぬけに、「旦那、旦那、帆船！」と叫んだ。そして愚かにも、それを主人がよこした追っ手の船にちがいないと思いこんで、震えあがった。だがわたしは、もう彼らの手の届かぬところまで来ていることを知っていた。船室から飛び出してみると、たんに船が見えただけでなく、どういう船なのかもすぐにわかった。ポルトガルの船で、わたしの見るところでは、ギニア海岸に黒人を求めていくところだった。

ところが進路をよく見ると、その船がどこか別の土地へ向かっており、それ以上は岸に近づいてくるつもりのないことがすぐにはっきりした。そこでわたしは、可能ならば呼びかけようと思い、できるかぎり沖へ出た。

帆をいっぱいに張ったものの、むこうの進路へ先回りすることはできそうになく、合図を送る前に通り過ぎてしまいそうだった。ところがいっぱいに展帆したあと、もうだめだと諦めかけたとき、むこうがどうやら遠眼鏡でこちらを認めたようだった。ヨーロッパ製のボートなので、難破した船のものにちがいないと考えたのか、近づいてくるのを待つように縮帆した。

それを見て力を得たわたしは、積んであった主人の旗を遭難信号がわりに掲げ、銃を撃った。むこうはそれをどちらも視認したという。つまり、銃声は聞こえなかったものの、硝煙は見えたのである。この信号を受けるや、親切にも船首を風上に向けて停船し、こちらを待ってくれたので、それから三時間ほどのちにわたしたちは追いついた。

彼らはポルトガル語、スペイン語、フランス語で、わたしが何者かを尋ねてきたが、わたしはどれも理解できなかった。けれども最後に、乗り組んでいたスコットランド人水夫が英語で呼びかけてきたので、イングランド人だと答え、サレのムーア人に奴《ど》隷《れい》にされていたが、逃げてきたのだと伝えた。すると彼らは上がってこいと言って、わたしたちを持ち物いっさいとともに船に乗せてくれた。

これまでの惨《みじ》めで絶望的ともいえる境遇からこうして（当時のわたしからすれば）救われたことは、これは信じてもらえるだろうが、言葉にできないほどうれしかった。すぐさまその船の船長に、助けてくれたお礼として持ち物をすべて進呈すると申し出た。けれども船長は寛大にも、何も受け取るつもりはない、持ち物はブラジルに着いたときにすべて返すと言ってくれた。

「きみの命を助けたのは、自分が助けられたらうれしいからにほかならない。ことによるといつかわたしも、同じような状況で拾いあげられることになるかもしれない。それに、故国から遠く離れたブラジルまで連れていったうえに、持ち物まで取りあげたら、きみはむこうで飢えることになる。それはわたしにしてみれば、助けた命を奪うことでしかない。いやいや、セニョール・イングレース、イングランドのおかた、わたしはきみを善意でブラジルまで運んであげるんだ。持ち物はむこうで必要なものを買ったり、国へ帰る船賃にあてたりしなさい」船長はそう言ってくれた。

そしてこの親切な申し出を、きちんと実行してくれた。わたしの持ち物に手をつけてはならないと乗組員たちに命じてから、すべてを自分が預かり、三つの素焼きの壺にいたるまで、あとで返してくれるものの正確な目録を渡してくれた。

わたしのボートのほうは、とてもよくできたものだったので、船長はそれを見て、自分の船で使うために買い取りたいと言い、いくらで売るかと尋ねてきた。わたしは何から何まで親切にしていただいたうえに自分から値段をつけるようなまねはできない、あなたにお任せすると答えた。すると船長は、八レアル銀貨(スペインが新大陸で鋳造していた銀貨)八十枚を代金としてブラジルで支払うという手形を渡そうと言い、むこうでもっと支払うという者が現われたら、その分も補うと言ってくれた。

さらに船長は、召使いのジューリーを八レアル銀貨六十枚で買い取ろうと申し出た。けれどもわたしは受け取る気になれなかった。ジューリーを渡したくなかったわけではなく、憐れな少年の自由を売りわたすことが、どうにも気が進まなかったのである。自由を取りもどそうとするわたしを、これまで忠実に手助けしてくれたのだから。

わたしがそう伝えると、船長はそれももっともだと認め、少年がキリスト教徒になるならば、十年で自由にするという証文を渡そうという折衷案を示してきた。本人も船長のところへ行くのはかまわないと言うので、それならばと、わたしはジューリーを引き渡した。

ブラジルまでの航海はまことに平穏で、二十二日ほどのち、船はトドス・ロス・サントス湾、すなわち諸聖人湾に着いた。こうしてわたしは、惨めきわまりない身の上からいま一度救われて、これからどうしたものかと思案することとなった。

船長の親切なはからいには、いくら感謝しても感謝したりない。船賃は取ろうとせず、ボートに積んでいた豹の毛皮には金貨二十枚、ライオンの毛皮には四十枚を支払ってくれ、わたしが船に持ちこんだものはすべて滞りなく返してくれた。そのうえで、こちらが売ってもよいと思うもの、箱入りの酒や、銃のうちの二挺、蠟燭を作るのに使った蜜蠟の残りなどは、みな買いあげてくれた。結局、荷は八レアル銀貨で二百二十枚ほどになり、この貯《たくわ》えを持ってわたしはブラジルに上陸した。

ほどなく船長の世話で、この船長と変わらぬほど善良で正直な男のところに身を寄せた。この男はいわゆるインジェニオ、すなわち農園と製糖所を持っていたので、しばらくのあいだはその男のもとで暮らして、砂糖の栽培法と製造法を習った。そして農園主たちの安楽な暮らしぶりと、急速な成長ぶりを眼にして、自分もそこに入植する許可を得られたら農園主になろうと心に決め、その間にロンドンに残してきた金を送ってもらう手立てを探ることにした。それから帰化許可証のようなものを手に入れると、あるだけの金で未墾の土地を買い入れ、イングランドから送らせるつもりの貯えに見合った農園と住居の腹案を練った。

隣人にウェルズという名の、両親はイングランド人だが、リスボン生まれのポルトガル人がいて、わたしと似たり寄ったりの暮らしをしていた。隣人と呼ぶのは、農園が隣り合っていて、とても親しくしていたからである。おたがいに貯えがわずかしかなく、二年ほどは、何よりもまず食べられるものを植えた。だがしだいに豊かになり、土地も整ってきたので、三年目に煙草《たばこ》をいくらか植えたうえ、あくる年に砂糖黍《さとうきび》を植えられるようにと、それぞれ広い耕地を整えた。ところがどちらも人手が足りなかった。召使いのジューリーを手放したのは早計だったと、わたしは前にも増して悔やむようになった。

けれども、正しいことをしたためしのないわたしが誤りを犯すのは、悲しいかな、さして不思議ではない。今さら直しようがなかった。自分の気質とはかけ離れた仕事、望む生き方とはまるで裏腹の仕事を始めてしまったのであり、それが父の家を飛び出して、父の忠告にことごとく背いたあげくに得たものだった。

そう、わたしはまさに父に勧められた中ぐらいの身分、すなわち上流の庶民になりかけていたのであり、この暮らしを続けるつもりなら、このように外国で苦労せずとも、家にいればよかったのである。これならイングランドで友人たちのあいだにいても同じだったのではあるまいか、わざわざ五千マイルもかなたへやってきて、荒れ地で異人や蛮人に囲まれ、わたしのことを少しでも知る世界からは便りひとつ届かぬまま、寂しく働かずともよかったのではあるまいかと、たびたび思ったものだった。

こうしてわたしはおのれの境遇を見つめては、このうえない後悔にさいなまれた。ときおりこの隣人を相手にするほかは話し相手とてなく、みずから働かなければ仕事ひとつ片付かない。まるで自分ひとりしかいない孤島に流れついた男のような暮らしだと、よく愚痴をこぼしたものである。

ところがまことに当然の報いながら、そしてまことに人はみなこれを肝に銘ずるべきだが、現在の境遇をもっと悪い境遇になぞらえると、天はあえてその境遇を取り替え、それまでいかに幸福な境遇にいたかを思い知らせることがある。それゆえ（繰りかえしになるが）まことに当然の報いながら、みずから口にしたような無人島における孤独な暮らしが、このあとわたしの運命になってしまう。おのれの暮らしをしきりにそんなものになぞらえた罰である。あのままの暮らしを続けていたら、おそらくなみはずれて裕福になっていたことだろう。

農園を始める手立てにそれなりの目処《めど》がついたころ、海でわたしを拾ってくれた親切な船長が戻ってきた。彼の船は積み込みと航海の準備のために、三か月近くもブラジルにとどまっていたのである。ロンドンに残してきたなけなしの貯えのことを話すと、船長は親身になって助言をしてくれた。

「セニョール・イングレース」といつものように言った。「それなら、貯えを預けてあるロンドンの人に手紙を書き、その金をこの国に適した商品に換えて、リスボンのわたしの指定する人物に送ってほしいと指示し、委任状とともにわたしに預けなさい。そうしたらこんどわたしがここへ、神の御心《みこころ》にかなって戻ってくるときに、その商品を持ってきてあげよう。といっても、人の行ないはとかく変化や災難に見舞われるものだから、百ポンドだけ送ってもらうといい。それが貯えの半分らしいからね。まずはそれを運命に託してみて、無事に届けば、残りも同じようにして送ってもらえばいいし、届かなくても、必要なものを調えるのにあとの半分をあてにできる」

いかにも有益で、しかも親身な助言に思えたので、これにまさる手立てはないと確信して、わたしは言われたとおりに、金を預けてある未亡人宛《あ》ての手紙と、ポルトガル人船長の望むとおりの委任状をしたためた。

その手紙には、奴隷にされたこと、脱走したこと、海上でポルトガル人船長に出会ったこと、彼の親切を受けたこと、今の自分の暮らしぶりなど、冒険の顚末《てんまつ》をすべて書いたうえで、商品を送ってもらうのに必要な指示のいっさいを記した。この正直な船長はリスボンへ帰ると、その地のイングランド人商人たちを介して伝手《つて》を見つけ、わたしの指示だけでなく、その後の顚末も記した手紙をロンドンの商人に送り、その男がそれをきちんとイングランド人船長の未亡人に届けてくれた。すると彼女は金を渡してくれたばかりか、自分の懐《ふところ》からポルトガルの船長に、わたしへの親切と心づかいに対して、たいそうな謝礼を贈ってくれた。

ロンドンの商人はその百ポンドで、船長の書き送ったとおりにイングランドの商品を買い入れて、リスボンの船長のもとへじかに送り、船長はそのすべてをつつがなくブラジルまで運んできてくれた。そのなかには、わたしの指示がなくとも（素人《しろうと》のわたしはそこまで気がまわらなかった）、農園で必要になる農具や鉄製品や日用道具がいろいろと加えられており、どれもたいへんに重宝した。

この荷が着くと、わたしはうれしさに跳びあがらんばかりになり、ひと財産こしらえたような気分になった。管財人がわりの船長は、未亡人が礼として彼に贈った五ポンドで召使いをひとり、六年の年季で買い入れて連れてきてくれ、わずかな煙草のほかは謝礼を受け取ろうともしなかった。煙草はわたしの育てたものだからということで、どうにか収めてもらった。

そればかりではない。わたしの商品はみなイングランドの製品で、衣類や、反物、ベーズ織りなど、この地ではとりわけ貴重で喜ばれるものばかりだったので、手立てを見つけて売ると、たいそうな儲《もう》けになった。おかげで元手を四倍あまりにして、農園の繁栄という点では、貧しい隣人をはるかにしのぐようになった。そこでまず、黒人の奴隷をひとりと、ヨーロッパ人の召使いもひとり買い入れた。つまり、船長がリスボンから連れてきてくれた召使いのほかに、もうひとりということである。

しかし、むやみな成功は往々にしてたいへんな災いを招くもので、わたしの場合も例外ではなかった。あくる年、農園は大きな利益をあげた。自分の畑で栽培した煙草を近隣で必要品と交換しても、大きな束がなお五十も残った。この五十束は、どれも百ポンド以上あったので、よく乾燥させて、リスボンからの船団が来るまで取っておいた。商いも身代も大きくなったため、自分の能力を超えた企てやもくろみで、頭がいっぱいになってきた。すぐれた商人のなかにも、そういうものに破滅させられるためしは多い。

そのままの状態に満足していたら、そののちに訪れる幸せをすべて享受《きょうじゅ》できたであろう。その幸せをつかませようとして、父はあれほど諄々《じゅんじゅん》とわたしに、穏当な暮らしを勧めてくれたのだし、その幸せにあふれているからこそ、あれほどことを分けて、中ぐらいの身分について説明してくれたのだ。それなのに、わたしを待ち受けていたのは別のものだった。わたしは依然として、みずからおのれに不幸をもたらそうとしていた。過《あやま》ちをなおも重ねて、自責の念をさらに募らせようとしており、こののちの苦難のなかで、それをたっぷりと悔いるはめになった。これらの過ちはすべて、海外を放浪したいという愚かな思いと、その思いを実現することに頑《かたく》なに執着した結果であり、神と自然がわたしに定めた前途と、義務となした活計《たつき》を地道に追求することを、それがわが身のためだとはっきりわかっていたにもかかわらず、拒んだ報いだった。

父母の家を飛び出したときと同じように、こんどもわたしは満足できなくなった。自分の拓《ひら》いた農園で裕福になり成功するという安穏な前途に背を向け、道理にかなわぬ早さで出世したいという、性急で不埒《ふらち》な望みを追い求めずにはいられなくなった。こうして、これまで人が落ちたこともないような深い苦難の淵《ふち》へ、この世で人が耐えたこともないような暮らしと危うい境遇に、またしても進んで身を投じてしまったのである。

では、これからわたしの物語のその部分を、順を追って語るとしよう。ブラジルにほぼ四年暮らし、農園がたいそう儲かりだして、わたしはご想像のとおり、言葉を憶えたばかりでなく、同業の農園主たちのあいだにも、この地の港であるサン・サルバドールの商人たちのあいだにも、知己や友を持つようになった。彼らと話をするなかで、二度にわたるギニア海岸への航海のもようをたびたび語り、かの地の黒人との交易のし方を話し、ビーズや玩具《がんぐ》、ナイフ、鋏《はさみ》、手斧、ガラス片といったつまらないもので、いともたやすく砂金やギニアショウガの種(胡椒に似た香辛料)、象牙《ぞうげ》などのほか、ブラジルで働かせる黒人まで、大量にあがなえるという話をした。

彼らはわたしのこういう話にいつも熱心に耳を傾けていたが、とりわけ熱心だったのが、黒人の買いつけについての話題である。黒人の売買は、当時さほど広くは行なわれていなかったうえ、実際にはアシエントという、スペイン王やポルトガル王の勅許のもとに行なわれており、国家に独占されていたため、連れてこられる黒人は少なく、はなはだ高価だった。

あるとき、知り合いの商人や農園主たちと同座して、そんなことを真面目《まじめ》に話したところ、あくる朝そのうちの三人がやってきた。前の晩にわたしから聞いたことをとっくりと考えたすえ、内密の提案をしにやってきたというのである。そして、他言しないようにと念を押したうえで、こう打ち明けた。

実はギニアへ行く船を仕立てようと思っている。われわれもきみと同じく農園を持っていて、人手が足りないのに何より困っている。だがそれはわれわれには許されていない商売だから、帰ってきても公然と黒人を売ることはできない。だから一度だけ船を出し、ひそかに黒人を連れてきて、自分たちの農園のあいだで分けたい。そこできみがその船の上乗りになってギニアの海岸へ行き、買いつけを取り仕切ってくれないか。引き受けてくれたら、出資はしなくとも、きみにも平等に黒人を分ける。

悪くない提案だったことは認めねばならないが、それは提案を受けた側に監督すべき自分の住まいと農園がない場合、それも、これから相当なものになりそうな、かなりの資金を注ぎこんだ農園がない場合の話である。わたしには、そういう段階にある安定した農園があった。しかもそのままあと三、四年続けて、イングランドから残りの百ポンドを送らせさえすれば、そのささやかな送金も加えて、ほぼまちがいなく三、四千ポンドの身代を築けるはずであり、それもますます増えるはずだったのだから、そのような航海に出ようなぞと考えるのは、同じ状況にある者なら決して犯さぬような、無分別きわまりない過ちだった。

だが、みずからを破滅させるべく生まれついたわたしは、父の忠告に耳を貸さずに、とりとめのない計画に身を任せたときと同じく、その申し出にもあらがえなかった。

つまり、喜んで行こうと答えたのである。ただし、留守のあいだ彼らがわたしの農園の世話を引き受けてくれるなら、そして万一わたしが死んだ場合には、それをわたしの指示するとおりに処分してくれるなら、という条件をつけた。

彼らはそれを了承して、そのとおりにするという誓約書を書いてくれた。わたしのほうは正式な遺言書を作成して、死亡した場合には農園と動産を処分するよう指示し、命を救ってくれた船長をこれまでどおり総相続人に定めた。ただし、船長は動産を遺言の指示どおりに処分する義務を負い、作物の半分は自分のものとし、もう半分はイングランドに送ることとした。

要するに、動産を保護することと農園を維持することに、万全を期したわけである。かりにその慎重さを半分でも自分のために割いて、すべきこととすべきでないことの判断をしていたならば、かくも好調な仕事を放り出して、待ちうけているはずの成功に背を向け、危険がつきものの海になぞ出たりはしなかったはずである。わたしには災難に見舞われて当然の理由もあったのだから、なおさらだろう。

それなのにわたしは急《せ》き立てられるように、理性よりも気まぐれの命ずるところに闇雲に従ってしまった。その結果、船は艤装《ぎそう》され、荷が積みこまれ、航海の共同出資者らによる合意のとおりにすべてが整えられて、一六五九年九月一日、わたしは船に乗りこんだ。奇《く》しくも八年前、父母の命に逆らい、おのれの利益もかえりみずに、ハルの家をあとにしたのと同じ日であった。

4　無人島に漂着する

船はおよそ百二十トン積みで、六門の大砲を備え、船長と彼の召使いとわたしのほかに十四名が乗り組んでいた。積荷の商品は大半が、黒人との交易に適したビーズ、ガラス片、貝殻などの玩具《がんぐ》と、手鏡、ナイフ、鋏、手斧《ておの》などを主とする雑貨だった。

船はわたしが乗りこんだ日に出帆し、ブラジル沿岸を北上して、北緯十度ないし十二度まで来たあたりでアフリカの海岸へ渡る予定だった。それが当時の航路だったようだ。こちら側の沿岸を行くあいだは、はなはだ暑くはあったものの、天候は申し分なく、やがてサン・アウグスティーノ岬の突端に達した。そこからそのまま沖へ出て、陸地が見えなくなると、いかにもフェルナンド・デ・ノローニャ島へ向かうかのように舵《かじ》を切り、針路を北東微北に取って、島々の西を通過した。この針路のままおよそ十二日後に赤道を越え、最後の天測によれば北緯七度二十二分に達したときのこと。わたしたちは想像もつかないような激しいトルネード、すなわち大暴風に襲われた。

風は南東から吹きはじめて北西に変わり、やがて北東に落ちついて、それからすさまじい勢いで吹きつづけた。そのため船は十二日間にわたって漂流し、運命と風の怒りの命ずるところへ、追風を受けて運ばれていくほかなかった。言うまでもなく、わたしはこの十二日間のあいだ毎日、今日こそ海に呑《の》まれると思っていたし、乗り組みの誰もが、命はないものと思っていた。

この危難のさなかに、嵐《あらし》の恐ろしさに加えて、乗組員のひとりが熱病で死に、もうひとりと召使いの少年が波にさらわれた。十二日目ごろに嵐がいくぶん静まったので、船長ができるかぎりの天測をしてみると、船は北緯十一度付近にはいるものの、サン・アウグスティーノ岬から西へ、経度にして二十二度も流されてしまっていることが判明した。つまりそこはブラジルの北の、ギアナ地方の沿岸であり、船はアマゾン河を越えて、一般に〝大河〟と呼ばれるオリノコ河のほうまで流されていたわけである。船体がひどく傷《いた》んで浸水していたため、船長は取るべき針路についてわたしに相談してきた。ブラジル沿岸にまっすぐ戻るつもりでいたのだ。

わたしは断固として反対した。そして船長とともにアメリカの沿岸の海図を調べたすえ、頼りにできるような住民のいる土地は、カリブの島々の圏内にはいるまではないと結論して、バルバドス島を目指すことにした。沖合を航行してメキシコ湾へ流れこむ海流を避ければ、十五日ほどの航海で容易にたどりつけるだろうと踏んだのである。アフリカの海岸へ渡るのは、船と人の手当てをしなければとうてい無理だった。

この計画に従ってわたしたちは針路を変え、北西微西に舵を切った。どこかイングランド領の島にたどりつき、そこで助けを求めるつもりでいたのである。ところがそうはいかなかった。北緯十二度十八分まで来たところでまたしても嵐に襲われ、前回と同じ激しさで西へ運ばれて、人間の交易路からすっかりはずれてしまったのである。かりに海では命が助かったとしても、故国へ帰る前にこんどは陸で蛮人に食われる恐れが出てきた。

この危難のさなか、強風がなおも吹きまくる早朝のこと、乗組員のひとりが「陸だぞ」と叫んだ。これでやっと自分たちがどこにいるのかわかると思い、わたしたちは船室から駆け出した。ところがそのとたん、船が砂地に乗りあげていきなり動きを止めたため、波がすさまじい勢いで砕けてきた。もうおしまいだ。誰もがそう思い、あわてて窮屈な場所へ逃げこんで、その波の泡としぶきから身を守ろうとした。

こうした状況に置かれた者のうろたえぶりは、同じような目に遭わなければ、言葉にするのも理解するのもむずかしいだろう。そこがどこなのか、どんなところに漂着したのか、島なのか本土なのか、人が住んでいるのかいないのか、何ひとつわからなかった。風の勢いは当初よりいくらか弱まったとはいえ、まだまだ烈《はげ》しく、なんらかの奇跡で風向きが今すぐ変わらないかぎり、船は数分もたたぬうちにばらばらになるとしか思えなかった。

かくしてわたしたちは、座りこんだまま顔を見合わせ、今にも死が訪れるだろうと、みな神妙にあの世へ行く覚悟を決めた。こうなってはもう、ほかにすることもとりたてて、というかまったく、なかったのである。慰めといえば、案に相違して船がまだ壊れていないことと、風が衰えてきたぞと船長が言ったことだけだった。

たしかに風は少し弱まったように思えたものの、船はこのように砂地に乗りあげて、はずれる見込みもないほどがっちりとめりこんでおり、わたしたちはまことに危険な状況にあった。もはや命だけでも助かることを考えるしかなかった。嵐の直前には船尾にボートを一艘《そうひ》曳いていたが、そのボートは船の舵に激突して穴があいたあと、ロープが切れて海に沈んだか流されたかしてしまい、もはや頼みにしようもなかった。ボートはもう一艘あったが、どうやって海におろすのかが問題だった。だが議論している暇はなかった。船は今にもばらばらになりそうに思えたし、すでに壊れているという報告もあったからである。

そんなわけで、航海士がそのボートをつかみ、ほかの男たちの力を借りて船の横に吊《つ》りおろした。全員が乗りこんで船を離れ、十一名（十四名の誤りか）がそろってわが身を神の慈悲と荒海に託した。嵐はかなり衰えていたとはいえ、岸にうち寄せる波はまだ恐ろしいほどに高く、まさにオランダ人が嵐の海を称して言うごとく、狂える海《デン・ヴィルト・ゼー》と呼ぶにふさわしいありさまだった。

状況はまことに悲惨だった。波が高くてそのボートでは乗りきれないこと、自分たちがかならずや溺《おぼ》れ死ぬことは、誰の眼にも明らかだった。帆を張ろうにも帆はなかったし、かりにあったとしても張ることなどできなかった。そこでわたしたちはオールを漕《こ》いで陸へ向かった。だが心は、刑場へ引かれていく罪人さながらに重かった。陸に近づいたら、寄せ波で岸に打ちつけられてボートが微塵《みじん》に砕かれることを、みな承知していた。それでもみずからの魂を心から神にゆだね、追い風を受けつつ、陸を目指して懸命にオールを漕ぎ、みずからの手でわれとわが身の破滅を早めた。

はたしてどんな海岸なのか。岩場なのか砂地なのか、断崖《だんがい》なのか浅瀬なのか、それはわからなかった。わたしたちがすがりついているほんの一筋の合理的な希望は、どこかに入江か湾か河口でも見つかれば、可能性は低いものの、そこへボートを漕ぎ入れられるかもしれない、あるいは陸地の陰にはいれれば、穏やかな水域にたどりつけるかもしれない、というものだった。だがそのようなものはいっこうに現われず、近づけば近づくほど、その陸地は海よりも恐ろしげに見えてきた。

推定で一リーグ半ほど、漕いだというより流されたあと、山のような荒波が艫《とも》に迫ってきた。どう見ても、とどめの一撃になりそうだった。波はものすごい勢いで襲いかかってきて、たちまちボートをひっくり返した。わたしたちはみな、ボートからもおたがいからも引き離され、神の名を唱える間もなく一瞬にして海に呑まれた。

海に沈んださいに覚えた狼狽《ろうばい》は、とうてい言葉では言い表わせない。泳ぎは得意だったとはいえ、息を吸うために波間に顔を出すこともかなわぬまま、岸のほうへ途方もない距離を、流されたというより運び去られた。力尽きた波が引いていくと、陸地のかなり近くに取り残されていたが、水を飲んだためにもはや半死のありさまだった。意識ははっきりしていたし、息も残っていたので、思ったより岸の近くにいるのに気づいたわたしは立ちあがり、次の波がやってきてふたたびさらわれる前に、大急ぎで岸へたどりつこうとした。

だがすぐにそれは不可能だと悟った。後ろから小山のような波が、敵勢さながらに猛々しく迫ってきたのである。わたしには闘うすべも力もなかった。できるのは息を止めて、可能ならば水の上に顔を出すことと、そうやって息継ぎをしつつ泳いで、なるべく岸のほうへ近づくことだけだった。最大の心配は、寄せ波で岸のほうへ大きく運ばれたあと、引き波でふたたび沖へさらわれないだろうかということだった。

襲ってきたその波に、たちまち二、三十フィートの深さまで呑みこまれた。ものすごい力と速さでぐんぐんと岸のほうへ運ばれていくのが感じられたが、わたしは息を止め、自分でもさらに前へと全力で泳いだ。苦しくて胸が破裂しそうになったところで、体が浮きあがるのがわかり、ありがたいことに、頭と両手がぱっと海面に出た。そうしていられたのは二秒足らずだったが、息を吸ってだいぶ楽になり、新たな勇気を得た。

それからまたしても、かなりのあいだ水に沈んだものの、堪えきれないほどではなかった。波が力尽きて引きはじめると、引き波に逆らってなおも泳ぎ、ふたたび底に足がついた。しばらくそこにたたずんで息を整え、波が去っていくとさらに、残った力で一散に岸のほうへ走った。だがそれでもまだ、海の猛威からは逃れられず、またしても波が降りそそいできた。さらに二度わたしは波に持ちあげられ、なおも前方へ運ばれた。遠浅の海岸だったのである。

この二度のうちのあとのほうの波で、危うく命を落とすところだった。これまで同様ぐんぐんと波に運ばれたあと、打ちあげられたというより、ものすごい力で岩にたたきつけられたために、気を失ってしまい、わが身を救うこともできなくなったのである。脇腹《わきばら》と胸を強打して、体からすっかり息をたたき出されてしまった。次の波がすぐにやってきていたら、水中で窒息していたにちがいない。

だが波に襲われる少し前に意識を取りもどし、またしても水に呑まれるのを悟ると、岩にしがみついていることにして、波が引くまで息を、可能ならばだが、止めていることにした。陸が近くなったので、波は最初のころのものほど高くはなく、岩にしがみついていると弱まってきた。そこですかさずわたしはまた走りだし、こんどは岸のすぐ近くまでたどりついた。

おかげで次の波は、頭からかぶりはしても、呑まれてさらわれるほどではなかった。次のひと走りで岸にたどりつくと、心からほっとして海岸の崖《がけ》をよじ登り、草地に座りこんだ。ここまで来ればもう安心で、波は絶対に届かなかった。

こうして無事に陸地にたどりついたわたしは、天を仰いで神に感謝した。なにしろ命が助かる見込みなど、ほんの数分前にはほとんどなかったのである。墓から救い出されたと言ってもさしつかえない亡者《もうじゃ》の歓喜と恍惚《こうこつ》を、生者に伝えるのは不可能だろう。罪人が首に縄をかけられ、縛りあげられて、まさに縊《くく》られんとするところへ執行停止令状を届けるときには、外科医を同伴して、停止を告げるのと同時に瀉血《しゃけつ》をさせるのが習わしだが、それももっともなことだと思う。そうしなければ、驚きのあまり心臓から動物精気が流れ出して、罪人は卒倒しかねない。

〝なぜなら不意の歓《よろこ》びは、悲しみさながら人をまず、あわてさせるものだから〟（風刺詩人ロバート・ワイルドの手になる俗謡の一節）

わたしは海岸を歩きまわりながら諸手を上げて、助かったことを言わば全身でしみじみと噛《か》みしめ、言葉では説明できない無数の身振りやしぐさをした。そして溺れた仲間たちのことを思い、助かったのは自分ひとりにちがいないと考えた。彼らの姿はその後まったく見ていなかったし、手がかりも、帽子を三つに縁なし帽をひとつと、別々の靴を片方ずつ、見かけたにすぎなかったからである。

座礁《ざしょう》した船に眼をやると、波しぶきが激しいときにはろくに見えもしないほど遠くにあり、よくぞあんなところから岸にたどりつけたものだと、つくづく思った。

状況の喜ばしい側面で心を慰めると、ここはいったいどんなところなのか、これからどうしたらよいものかと、あたりを見まわした。すると喜ばしさはたちまちしぼみ、結局、ありがたくない命拾いをしたことに気づいた。ずぶ濡《ぬ》れで、着替えもなく、元気を出そうにも、食べるものも飲むものもない。待ちかまえているのは、飢え死にするか野獣に食われるかという末路だけである。

とりわけまいったのは、武器をいっさい持っていないことで、動物をしとめて命をつなごうにも、こちらをしとめて命をつなごうとする動物から身を守ろうにも、その手立てがなかった。身につけているのはナイフが一挺《ちょう》に、煙草のパイプが一本、箱入りの煙草が少々だけで、それが所持品のすべてだと気づくと、恐ろしい不安に駆られてしばらくは狂人のようにあたりを駆けまわった。夜が迫ってくると、この地に猛獣がいたらおれの運命はどうなるだろうかと、暗澹《あんたん》たる心で考えはじめた。猛獣というのはたいてい、夜になると獲物を求めてうろつきはじめるものである。

そのときに思いついた策といえば、近くに生えているこんもりした、樅《もみ》に似ているが棘《とげ》のある木に登って、そこにひと晩じゅう座っていようというもので、どう死ぬかは次の日に考えることにした。生き延びられる見込みは今のところまったくなかった。飲み水を求めて海岸から一ハロン（約二百メートル）ほど歩いていくと、ありがたいことに真水が見つかった。水を飲み、空腹をしのぐために煙草を少し口に入れると、その木のところへ戻って枝に登り、眠っていても落ちないようにどうにか体を落ちつけた。それから棍棒《こんぼう》のような短い枝を護身用に一本切ると、眠りに就いた。途方もなくくたびれていたので、ぐっすりと眠った。このような状況でこれほど安らかに眠った者はまずあるまい。おかげで、こんな折としては考えられないほど爽《さわ》やかに眼覚めた。

5　物資を運び、住まいを造る

眼が覚めたときにはもう陽は高く、空は晴れ、嵐は収まっており、海は前日のようには荒れていなかった。だが何より驚いたのは、座礁していた船が夜のあいだに満ち潮で砂堆《さたい》から浮きあがり、前述の、わたしがひどくたたきつけられた岩のあたりまで流されてきていたことである。わたしのいる海岸から一マイル足らずのところだったし、船体はまだまっすぐに立っているようだったので、できれば乗りこんで、入り用なものをいくらかでも持ち出したいものだと思った。

ねぐらにした木からおりて、改めて周囲を見まわすと、まず見つかったのがボートだった。わたしの右手二マイルほどの陸地に、風波によって打ちあげられていた。行ってみようと思い、海岸をせっせと歩いていったが、途中に幅半マイルほどの入江か瀬戸のようなものがあることが判明して、いったん引き返した。船にたどりつくことのほうが先決だった。船に行けば、当座の糧《かて》になるものが見つかるだろうと思ったのである。

　正午を過ぎたころ、海がすっかり凪《な》いで、潮も遠くまで引いたので、船まで四分の一マイルのところまで歩いていけるようになった。そこまで行ってみると、悲しみがまた新たになった。船に残っていたらみな助かっていたことが、はっきりとわかったのだ。つまり、みな無事に上陸できたし、わたしもいまのように仲間と安らぎをすべて奪われるほど惨めにはならずにすんだのだ。そう気づくと、またしても涙がこぼれてきたが、泣いていてもしかたないので、できることなら船まで行ってみようと決めた。ひどく暑かったので、服を脱いでから泳ぎだした。

　ところがどうにか船に着いてみると、こんどは甲板に上がる手立てがなかった。座礁して船体が高く持ちあがっていたため、手の届くところに手がかりがなかったのである。まわりを泳いでふた回りしてみると、一度目には見落としたのだろう、船縁の横静索（マストを左右の舷側から支えている索）の留板から細いロープが一本、かなり下まで垂れているのに気づいた。苦労してそのロープをつかみ、それにすがって船首楼によじ登った。

船にあがってみると、船底に穴があいて船倉に大量の水が流れこんでいることが判明した。けれども船は硬い砂地の、というより土の洲《す》の斜面に艫を大きく乗りあげており、船尾が持ちあげられて舳先《へさき》が水に届きそうなほど下がっていたため、船尾側には水が流れこんでおらず、そこにあるものはすべて乾いていた。そう、最初の仕事は何が無事で何がだめになっているかを調べることだったのだ。

するとまず、船の食料はすべて無事で、水をかぶっていないことが明らかになった。ひもじくてたまらなかったので、パン庫へ行ってポケットにビスケットを詰めこみ、それを食べながらほかのものを調べた。のんびりしている暇はなかった。大船室（船長や高級船員の船室）ではラムも見つけ、たっぷりとひと口飲んだ。これからの作業のために元気を出すには、たしかにたっぷり必要だった。これでボートさえあれば、この先大いに必要になりそうな品々をいろいろと運べるはずだった。

だが、ないものねだりをしていてもしかたなかった。なければ工夫するしかない。船には予備の帆桁《ほげた》が数本と、太い円材が二、三本、予備の継ぎ檣《しょう》が一、二本積んであった。これを使うことにして、ひとりで運べるものをできるだけたくさん、流されないよう一本一本にロープを縛りつけては海へ放りこんだ。それから船腹を下りていって、それをたぐり寄せ、そのうちの四本を両端でできるだけしっかりと縛り合わせて筏《いかだ》に組んだ。その上に短い板を二、三枚、横向きに渡すと、楽に上を歩けるようにはなったものの、材が軽すぎてさほどの重量は支えられなかった。そこでこんどは、船大工の鋸《のこぎり》で予備の継ぎ檣を三本に切って、筏に付け加えた。たいへんな重労働だったが、これで必要なものが手にはいると思えば、普段ならできないこともやってのけられた。

これでわたしの筏は、そこそこの重量なら支えられるほど頑丈になった。次に考えたのは、何を載せるかということと、載せたものをいかにして波しぶきから守るかということだったが、これもあまり悩んでいる暇はなかった。ありったけの板を上にならべて、いちばん必要なものは何かをよく考えたのち、まず船員用の私物箱を三つこじあけて空にし、筏におろした。

最初の箱には食料を詰めた。すなわちパン、米、オランダ・チーズのかたまり三個、山羊《やぎ》の干し肉のかたまり五個、ヨーロッパの穀物の残り少々である。山羊肉はわたしたちの主な食料で、穀物は鶏の餌《えさ》として積んでいたものだが、鶏はもうみな絞められていた。大麦と小麦もあったのだが、のちにすべて鼠《ねずみ》に食い荒らされていることが判明して、ひどくがっかりした。酒は、船長のものを何箱か見つけた。なかには若干の強壮酒と、合計五、六ガロン（二十五リットル前後）のアラック（ココヤシなどで造る蒸留酒）もふくまれていた。これは私物箱に入れる必要も余地もなかったので、そのまま積んだ。

　こうしているあいだに、いつのまにか潮が静かに満ちてきており、ふと気がつくと、岸の砂地に残してきた上着とシャツと胴着が流されていくのが見えた。ズボンのほうはただの麻織りで膝丈《ひざたけ》だったので、ストッキングとともにはいたまま泳いできており、難を逃れた。とはいえこれを機に衣類を探してみると、いくらでも見つかった。だが当座に着るものしか持ち出さなかった。陸でまず必要になる道具のような、もっと欲しいものがほかにもあったからである。さんざん探しまわって、ようやく船大工の道具箱を見つけ出した。それはたしかにとても役に立つ戦利品であり、当時のわたしには船いっぱいの金貨よりはるかに値打ちがあった。その箱は、中を検《あらた》めて時間をむだにしたりはせず、そのままそっくり筏におろした。何がはいっているかはおおよそ見当がついた。

　次に欲しいのは武器と弾薬だった。大船室にたいそう上等な鳥撃ち銃が二挺と、ピストルが二挺あったので、これをまず、何本かの火薬角《かやくづの》（動物の角を利用した火薬入れで、先端から適量を注ぎこめるようになっている）と、小袋入りの弾とともに持っていくことにし、さらに、ふた振りの錆びた刀も手に入れた。船には三樽《たる》の火薬が積まれていることは知っていたが、それを砲術長がどこへしまったのかまでは知らなかった。やっとのことで見つけ出すと、ふた樽は乾いていて問題なかったものの、もうひと樽は水をかぶっていたので、そのふた樽だけを武器とともに筏に積んだ。これで十分だと思い、こんどはそれを積んでどのようにして岸まで行くかを考えはじめた。なにしろこの筏は、帆もオールも舵もないうえに、風が少し吹いただけでも転覆しかねなかったからである。

心の支えは次の三点だった。一、海が凪いでいる。二、潮が差してきて、岸のほうへ流れている。三、わずかな風が筏を陸のほうへ運んでくれる。そんなわけでわたしは、ボートのものだった折れたオールを二、三本と、道具箱の中身とは別に鋸を二挺に、斧《おの》を一挺、金槌《かなづち》を一本見つけると、それらを積んで船を離れた。一マイルばかり順調に進んだが、きのう上陸した地点からはやや遠くへ流されており、どうやら潮がどこかへ流れこんでいるようだった。だとしたらそこに水路か川があるのではないか、それを荷揚げ用の港として使えるのではないかと、そう期待した。

案の定、前方に小さな入り海が現われ、そこへ強い潮流が流れこんでいた。筏をできるだけその流れの中央からはずれないように操ったが、ここでまたしても、難破の憂《う》き目を見そうになった。そうなっていたら、さぞや心が挫《くじ》けたことだろう。沿岸の様子をまるで知らなかったので、筏の一方が浅瀬に乗りあげてしまい、積荷がすべて、まだ乗りあげていないほうへ滑ってきて、水に落ちそうになったのである。箱を背中で押しとどめるだけで精一杯だった。筏を浅瀬から突き放すために力をこめることもできず、姿勢を変える勇気もないまま、懸命に箱を押さえていた。

三十分近くもそうしていると、やがて水嵩《みずかさ》が増してきて、筏は少しずつ水平になってきた。しばらくするとさらに潮が満ちてきて、筏がふたたび浮きあがったので、手にしたオールで水路へ押し出してやった。筏は上流へ流されていき、やがて小さな川の河口へはいった。両側に岸が迫り、強い潮が上流へ流れていた。左右を見渡して接岸するのに適当な場所を探した。あまり上流まで運ばれたくはなかった。いずれどこかの船が沖に見えるかもしれないので、なるべく海岸の近くに身を落ちつけたかった。

やがて川の右岸に小さな入江を見つけ、たいへんな苦労と困難とともに筏をそちらへ導いていき、十分に近づいたところで川底をオールで突いてやると、まっすぐにそこへ乗りいれることができた。

だがここでまたもや、積荷をすべて水中へ落としそうになった。岸がかなり急な坂になっており、筏を水平に着けられる場所がなかったのである。乗りあげたら片側がひどく高くなり、反対側がさきほどと同じように水に沈んで、ふたたび積荷を危険にさらしてしまう。できるのはわずかな平地のそばで、オールを錨《いかり》がわりにして筏の縁をしっかりと岸に押さえつけたまま、満潮になるのを待つことだけだった。その平地も水に沈むだろうと予測したのである。

予測どおり平地が水に沈んで、水嵩が一フィートを十分に超えるや、というのも筏の喫水がそのぐらいだったからだが、わたしはそのわずかな平地の上に筏を押しやり、折れたオールの一本を片側の底に、もう一本を反対側の底に突き刺し、そこに筏をくくりつけて係留した。そのまま待っているとやがて潮が引き、筏と積荷はつつがなく岸に残された。

次の仕事はあたりの様子を調べて、住まうのに適した場所、持ち物を何があろうと守れる保管場所を探すことだった。そこがどんな土地なのか、まだわかっていなかった。大陸なのか島なのかも、人が住んでいるのかいないのかも、危険な野獣がいるのかいないのかも。

一マイルと離れていないところにかなり峻険《しゅんけん》な丘があり、そこから北へ延びる尾根に連なる峰々のなかではいちばん高い丘のように見えた。そこで、鳥撃ち銃とピストルを一挺ずつと、火薬角をひとつ取り出して身を固めると、その丘へ調査に出かけた。ひどく骨を折って頂に登ると、自分の運命をまのあたりにして、わたしはすっかり気落ちした。そこは四周を海に囲まれた島で、陸影と言えるものは、はるか沖合にある岩礁と、西へ三リーグほどのところに浮かぶそこより小さなふたつの島だけだった。

自分のいる島が荒れ地だということと、棲《す》んでいるのはどう見ても野獣だけだということも判明したが、その野獣もまったく見あたらなかった。鳥はいくらでも見かけたが、種類は不明だったし、撃ち殺してはみたものの、どれが食用に適していて、どれが適していないのかもわからなかった。帰り道で、大きな森のほとりの木に止まっていた大型の鳥を撃ってみた。おそらく、そこで銃が撃たれたのは天地創造以来初めてだったのだろう。撃ったとたんに、森全体からさまざまな種類の鳥が無数に飛び立ち、きいきいぎゃあぎゃあと、それぞれの鳴き声が混じりあってたいへんな騒ぎになったが、そのなかにわたしの知っている鳴き声はひとつとしてなかった。撃ち落とした鳥のほうは鷹《たか》の一種らしく、色と嘴《くちばし》が鷹に似ていたものの、爪《つめ》は普通の鳥と変わらなかった。肉はまずくて食べられたものではなかった。

知りたいことはいちおうはっきりしたので、筏に戻って積荷の陸揚げに取りかかり、その日はそれで暮れたが、夜はどうしたらよいのかも、どこで眠ればよいのかもわからなかった。地面で寝るのは、野獣に食われるかもしれず、恐ろしかった。もっともそのような心配は、のちに明らかになるように、まったく無用だった。

それなのに、わたしは陸揚げした箱と板でまわりを精一杯囲い、仮小屋のようなものをこしらえてその夜の宿りとした。食べ物については、どのようにして手にいれたものかまだ見当がつかなかったが、鳥を撃った森から野兎《のうさぎ》のようなものが二、三匹飛び出してくるのは見かけていた。

次に考えたのは、船から役に立ちそうなものをまだまだ持ってこられるのではないかということだった。索具や帆など、陸に運べるものはほかにもたくさんあるのだから、できればもう一度、船まで行ってみることにした。こんど嵐が来れば船がばらばらになるのはまちがいないので、持ち出せるものをすべて持ち出すまで、ほかのことはみな後まわしにすることにした。それから会議をひらいて、といっても頭の中でだが、筏で行くべきかどうか議論してみたものの、それは不可能に思えた。そこで前と同じように、潮が引いたときに行くことにしたのだが、ただしこんどは、仮小屋を出る前に服を脱いで、格子縞《こうしじま》のシャツと、麻の半ズボンと、短靴だけを身につけていった。

前と同じようにして船に乗りこみ、二枚目の筏をこしらえた。こんどは一枚目の経験を生かして、さほど大袈裟《おおげさ》なものを作ることも、さほど積みすぎることもなかったが、それでもすこぶる有用なものをいくつか運び出した。まず大工倉庫で大小の釘《くぎ》を二、三袋、大型の螺子《ねじ》式ジャッキを一基、手斧を一、二ダース、そして何よりも回転砥石《といし》という重宝なものをひとつ見つけた。それからさらに、砲術長の管理していたものもいくつか手にいれた。鉄梃《かなてこ》を二、三挺と、マスケット銃の弾をふた樽、マスケット銃を七挺、鳥撃ち銃をもう一挺、火薬をさらに若干、小さな弾を大袋いっぱい、それに大きな鉛板をひと巻き。だがこの最後の品は、重すぎて舷側《げんそく》の外へおろせなかった。

そのほか、見つかるだけの男物の服と、予備の前檣帆《ぜんしょうはん》を一枚、ハンモックをひとつ、それに寝具を若干運び出した。これを新たな筏に積みこんで、すべてを無事に岸へ運ぶと、わたしは心からほっとした。

陸を離れているあいだ、ほかのものはともかく、食料が荒されはしまいかと心配だったのだが、戻ってみると、獣が来た形跡はなかった。ただ、私物箱のひとつに野生の猫のようなものが一匹座っており、わたしが近づいていくと、少しばかり逃げてから立ちどまった。落ちつきはらっていて、怖がる様子もなく、近づきになりたいとでもいうようにこちらの顔をまっすぐに見た。銃を向けてみせても、なんなのか知らないようで、まったく怖がらず、逃げようともしなかった。そこでビスケットのかけらを放ってやった。といっても蓄えは豊富ではなかったから、あまり気前よくではなかったのだが、とにかくひとかけら分けてやると、そいつはそこへ行って、においを嗅《か》いでみてから食べ、気に入ったらしく、もっとよこせという顔をした。だが、残念ながらもう分けてやれなかった。するとそいつはのっそりと歩き去った。

二回目の積荷をすべて陸揚げしてしまうと、といっても、火薬の樽はそのままではは重すぎたので、蓋《ふた》をあけ、中身を小分けにして運ばざるをえなかったのだが、こんどは円材を何本か切って柱にし、帆で小さなテントをこしらえた。そしてこのテントに、雨や日射《ひざ》しでだめになってしまうものをすべて運びこみ、空の私物箱と樽はみなテントのまわりにぐるりと積みあげて、人や獣による突然の襲撃に対する備えとした。これがすむと、テントの入口を内側は何枚かの板で、外側は空の私物箱を立ててふさいだ。それから地面に寝具を広げ、枕元《まくらもと》には二挺のピストルを、かたわらには銃を置いて、この島で初めて寝具に横になり、ひと晩じゅうぐっすりと眠った。なにしろ前夜はろくに眠れなかったし、その日は船からそれらのものを運んできたり陸揚げをしたりと、一日じゅう激しく働いたので、くたびれきっていたのである。

ひとりの人間のためにこれほどさまざまなものが蓄えられたためしは、おそらくなかっただろうが、わたしはまだ満足していなかった。船が倒れずに立っているうちに、持ち出せるものはすべて持ち出しておくべきだと思ったからだ。そこで毎日、潮が引くと船に行っては、あれこれものを運んできた。たとえば三回目に行ったときには、運べるだけの索具のほか、手にはいるだけの細いロープと撚《よ》り糸、帆を修理するための予備の帆布一枚と、濡れた火薬の樽を運んできた。最終的に帆は一枚残らず運んできたのだが、ただし何枚かに切り分けて、一度に運べる量だけを運んでくるほかなかった。たんなる布としては使えても、帆としてはもはや使い途《みち》がなかったからである。だが、それよりもありがたかったのは、そのようにして船に五、六度行ったあと、もはやこの船には持ち出す価値のあるものは残っていまいと思っていたところ、最後になってパンの大樽をひとつと、ラムか何かの火酒の酒樽を三つ、砂糖をひと箱、上等の小麦粉をひと樽、見つけたことだった。食料は海水でだめになったものしか、もはや見つかるまいと思っていたので、これはうれしかった。すぐに大樽からパンを出し、小さく切った帆でひとつずつつくるんだ。こうして、これもすべて無事に岸まで運んだ。

あくる日、また船まで行った。手で運び出せるものはすべて掠奪《りゃくだつ》しつくしていたので、こんどは錨鎖《びょうさ》に取りかかった。主錨鎖をいくつかに切断して運べるようにし、錨鎖を二本と大綱を一本、集められるだけの鉄金具とともに岸へ運ぶことにした。斜檣と後檣の帆桁など、切り出せるものをすべて切り出して大きな筏を作ると、それらの重量物をすべて積みこんで船を離れた。

ところがここで、わたしはつきに見放されはじめた。この筏はひどく大きいうえに、荷も重かったので、これまで荷揚げに使ってきた小さな入江にはいったあと、ほかの筏のようにはうまく操れずに転覆させてしまい、積荷もろとも水に放り出されてしまったのである。わが身のほうは、岸が近かったのでたいした被害もなかったのだが、積荷のほうは、あらかた失われてしまった。とりわけ金具は、大いに役に立つだろうと思っていただけに、痛手だった。潮が引いたあとで、錨鎖の大半と金具の一部は引きあげることができたものの、それには水に潜らざるをえず、途方もない苦労を強いられて、すっかりくたびれはてた。このあとも毎日船に行って、できるだけのものを運んできた。

ここまで十三日を島で過ごして、十一回船に出かけていた。その十一回のあいだに、二本の手で運べそうなものはことごとく運んできたものの、穏やかな天候がそのまま続いていたら、きっと船体までばらばらにして運んできていたと思う。だが、十二回目の仕度をしていると、風が出てきたのがわかった。それでも、引き潮になるとわたしは船に行った。船室はくまなく漁《あさ》っていたので、もはや何も見つかるまいと思っていたのだが、抽斗《ひきだし》のついた戸棚を発見した。ひとつの抽斗からは、剃刀《かみそり》が二、三本と、大型の鋏が一挺、上等なナイフとフォークが十本から十二本、もうひとつの抽斗からは、ヨーロッパの硬貨やブラジルの硬貨、八レアル銀貨など、およそ三十六ポンド相当の金貨や銀貨が見つかった。

　この金を見てわたしはひとりで笑い、「がらくため！」と声に出して言った。「おまえなんぞなんの役に立つ？　おれにとってはなんの価値もない。そう、拾いあげる値打ちもない。あのナイフ一本のほうが、この金ぜんぶよりも値打ちがある。おまえなんぞおれにはなんの役にも立たない。そのままそこにいて、命を救われる価値もないものとして水底へ沈むがいい」

　だが結局、思いなおして抽斗から金を出した。それをほかのものとともに帆布で包みながら、筏をもう一枚作ることを考えはじめたのだが、その準備をしているうちに、空が曇って風が強まり、十五分もすると陸からの疾強風になった。風が沖へ吹いていたのでは、筏など作ってもむだなことだと、すぐに悟った。今すべきことは、潮が満ちてくる前に船を離れることだ。さもないと岸へ帰りつけなくなる恐れがある。そう判断して、海に降り、船から砂浜まで泳いで帰ったのだが、それでもひどく苦労した。身につけているものの重さと、波の荒さのせいだった。風がみるみる激しくなり、満潮になる前に嵐になったのである。

　小さなテントに帰りつくと、財産を身のまわりにしっかりと置いて横になっていた。嵐はひと晩じゅう吹き荒れ、あくる朝、外をのぞいてみると、なんと船はもはやどこにも見あたらなかった。わたしはいささかうろたえたが、おまえは時間をむだにすることも怠け心を起こすこともなく、役立ちそうなものはすべて持ち出してきたのだし、たとえ時間があったとしても、船にはもう運んでこられるものなどろくに残っていなかったではないかと、そう考えて落ちつきを取りもどした。

それでもう、船のことやそこに残っていたもののことは考えなくなった。ただし何か残骸《ざんがい》が流れつくかもしれないとは考えており、のちに破片がいくつかたしかに漂着したりもしたのだが、そういうものはあまり役に立たなかった。

そこで次に考えるようになったのは、もっぱら蛮人や野獣から身を守ることだった。蛮人が現われたり、野獣が棲んでいたりした場合に、どのようにして身を守ればよいか。そしてどのような住まいを造っておけばよいか。地下に洞穴を掘るべきか、地上にテントを張るべきか、あれこれと思案したすえ、どちらも採用することにした。どんなものをどのようにして造ったのか、ここで説明しておくのも悪くはあるまい。

わたしは自分のいる場所が定住には向かないことにすぐに気づいた。海に近い荒れた低地で、いかにも健康に悪そうだったし、何よりも、近くに真水がなかった。そこで、もっと健康にいい便利な場所を探すことにした。

考慮したのは、今の境遇では欠かせないと思われるいくつかの条件である。ひとつめは、いま述べたように、健康によくて真水があること。ふたつめは、太陽の熱をさえぎってくれること。三つめは、人であれ動物であれ獰猛《どうもう》な生き物から守ってくれること。四つめは、神が近くに船を遣わしてくださった場合に船影を見逃さないよう、海を見晴らせること。救助される望みは、まだ捨てる気になれなかった。

　これらの条件にかなう場所を探すうちに、ひとつの丘の斜面に小さな平地を見つけた。この平地の奥には、家の壁のように切り立った岩壁があり、上からはどんな生き物も襲ってこられなかった。この岩壁には内へ少し窪《くぼ》んだ場所があり、洞穴の入口のようになっていたが、実際には奥へ続く洞穴も道もなかった。

　その窪みのすぐ前の、平らな草地にテントを張ることにした。この草地は幅百ヤード弱（一ヤードは約九十センチ）、奥行きはその倍ほどで、岩壁から庭の芝生のように広がり、その先はどの方角も海辺の低地へでこぼこに下っていた。北北西の斜面だったので、太陽が西微南あたりに来るまで、つまりこのあたりでは日没近くまでは、つねに暑熱から守られていた。

　テントを張る前にまず、窪みの前に岩壁からの半径がおよそ十ヤード、始点から終点までの直径が二十ヤードになる半円を引いた。

　この半円に沿って頑丈な杭《くい》を二列に打ちこみ、柱のようにしっかりと立つまで地中にたたきこんで、太いほうの端が五フィート半あまり地上に出るようにしてから、先端をとがらせた。二列のあいだは六インチ（約十五センチ）以上ひらかないようにした。

それから、船上で切り分けておいた錨鎖を持ってくると、この半円になった二列の杭のあいだに一本ずつならべ、上まで積み重ねた。さらに別の杭を内側に用意し、二フィート半ほどの高さのところに斜めにあてがって、つっかい棒のようにした。できあがった柵《さく》はきわめて頑丈で、人や獣が突き破るのも乗り越えるのも不可能だった。これはたいへんな作業だった。とりわけ森から木を伐《き》り出し、運んできて、地面に打ちこむのには、多大な時間と労力がかかった。

出入りには扉を設けずに、短い梯子《はしご》を使った。梯子で柵を乗り越え、中にはいったらそれを引き上げて内側へ入れておくのである。こうしてわたしは完全に柵に囲まれ、全世界を締め出した気分になり、夜も安心して眠れるようになった。そうでもしなければ、とても安眠できなかっただろう。もっとも、わたしの怖《おそ》れていた敵に対するこのような用心は、のちに明らかになるように、すべて無用だったのだが。

この柵というか、砦《とりで》の内側に、食料、弾薬、備品など、すでに述べたような全財産を、膨大な労力を費やして運びこんだ。それから大きなテントを張った。この島では一年の一時期に雨がひどく激しくなるので、テントは二重にした。内側の小さめのテントの上に大きめのテントを張り、帆と一緒にとっておいた大きな防水布を外側のテントにかぶせたのである。

それからしばらくは、船から運んできた寝具ではなく、ハンモックで寝ることにした。これはとても上等なハンモックで、航海士のものだった。

このテントに食料をはじめ、湿気をきらうものをすべて運び入れた。こうして全財産を柵の内側にしまうと、これまであけておいた出入口をふさいで、さきほど述べたように、短い梯子で出入りするようになった。

これがすむと、こんどは岩山を掘りはじめた。掘り出した土と石ころは、すべてテントをくぐって運び出し、柵の内側に土手のように積みあげたので、地面が一フィート半ほど高くなった。こうしてテントのすぐ奥に、わが家の穴蔵のような役割を果たしてくれる洞穴をひとつ掘りあげた。

これらがすべて完成するまでには多大な労力と日数がかかったので、ここでいったん話を戻して、ほかにもわたしの頭を占めていたことがらについて話しておこう。同じころ、テントを張ったり洞穴を掘ったりする計画を立てたあとのこと。厚い黒雲から激しい雨が降りだしたと思うと、突然、稲妻がまたたき、そのあとに当然ながら大きな雷鳴が轟《とどろ》いた。わたしは稲妻よりも、稲妻と同じほどすばやく心に浮かんだ〝火薬！〟という考えのほうにむしろあわてた。一発落ちれば、火薬がすべてふいになってしまう。そう思うと、気が気ではなかった。身を守ることも食べ物を得ることも、わたしの考えではすべて火薬に依存していたからである。火薬に火がつけば、何にやられたのかもわからないうちに自分も吹き飛ばされていたはずなのだが、そちらは少しも心配していなかった。

これに衝撃を受けたわたしは、嵐がやむと、砦を築く作業をいっさい中断して、袋と箱をたくさん作り、火薬を小分けする作業に専念した。こうしておけば、何が起ころうと、いちどきにすべてに引火する恐れはないだろうし、それぞれを十分に離して保管すれば、ひとつの火がほかへ移る恐れはあるまいと考えたのである。この仕事を終えるまでには二週間ほどかかり、およそ二百四十ポンドの火薬を、百以上に小分けしたと思う。濡れた樽のほうは、危険がないと考えて、気まぐれに台所と名づけた新しい洞穴に置いたが、あとの火薬は、湿気にやられないように岩壁のあちこちの穴に隠して、念入りに印をつけておいた。

この作業をしているあいだも、日に一度は銃を持って出かけた。気晴らしがてら、食料になるものを撃てるか試してみるためであり、島に産するものをできるだけ知るためでもあった。初めて出かけたとき、すぐさま島に山羊がいることを発見して、大臆病《おくびょう》で、敏感いに気を良くしたのだが、そのあとがいけなかった。山羊どもはひどく臆病で、敏感で、逃げ足が速く、おいそれとは近づかせてくれなかったのだ。しかしわたしは挫けなかった。いずれしとめられるだろうと信じており、まもなくそのとおりになった。山羊の癖を多少つかんだあと、それを利用して待ち伏せをしたのである。

どういうことかというと、山羊たちは谷間にいるわたしを眼にすると、自分たちが岩場の上にいても泡を食って逃げていくのに、自分たちが谷間で草を食《は》んでいるときには、わたしが岩場の上にいても気づかないのだ。そこでわたしは、山羊の視野というのは眼の位置のせいでかなり下を向いており、上のものはよく見えないのだろうと考え、以後はそれを利用した。かならずまず岩場に登り、連中より高いところからじっくりと狙《ねら》いをつけるようになったのである。

初めて群れに弾を撃ちこんだとき、しとめたのは雌山羊だった。そいつは仔山羊《こやぎ》を連れており、乳を飲ませていたところだった。わたしはその仔山羊が心からかわいそうになった。仔山羊は母山羊が倒れても、わたしが母山羊のところへ行くまで、じっとそばに立ちつくしていた。そればかりか、わたしが母山羊を肩にかついで歩きだすと、砦柵までずっとあとをついてきた。そこでわたしは母山羊をおろし、そいつを抱きかかえて柵の内側へ入れてやった。飼いならせるのではないかと思ったのである。

しかし餌を食べようとしないので、やむなく殺して自分で食べた。この二頭の肉でかなりのあいだ食いつないだ。船から持ってきた食料（ことにパン）は、なるべく食べないようにして取っておいた。

住まいができあがると、こんどは火を焚《た》く場所と燃料を用意する必要があるのに気づいた。そのために何をしたかは、どのように洞穴を広げて、どんな道具を作ったかとともに、その時が来たらゆっくりお話しするとして、その前に少しばかりわたし自身のことと、生きることについてのわたしの考えとを、お話ししておかねばならない。ご想像のとおり、それは少なからずある。

わたしの前途は暗澹たるものに思えた。なにしろわたしはその島にただ漂着したわけではなく、すでに述べたように、暴風に流されて予定の航路からすっかりそれ、人間の通常の交易路から数百リーグも大きくはずれて漂着したのである。かくも寂しい場所で、かくも寂しく生涯を終えねばならないことは、これはもう天の御心《みこころ》だと思わざるをえなかった。そう思うたびに、涙がとめどなく頰を伝い落ち、ときにはこう自問することもあった。なぜ神はみずからお創《つく》りになったものを、これほどまでに徹底的に破滅させるのか。これほどまでに惨《みじ》めにし、ひとりぼっちで放り出し、絶望させるのか。そんな人生に感謝しろなどというのは、およそ正気とは言えないではないか。

だがそう思うたびに、すぐさま何かが心に戻ってきてそんな考えを押しとどめ、わたしをたしなめた。とりわけ、ある日のこと。銃を手に海岸を歩きながら、今の境遇についてくよくよ考えていると、理性がわたしに言わば逆のことを説いた。たしかにおまえは惨めな境遇にある。それはそうだが、しかし思い出してみろ。おまえの仲間はどこにいる？　十一人でボートに乗りこんだのではなかったか？　ほかの十人はどこにいる？　なぜ彼らが助かっておまえが死ななかったのか？　なぜおまえひとりが選ばれたのか？　どちらにいるのがましだと思う？　ここと、むこうと？　とわたしは海を指さした。災いというのはすべて、そこにふくまれる幸運と、今よりさらに不幸な結果とを、考慮に入れるべきではないか。

するとさらにこんな考えも浮かんだ。生きるのに必要なものに、おまえはどれほど恵まれていることか。今のようになっていなかったら、おまえはどうなっていたと思う？　万にひとつの幸運により、船が最初に座礁した地点からふたたび浮きあがって海岸近くまで流されてきたおかげで、そういうものをすべて運び出す時間があったが、最初に上陸したときのまま、生きるのに必要なものも、それを手に入れるのに必要なものもないまま暮らさねばならなかったとしたら、いったいどうなっていたと思う？　ことに、とわたしは声に出して（だが自分に）言った。銃がなかったら、弾薬がなかったら、どうなっていたと思う？　何かを作る道具や、作業をする道具が、ひとつもなかったら？　服も、寝具も、テントも、体をおおうものが何もなかったら？　今のおまえはそれらを十分に持っており、弾薬が尽きて銃が使えなくなっても、生きていけるだけの食料は手に入れられそうではないか。だから死が訪れるまで、なんの不足もなく生きていける見込みが、いちおうはあるではないか、そう自分に言い聞かせた。つまりわたしは当初から、不慮の事故にどう備えるかも、いずれ訪れる時にどう備えるかも、弾薬が尽きたあとのことばかりでなく、健康と体力が衰えたあとのことまで、考えていたわけである。

しかし白状すると、火薬をいちどきに失う、つまり落雷で吹き飛ばされるという考えは、まったく念頭になかった。だから雷に遭ったとき、さきほど述べたように、その考えにひどくあわてたのである。

6　日誌をつける

ではこれから、この世でおそらく誰も聞いたことのないような、悲しい沈黙の暮らしの物語にはいることにして、最初から順序どおりにそれを語っていくことにしよう。わたしの記録によれば、この忌《い》まわしい島にわたしが先述のように上陸したのは、九月三十日だった。その日は秋分にあたり、太陽はほぼ真上にあった。天測してみると、北緯九度二十二分にいることが判明した。

上陸して十日あまりたったころ、帳面もペンもインクもないと日付がわからなくなり、安息日さえ忘れて労働日と区別がつかなくなってしまうことに気づいた。それを避けるため、大きな柱に大文字で〝一六五九年九月三十日ここに上陸す〟とナイフで刻み、その柱を大きな十字架にして、最初に上陸した浜に立てた。そしてこの角柱の側面に毎日ナイフで刻み目を入れ、七本目は毎回倍の長さに、毎月一日はさらにその倍の長さにした。こうして暦をつけ、週と月と年の経過を数えるようになった。

それからもうひとつ述べておくと、前述したように何度も船まで往復して運んできたさまざまな物資のなかには、まだここに記していなかったが、さして価値はなくとも、わたしにはやはり有用な品々があった。すなわちペンとインクと紙、船長や航海士や砲術長や船大工が保管していたいくつかの包み、三、四個の羅針儀、製図用具、日時計、望遠鏡、海図、航海術の本などで、これらはすべて、必要になるかどうかはともかく、ひとまとめにしてあった。上等の聖書も三冊見つかった。イングランドからの荷でわたしに届いたもので、ほかのものと一緒にしておいたのである。ポルトガル語の本も数冊あった。そのなかにはカトリックの祈禱書《きとうしょ》も二、三冊交じっており、ほかの本とともにすべて大切に保管した。

忘れてはならないのは、船には犬が一匹と猫が二匹いたことである。この三匹については、あとで何か面白い話を語る機会があるかもしれない。猫のほうは二匹ともわたしが船から連れてきたのだが、犬のほうは、最初の荷を陸揚げしたあくる日に、自分で船から海に飛びこんで泳いできた。そして長年にわたり、忠実な従者になってくれた。なんでもくわえてきてくれたし、どこにでも供をしてくれたし、あとは話し相手になってくれれば言うことはなかったのだが、それだけはどうしようもなかった。

とにかく、いま述べたようにわたしはペンとインクと紙を見つけ、それをとことん節約して使った。このあと明らかになるように、インクのあるあいだはできごとを細かくつけていたが、なくなってからはそれができなくなった。いくら工夫しても、インクの代わりになるものは作れなかったのである。

おかげで、自分の掻《か》き集めてきたものにはまだまだ足りないものがあることに気づいた。インクだけではない。土を掘ったり運んだりするのに必要な鋤《すき》も、鶴嘴《つるはし》も、シャベルもなかった。針も、ピンも、糸も。下着類のほうはじきに、なくても大して困らなくなった。

道具がないため、何をするにもひどく手間がかかった。小さな砦柵《さいさく》を完成させて、住まいを囲うことができたのは、ほぼ一年後だった。杭はわたしにも十分に持ちあげられる重さだったのだが、森で木を伐り倒して形を整えるのに長い時間がかかったし、運んでくるのにはさらに時間がかかった。二日がかりで一本を伐り倒して運んできて、地面に打ちこむのにさらに一日かかることもあった。打ちこむのには重い丸太を使っていたのだが、やがて鉄梃のことを思い出した。しかしそれに気づいても、そういう柱や杭を打ちこむのは、やはり手間のかかるたいへんな作業だった。

だが、しなければならないことをするのに、手間など苦にする必要はなかった。時間なら十分にあったし、その仕事が終わってもほかにはさしあたり、思いつくかぎりではなんの仕事もなかったからである。食べるものを探して島を歩きまわるのは別だったが、それは多かれ少なかれ毎日やっていることだった。

やがて自分の境遇と、陥った状況について真面目《まじめ》に考えはじめ、わが身に起きたできごとを書き記すようになった。あとから来る者たちに遺《のこ》すというよりも（この島へ来る者などまず現われそうになかった）、毎日そんなことをくよくよ考えて頭を悩ますのをやめるためである。こうして理性が落胆にうち克《か》つようになると、良いことと悪いことを比較して、おれはまだましなほうではないかと、できるだけ心を慰めるようになり、帳簿の借方と貸方のように公平に、自分の享《う》けている幸せと忍んでいる不幸せとを書き出してみた。

悪いこと	**良いこと**
恐ろしい孤島に漂着し、救出される見込みはまったくない。	だが生きており、ほかの乗組員はみな溺《おぼ》れ死んだ。
ひとりだけ選り出され、世界中から隔離されたも同然の惨めな境遇にある。	だが乗組員からもひとりだけ選り出され、死から逃れることができた。わた

しを死から奇蹟《きせき》的に救いたもうた神は、この境遇からもわたしを救い出すことがおできになる。

周囲には誰もおらず、ひとりぼっちで、人間社会から追放されている。

だがひもじくはないし、不毛の地で食べるものもなく死にかけているわけでもない。

身を包む衣服もない。

だがここの気候は暑く、衣服などあってもろくに着られない。

人や獣からわが身を守るものも、その手立てもない。

だがこの島では、アフリカの海岸で見たような、人を襲う野獣は見かけない。あそこで難破していたら、どうなっていたことか。

話しかける相手も、慰めてくれる相手もいない。	だが神が船を海岸近くまで寄せてくださったため、必要なものをたくさん運び出すことができ、生きているあいだは困らないばかりか、不足を補うこともできるようになった。

全体として見ればこれは、惨めなだけの境遇などこの世にはまずないこと、どんな境遇にも負の面もあれば感謝すべき正の面もあることの、たしかな証《あか》しになっている。この世でもっとも悲惨な境遇を体験した者から言わせてもらえば、どんな境遇にも慰めになるものはかならず見出《みいだ》せるし、正負の対照表には、貸方に記入できるものがかならずあるものなのである。

こうしていまの境遇を多少なりとも楽しむようになると、海をながめては船影を探すこともしなくなった。それよりも、自分の暮らしを整えてなるべく快適なものにすることに、心を砕きはじめた。

わたしの住まいは、すでに説明したとおり岩山の下に張ったテントで、杭と錨鎖で築いた頑丈な柵で囲ってあったが、その柵はもはや、壁と言ってもいいものになっていた。外側に厚さ二フィートほどの、土の壁のようなものを積みあげたからだ。その後、たしか一年半ほどのちだったが、そこから岩山に垂木《たるき》を渡し、木の枝などありあわせのもので屋根を葺《ふ》いて、雨をしのげるようにした。時期によってひどく激しく降ることがわかってきたからである。

前に述べたとおり、持ち物はすべてこの柵の内に運びこんで、奥に掘った洞穴にしまってあった。だがさらに言うと、最初それらの品々は雑然と積みあげてあり、でたらめに置いてあったので、すっかり場所をふさいでしまい、わたしは向きを変えることすらままならなかった。そこで洞穴を広げる作業にかかり、さらに奥へ穴を掘った。地質は脆《もろ》い砂岩だったので、力を加えると容易に砕けた。猛獣の心配のないことが明らかになると、こんどは右手のほうへ横に掘った。それからふたたび右に曲がり、外まで掘りぬいて、砦柵の外に出る戸口をこしらえた。

これは出入りの通路になるばかりでなく、テントと倉庫の裏口にあたるため、持ち物をしまう余地にもなってくれた。

それからいよいよ、自分が何よりも欲しいと思うようになったもの、すなわち椅子《いす》とテーブルを作る作業に取りかかった。このふたつがなければ、わたしに残された数少ない楽しみも味わえなかったし、テーブルがなければ、書いても、食べても、何をしても、今ひとつ楽しめなかった。

そんなわけで作業にかかったのだが、ここで述べておきたいのは、理が数学の本質であり起源であるからには、何ごとも理に照らして考え、いちばん理にかなった判断をしていけば、人は何を作るのにもいずれ熟達するということである。生まれてこのかた工具をあつかったことはなかったが、それでもやがて、努力と応用と工夫により、自分に足りないものはないこと、なんでも作れることがわかった。ことに工具があればだが、工具なしでもいろいろなものを作ったし、釿《ちょうな》と斧しか使わなかったものもある。それらがそんなふうにして、途方もない労力を費やして作られたことは、これまでなかったのではあるまいか。

たとえば板が欲しいとすると、木を一本伐り倒して前に立てかけておき、おおよその厚さになるまで斧で両面をたたき削ってから、釿で滑らかに仕上げるほかなかった。たしかにこの方法では、一本の木から一枚の板しか作れないが、それは我慢するしかなかったし、一枚の板を作るのに莫大《ばくだい》な時間と労力がかかることも、やはり我慢するしかなかった。わたしの時間も労力も、値打ちはほとんどなかったから、どう使われようと同じだった。

それはともかく、わたしはいま言ったようにまずテーブルと椅子を作ったのだが、それには船から筏で運んできた短い板を使った。前述のようにして板を何枚も削り出したのは、幅一フィート半の大きな棚を作ったときで、洞穴の片側に端から端まで何段にも渡し、そこに工具と釘と金具をすべて置いた。要するに、いっさいをそれぞれの場所に分類し、すぐに見つけられるようにしたのである。銃などの壁にかけられるものはすべて、岩に釘を打ちこんでそこにかけた。

この洞穴を人が見たら、必要なものがいっさいそろったよろず倉庫のように見えたことだろう。何もかもすぐに手に取れるようにしてあった。自分の持ち物がきちんと整頓《せいとん》され、必要なものが大量に蓄えられているのを見て、わたしは大いに満足した。

毎日の行動を日誌につけるようになったのは、このころからである。上陸当初だったら、労働でひどくいそがしかったうえ、心もひどく動揺していたので、日誌を書いてもつまらないことばかりになってしまっただろう。たとえば、こんなふうに書いたにちがいない。〝九月三十日。溺死《できし》をまぬがれて岸にたどりつくと、命を救われたことを神に感謝もせず、まずは呑《の》みこんでいた大量の海水を吐いた。いくぶん人心地がつくと、岸を走りまわりながら、手を揉《も》みしぼり、頭や顔をたたいて、わが身の不運を嘆き、もうだめだ、もうだめだと叫びつづけた。やがて疲れはてて、地面に横になって休まざるをえなくなったものの、何かに食われるのが恐ろしくてとても眠れなかった〟

それから何日もたち、船から運び出せるものをすべて運んできたあとになっても、わたしはまだ、船が通りかかるのではないかと、丘に登って沖をながめずにはいられなかった。はるかかなたに帆影を認めたように思っては、希望に胸を躍らせ、眼がかすんでくるまでじっと見つめていた。そしてそれが消えてしまうと、座りこんでは子供のように泣いて、自分の愚かさで自分をいっそう惨めにしていた。

けれども、そういうことをある程度乗り越えたのち、家財と住まいを整頓し、テーブルと椅子を作り、身のまわりが可能なかぎり快適になると、日誌をつけはじめた。その写しを（これまでの内容と重複することにはなるが）、インクがなくなってもはや書き継げなくなったところまで、ここに記すことにする。

日誌

一六五九年九月三十日　このわたし、憐《あわ》れなロビンソン・クルーソーは、沖合ですさまじい嵐《あらし》に遭って難破し、〝絶望島〟と名づけたこの寂しく忌まわしい島に漂着した。ほかの乗組員はみな波に呑まれ、わたしも危うく溺れ死ぬところだった。
この日の残りは、おのれの陥った惨めな状況を嘆いて過ごした。食べ物も、家も、衣服も、武器も、逃げこむところもない。救出される望みもなく、前途に待ちかまえるのは死のみ。野獣に食われるか、蛮人に殺されるか、はたまた食べるものがなくて飢え死にするかである。夜になると、野獣を恐れて樹上で寝た。夜どおし雨が降ったにもかかわらず、ぐっすりと眠った。

十月一日　朝見ると、驚いたことに船は満ち潮で浮きあがったらしく、島のかなり近くまで流されてきてまた座礁《ざしょう》していた。これはいくらか慰めになった。壊れずにまっすぐに立っているので、風が和らいだら食べ物と必要品を少しばかり取ってこられるかもしれない。だがその一方で、仲間を失った悲しみも新たになった。あのまま船にとどまっていたら、わたしたちは船を救えたかもしれないし、そうでなくとも、このように全員が溺死することだけはなかったはずだ。みなが助かっていれば、船の残骸でボートを造り、それに乗ってどこかほかの土地へ行くこともできたかもしれない。そんなことを考えて、この日の大半はくよくよと過ごした。だがやがて、船体が海面上にほとんど現われると、砂地をできるだけ歩いていってから、船まで泳いだ。この日も雨が降ったが、風はまったくなかった。

十月一日から二十四日まで　ひたすら船に行っては運び出せるものを運び出し、満ち潮のたびに筏《いかだ》で陸へ運んだ。この間もしきりに雨が降った。ときおり晴天をはさみはしたが、雨期だったと思われる。

十月二十日　筏が転覆し、積荷がすべて沈んでしまったが、水深が浅かったうえ、重量物がおもだったので、潮が引いたあと、あらかた回収できた。

十月二十五日　雨が昼夜を分かたず降りつづき、たびたび強風が吹く。船はその間にばらばらになり、風がさらに強まったため、ついに姿を消し、残骸が、それも潮が引いたときにのみ現われるだけになった。この日は、救出した品々が雨でだめにならないよう、覆《おお》いをかけて保護する作業に費やした。

十月二十六日　ほぼ一日じゅう海岸を歩きまわり、住み処《すか》とする場所を探す。夜に野獣や人間の襲撃から身を守れることが、とりわけ重要である。夕方ごろ、岩山の下に適当な地を見つけ、野営地とする場所に半円を引く。そこに二重の柵で堡塁《ほうるい》というか、壁というか、砦柵をめぐらし、柵のあいだには錨鎖を、外側には土を積み重ねることにする。

二十六日から三十日まで　ひたすら働いて、持ち物をすべて新しい住み処に運んだが、いっとき、雨がすこぶる激しく降った。

三十一日　朝、探検がてら、銃を持って島の奥へ食料を探しにゆく。雌山羊を一頭しとめたところ、仔山羊がついてきた。餌を食べようとしないので、のちにそれも殺した。

十一月一日　岩山の下にテントを張り、初めて一夜を過ごす。できるだけ広く張り、打ちこんだ柱にハンモックを吊《つ》った。

十一月二日　私物箱と板と、筏を造った材木とをかき集めて、砦柵のために引いた半円の少し内側に、テントを囲む垣をめぐらす。

十一月三日　銃を持って出かけ、鴨《かも》のような鳥を二羽しとめる。とても美味な食料になった。午後、テーブル作りに取りかかる。

十一月四日　この日の朝から、仕事をする時間と、銃を持って出かける時間、眠る時間、気晴らしの時間をきちんと分けることにする。雨でなければ毎朝二、三時間、銃を持って出かけ、帰ってきたら十一時ごろまで仕事、それから糧《かて》となるものを食べ、十二時から二時までは極度に暑いので昼寝、そののち夕方までふたたび仕事をするのである。この日とその翌日は、仕事時間をまるまるテーブル作りにあてざるをえなかった。まだずぶの素人《しろうと》だったからだが、必要に迫られ時間を費やしたおかげで、たちまち熟練した職人のようになった。同じ状況にあれば、誰でもきっとそうなったと思う。

十一月五日　銃を持ち、犬を連れて外出し、山猫をしとめる。毛皮は柔らかいが、肉はなんの役にも立たない。これまでしとめた獣の皮は、みな剝《は》いでとってある。海岸を戻ってくるあいだに、見知らぬ海鳥をいろいろと見かけたが、海豹《あざらし》が二、三頭いたのには驚いたし、少しぎょっとした。本当に海豹だろうかと見つめていると、とりあえず海へはいって逃げていった。

十一月六日　朝の外出のあと、テーブル作りを続けて完成させるも、できばえが気に入らない。だがまもなく、気に入らない個所を直せるようになった。

十一月七日　晴天が続くようになってくる。七日、八日、九日、十日、それに（十一日は日曜日だったので）十二日の一部は、椅子作りに専念した。さんざん苦労したすえ、いちおう形にはしたが、満足のいくできではとうていなかったし、作っている途中でも、たびたびばらしてやりなおした。付記。安息日を守るのはじきに怠るようになった。柱にその印をつけるのをやめてしまい、曜日がわからなくなってしまったのである。

十一月十三日　雨が降る。おかげで気分がすっかり爽《さわ》やかになり、大地も冷やされた。だが雨はすさまじい雷を伴い、火薬が心配で気が気ではなかった。雷雨がやむとすぐに、蓄えの火薬をできるだけ多数に小分けして、危険を避けることにした。
十一月十四日、十五日、十六日 三日がかりで、火薬が一、二ポンドはいる程度の小さな四角い箱を作って、そこに火薬を入れ、たがいにできるだけ離れた安全な場所にしまった。いずれかの日に、大きな鳥を一羽しとめた。食べると美味だが、名前は知らない。
十一月十七日 この日から、テントの裏の岩壁を掘りはじめる。住まいを広げてもっと便利にするためである。**付記。**この仕事には三つのものがどうしても足りなかった。鶴嘴と、シャベルと、手押し車か籠《かご》である。そこで作業をやめて、足りないものをどう補うか、道具をどう作るか思案した。鶴嘴は鉄梃で代用した。重たかったが、十分に役に立った。次はシャベルか鋤である。これはどうしても必要で、なければ何ひとつまともにできなかったが、どう作ればよいのか見当がつかなかった。
十一月十八日 あくる日、森で材料を探していると、ブラジルで〝鉄の木〟と呼ばれる木か、それに似たきわめて硬い木を見つけた。これをさんざん苦労して、斧《おの》をほとんどだめにして伐り倒すと、はなはだ重いその木を、ひどく骨を折って家まで運んできた。材料がとてつもなく硬いうえ、ほかに方法もないので、道具に仕上げるまでには長い時間がかかった。少しずつ地道に、シャベルか鋤の形に削っていくしかなかったからである。柄はイングランドのシャベルと同じにしたが、板状の部分は、先端に鉄をかぶせていないため、あまり長持ちはしないはずだ。それでも出番のあるときには十分に役立ってくれた。シャベルがこんな方法で、これほど手間をかけて作られたためしは、いまだかつてないだろう。

それでもまだ足りないものがあった。籠か手押し車である。だが籠はどうしても作れなかった。籠を編むのに使うしなやかな小枝のようなものがなかったのだ。少なくともいまのところは見つけられなかった。手押し車のほうは、車輪のほかは作れそうだったが、車輪については作り方の見当もつかなかったし、取りかかるすべもわからなかった。それに、車輪の心棒を通す鉄の軸受けを作れるとも思えなかった。だから諦《あきら》めて、洞穴から掘り出した土を運ぶのには、ホッドという柄つきの箱のようなものをこしらえた。煉瓦《れんが》積み職人のもとへモルタルを運ぶのに使う道具である。

これはわたしにすれば、シャベルを作ることほど難しくはなかった。それでも、これとシャベルを作るのと、手押し車を作ろうとするむなしい試みとで、四日もかかってしまった。それでも、朝はかならず銃を持って出かけた。これはめったに欠かさなかったし、出かければほぼかならず、何かしら食料になるものを持ち帰った。

十一月二十三日　ほかの作業はこれらの道具を作るために中断したままだった。道具ができあがると、ふたたび作業を始め、毎日、体力と時間の許すかぎり働いた。都合十八日かけて洞穴の幅と奥行きを広げ、持ち物をゆったりと収められるようになった。

付記。この間はずっと、この部屋というか洞穴を、倉庫にも台所にも食堂にも食料庫にも使える広さにするために働いた。寝場所にはテントを使いつづけており、例外は雨期のあいだの一時期だけだった。雨が激しく降るため、テントにいると濡《ぬ》れてしまうのである。これがきっかけで、のちに岩壁から柵の内側全体に長い円材を垂木のように架け渡し、そこに萱《かや》や大ぶりな木の葉を載せて屋根を葺くことになる。

十二月十日　これで洞穴ないし地下室が完成したと思いはじめたころ、だしぬけに（穴を広げすぎたらしく）大量の土が天井と片側から崩れてきた。あまりの量に、早い話がわたしは震えあがったのだが、それも無理はなかった。下敷きになっていたら、墓掘り人の手をわずらわすまでもなく、ここがわたしの墓になっていただろう。この惨事のせいで、さらに途方もない作業を強いられた。崩れた土を運び出したうえで、こちらのほうが大切だが、二度と崩れないように天井を支える必要があったからである。

十二月十一日　さっそくその作業に取りかかる。二本の柱を天井までまっすぐに立てて突っかい棒にし、その上に二枚の板を渡した。これができあがったのは、あくる日だった。柱と板をさらに増やしてゆき、さらに一週間ほどかけて天井をしっかりと支えた。ずらりとならんだ柱は、家の間仕切りにもなった。

十二月十七日　この日から二十日まで棚をしつらえ、柱に釘《くぎ》を打って、かけられるものをすべてかけた。これで屋内を少し整頓できるようになった。

十二月二十日　いっさいを洞穴に運び入れ、家を整備しはじめる。何枚かの板で食器棚のようなものをこしらえ、食料をならべられるようにしたが、板がだいぶ少なくなってきた。

十二月二十四日　夜も昼も大降り。外出せず。

十二月二十五日　終日雨。

十二月二十六日　雨がやむ。地面がだいぶひんやりして、過ごしやすくなる。

十二月二十七日　若い山羊を一頭しとめ、もう一頭を負傷させた。脚が折れたのだ。そいつを捕らえ、紐《ひも》をつけて家まで引いてきて、副木をあててやった。付記。世話をした甲斐《かい》あって、この山羊は生き延び、脚も元どおりになった。だが、長いこと面倒を見てやったためになついてしまい、わが家の前の草地で草を食んで、逃げようとしなくなった。このときからわたしは、獣を馴《な》らして飼うことを考えるようになった。

そうすれば弾薬を使い果たしても、食料には困るまいと考えたのである。
十二月二十八日、二十九日、三十日　暑熱きびしく、無風。夕方に食料を獲《と》りに出かけるほかは外出せず。屋内でものを整理して過ごす。
一月一日　やはり暑さがきびしい。朝夕に銃を持って出かけ、日中はおとなしくしている。夕方、島の中央へ延びる谷間へいつもより深く分け入り、山羊がたくさんいるのを見つけた。だがきわめて臆病で、近づくのは難しかった。こんどは犬を連れてきて、追いつめてみることにする。
一月二日　あくる日さっそく犬を連れて出かけ、山羊たちにけしかけてみた。だが、これは失敗だった。山羊がいっせいに犬のほうを向いたため、犬は身の危険を感じて近づこうとしなかったのだ。
一月三日　柵造り、というより壁造りに取りかかる。何ものかに襲われるのが依然として不安なので、分厚く頑丈なものを造ることにする。

付記。この壁のことはすでに詳述しているので、日誌に記したことは省略し、こう述べれば足りるだろう。一月三日から四月十四日までを費やしてこの壁を築き、仕上げ、ようやく完成させたというのに、全長は二十四ヤードほどにすぎなかった。

岩壁から岩壁までの半円形で、半径は約八ヤード、中心は洞穴の入口である。

この間わたしは一生懸命に働いた。雨に何日も、ときには何週間も続けて作業を妨げられたが、この壁が完成するまで本当には安心できないと思っていた。何をするにも信じがたいほど途方もない労力が必要で、ことに杭を森から運んできて地面に打ちこむのは、言葉にできないほどの重労働だった。必要以上に太くしたからである。

この壁ができあがり、さらに柵のすぐ外側に芝土を積みあげてしまうと、これでもう誰かがこの海岸へやってきても、ここに住まいのようなものがあるとは勘づかないだろうと確信した。たしかにこれは大成功で、それについてはこのあと、ある重大なできごとを語るさいに、触れることもあるだろう。

この間、雨に降られないかぎりは毎日、獲物を求めて森を巡回したが、この散歩では有益なものをたびたび発見した。たとえば野鳩《のばと》の一種を見つけた。これは森鳩のように樹上にではなく、家鳩のように岩穴に巣を作る鳩だった。雛《ひな》をつかまえてきて、せっせと飼いならしたところ、たしかに馴れはしたものの、成長すると、みな飛び去ってしまった。そもそも餌《えさ》が足りなかったのかもしれない。あたえるものが何もなかったのだから。それでも巣はよく見つかったので、雛をつかまえてきて食べると、肉はとても美味だった。

このころ、家事をしていると、足りないものがいろいろとあるのに気づいた。初めはそんなものを作るのは無理だと思っていたし、たしかにどうしても作れないものもあった。たとえば、箍《たが》をはめた樽《たる》がそうである。前に述べたように小樽をいくつか持っていたが、まねて作ることはついにできなかった。何週間も費やしたが、底をはめることも、水が漏らぬように樽板どうしをぴったりと合わせることもできず、とうとう諦めた。

それから、蠟燭《ろうそく》がないのにもひどく難儀していた。だから暗くなると、たいてい七時ごろだったが、もう寝るしかなかった。アフリカでの冒険のおりに蜜蠟《みつろう》で蠟燭を作ったことを思い出したが、その蜜蠟がなかった。しかたがないので、山羊を殺したさいに脂《あぶら》を取っておいて、天日で固めた粘土の小皿と、灯心がわりの槙皮《まいはだ》とで、ランプをこしらえた。蠟燭ほど明るく安定したものではなかったが、これで灯《とも》しができた。

こういう苦労をしているさなかのこと。持ち物をかきまわしていて、小さな袋を見つけた。これは前にも触れたが、家禽《かきん》の餌にする穀物がはいっていた袋である。この航海のものではなく、たぶん船がリスボンから来たときのものだったと思う。残っていたわずかな穀物も鼠《ねずみ》に食いつくされて、中には殻とごみしか見あたらなかった。その袋を、たしか落雷を恐れて火薬を小分けするのか何かに使おうとして、中の穀物の殻を、砦柵の片隅の岩壁の下に捨てた。

それはさきほど触れた大雨の少し前のことだった。特に意識もせずにやったことで、何かをそこに捨てたことすら忘れていた。だからひと月ほどして、地面から何やら緑の茎が数本伸びているのに気づいても、どうせ見たことのない植物だろうと思っていた。ところがさらにしばらくすると、なんと十本ばかりの穂が出てきたので、わたしはびっくりして、眼を疑ってしまった。それはまさしくわがヨーロッパの、いや、わがイングランドのものと同種の、大麦だったのである。

このときの驚きと戸惑いは、とても言葉にできない。それまでわたしは信仰心から何かをしたことなどなかった。それどころか、神のことなぞろくに知りもしなかった。わが身に起きたことも、せいぜい偶然か、でなければ人が気軽に口にするような意味で〝主の思《おぼ》し召しだ〟と思うばかりで、そういうできごとにおける神の目的についても、よろずのできごとを司《つかさど》る神の摂理についても、深く考えたことはなかった。ところがそこに大麦が生えているのを眼にすると、そこが穀物に適した気候でないのは承知していたし、何より大麦がそこに生えてきた事情がわからなかったので、わたしはむやみに驚いて、こう思いはじめた。これは神が奇蹟を起こして、種を蒔《ま》くこともなく麦をお育てになったのではないか。ひとえにおれをこの惨めな荒れ地で生かすために、こうしてくださったのではないか。

いささか感動して涙ぐんだわたしは、このような自然の驚異が自分のために起こったことを、神に感謝しはじめた。しかもなお不思議なことには、大麦のそばの岩壁のきわに、何やらぼさぼさした別の茎も見えており、それが稲だったのである。なぜわかったかといえば、アフリカの海岸にいたころ、育てているのを見たことがあったからだ。

これはおれを助けるための純然たる神意の産物なのだ。わたしはそう考えたのみならず、島にそれがもっと生えていることを信じて疑わず、行ったことのある場所をすべてめぐり、隅々まで隈《くま》なく探し、岩の下までのぞいてまわった。けれどもまったく見つからず、最後にやっと、鶏の餌の袋をそこで空にしたことを思い出した。すると驚きは鎮《しず》まってきた。ごくあたりまえのことだったのだと判明して、神への敬虔《けいけん》な感謝の念は、正直なところ薄れてきた。

しかしこれほど不思議で思いがけない運命には、やはり奇蹟と同じように感謝すべきだった。なぜならこのような運命というか、巡り合わせになったことが、わたしにしてみればまさに神のなせる業だったのだから。その巡り合わせにより、十粒ほどの穀物が、あたかも天から降ってきたかのごとく（残りはすべて鼠に食われても）無事に残っていたのであり、その巡り合わせにより、わたしはその穀物をほかでもない高い岩壁の陰に捨て、それが速やかに芽を出したのである。あのときほかの場所に捨てていたら、みな日に灼《や》かれてだめになっていただろう。

六月の終わりごろだったが、収穫期になると、もちろんわたしはそれを大切に摘み取った。いずれはパンを作れるだけの量を収獲できるだろうと思い、ひと粒残らず取っておいて、ふたたび蒔くことにした。だが、この穀物をわずかでも食べられるようになったのは四年目のことで、それでさえほんの少しだけだった。これについてはいずれまた語ることにするが、最初のときは蒔きどきを誤り、蒔いた種をすべてだめにした。乾期の直前に蒔いてしまい、芽がまったく――というか、少なくとも本来のようには出てこなかったのである。だが、これについてはまたそのときに。

大麦のほかに、今述べたように二、三十本の稲が実り、これもやはり大切に保存した。用途というか、目的は同じだった。パンを作ることである。いや、食べ物を作ること、というべきだろうか。というのも、パンにせずにほかのものにする方法も見つけたからである。だが、それもまたしばらく先のことなので、今は日誌に戻ろう。

この三、四か月は壁を完成させるために身を粉にして働き、四月十四日に壁を閉じた。出入りには扉を設けず、梯子《はしご》で壁を乗り越えることにして、外側から見てもそこが住まいだとは気づかれないようにした。

四月十六日　梯子ができあがる。その梯子で上まで登ってから、それを引き上げて中へおろすと、そこは完全に閉ざされた場所になった。内側には十分な広さがあったし、外側からは、まず壁によじ登らないかぎり、何ものも襲ってこられなかった。

壁が完成したちょうど翌日のこと。これまでの苦労が危うくいっぺんで水の泡になり、わたし自身も命を落とすところだった。事情はこうである。テントの奥の、洞穴のすぐ入口で仕事をしていたところ、突然、身の縮むような恐ろしいできごとが起こった。洞穴の天井と頭上の岩壁から、だしぬけに土が崩れ落ち、洞穴の中に立てた柱のうちの二本が、無惨《むざん》にへし折れたのである。

わたしは震えあがったが、原因はまったく思いあたらなかった。前にも洞穴の天井が崩れたことがあったので、こんどもそれだろうかと思うばかりだった。生き埋めになるのが恐ろしいので、梯子のところまで逃げたが、それでもまだ安心できず、壁を乗り越えて外に出た。岩壁から破片が崩れ落ちてくるのが怖かったのである。

地面に降りたとたん、それがすさまじい地震だということがはっきりした。足の下の大地が、八分ほどの間隔を置いて三度も揺れたのである。それは地上に立つどんなに頑丈な建物でも倒壊しそうな激しい揺れで、半マイルほど先の海岸にそびえる岩のてっぺんから、大きな岩塊が、聞いたこともないほどすさまじい音とともに落下した。海も地震で激しく揺らいでいるのがわかった。陸上よりも海中のほうがきっと揺れは激しかったと思う。

このようなものは経験したことも、話に聞いたこともなかったわたしは、驚きのあまり呆然《ぼうぜん》として、死人さながらになってしまった。大地の揺れで船酔いのように胃がむかついたが、岩塊の落下する音で言わば眼を覚まし、それまでの放心状態からわれに返って、恐怖に捕らえられた。頭に浮かぶのは、岩壁が崩れ落ちたらテントも家財道具もいっぺんに埋まってしまうということだけで、それがまた気持ちを沈ませた。

三度目の震動が収まると、しばらくは揺れを感じなくなり、勇気が湧《わ》いてきた。それでも生き埋めになるのが恐ろしくて、壁の中へ戻る気にはならなかった。どうしていいやら途方に暮れ、力を落としてぼんやりと地面に座りこんでいた。その間、神のことはいっさい真剣に考えなかった。浮かんできたのは〝主よ助けたまえ〟という決まり文句ばかりで、それとて揺れが収まると消えてしまった。

こうして座りこんでいるあいだに、空が曇ってきて暗くなり、ひと雨来そうになった。まもなく風が少しずつ強まり、三十分もしないうちにものすごいハリケーンになった。海はにわかに白く泡立ち、岸は波しぶきにおおわれ、木々は根こぎにされ、まことにすさまじい嵐だった。風は三時間ほど吹き荒れてから徐々に収まり、さらに二時間ほどですっかりやんだが、こんどは猛烈な雨が降りだした。

そのあいだわたしはずっと座りこんだまま、おびえきって呆然としていたのだが、ふいにこんな考えが浮かんだ。この風と雨は地震がもたらしたものであり、地震そのものはもう力尽きたのだ。洞穴に戻ってみてもいいかもしれない。そう思うと元気を回復し、雨にもうながされて中にはいり、テントの下に腰をおろした。けれども雨が激しすぎて、テントが今にもつぶれそうになったので、やむなく洞穴にはいった。崩れてきはしまいかと、とても不安だったが、しかたなかった。

この豪雨のせいで新たな作業を強いられた。できたばかりの壁に排水孔のような穴をあけて水を捌《は》かし、洞穴が水びたしにならないようにしたのである。しばらく洞穴にいても揺れが来ないので、ようやく人心地がついてきた。そこで元気づけに（元気づけはたしかに必要だった）、ささやかな貯蔵庫へ行って、ラムを少しだけ飲んだ。ラムはなくなってしまえばそれきりなので、そのときだけでなくいつも、節約して飲んだ。

雨はその晩も翌日も、ほぼずっと降りつづいたため、外出はできなかったものの、気持はだいぶ落ちついてきたので、これからどうするのが最善かを考えはじめた。この島がこういう地震にさらされる以上は、洞穴で暮らすことはできない。ひらけた場所に小さな小屋を建てて、ここと同じように壁をめぐらし、獣や人間から身を守れるようにする必要がある。このままここにいたら、いずれきっと生き埋めになるだろう。

そう考えて、わたしはテントを今の場所から移すことにした。今の場所は張り出した崖《がけ》の直下で、ふたたび地震があれば、かならずやその崖がテントの上に崩れてくる。そこであくる日から二日間、すなわち四月十九日と二十日の両日をかけて、どこにどのようにして住み処を移すか検討した。

生き埋めになるのが怖くて、おちおち寝てもいられなかったが、かといって囲いのない外で眠るのも、それに劣らず不安だった。まわりを見まわして、いっさいが整頓され、心地よくわたしを包み、危険から守ってくれているのを眼にすると、なかなか引っ越す気になれなかった。

そのうちにこう気づいた。引っ越しには膨大な時間がかかる。ひとりで野営地を整え、防備を固めて引っ越せるようになるまでは、危険を承知で今の場所にとどまらざるをえないだろう。そう腹をくくると、とりあえず気が楽になり、大急ぎで壁造りに取りかかることにした。前回と同じように杭《くい》や錨鎖《びょうさ》などを使って円形の壁を築いたら、その中にテントを立てることにしよう。だが、完成して引っ越しができるようになるまでは、危険でも今のところにとどまろう、そう決心した。これが二十一日のことである。

四月二十二日　あくる朝、この決心を実行に移す方法を思案しはじめたが、何より困ったのは道具だった。手元には大きめの斧が三挺《ちょう》と、手斧が（現地人《インディアン》との交易のために船に積んであったので）多数あったのだが、節だらけの硬い木をたくさん伐《き》ったり削ったりしたせいで、どれも刃こぼれがひどく、なまくらになっていた。回転砥石《といし》はあったものの、それをまわしながら、なおかつ道具を研ぐのは無理だった。これをどうするか、わたしは政治家が政治の重要問題を考えたり、裁判官が被告人の生死を決めたりするのと同じくらい頭を悩ませた。そしてついに、足でまわす紐つきの車を考案して、両手を自由に使えるようになった。**付記**。イングランドにいたころは、こういうものを見かけたことがなかった。というより、どのようにしているのか気に留めたことがなかった。のちに、イングランドではごくありふれたものだと気づいたのだが、当時は知らなかった。それにわたしの砥石はやたらと大きくて重たかった。そんなわけで、この仕掛けを完全なものにするのに、丸一週間かかった。

四月二十八、二十九日　この二日は道具を研ぐのにすべて費やす。砥石をまわす仕掛けは、なかなかうまく動いてくれた。

四月三十日　だいぶ前からパンが残り少なくなってきていたので、調べてみる。一日にビスケットひとつに減らすことにするが、すっかり気が重くなる。

7　病にかかる

五月一日　朝、海のほうを見ると、潮の引いた海岸にいつもより大きなものが打ちあげられていた。酒樽のようだった。行ってみると、小さな樽がひとつと、難破したわたしたちの船の部材が二、三あった。先日のハリケーンで流れ着いたのだ。沖の残《ざん》骸《がい》のほうを見ると、いつもより水面から高く出ているような気がした。漂着した樽を調べてみると、すぐに火薬樽だとわかったが、水がはいりこんでおり、中身は石のように固まっていた。それでもとりあえずそれを岸の奥のほうへ転がしておき、ほかにも何かないかと、砂地を船の残骸のほうへ行けるところまで歩いていった。行ってみると、船は奇妙に形を変えていた。以前は砂に埋もれていた船首楼が、少なくとも六フィートは持ちあがっており、わたしがものを漁《あさ》るのをやめてまもなく波の力で壊れて船体からはずれた船尾は、放り出されたように横倒しになっていた。そして船尾の倒れたほうに砂が高く積もったため、以前は水があって船まで四分の一マイルは泳がねばならなかったところが、干潮時ならすっかり歩いてこられるようになっていた。初めは驚いたが、すぐにこれは地震のせいにちがいないと気づいた。毎日たくさんのものが岸に打ちあげられてくるのも、地震の衝撃で船が前よりもさらに壊れて口をあけたためだった。その口から波にさらわれては、風と潮によって徐々に陸に運ばれてくるのである。

これを見てわたしは引っ越しの計画などすっかり忘れてしまった。ことにその日は、船内にはいれないものかと一生懸命やってみたのだが、内部はことごとく砂で埋まっており、まったく不可能だった。しかし、何ごとも簡単には諦めなくなっていたわたしは、船体からはずせるものはすべてはずすことにした。どんなものでも何かしら役に立つだろうと考えたのである。

五月三日　手始めに、船の後部か後甲板をつないでいたと思われる梁《はり》を一本、鋸《のこぎり》で切断する。それから、側面にうずたかく積もった砂をできるだけ取りのぞいたが、潮が満ちてきたため、この日はそこでやむなく中断する。

五月四日　釣りにいったが、食べられそうな魚は何も釣れず、飽きて帰ろうとしたところで、仔《こ》イルカが一匹釣れる。釣り糸はロープをほぐして長いものを一本こしらえたのだが、針がなかった。それでも魚はよくかかり、食べたいだけ釣ることができた。みな天日で干し、干物にして食べた。

五月五日　船で作業。梁をもう一本切り取り、甲板から大きな樅材《もみざい》の板を三枚はがす。それをまとめて縛り、潮が満ちてくると、浮かべて岸へ運んだ。

五月六日　船で作業。鉄のボルトを数本と、その他の金具をはずす。熱心に働いたので、帰ると疲れはててしまい、もうやめようかと考える。

五月七日　作業はしないつもりで、ふたたび船へ。梁を切ったために、船体が自重で壊れていた。あちこちが緩んでいるらしく、船倉が大きくひらいて内部をのぞけるようになっていたが、海水と砂でほぼ埋まっていた。

五月八日　船へ。鉄梃《かなてこ》を持っていき、甲板をめくる。甲板はもはや海水も砂もまったくかぶっていない。板を二枚はがして、これも満ち潮で岸へ運ぶ。鉄梃は翌日の作業のために船に置いてきた。

五月九日　船へ。鉄梃を使って強引に船体内へはいり、酒樽をいくつか探り出す。鉄梃で掘り出してみたが、こじあけることはできなかった。イングランド産の鉛もひと巻き探り出したが、多少は動かせても、移動させるには重すぎた。

五月十日、十一日、十二日、十三日、十四日　毎日船へ。大量の角材と板のほか、二、三百ポンドの金具を持ち帰る。

五月十五日　手斧を二挺持っていき、鉛を切り取れないかやってみる。一挺の刃を鉛にあてがい、もう一挺でたたきこむつもりでいたのだが、鉛は一フィート半ほど水に沈んでおり、刃はまったくたたきこめなかった。

五月十六日　夜のうちに風が激しく吹いて、船は波の力でさらに壊れたようだったが、わたしは食料の鳩を獲るために長いあいだ森へ行っていたため、上げ潮に阻《はば》まれて、この日は船に行けなかった。

五月十七日　遠くの海岸に残骸の一部が吹きよせられているのが見えた。二マイル近く離れていたが、意を決して行ってみると、船首の一部だった。しかし、重すぎて持ち帰るのは不可能だった。

五月二十四日　この日まで毎日、船で作業。いくつかのものを鉄梃でせっせと大きく掘り出したものの、最初の上げ潮で酒樽が数本と船員の私物箱がふたつ、流れ出してしまった。だが風が陸から吹いていたため、この日は角材が数本と大樽がひとつ、流れ着いたのみだった。樽にはブラジル産の豚肉がはいっていたが、海水と砂でだめになっていた。

この作業を六月十五日まで毎日続けた。この期間は、食べ物を獲りにいくのは上げ潮のあいだと決めておき、潮が引いたらいつでも船に行けるようにしていた。十五日までに角材と板と金具を、造り方さえ知っていれば立派なボートを一艘《そう》造れるほど集めた。鉛板も何度かに分けて少しずつ運んできて、合計百ポンド近くになった。

六月十六日　海岸へ下りると、大きな亀《かめ》を見つけた。見かけたのはこれが初めてだったが、それは場所のせいでも数が少なかったからでもなく、わたしの運が悪かったにすぎないようだ。島の反対側にいたら、のちにわかるように、毎日何百匹もつかまえていたかもしれない。だがそのかわりに、危険な目にもたっぷりと遭っていただろう。

六月十七日　亀を料理して過ごす。卵が腹に六十もあり、肉は当時のわたしにしてみれば、食べたこともないほど美味だった。この忌《い》まわしい島に上陸してからというもの、肉といえば山羊《やぎ》と鳥しか食べていなかったからだ。

六月十八日　終日雨で、引きこもる。この日は雨が冷たく感じられて、寒けがした。この緯度では普通のことではない。

六月十九日　ひどく具合が悪く、気温が低いわけでもないのに体が震える。

六月二十日　夜通し眠れず、激しい頭痛がして、熱っぽい。
六月二十一日　ひどく具合が悪い。わが身の惨《みじ》めなありさまが不安で、死ぬほど怖くなる。病にかかっても誰も助けてくれないのだ。ハルの沖合で嵐に遭って以来久しぶりに、神に祈る。だが頭が朦朧《もうろう》としていて、自分が何を、なぜ口にしているのかも定かではない。
六月二十二日　少しよくなるが、病が不安でたまらない。
六月二十三日　またひどく悪化する。悪寒《おかん》と震え、その後、激しい頭痛。
六月二十四日　だいぶ回復。
六月二十五日　激しい瘧《おこり》(マラリア)。発作が七時間続く。悪寒と熱発作、その後、軽い発汗。
六月二十六日　だいぶ回復。食べるものがないので、銃を持って出かけるが、ひどく弱っている。それでも雌山羊を一頭しとめ、たいそう苦労して持ち帰り、炙《あぶ》って少しばかり食べる。煮こんでスープを作りたいところだったが、鍋《なべ》がない。
六月二十七日　瘧が激しくぶり返して、終日、飲まず食わずのまま寝こむ。喉《のど》が渇いて死にそうだったが、弱りきっていて、立ちあがる力も、飲み水を汲《く》みにいく力もない。ふたたび神に祈るも、頭がぼんやりしているうえ、まともなときでも祈り方など知らないのだから、どう唱えてよいかわからない。ただ横になったまま、「主よご覧ください、憐れんでください、助けてください」と叫ぶばかりだった。二、三時間はほかに何もしなかったと思う。やがて発作が治まり、眠りに落ち、夜更《よふ》けまで昏々《こんこん》と眠った。眼が覚めると、だいぶ気分がよくなっていたが、力が出ず、喉がからからに渇いていた。それでも、わが家には水がなかったので朝まで横になっているほかなく、ふたたび眠りに落ちた。この二度目の眠りのあいだに、こんな恐ろしい夢を見た。

わたしは壁の外の地面に座っているようだった。地震のあと、嵐が吹いたときに座りこんでいたところである。大きな黒雲からひとりの男が、ぎらつく炎に包まれて地面に降りてきた。全身が火炎のようにまばゆく、わたしはろくにそちらを見ることもできなかった。顔つきは名状しがたいほど恐ろしく、言葉ではとうてい説明できない。男が両足で地面に降り立つと、大地が先日の地震のときと同様に激しく揺れ、宙全体が不穏にも炎でぱっと埋まったように見えた。

男は地面に降り立つやいなや、長い槍《やり》のような武器を手に、わたしを殺そうとして近づいてきた。そして少し離れた高台まで来ると、声をかけた。聞こえてきた声の恐ろしさは言語に絶する。理解できたと言えるのはこれだけだった。「これほどの目に遭っても悔い改めぬとあらば、おまえはもはや死ぬしかない」そう言うなり、手にした槍を振りあげてわたしを殺そうとした。

この物語の読者ならお察しのとおり、この恐ろしい幻を見たわたしの恐怖は、とても言葉にはできない。夢の中でさえ、それほどの恐怖をたしかに感じたし、眼が覚めてそれがただの夢だったことに気づいても、やはり言い知れぬ恐怖が心に刻みこまれて残っていた。

わたしには神についての知識など、悲しいかな、まったくなかった。父の薫陶《くんとう》によって得たものは、八年にわたり放埒《ほうらつ》な船乗り暮らしを繰りかえしたことと、自分と同じようにとことん放埒で不信心な輩《やから》とばかりつきあったことにより、もはや消えてなくなっていた。その間一度として、天の神に眼を向けようとも、内なるおのれに反省の眼を向けようともした憶《おぼ》えがない。善を望むことも悪を自覚することもない一種の麻痺《まひ》に、魂をすっかり支配されて、同類のつまらぬ船乗りのなかでもとりわけ不遜《ふそん》で、無思慮で、放埒な人間になりはて、危難にさいして神を恐れる分別も、命を救われて神に感謝する分別も、すっかりなくしていた。

これについては、この物語ですでに過去になっているできごとを例に挙げるほうが、もっと容易に理解してもらえるだろう。たとえばわたしは、この日までわが身に降りかかった災難の数々を、一度たりとも神の御業《みわざ》だと考えたことはなかった。おのれの罪に対する正当な罰だとも、父に対する反抗的な態度のせいだとも、現在の大きな罪のせいだとも、放埓な生き方全般に対する罰だとも、思ったことはなかった。

アフリカの未開の沿岸を命がけで経めぐっていたとき、自分がどうなるかなど、一度たりとも想像したことはなかったし、どちらへ行くべきか指示したまえなどと神に祈ったこともなかった。わが身を取りまく危険から守りたまえ、猛獣のみならず残酷な蛮人からも守りたまえなどと祈ることもなく、神についても摂理についても何ひとつ考えぬまま、獣となんら変わるところなく自然のなすままに、常識の命ずるところにのみしたがって行動していた。いや、その常識すらろくになかった。海上でポルトガル人船長に助けあげられて手厚くもてなされ、公正かつ鄭重《ていちょう》に、思いやりをもってあつかわれたときにも、感謝の念など少しも覚えなかった。この島で難破して、いっさいを失い、溺《おぼ》れかけたときにも、後悔するどころか、それを天罰だと考えることもなく、おれは運の悪いやつだ、かならず災難に遭うように生まれついている、などとつぶやくばかりだった。

初めてここに上陸して、乗組員がみな溺れ死んだのに自分だけが助かったのを知ったときには、たしかにある種の歓喜に捕らえられ、気持ちが高ぶっていたので、神の恵みがあれば、その歓喜はまことの感謝にまで達していたかもしれない。だが実際にはそのまま、喜びのごく平凡な高まりで終わってしまった。言い換えれば、わたしは生きているのがうれしくて、ほかの全員が命を落とすなか、自分ひとりを選び出して救ってくださった御手のきわだった優しさを慮《おもんぱか》ることも、神がこうして自分に憐れみをかけてくださった理由を問うことも、まったくなかった。船乗りというのはたいてい、難破して無事に陸に戻ると、同様の喜びを覚えるものだが、それとていつものようにパンチを飲めばそれきりで、たちまちのうちに忘れてしまう。わたしもこれまではずっと、そんな生き方をしてきた。

のちに状況を検討し、自分が漂着したのが、人の世から隔絶した、救助される望みも救済の見込みもまったくない恐ろしい場所だとわかったときでさえ、生きていける見込みが立ち、飢え死にする恐れのないことがわかるや、それだけでもう苦悩は消え、すっかり気楽になって、身の安全と食料の確保に必要な作業に専念し、おのれの境遇を天罰だとか、神の御業だとか考えて思いわずらうことは、およそなかった。そんな考えはまず頭に浮かばなかった。

穀物が生えてきたことには、日誌にも記したとおり、当初いささか感化されて、真剣に影響を受けはじめたものの、それもそこに何か奇蹟《きせき》があると思いこんでいたあいだだけで、誤解が取りのぞかれるや、たちまちそこから育《はぐく》まれた感慨も消えうせたことは、これまたすでに述べたとおりである。

地震にしてもそうだ。そもそもあれほど恐ろしいものはないし、あのようなことを起こせる唯一《ゆいいつ》の見えざる力を、あれほど直接に指し示すものもないというのに、最初の恐怖が収まったとたん、そこから受けた感慨もまた消えてしまった。神や神の裁きについての観念なぞ持ちあわせていなかったから、今の自分の苦難が神の御手によるものだとは気づくはずもなく、その点では、このうえなく順調な人生を歩んでいるのと変わらなかった。

けれどもこうして病にかかり、惨めな死の光景が眼前にゆっくりと現われ、重病の重みで心が沈み、高熱で体力が衰えてくると、長らく眠っていた良心が眼覚めて、こんな生き方をしてきたおのれを責めるようになった。明らかにわたしは、度を越した放埒さで神の正義を挑発したため、度を越して痛い目に遭わされ、厳しく懲《こ》らしめられたのである。

こういう思いが、病にかかって二日目か三日目に、心にのしかかってきた。高熱に加えて激しい良心の呵責《かしゃく》にも苦しめられ、神への祈りのような言葉が口を衝《つ》いて出た。だがそれは、望みや願いのこめられた祈りとは言えなかった。むしろたんなる恐怖と苦痛の言葉に近かった。思考は混乱し、心は悔悟の念でいっぱいになり、こんな惨めなところで死ぬのだという恐怖は、さまざまな妄念とともに心からの不安を呼びさました。このような魂の混乱のなかにあっては、自分が何を口走っているのかわからなかった。だがそれは祈りというより、叫びだった。たとえばこんなぐあいである。

「主よ！　おれはなんと惨めな生き物でしょう。病にかかればきっと、助けもなく死ぬんです。そのあとはどうなるんでしょう！」それから涙がはらはらとこぼれてきて、しばらくは何も言えなくなった。

するとく父の忠告が心に浮かび、それに続いて、この物語の最初で触れた父の予言も浮かんできた。〝おまえがその愚かな道へもし本当に踏み出したら、神はおまえを祝福なさらないはずだから、おまえは将来きっと、この父の忠告に耳を貸さなかったのを悔やむことになる。けれどもそのときにはもう、助けてくれる人は誰もいないかもしれないぞ〟というあの言葉である。

「ああ、親父《おやじ》の言葉が現実になったんだ」とわたしはつぶやいた。「おれは天罰をくだされて、もはや助けてくれる人も話を聞いてくれる人もいない。神の思し召しでけっこうな身の上になったというのに、その神の声に耳を閉ざしてしまった。あのままでいれば、安楽に暮らせたかもしれないのに。自分じゃそれに気づこうともせず、そのありがたみを親から学ぼうともしなかった。ばかなまねをして親を嘆かせておいて、あげくの果てにこんどは自分が嘆いている。親の支えや助けがあれば、世の中に出て安楽にやっていけたはずなのに、それを拒んだせいで、今じゃどんな生き物でも耐えられないような苦難と闘っているんだ。助けも、支えも、慰めも、忠告もなしに」それからこう叫んだ。「主よ、お助けください、苦しくてたまりません」

これを祈りと言ってよければだが、これはわたしの捧《ささ》げた実に久しぶりの祈りだった。だが、ここで日誌に戻ろう。

六月二十八日　眠ったおかげでいくぶん元気になり、発作もすっかり治まったので、起きあがる。夢の恐怖は大きかったものの、明日にはまた瘧の発作に襲われるはずなので、今のうちに元気の出るものを摂《と》って、具合の悪くなったときに備えることにした。まずは大きな角瓶に水を満たして、寝床から手の届くところにあるテーブルに置き、水の冷たさで瘧の発作が悪化しないよう、そこにラムを四分の一パイント（約百四十ミリリットル）混ぜた。それから山羊の肉をひと切れ炭火で炙ったが、ほんの少ししか食べられなかった。歩きまわりはしたが、ひどく弱っており、惨めなありさまを意識して心が悲しく沈んだ。明日ぶり返す発作が恐ろしかった。夜になると、亀の卵を三つ、熱い灰に埋めて夕食をこしらえ、いわゆる孵《かえ》りかけを食べた。このとき、記憶にあるかぎりでは生まれて初めて、食事の前に感謝の祈りを捧げた。

食べたあと散歩をしようとしたが、さっぱり力が出ず、銃をまともに携えていられなかった（出かけるさいにはかならず銃を持っていった）。しかたがないので、少し歩いただけで地面に腰をおろして、眼の前に広がる海をながめた。海はたいそう静かに凪《な》いでいた。そこに座っていると、いろいろな考えが浮かんできた。

しじゅう眼にしているこの大地と海、これはなんなのか？　どこから生み出されたのか？　おれをはじめ、すべての生き物は、野生のものも飼いならされたものも、人も獣も、いったい何ものなのか？　どこから来たのか？

もちろんおれたちはみな、なんらかの秘密の力によって創《つく》られたのだ。その力が大地と海、空気と空を形づくったのだ。しかしその力とは何者なのか？

するとごく自然に、すべてを創ったのは神だという答えが出てきた。だがそこでこんどは奇妙にも、こんな考えが浮かんだ。神がこれら万物を創ったのであれば、神は万物と万物に関わるすべてとを、導き治めていることになる。なぜなら万物を創ることのできる力には、それを導き動かす力も当然あるはずだからだ。

だとすると、神の創ったこの広い世界に起こることはすべて、神の知っていることであり、定めたことだということになる。

すべてが神の知っていることだとすると、神はおれがここにいて、このような悲惨な境遇にあることも知っていることになるし、すべてが神の定めたことだとすると、神はこのいっさいをおれの身に降りかかるよう定めていたことになる。

この結論をくつがえす考えはひとつも思い浮かばなかった。それゆえますます強固にこう確信した。このすべては神がおれの身に降りかかるよう定めたものだ。神はおれのみならず、この世に起こるすべてを唯一支配する力を持つのだから、おれは神の命によってこの惨めな境遇に陥ったのだ。するとすぐさまこんな考えが浮かんだ。

〝なぜ神はおれをこんな目に遭わせるんだ？　おれが何をしたというんだ？〟

そう問いかけたとたん、まるでそれが冒瀆《ぼうとく》の言葉だったかのように良心が咎《とが》め、こう言われたような気がした。

「ばかめ！　〝おれが何をした〟だと？　むだにした人生を振りかえって、自分のしなかったことを考えてみろ。なぜおまえはとうの昔に死んでいなかったのか。なぜヤーマス碇泊地《ていはくち》で溺れ死ななかったのか。なぜ船がサレの海賊に襲われたときに、戦いで殺されなかったのか。なぜアフリカの海岸で野獣に食われなかったのか。なぜほかの乗組員はみなここで死んだのに、おまえだけは溺れなかったのか。それを考えてみろ。〝おれが何をした〟だと？」

内心のその言葉にわたしは麻痺したように黙りこみ、何も言えず、いや、何ひとつ答えられずに悄然《しょうぜん》と立ちあがり、隠れ家へ戻り、壁を乗り越えた。寝床に戻るつもりでいたのだが、心がひどくかき乱されていて、寝る気になれなかった。そこで椅子《いす》に腰かけ、暗くなってきたのでランプを灯した。発作がぶり返してくることを考えて不安にさいなまれていると、ふと、ブラジルではどんな病にもたいてい、薬ではなく煙草《たばこ》を用いるのを思い出した。たしか私物箱のひとつに、十分に乾燥した煙草がひと束と、まだ十分ではない青いものが少しあるはずだった。

行ってみると、それは紛れもなく天の導きだった。その箱には、心と体の両方に効くものがはいっていたのである。あけてみると、求めていた煙草のほかに、一緒にしまっておいた数冊の本が見つかった。わたしは聖書を一冊、取り出した。この聖書のことは前に触れたが、これまでひらく暇がなかったし、ひらこうという気も起こらなかったのだ。とにかくそれを取り出して、煙草とともにテーブルに持ってきた。

その煙草をどう用いたらいいのかも、そもそもそれが自分の病に効くのかどうかもわからなかったが、何通りか試してみた。どれかはうまくいくはずだと思ったのである。まずは、葉のひと切れを口の中で嚙《か》んでみると、たしかに初めは頭が痺《しび》れたようになった。煙草がまだ青くて強かったうえ、こちらもあまり慣れていなかったからだ。次に、葉を少しばかり切ってラムに一、二時間漬けておき、寝るときにひと口飲むことにした。そして最後に、煙草を炭火に載せていぶし、その煙に鼻を近づけて、熱さと息苦しさをできるだけ長く我慢していた。

こういう療治のあいまに聖書を手に取って読もうとしてみたが、少なくともそのときは、煙草のせいで頭がくらくらしていて、読めたものではなかった。それでも何気なくひらいてみると、最初に眼にはいったのはこんな文句だった。〝悩みの日にわれを呼べ、さらばわれ汝《なんじ》を救わん、しかして汝われをあがむべし〟（「詩篇」五十・十五）

わたしの境遇にはうってつけの言葉で、読んだときには少々心に残った。だが、のちのように強烈にではなかった。〝救わん〟と言われても、はばかりながらそんな言葉はこちらにはなんの意味もなかったからである。救われるなどというのは、わたしの現状理解ではおよそ突飛な、およそありえないことだった。だからイスラエルの子孫らが食べるための肉を約束されたとき、〝神は荒野に宴《えん》を設けうるや〟と問うたように（「詩篇」七十八・十九）、わたしも、「神はおれをここから救い出せるだろうか？」と問わざるをえなかった。この問いはその後長年にわたり、希望がまったく見えなかったため、わたしの考えをもっぱら支配していた。だがそれでも、その聖書の文句は心に残り、その後しきりにそれについて考えるようになった。

夜も更けたし、いま述べたように煙草で頭がひどくぼんやりしていたので、眠くなってきた。そこで、夜中に欲しいものがあっても困らないよう、洞穴にランプを灯したまま寝床へ行った。だが横になる前に、生まれて初めてすることをした。ひざまずいて神に祈ったのである。悩みの日にわれを呼べ、さらばわれ汝を救わんという約束を、どうかお守りくださいと。

　とぎれとぎれの、いたらない祈りがすむと、煙草を漬けておいたラムを飲んだ。煙草の味がやたらと強くて、やっとのことで飲みくだした。それからすぐに床に就いた。まもなくラムが頭に激しくまわってきたが、わたしはぐっすりと眠りこみ、そのまま翌日の、太陽の位置からすると午後の三時近くにようやく眼を覚ました。いや、翌日も一日じゅう眠って、翌々日の三時近くに眼を覚ましたのではないかという気もする。そうでなければ、月日の勘定が一日足りないという、数年後に明らかになった事実の説明がつかない。赤道を何度も越えたせいだとすると、一日の不足ではすまなかったはずだが（日付変更線と混同していると思われる）、計算ではたしかに一日足りない。どちらなのかはついにわからなかった。

　それはともかくとして、眼が覚めると、すこぶる元気を回復しており、気分も明るく爽快《そうかい》になっていた。起きてみると、前日より力も出てきて、胃の調子もよくなったのか、空腹を覚えた。結局、翌日は発作も起こらず、そのまま快方へ向かった。二十九日のことである。

三十日はそもそも発作のない日だったので、銃を持って出かけたが、あまり遠くまで行きたくはなかった。黒雁《こくがん》に似た海鳥を一、二羽しとめて、持って帰ったものの、食べようという気が起こらず、亀の卵をまたいくつか食べた。卵はとても美味だった。この日の晩また、前々日に効いたように思った薬、すなわち煙草を漬けたラムを服用した。ただし前ほどたくさんは飲まなかったし、煙草の葉を噛んだり、煙に顔を寄せたりもしなかった。ところが翌日の七月一日は、思ったほど具合がよくならず、少々悪寒がした。とはいえ、さほどひどくはなかった。

七月二日　ふたたび三通りのやり方で薬を試し、最初ぼんやりする。飲むほうは量を倍にした。

七月三日　発作は完全に去ったが、体力を十分に回復するまでには、なお数週間かかった。このようにして体力を取りもどしているあいだ、〝われ汝を救わん〟という一節のことばかり考えていたが、救出の見込みのなさが心にのしかかり、本当に救われるとは思っていなかった。ところがそう思って落胆していると、ふと、おれは最大の苦しみから救われることばかりを願い、受けたばかりの救いをないがしろにしているという考えが浮かんだ。そしてこんな問いを、言わば自分に突きつけさせられた。

おまえは病から、それもみごとに、救われたのではなかったか？　これ以上ないほどつらい状態、おまえにしてみればひどく恐ろしい状態から。それなのにおまえはそれに気づいていたか？　自分の義務を果たしたか？　神はおまえを救ってくださったのに、おまえは神をあがめていない。つまり、それを救いだと認めて感謝していないということだ。そんなありさまで、もっと大きな救いを期待できるか？

　わたしはひどくあわて、ただちにひざまずいて、病の癒《い》えたことを声に出して神に感謝した。

　七月四日　朝、聖書を手に取り、新約聖書から真剣に読みはじめる。毎日朝晩にしばらく、章の数にはこだわらずに、思索が必要とするだけの時間、読むことを自分に課す。この日課に真剣に取り組みはじめてまもなく、自分がこれまでの放埒な暮らしに心の底から毒されていたことに気づいた。夢の記憶がよみがえり、「これほどの目に遭っても悔い改めぬとあらば」という言葉が重々しく心に迫ってきた。悔い改めさせたまえと神に心から願っていると、ちょうどその日に読んでいたところに、天のはからいか、こんな一節を見つけた。〝イエスは悔い改めと罪の赦《ゆる》しとをあたえるため、君《きみ》として救い主としての地位を、神より授けられたまう〟（「使徒行伝」五・三十一）わたしは聖書を取り落として、諸手とともに心も天に差しのべ、喜びにわれを忘れてこう叫んだ。

「ダビデの子イエスよ！　君にして救い主よ！　わたしを悔い改めさせたまえ」
生まれてこのかた、言葉のまことの意味で祈ったと言えるのは、これが初めてだった。自分のありさまを意識しつつ、神の言葉に励まされて、まことの聖書的な希望をもって祈ったのである。これ以降、口幅ったい言い方をすれば、自分の声は神に届くはずだと信じるようになった。

〝われを呼べ、さらばわれ汝を救わん〟という前述の言葉を、わたしは今やこれまでとちがった意味に解釈するようになった。それまでは〝救い〟というものを、自分が捕らえられている場所から救い出されることだとしか考えていなかった。島内を自由に歩きまわってはいても、この島はわたしにしてみればまちがいなく牢獄《ろうごく》、それもこの世で最悪の牢獄だったのだから。けれども今は、この言葉を別の意味でとらえるようになった。これまでの人生を振りかえってすっかり恐ろしくなり、おのれの罪がとんでもないものに思えて、心の安らぎを押しつぶす罪の重荷から救われることだけを、神に求めるようになったのである。孤独な暮らしなど、何ほどのこともなかった。そんな暮らしから救いたまえとは、祈りもしなければ、考えもしなかった。それは魂の救いに比べたら、まったくどうでもいいことだった。こんなことをここに書き添えるのは、読者にそれを知ってほしいからである。ものごとのまことの意味にたどりつけば、災難から救われるよりも、罪から救われるほうがはるかにありがたいと、かならずや気づくものである。

だが、この話はこれぐらいにして、日誌に戻ろう。

暮らしぶりのほうはあいかわらず惨めだったものの、気持ちのほうはだいぶ穏やかになってきた。毎日聖書を読んで神に祈っているおかげで、考えが高尚なことがらに向くようになり、これまで知らなかった心の安らぎを大いに得られた。健康と体力も戻ってきたので、がんばって必要なものをこしらえ、なるべく規則正しい生活を送るようにした。

七月四日から十四日まで　銃を手に少しずつ出あるいては、もっぱら病後の体力の回復に努める。わたしがどれほど衰え、どんなに弱っていたか、読者にはなかなか想像がつかないだろう。わたしの試みた療法はまったく新しいもので、これまで瘧を治したことはないかもしれないし、この経験だけで他人に勧めるわけにもいかない。たしかに発作は治まったものの、その療法のせいでしばらくは神経と手脚がしきりに痙《けい》攣《れん》し、体力はかえって衰えた。

そこからもうひとつ学んだことがあった。雨の降るときに外出するのが、健康にいちばん障《さわ》るということである。とりわけ暴風やハリケーンを伴う雨がよくなかった。

乾期の雨はほぼかならずそういう暴風を伴うので、その時期の雨は、九月と十月に降る雨より、はるかに体に悪かった。

8 探検に行く

この忌《い》まわしい島に上陸して十か月あまりがたったが、救い出される見込みはまったくなさそうだった。この島に足を踏み入れた人間はいまだかつていないと、わたしは確信した。住《す》み処《か》はもう十分に堅固になったと考え、こんどは島をもっと完全に踏査して、まだ知らぬどんな産物がほかに見つかるか調べてみようという遠大な志を抱いた。

七月十五日　島そのものの詳細な調査に取りかかり、まずはあの、以前に筏《いかだ》を着けた入江をさかのぼった。二マイルほど行くと潮も上がってこなくなり、流れも細いせせらぎにすぎなくなり、とてもいい真水になった。だがこのときは乾期だったため、場所によってはほとんど涸《か》れていて、それとわかるほどの流れになっていないところもあった。

このせせらぎの両側には、平らで起伏のない気持ちのいい草原や草地がたくさんあった。そのむこうの高い土地へと続く、水の漬《つ》きそうにない斜面には、おびただしい煙草が青々と、太く丈夫な茎を伸ばしていた。ほかにもいろいろと、見たこともない正体不明の植物が生えており、それぞれに利用法があったのかもしれないが、さっぱりわからなかった。

わたしはキャッサバを探した。この地方一帯のインディアンはその根からパンを作るからだが、結局、見つからなかった。アロエの大きな株をいくつも見かけたが、当時はなんなのか知らなかった。砂糖黍《さとうきび》も見かけたが、野生なので手入れされておらず、どれもいまひとつだった。この日はこんなところで満足して帰ってきたが、帰る道すがら、自分の発見する果物や植物の効能や利用法を知るにはどうしたらいいか、あれこれ考えた。だが、結論は出なかった。なにしろブラジルにいるあいだ、ろくに周囲を観察していなかったので、野の植物のことなど何も知らなかったのである。少なくとも、苦境にある今の自分に役立ちそうなことは。

あくる十六日も、また同じところをさかのぼった。前日よりもさらに奥まで行くと、せせらぎも草原もなくなって、樹木が増えてきた。ここで果物を何種類か見つけた。

ことに地面にはおびただしいメロンが、木々には葡萄《ぶどう》がなっていた。葡萄の蔓《つる》は木々のそれこそ一面に広がり、いく房もの実がまさに今を盛りと豊かに熟していた。これは意外な発見で、ことのほかうれしかったが、わたしは経験から、少しずつしか食べてはいけないことを思い出した。バルバリア海岸にいたころ、そこで奴隷《どれい》にされていたわがイングランド人が何人も、葡萄を食べたあと下痢と高熱にやられて死んだのである。だが、この葡萄のすばらしい利用法をわたしは見つけた。天日で乾燥させ、干し葡萄にして保存するというものだ。葡萄が手にはいらないときにこれを食べたら、滋養にもなるし、うまいだろう。そう考えたのだが、たしかにそのとおりだった。

その晩はそこに泊まり、住まいには戻らなかった。ちなみに、外泊のようなことをしたのはこの晩が初めてである。夜になると、上陸した晩にやったように、木に登ってぐっすりと眠った。あくる日もさらに探険を続け、南北に連なる丘の稜線《りょうせん》をかたわらに望みつつ、あいかわらず真北へ進んで、谷の長さから判断すると四マイル近く歩いた。

こうして歩いていくと、やがてひらけた場所に出た。見たところ土地は西へ下っており、そばの丘の斜面から湧き出した小さな清水が反対側へ、すなわち真東へ流れていた。そちらはとてもすがすがしく、植物が青々と生い茂り、いっさいが永遠の新緑か春の盛りにあるようで、さながら庭園のように見えた。

この麗《うるわ》しい谷を少しばかり下ってあたりを検分していると、ひそやかな喜びが（ほかのつらい考えと入り混じってではあるが）こみあげてきた。これはすべておれひとりのものなのだ。おれはこの地の王にして絶対君主であり、この島全土の所有権を手にしているのだ。機会さえあれば、イングランドの荘園《しょうえん》領主と同じように、ここを子孫に相続させてもまったくかまわないのだ。そう思ったからである。

ここでおびただしいカカオ、オレンジ、レモン、シトロンの木を見かけた。しかしどれも野生で、実をつけているものは、少なくともそのときは、ごくわずかだった。それでも、青いライムをもいで食べてみると、うまいばかりでなく、滋養にもなりそうだった。あとで果汁を水で割って飲んでみたところ、これまたたいへん滋養になり、きりっとした爽《さわ》やかな味がした。

これらを収穫して持ち帰るのは大仕事だった。葡萄のほかにライムとレモンも、迫っているはずの雨期に備えて、蓄えておくことにした。

そこでまず、葡萄を摘んで一か所に大きく、もう一か所にも小さめに積みあげ、ライムとレモンも別の場所にどっさり集めた。それから、どれも少しずつ持って帰路についた。もう一度こんどは袋か何かを自分で作ってきて、残りを持ち帰るつもりだった。

かくしてわたしは三日間の旅を終えて、もはやわが家と呼ぶほかないテントと洞穴に帰ってきた。ところが帰りついたときには、葡萄はだめになっていた。実が熟していたため、果汁の重みでつぶれたり傷《いた》んだりして、ほぼまったく食べられなかったのである。ライムのほうは無事だったものの、少ししか持ってこられなかった。

あくる十九日、収穫物を持ち帰るための小さな袋を二枚こしらえて、もう一度出かけた。ところがなんと、葡萄を積みあげておいた場所へ行ってみると、摘んだときにはとてもうまそうに熟れていたそれらが、すっかり散らかされ、踏みつぶされ、ほうぼうへ引きずっていかれ、盛大に食い荒らされていた。そのあたりに何か獣がいることは明らかだった。そいつらがこれをしでかしたのだ。だが、どんな獣なのかはわからなかった。

しかしこれで、葡萄を積みあげておくのも、袋に入れて持ち帰るのもだめだということははっきりした。積みあげておけば荒らされるし、袋に入れれば重みでつぶれてしまう。そこでやり方を変えた。大量に摘んで木々の枝にかけておき、天日で乾かすことにしたのである。ライムとレモンのほうは、背負えるだけ背負ってきた。

この旅から帰ってくるとわたしは、気持ちがよくて果物が豊富なうえ、小川と森のむこう側にあって嵐《あらし》にも安心なその谷のことをうっとりと思い出しては、自分はこの土地でもとりわけ悪い場所に居を定めてしまったのだと思った。そして最後には、住み処を移すことを考えるようになり、できるなら気持ちがよくて果物の豊富なそのあたりに、今いる場所と同じくらい安全な場所を見つけようと思いはじめた。

この考えは長らく頭にあり、場所の気持ちのよさに惹《ひ》かれて、しばらくはとても気に入っていた。けれどもよくよく考えてみて、気が変わった。今のように海岸のそばにいれば、少なくとも何かいいことが起こる可能性はある。わたしをここへ運んできたのと同じ悪運によって、ほかにも誰か不幸な者たちが、同じ場所に運ばれてくるかもしれない。そんなことはまず起こりそうにないとはいえ、島の中央につらなる丘や森の奥へ引きこもってしまえば、自分を幽閉することになり、もとより起こりそうにないそのようなできごとを、絶対にありえないものにしてしまう。だから断じて引っ越してはいけないのである。

とはいえ、わたしはその場所にすっかり魅せられてしまい、七月の残りはずっとそこに入りびたっていた。思いなおして引っ越さないことにはしたものの、小さな東屋《あずまや》のようなものを建てて、少し離れたところに頑丈な柵《さく》をめぐらした。杭をがっちりと打ちこんで、手がやっと届くぐらいの高さの二重の柵にし、あいだに粗朶《そだ》を詰め、出入りにはこちらもかならず梯子《はしご》を使った。安心して眠れるので、ふた晩か三晩続けて泊まることもあり、これでおれも田舎の屋敷と海岸の屋敷を持つ身になったぞ、などと悦に入っていた。この作業は八月の初めまでかかった。

柵を完成させて、労働の成果を楽しみはじめたところで雨期がやってきて、わたしは第一の住まいに閉じこめられた。新しい住まいにも、帆布で作ったテントを巧みに張りはしたものの、暴風から守ってくれる岩山も、雨が激しいときに避難する背後の洞穴もなかったからである。

八月の初めごろ、いま述べたように東屋を完成させ、そこで快適に過ごしはじめた。

八月三日 梢《こずえ》に干しておいた葡萄がすっかり乾いて、思ったとおり、みごとな干し葡萄ができあがっていた。さっそく取り入れにかかったのだが、これはやっておいてつくづくよかった。さもなければその後の雨でだめになり、冬の食料をあらかた失っていただろう。大きな房が二百あまりもあったのだから。それをすべて枝からはずし、大半を洞穴へ持って帰るか帰らないかのうちに、雨が降りだした。これは八月十四日のことで、それから十月のなかばまで、雨は多かれ少なかれ毎日降り、あまりの激しさに何日も洞穴から出られないこともあった。

雨期のあいだに、なんと驚いたことに家族が増えた。猫の一匹がいなくなり、逃げてしまったのか死んでしまったのかと、消息がわからずに心配していたところ、八月の終わりごろになってひょっこりと、仔猫を三匹連れて帰ってきたのである。これはずいぶん不思議な話だった。前に、山猫と名づけたものを撃ち殺したことはあったが、それはわたしの見るところ、ヨーロッパの猫とはまるでちがう種類のものだった。ところが仔猫たちは親猫と同じ家猫だった。わたしの猫は二匹とも雌だったから、これはなんとも不可解だった。しかし、この三匹から殖えた猫たちにはのちにひどく悩まされるようになり、やむなく害獣か野獣のように駆除して、できるだけわが家から追いはらった。

八月十四日から二十六日まで　雨が降りつづき、外出できず。あまり濡《ぬ》れないように用心していたからである。蟄居《ちっきょ》していると、食べるものに困るようになったため、雨をついて二度外出した。一度目は山羊をしとめたし、最後の二十六日には、たいそう大きな亀を見つけた。これはわたしにしてみれば御馳走《ごちそう》だった。食事の内容はこんなふうに決めていた。朝食には、干し葡萄をひと房。正餐《せいさん》には、山羊か亀の肉をひと切れ。これはまことに残念なことに、器がなくて茹《ゆ》でることも煮ることもできなかったので、炙るほかなかった。そして夕食には、亀の卵を二つか三つ食べた。

雨を避けて蟄居しているあいだに、毎日二、三時間、洞穴を広げる作業をした。片側へ少しずつ掘ってゆき、岩山の外まで掘りぬいて出口をこしらえた。そこは柵の外側だったので、そこから出入りできるようにはなったものの、あけっぱなしになるのがどうも不安だった。今までは閉ざされた場所にいたのに、これではむき出しになってしまう。何がはいりこんでくるかわからない。そう心配になったものの、この島で見かけたいちばん大きな生き物といえば山羊で、危険なものがいる気配はなかった。

九月三十日　悲しい上陸記念日がめぐってきた。柱の刻み目を数えると、漂着してから三百六十五日が過ぎていた。この日は礼拝のための日とし、厳粛な断食《だんじき》を行なった。心からへりくだって地面にひれ伏すと、おのれの罪を神に告白して、わが身にくだされた神の正当な裁きを受け容れ、イエス・キリストを通して憐《あわ》れみを垂れたまえと祈った。十二時間のあいだ飲食物はいっさい口にせず、日が沈んで初めて、ビスケットをひとつと葡萄をひと房食べると、起床したときと同じように厳かに一日を終えて床に就いた。

この間ずっと、わたしは安息日を守ってこなかった。当初は信仰心などなかったので、しばらくすると長めの刻み目を入れて安息日を区別するのをやめてしまい、曜日がわからなくなってしまったのである。しかしこれで、今言ったように、日数を合計して一年たったことが判明したので、それを週に分けては、七日目を安息日としていった。ただしこの計算でいくと、一日か二日つけ忘れのあることがのちに明らかになったのだが。

それからまもなく、インクが心もとなくなってきたので、いっそうの節約のために、記すのはとりわけ大きなできごとにかぎり、日々のその他の覚え書きはうち切ることにした。

9　種を蒔《ま》く

今では雨期と乾期が定期的に訪れることがはっきりしてきたので、両者を分けて、それぞれに備えられるようになった。だが、それは経験で購《あがな》った知識だった。これからお話しするのは、わたしの味わったもっとも苦い経験である。前に述べたように、わたしは大麦と稲の穂を少しばかり取っておいた。自生しているものと勘ちがいして、ひどく驚いた例の穂である。たしか稲が三十本ほどと、大麦が二十本ほどあったように思う。そして今、雨期が終わり、太陽の位置も南へ遠ざかったので、いよいよこれの蒔き時だと思った。

そこでさっそく地面を木製の鋤《すき》でできるかぎり耕し、それをふたつの区画に分けて、穀粒を蒔いた。けれども蒔くにあたってふと、適当な時期がいつなのかわからないのだから、いきなり全部蒔くのはよそうと思い、どちらの種も三分の二ほど蒔いて、ひと握りほど残しておいた。

残しておいてよかったと、あとになってつくづく思った。このときに蒔いたものはひと粒も芽を出さなかった。蒔いてすぐに乾期になったため、大地に雨がいっさい落ちず、種の成長に必要な水分を得られなかったのである。ふたたび雨期になると、種はようやく芽を出して、蒔かれたばかりのように育ちはじめた。

最初の種が芽を出さないのを見て、乾燥のせいだということは容易に見当がついた。そこでこんどはもっと湿った土地を探して試してみることにし、新しい東屋の近くの地面を耕して、春分の少し前の二月に残りの種を蒔いた。これは三月と四月の雨期のおかげでとても元気に芽を出して、豊かに実ったものの、種はわずかしか残っていなかったし、それをすべて蒔く勇気もなかったので、収量は結局わずかで、どちらも合計でせいぜい半ペック(約四・五リットル)どまりだった。

とはいえ、この経験でやり方をすっかり身につけたし、種まきに適しているのがいつなのかも正確につかめ、種まきと収穫を年に二度ずつできることが判明した。

　この穀物が育っているあいだにひとつ、ささやかな発見があり、のちにそれが役に立ってくれた。十一月になろうとするころ、雨期が終わって天候が安定してくると、すぐにわたしは〝田舎〟の東屋を訪れた。数か月ぶりだったが、何もかも前に来たときのままだった。円形にめぐらした二重の垣根はびくともしていなかったばかりか、あたりの木を伐《き》り出して作った杭《くい》からことごとく芽が出て、長い枝が伸びていた。柳の枝を切ると、あくる年にたいてい芽が出てくるのと同じだが、杭にしたのが何という木かは知らない。若枝が伸びているのを見て、わたしはびっくりするとともに、すっかりうれしくなった。それを剪定《せんてい》して、なるべく一様に伸びるようにしてやると、三年後には、信じられないほど美しい形に育った。垣根のさしわたしは二十五ヤードほどだったが、まもなくその木々が（と呼んで、もはやさしつかえないだろう）、枝を広げて上をおおいつくし、乾期のあいだずっとその下で眠れるほどの木陰を作ってくれた。

　そこで最初の住まいにも、もっと木を伐り出してきて、同じような垣根を壁の外側に半円形にめぐらすことにし、実行した。杭というか木々を、最初の柵から八ヤードほど外側に二列に植えると、それらはすぐに根づいて、まずはわが家の立派な生垣になり、のちには防御にも役立ってくれたのだが、それはまたそのときに述べることにしよう。

このころにはもう、ここの一年はヨーロッパのように夏と冬とに分けられるのではなく、おおむね雨期と乾期に分けられることをつかんでいた。おおよそ次のとおりである。

二月後半
三月
四月前半
　雨期、このころ太陽は春分点か、その近くにある。

四月後半
五月
六月
七月
八月前半
　乾期、このころ太陽は赤道の北にある。

八月後半
九月
十月前半　｝雨期、このころ太陽は赤道に戻ってくる。

十月後半
十一月
十二月
一月
二月前半　｝乾期、このころ太陽は赤道の南にある。

雨期は風の吹き方しだいで長くなったり短くなったりすることもあったが、わたしの観察ではおおむねこのとおりだった。雨天に外出すると体によくないことを身をもって学んでからは、食料を前もって用意して、出かけなくともすむように心がけ、雨期のあいだはなるべく屋内にいた。

やるべきことはたくさんあった（それに、この時期にうってつけでもあった）。腰を据えてこつこつ取り組まなければ作れないものが、いろいろとあったからである。

なかでも籠作《かごづく》りは、あれこれと試してみた。けれども材料として手にはいる小枝が、どれも脆《もろ》くて使いものにならなかった。このとき大いに役立ったのが、子供のころよく好んで、住んでいた町の籠職人の仕事場の前にたたずみ、彼らが枝を編むのをながめていたことだ。子供はたいていそうだが、わたしも手伝いたくてしかたなく、職人の仕事ぶりを熱心に観察していて、ときどき手伝わせてもらったので、作り方はよく心得ていた。だから足りないのは材料だけだったのだが、そこでふと、自分が生垣にしたあの木の枝ならば、イングランドの柳の仲間と同じぐらいしなやかなのではあるまいかと思い、試してみることにした。

そこであくる日、田舎の屋敷と呼ぶようになった東屋へ行って、少しばかり小枝を切ってみた。するとまさに望みどおりの材料になることがわかったので、次のときには手斧《ておの》を持っていって、まとまった量を切った。いくらでもあったので、すぐに集まった。それを円形の生垣の内側にならべて乾かし、使えるようになると、洞穴へ持ってかえった。そして洞穴で、次の雨期のあいだできるかぎり籠作りにいそしみ、土を運ぶ籠と、必要に応じてものを運んだり蓄えたりする籠を、どちらも大量にこしらえた。見てくれはあまりよくなかったものの、用途には十分にかなうものができた。このようにしてこれ以後は、籠を切らさないように心がけ、傷んでくるとまたこしらえた。ことに丈夫で深い籠をたくさん編み、穀物がまとまって収穫できるようになったら、袋ではなく籠に入れられるようにしておいた。

こうして困難を克服し、膨大な時間を籠作りにかけたのち、さらにふたつの品を作れないものかと考えはじめた。ひとつは液体を入れる器である。手元にあるのは、ラムがほぼいっぱいにはいった二本の小樽《こだる》と、水や火酒などを入れるわずかなガラス瓶だけだった。瓶は普通の大きさのもののほかに、箱に詰め合わせる角瓶も数本あったが、何かを煮るための器といえば、船から救い出してきた大鍋《おおなべ》があるのみで、その鍋もわたしの望むような用途、すなわちスープを作ったり肉きれだけを煮たりするのには、大きすぎた。もうひとつ欲しくてたまらなかったのは、煙草のパイプである。わたしにはとても作れそうになかったが、これについても最後にはうまい手を考えついた。

二列目の杭を植えるのと、この籠編みとに、夏の乾期をすっかり費やしたあと、こんどはまた別の仕事に、思いのほか時間を取られることになった。

10 島を縦断する

前に述べたとおり、わたしは島全体を見てみたいと強く思っていたし、すでに小川をさかのぼってその先の、東屋を建てた場所まで行き、さらに島の反対側の海を見晴らせる場所まで行っていた。そこでこんどは、むこう側の海岸まで完全に行ってみることにして、銃と手斧《ておの》と、いつもより多めの弾薬を持ち、食料としてビスケットをふたつと干し葡萄の大きな房をひとつ、袋に入れると、犬を連れて出発した。東屋のある谷を通りすぎると、西に海が見えてきた。よく晴れた日だったので、はるかかなたに陸地がかなりはっきりと認められた。島か大陸かは定かでないが、高々とそびえつつ西から西南西に延びており、見たところ十五リーグないし二十リーグは離れているようだった。

それがどこなのかはわからなかったが、アメリカの一部にはちがいなかった。それもあらゆる点から見てスペインの領土の近くであり、そこらじゅうに蛮人が住んでいる恐れもあった。そこに漂着していたら、今よりなお悲惨な境遇に陥っていただろう。そう考えて、わたしはこの天の配剤を受け容れた。いっさいは最善となるように定められているという考えを認め、信じるようになっていたからである。とにかくそう考えて心を静め、あそこへ行けたらという無益な思いで自分を悩ますのはやめた。

それに、とわたしはしばし考えたのちに思った。あの陸地がスペイン領の海岸だとすれば、いずれなんらかの船が、どちらへ向かうにしろ、通過するのが見えるはずだ。見えないとしたら、あれはスペイン領とブラジルのあいだの蛮地であり、もっともたちの悪い蛮人たちが住んでいるはずだ。そいつらは食人族《カニバル》、すなわち人を食う連中で、捕らえられたが最後、かならずや殺されて食われてしまうだろう。

そんなことを考えつつ、のんびりと歩いていった。島のこちら側は、いま住んでいる側よりもはるかに気持ちがよかった。ひらけた草原はかぐわしく、花々と草で彩《いろど》られ、みごとな森が点在していた。鸚鵡《おうむ》をたくさん見かけて、できれば一羽つかまえたくなった。飼いならして、言葉を教えたかったのだ。そこで少々苦労したのち、若い鸚鵡を一羽とらえた。棒でたたき落としたので、息を吹きかえさせてから、連れて帰った。しゃべるようになるまでには何年もかかったが、最後には、わたしをいかにも親しげに名前で呼ぶようになった。そののちに起きたできごとが、些細《ささい》なことながらなかなか面白いので、そのときが来たらまたお話ししよう。

この旅はとてもいい気晴らしになった。低地には野兎《のうさぎ》と思われるものと狐《きつね》がいたが、それまでに出くわしたどの種類ともかなり異なっており、何匹かしとめてはみたものの、食べる気にはなれなかった。そんな危険は冒さずともよかったのである。食べるものには困っていなかったし、なかにはたいそう美味なものもあった。ことに山羊《やぎ》と鳩《はと》と亀《かめ》の三種は、そこに葡萄を添えれば、ひとりで食べるにしては、ロンドンのレドンホール市場でも手にはいらないような御馳走になった。境遇はたしかに惨《みじ》めではあったが、わたしは大いに感謝すべきだった。飢えに瀕《ひん》するどころか、食べ物はむしろ豊富で、珍味まであるのだから。

今回の探検では一日にせいぜい二マイルぐらいしか前進しなかった。何か見つかるのではないかと、何度も行きつ戻りつするので、二マイルぐらい進むとくたびれきってしまい、その晩はそこに泊まることにしてしまうのである。体を休めるのは樹上か、地面にめぐらした杭の内側だった。杭は木と木のあいだなどに立て、野獣が襲ってくればかならず眼覚めるようにした。

海岸に出たとたん、わたしは愕然《がくぜん》とした。自分がこの島でいちばん悪い場所に居を定めてしまったことに気づいたからである。あちら側では一年半のあいだに亀は三匹しか見かけなかったのに、こちら側の海岸はそれこそ数えきれない亀でおおわれていた。そのうえ、ここにはさまざまな鳥が無数にいた。見たことのあるものもいれば、ないものもいたが、肉の美味なものが多かった。ただ、名前を知っているのはペンギンなるものだけだった。

撃とうと思えばいくらでも撃てたが、弾薬を節約していたので、できれば鳥よりも雌山羊をしとめたかった。そのほうが食いでがあった。山羊も島の反対側よりたくさんいたものの、近づくのははるかに難しかった。土地が平らなので、山中にいるときよりもずっと早めに気づかれてしまうからである。

はっきり言って、こちらのほうがわたしの住んでいるところよりはるかに気持ちがよかった。だが、引っ越すつもりは毛頭なかった。自分の住み処になじんでしまい、そこにいるのがもはやあたりまえになっており、こちらに来ているあいだずっと、自分は言わば旅先にいる、わが家を離れている、そう感じていたからである。それでも、さらにそこから東のほうへ海岸を、たしか十二マイルほど歩いていった。それから岸に太い柱を目印として立て、いったん帰ることにした。次に島のこちら側へ旅をするときには、わが家から東へぐるりと歩いて、またこの柱まで来ることにした。これについては、またそのときにお話ししよう。

帰りは来たときとは別の道をとった。この島はたやすく全体を展望できるから、あたりを見渡せば、第一の住み処を見つけそこねるはずはあるまいと考えたのである。しかしそれは誤りだった。二、三マイル歩くと、ずいぶん広い谷間にはいりこんでいることに気づいたのだが、谷間は山々にすっかり囲まれ、その山々も森におおわれていたため、進むべき方角が太陽でしかわからなくなった。だがそれすら、一日のその時間における太陽の位置をよく知っていなければできなかった。

しかもあいにくと、谷間にいた三、四日のあいだは空が曇っていて太陽が見えなかったため、わたしはむやみにさまよい歩いたあげく、やむなく海岸へ出て柱を見つけ、来たときと同じ道を戻った。そのあとは無難な経路で帰路についたが、暑さが厳しく、銃や弾薬や斧などの持ち物がひどく重たかった。

帰路、犬が仔山羊《こやぎ》を襲って飛びかかったので、わたしはあわてて割ってはいり、仔山羊をつかまえて、殺されないうちに犬から引き離した。できれば連れて帰りたかった。前々から仔山羊を何頭かつかまえて繁殖させ、家畜にできないだろうかと考えていたからである。そうすれば、弾薬がなくなってからも食料には困らない。

このチビすけに首輪を作ってやり、いつも身につけているロープの小縄でこしらえた引き綱で、いささか苦労はしたが東屋まで引いてゆき、そこに閉じこめて帰ってきた。ひと月あまり留守にしていたわが家に、早く帰りたくてたまらなかったのである。

古巣に戻って自分のハンモックに横になったときの満足ときたら、とても言葉にはできない。定まった宿泊地もないこの放浪の旅は、わたしにしてみればひどく落ちつかないものだった。それに比べれば自分がわが家と呼ぶこの茅屋《ぼうおく》でさえ、申し分のない住み処であり、身のまわりのあらゆることをとても快適にしてくれた。だから島にとどまるのがわが身の定めであるあいだは、二度と遠出をしたりはしまいと心に決めた。

ここで一週間ゆっくりと休養して、長旅の疲れを癒やした。そのあいだほとんどの時間は、わたしになついてすっかり家族のようになってきた鸚鵡に、籠を作ってやるという大切な仕事に費やした。それからこんどは、狭い垣根の内に閉じこめてきたかわいそうな仔山羊のことを思い出し、連れてくるなり、餌《えさ》をあたえるなりしてやることにした。行ってみると、仔山羊は外に出ようがないのでまだそこにいたものの、餌がなくて飢え死にしかけていた。そこで木の枝や、あたりで見つかる灌木《かんぼく》の枝を切ってきて放りこんでやり、そいつが餌を食べおわると、前のように紐《ひも》をつけて引いてゆけるようにした。ところが仔山羊は空腹のせいですっかりおとなしくなり、紐をつけるまでもなく、犬のように自分からあとをついてきた。たびたび餌をあたえていると、とてもなついて、おとなしく、甘えん坊になり、それ以降はやはりわたしの家族になって、もはや離れようとしなくなった。

秋分をはさむ雨期がやってきた。九月三十日はこの島に上陸した記念の日だったので、昨年と同じように厳粛に断食をした。島に来て二年がたったことになるが、救い出される見込みは、ここに着いた最初の日から少しも増していなかった。まる一日を敬虔《けいけん》な感謝のうちに過ごし、孤独な境遇にもたらされたありがたい恵みの数々を心に刻んだ。それらがなければ、ここでの暮らしははるかに惨めなものになっていたかもしれない。気ままに人と交わって、この世のあらゆる快楽をむさぼるよりも、この孤独な境遇にいるほうが幸せになりうることを、神は示してくださった。孤独な暮らしにおける数々の不足も、人づきあいの欠如も、ご自身がそばにいてこちらの魂に恵みを伝えることで、十分に補ってくださった。そしてわたしを支え、慰め、この世では御心《みこころ》に頼るよう、来世では永遠に神のみもとにいられることを願うよう、励ましてくださった。そのことを心から感謝した。

このとき初めてわたしは、今の自分が送っているこの暮らしのほうが、過去の自分が送っていた放埒《ほうらつ》で罰あたりな忌まわしい暮らしよりも、さまざまな点でみすぼらしくはあれ、はるかに幸せなのだということを、はっきりと感じはじめた。悲しみも喜びもその対象を変え、欲望すら変わった。愛情も好みを変え、歓喜も上陸のときのものとはうって変わって、この二年間で別のものになった。

以前はよく、狩りや探検のために島を歩きまわっていると、ふいにおのれの境遇に対する悲嘆に襲われて、心が沈んだものだった。自分のいる森や山々や荒れ地のことを思い出すと、おれは囚人なのだ、海という永遠の鉄格子《てつごうし》と閂《かんぬき》によって、無人の島に釈放のあてもなく監禁されているのだ、と考えたものだった。こうした考えは、どんなに心が落ちついているときでも嵐のように襲ってきてわたしを身もだえさせ、子供のように泣かせた。仕事中にこれに襲われると、たちまち座りこんで嘆息し、二時間も三時間も地面を見つめていることもあるので、いっそうたちが悪かった。泣きだしたり言葉で発散したりできれば、悲しみもやがて燃えつきて消え去るからである。

しかし今は、新しい考えで自分を鍛えはじめた。神の言葉を毎日読み、その慰めをことごとくわが身にあてはめて考えるようになった。ある朝、すっかりうち沈んで聖書をひらくと、こんな文句にぶつかった。〝われ決して汝を離れず、汝を捨てじ〟（「ヨシュア記」一・五）これは自分に向けられた言葉なのだと、すぐさまひらめいた。でなければなぜよりによってこのように、神にも人にも見捨てられたのだと、わが身の不幸を嘆いているときに、これに出くわしたのか。

「なるほど」とわたしはつぶやいた。「神がおれを見捨てないのなら、世界中がおれを見捨てたって、何も恐れることはない。かまうもんか。だけど逆に、世界中を味方にしたって、神の寵愛《ちょうあい》と恵みを失ったら、これ以上の損失はない」

そしてそう口にした瞬間、こう考えはじめた。この見捨てられた孤独な境遇にあっても、この世のどんな身分にあるよりも幸せになることはできるのだ。そう考えると、わたしをここへ導いてくださったことを神に感謝したくなった。

ところがなぜか、そんな気持ちになったとたんにはっとして、感謝を口にできなくなった。「そんな偽善者になれるもんか」と、あたりに聞こえるような声で言った。「この境遇に感謝しているふりなど、できるわけがない。いくら満足しようと務めたって、おまえは、ここから救い出したまえと心から祈っているじゃないか」

そんなわけで、自分がここへ導かれたことに感謝するのはやめにした。だが神に眼をひらかれたことには、心からの感謝を捧《ささ》げた。つらい天罰のおかげでかつての暮しぶりに気づき、その放埒さを反省し、悔い改めることができたのである。聖書をひらくにつけ閉じるにつけ、イングランドの友人がなんの指示もないのにわたし宛《あ》ての商品に聖書を入れてくれたのも、のちに自分がそれを船の残骸《ざんがい》から救い出したのも、神の導きと手助けによるものだと、心の底から感謝した。

かくして、このような心境でわたしは三年目を迎えた。二年目の仕事については、一年目ほどこまごました説明で読者をわずらわせなかったが、総じて勤勉に働いたと言っていい。日々の日課にそれぞれきちんと時間を割りふっていた。日課のひとつめは、神への務めと、聖書を読むことで、これには一日に三度、かならず時間を割いた。ふたつめは、銃を持って食料を獲《と》りに出かけることで、これには、雨が降っていなければ、毎朝たいてい三時間をあてた。三つめは、食料としてしとめたものや捕らえたものを、捌《さば》き、干し、保存し、調理することで、一日の大半はこれに費やした。太陽が天頂にある真昼どきには暑さが厳しくて外出できなかったことは、考慮に入れてほしい。それゆえ午後は四時間ほどしか、作業にあてられる時間がなかった。ただしときには、狩りと作業の時間を入れ替えて、午前中に作業をし、午後に銃を持って出かけることもあった。

労働にあてられる時間の短さに加えて、作業には極端に手間がかかったことも忘れないでほしい。道具も、手伝いも、技術もないのでは、何をするにも膨大な時間が必要である。たとえば洞穴に取りつける長い棚板を一枚こしらえるのに、わたしは四十二日間も費やした。だがふたり組の木挽《こびき》職人なら、道具と木挽穴（穴の上に木を寝かせ、木の上と穴の中から一挺の大鋸を挽く）さえあれば、同じ木から半日で六枚の板を挽き割っていただろう。

わたしの場合はこうである。板の幅を広くしたいので、伐り倒す木も太くなければならない。この木を伐り倒すのに三日、大枝を伐り落として一本の丸太にするのにさらに二日かかる。その両面をこんどは、言いようのない苦労をしてひたすらたたき削り、動かせるようになるまで軽くする。軽くなったら転がして、片面を端から端まで平らで滑らかに板らしくしあげる。そうしたらその面を下にして、こんどは反対側の面を、板の厚さが三、四インチになるまで削る。このような手作業が困難なものだということは、誰しも認めるだろう。それでもわたしは努力と根気で、これだけでなく、ほかにも多くのことをなしとげた。これを例に挙げたのは、多くの時間を費やしながらわずかな仕事しかできない理由を示すためでしかない。手伝いがいて道具があればすぐにできることも、ひとりで道具もなしに行なうとなると、途方もない労力と膨大な時間がかかるのである。

それにもかかわらず、わたしは根気と努力によって多くのことをやりとげたし、実際、ここでの暮らしで必要になったことは、これからお話しするとおり、なんでもやった。

11 パンを作る

十一月と十二月にはいり、大麦と米の実る季節が近づいてきた。これらのために耕した畑は広くなかった。前に述べたように、いちど乾期に種を蒔いて全滅させたため、どちらもせいぜい半ペックしか蒔けなかったからだ。しかしこんどこそ豊かな実りが見込めそうだと思っていた矢先、またもやすべてを失う危険に直面した。寄せつけないようにするのが困難な敵が、いくつか現われたのである。まずは山羊と、わたしが野兎と呼んでいた動物だった。こいつらが苗のうまさに味をしめ、昼も夜も畑にはいりこんでは、生えてくるそばから根元まで食ってしまうので、苗は伸びる暇もなかった。

これには垣根をめぐらす以外に手の打ちようがなかった。ただでさえ骨の折れる作業なのに、迅速さが求められるため、なおさらたいへんだった。それでも、畑は収量にふさわしく狭かったので、三週間ほどですっかり柵をめぐらしおえた。そして昼間はそいつらを何匹か撃ち殺し、夜は入口の柱に犬をつないで番をさせた。犬はひと晩じゅうそこに立って吠《ほ》えていたので、まもなく敵はいなくなり、穀物はすくすくと育って、みるみる実りはじめた。

ところが、苗のうちは獣に荒らされたように、穂が出てくるとこんどは、鳥に荒らされるようになった。育ちぐあいを見て歩いていると、ささやかな畑が鳥に囲まれているのに気づいた。何種類いたのか知らないが、みなこちらが立ち去るのをじっと、言わば待ちかまえていた。わたしは(つねに銃を携えていたので)すぐさまそいつらめがけてぶっ放した。すると、ぶっ放したとたんに作物のあいだからも、こちらの気づいていなかった鳥たちがいっせいに舞いあがった。

これにはかなりあわてた。数日もすればわたしの希望は食いつくされてしまうことも、二度と米麦を育てられなくなって自分が飢えることも予想がつくというのに、どうしていいかわからないのである。しかし、たとえ夜も昼も張り番をすることになろうと、むざむざと穀物を失うつもりはなかった。まずは畑にはいって被害の程度を調べてみると、かなり食い荒らされてはいたものの、鳥たちにはまだ青すぎたため、被害はさほど甚大《じんだい》ではなく、残りを救えれば十分な収穫になりそうだった。

銃に弾をこめて畑から出ていくと、周囲の木々にことごとく泥棒がとまっているのがいやでも眼にはいった。こちらがいなくなるのをひたすら待っているように見えたが、実際そのとおりだった。立ち去るふりをしてわたしが離れていくと、姿が見えなくなるや、一羽また一羽と、ふたたび畑に舞いおりてきた。頭にきたわたしは、数が増えるまで待ちきれなかった。そいつらが今ついばんでいる麦のひと粒ひと粒が、こちらにしてみれば結果として一ペックに相当すると言っても過言ではなかったからだ。我慢できず、柵に戻ってもう一度ぶっ放し、三羽をしとめた。これこそ求めていたものだった。そいつらを拾いあげ、イングランドで名うての泥棒が見せしめに鎖で吊《つ》るしておかれるように、畑に吊るしておいたのである。その効果たるや、想像を絶するものだった。鳥たちは畑に寄りつかなくなったばかりか、島のこのあたりを見限り、仲間の案山子《かかし》がそこにぶらさがっているかぎり、二度とその近くに姿を見せなくなった。

ご想像のとおりわたしはすっかり満足し、十二月の終わりごろ、その年の二度目の収穫期に、大麦と米を刈り入れた。

あいにくと大鎌《おおがま》も小鎌もなかったので、それを刈り取るには、船の武器のなかから持ってきた広刃の湾刀《カトラス》を、どうにか鎌にしたてあげるほかなかった。とはいえ、初めての収穫はごくわずかだったから、刈るのにたいした苦労はなかった。自己流に穂だけを刈り取ったのである。それを自分で編んだ大籠に入れて運び、手で揉《も》んで脱穀した。作業がすべて終わったときには、半ペックの種から二ブッシェル（八ペック、約七十二リットル）近い米と、二ブッシェル半ほどの大麦を収穫していた。もっとも当時は枡《ます》がなかったから、これは目分量である。

それでも、これでわたしは大いに励まされ、いずれは神の御心にかなってパンを作れるようになりそうだと期待した。ところが、ここでまた難問にぶつかった。穀類を碾《ひ》いて粉にする方法も、粉から麩《ふすま》を取りのぞく方法も、知らなかったのである。かりに粉を碾けたとしても、粉からどうやって生地を作るのか、作り方はわかっても、それをどう焼くのか、それもわからなかった。それに加え、穀物を十分に蓄えて食料を安定して得たいという気持ちもあり、この大麦と米は味見をせずにそっくり取っておいて、次の季節の種にすることにした。そのあいだに作業の時間をすべて注ぎこんで研究をし、穀物とパンを自給するという大仕事を達成するつもりだった。

ありていに言えば、わたしはパンのために働くようになった。誰もあまり考えたことがないにちがいないが、パンというものを自給するには、育てるにも、碾くにも、篩《ふるい》にかけるにも、生地を作るにも、焼くにも、こまごまとした知らないことがらが、驚くほどいろいろと必要なのである。

まったくの未開人に堕《お》ちていたわたしは、日々これに挫《くじ》け、時とともにこれをますます痛感した。初めてひと握りの種籾《たねもみ》を収穫したあとでさえ、それは変わらなかったし、その種にしたところで、前に述べたように、思いがけず芽を出してこちらを驚かせたぐらいなのである。

そもそも、土を起こす鍬《くわ》もなければ、掘るシャベルや鋤《すき》もなかった。これはまあ、前に記したように、木製の鋤を作ることで克服したものの、この鋤は木製なりの働きしかしてくれなかった。作るのに多くの日数を要するというのに、鉄をかぶせていないのですぐに磨《す》りへってしまううえ、あつかいにくいので作業もはかどらなかった。

それでも我慢して根気よく仕事をやりとげ、つたないできばえには眼をつむった。種を蒔いても、馬鍬《まぐわ》がないので自分でなんとかするほかはなく、重い大枝を引いてあるいて、畑を掻きならすというより、引っかいてまわった。

作物が育っているあいだも、育ったあとも、すでに述べたとおり、実に多くの道具がないにもかかわらず、それを囲い、守り、刈り取り、乾かし、持ち帰り、脱穀し、籾殻を取りのけ、蓄えた。するとこんどはそれを碾くための臼《うす》と、ふるうための篩、生地にするための酵母と塩、焼くための竈《かまど》が必要になった。だがこれもすべて、これから述べるように、ないなりになんとかした。そこまでしても、わたしにしてみれば穀物には計り知れない慰めと利点があったのである。

何をするにもたしかに手間がかかって面倒ではあったが、それはやむをえなかった。それに時間はさほどの損失にはならなかった。毎日一定の時間をこれらの仕事に割りあてていたからである。穀物はもっと蓄えができるまで、いっさいパンにしないと決めていたので、次の半年間はひたすら努力と工夫を重ね、穀物を（その時が来たら）用途にかなうものに変える道具類を作り出すことに取り組んだ。

だがまずは、畑を広げる必要があった。種はもう、一エーカー（約四十アール、およそ六十四メートル四方）以上の土地に蒔けるだけの量に増えていたからである。そのために一週間以上かけて鋤をこしらえたが、できあがった鋤はまことにみすぼらしいもので、むやみに重く、あつかうには普通の倍の労力が必要だった。それでもどうにか、わが家になるべく近いところに見つけた二か所の大きめで平らな土地を耕し、種を蒔き、垣根でしっかりと囲った。垣根の杭は、前に植えたあの根づきのいい木を伐って作ったので、一年もすれば生垣になって、ほとんど修理をしなくてすむようになるはずだった。この作業は大部分が雨期にあたり、外出できなかったためになかなかはかどらず、三か月もかかった。

雨に降りこめられているときには、屋内でそのときどきに応じた仕事をした。作業をしているあいだはよく、気晴らしに鸚鵡に話しかけて言葉を教えていたので、鸚鵡はすぐに自分の名前を憶《おぼ》えて、ついには大きな声で「ポル」と言うようになった。この島でわたしが自分以外の口から聞いた初めての言葉である。それゆえ、これは仕事でこそなかったが、仕事の助けになってくれた。前にも少し触れた大仕事に取り組んでいたころだったからだ。すなわち、どうにかして土の器を作ろうと、長らく研究していたのである。

器はなんとしても欲しかったのだが、どこから取りかかってよいやらわからなかった。けれどもこの地の暑さを考えると、粘土さえ見つけられれば、それを壺《つぼ》らしい形にして天日で乾かすだけで、十分に硬く丈夫になり、持ち運んでも壊れず、乾いたものや湿気をきらうものを入れておけるようになるはずだった。穀物や粉を用意するという目下の目標に欠かせないものだったので、甕《かめ》のようにものを入れておくだけの、なるべく大きな器を作ることにした。

その土をこねるのに何度ぶざまに失敗したか、どれほどへんてこで不細工なしろものをこしらえたか、それをお話ししたら、読者はきっとわたしを憐れむか、あるいは逆に笑うだろう。粘土が軟らかすぎて、それ自体の重みで何度つぶれたことか、何度ひしゃげたことか。あわてて天日にさらしたために、強烈な日射《ひざ》しで何度罅《ひび》がはいったことか。乾燥する前だけでなくあとも、動かしただけで何度ばらばらになったことか。結局、さんざん苦労して土を見つけ、掘り、こね、持ち帰り、形にしたあげく、ふた月がかりでこしらえたのは、土でできた不格好なふたつの大きな、とても甕とは呼べぬしろものだけだった。

それでも、このふたつが天日ですっかり乾燥して硬くなると、そっと持ちあげて、このために編んでおいたふたつの大きな籠に入れ、壊れないようにした。さらに壺と籠のあいだに少々隙間《すきま》があったので、そこに稲と大麦の藁《わら》を詰めた。ふたつの壺はつねに乾燥していたので、乾かした穀物や、穀物を碾いたあかつきには粉も、入れておけそうだった。

大きな壺を作るのにはずいぶんと失敗したとはいえ、手当たりしだいに作った小さめのものには、もう少しうまくできたものもあり、小型の丸壺や、平皿、水差し、小型の土鍋などは、天日で驚くほど硬くなった。

だが、これはどれもわたしの要求をかなえてはくれなかった。欲しいのは液体を入れておくことも火にかけることもできる器だったが、これらにそれはできなかった。ところがしばらくして、かなり大きな火を焚《た》いて食事をこしらえたのち、それを消そうとしたときのこと。たまたま火中に自分の器のかけらがひとつ落ちており、それがまるで石のように硬く、瓦《かわら》のように赤く焼けているのに気づいた。それを見てわたしは驚喜し、かけらが焼けるのであれば、丸ごとでもきっと焼けるのではないかと考えた。

そこで、壺を焼くための火加減を研究しはじめた。陶工が用いるような窯《かま》のことも、鉛を使った釉薬《ゆうやく》のかけ方のことも（鉛は手もとにあったとはいえ）何ひとつ知らなかったが、まずは大型の土鍋を三つと、壺を二つ三つ、大量の熾《おき》の上に重ねて積みあげ、まわりをすっかり薪《まき》で囲った。外側と上から薪をどんどんくべて火を強くしていくと、やがて中の壺の生地が真っ赤に透けてきて、亀裂《きれつ》はいっさいはいっていないのがわかった。壺が澄んだ赤になったところで、およそ五、六時間その火勢を保っていると、やがてひとつが、割れこそしないものの溶けてきたのが見えた。粘土に混じっている砂が高熱で溶け出したのであり、そのまま続けていたらガラスになっていただろう。そこで火を徐々に落としていくと、やがて壺の赤色が薄れはじめた。火力があまり急激に落ちないように徹夜で火加減を見ていると、あくる朝には三つの、美しいとは言わぬまでも上出来な土鍋と、二つの壺が、これ以上は望めないほど硬く焼きあがっており、しかもひとつは溶け出した砂により、きれいにガラス質でおおわれていた。

この実験ののち、言うまでもなくわたしは自分の使う器にはいっさい不自由しなくなった。けれども形については、ご想像のとおり、まことにお粗末だったと言わねばならない。粘土を成形する方法を知らないのだから、できあがるものも当然、子供のこしらえる土のパイや、生地のふくらませ方を知らない女の作るパイと、少しも変わらなかった。

火にかけられるような土鍋ができたなどというつまらぬことに、わたしほど喜んだ者もあるまい。焼きあがったものが冷えるまで待つのももどかしく、ひとつに水を入れて改めて火にかけ、肉を煮てみたところ、みごとに成功して、仔山羊の肉でたいそう美味なスープができた。とはいえ、碾き割りにした烏麦《からすむぎ》など、ほかにもいくつか材料がそろえば、もっとうまいものになっただろう。

次の問題は、穀物を搗《つ》くための石臼を作ることだった。碾臼にしなかったのは、独力であの技術の極みに達することなど考えられなかったからである。しかし搗臼を作るにしても、やはり途方に暮れた。この世のあらゆる職業のなかでも、石工ほどわたしに向いていないものはなかったし、やってみようにも道具すらなかったのだから。刳《く》りぬいて搗臼に仕立てあげられるような大きな石を、何日もかけて探したものの、ついに見つからなかった。見つかったものといえば、わたしには掘り出すことも切り出すこともできぬ一枚岩だけだった。そもそもこの島の岩は、ぼろぼろと崩れる砂岩ばかりで、硬さが十分ではないので、重い杵《きね》の衝撃には耐えられそうもなく、穀物を搗けばかならず砂まみれになってしまうはずだった。

そんなわけで、石探しにさんざん時間を費やしたあげく、諦《あきら》めて大きな堅木のかたまりを探すことにした。これははるかに簡単に見つかった。わたしの力でかろうじて動かせる大きさのものを手に入れ、大小の斧で外側を丸く削って臼の形にしたのち、ブラジルのインディアンがカヌーを造る要領で、火を利用してひたすらこつこつと内側を刳りぬいた。そのあとこんどは、鉄の木と呼ばれる木から大きな重たい杵を一本こしらえ、次の収穫に備えてしまっておいた。収穫したらその穀物を、すりつぶすというよりは搗き砕いて粉にして、パンを作るつもりだった。

次の難題は、粉から麩や殻を取りのぞくための篩をこしらえることで、これなくしてパンを作れるとは思えなかった。考えるだに難しい課題だった。なにしろ篩を作るのになくてはならないもの、すなわち粉をよりわけるための目の細かい薄手の帆布や毛織物が、どう考えてもなかったからである。これで何か月も立往生してしまい、どうしてよいのやらわからなかった。麻布のたぐいで残っているものといえば、まったくのぼろきれだけだった。山羊の毛はあったものの、紡《つむ》ぎ方も織り方も知らなかったし、よしんば知っていたとしても、その作業をする道具がなかった。ようやく見つけた解決法といえば、船から持ってきた船乗りたちの衣類のなかに、キャラコやモスリンなどの平織りの襟巻きがあったのを思い出し、それを用いて小さいながらも使いものにはなる篩を三つ、こしらえたというにすぎない。これで数年間はどうにかやりくりした。その後どうしたのかは、またそのときにお話ししよう。

次に考えねばならないのは、パンをどう焼くかであり、穀物が手にはいるようになったら生地をどう作るかだった。まず酵母がなかったが、それについては、手に入れるすべがないのであまり気にしなかった。しかしパン焼き窯については、さんざん知恵を絞った。そしてついにこれにも、次のような方法を考案した。まず直径が約二フィート、深さが四分の三フィートを超えないくらいの、大きくて浅めの器をいくつか粘土で作り、ほかのものと同じく焚火で焼いて、用意しておいた。そしてパンを焼きたいときには、炉に大きな火を起こした。炉には、これまた自分で作って焼いた四角いタイルを(まあ、これを四角と呼べればの話だが)敷きつめてあった。

薪があらかた燃えて燠火、というか炭火になると、それを炉の全体に広げ、炉が十分に熱くなるまでそのままにしておいた。それから燠をすべてかきのけて、パン生地をひとつなり、いくつかなり置く。そしてその上から焼き締めた器をかぶせたら、燠火をそのまわりにかき寄せて、熱を閉じこめるとともに、さらに加熱した。こうしてわたしは、世界一のパン焼き窯で焼いたのと変わらぬほどみごとに大麦のパンを焼いたばかりか、まもなく優秀な焼菓子職人にもなった。米の粉でケーキやプディングも作るようになったからである。ただしパイは作らなかった。作ったところで、中に詰めるものは鳥の肉か山羊の肉しかなかった。

島に来て三年目のほとんどを、わたしがこういうことに費やしたとしても、驚くにはあたらない。忘れないでほしいが、これらのあいまに収穫もすれば、耕作もしていたのである。時期が来ると穀物を刈り入れて、できるだけ残さずに運んでかえり、穂のまま大籠に保存しておいて、時間ができると手で揉んで脱穀した。殻竿《からざお》で打つには、穂を広げる場所がなかったし、その殻竿もなかった。

こうして穀物の蓄えが増えてくると、本当に〝わが倉を大きく〟する必要に迫られた（「ルカによる福音書」十二・十八）。しまっておく場所が足りなかった。畑を広げたおかげで収量も増えて、手もとの大麦はおよそ二十ブッシェル、米もそれと同じくらいか、それ以上になった。そこでいよいよ、船から持ってきたパンが底をついて久しい今、蓄えを自由に使うことにした。ただし、一年にどのくらいの量があれば足りるものか見極めるために、種蒔《たねま》きは年に一度だけにすることにした。

大雑把に言って、大麦と米を合わせて四十ブッシェルというのは、わたしが一年間に消費する量をはるかに超えることがわかった。そこで毎年、前年に蒔いたのと同じ量の種を蒔くことにした。それだけあれば十分にパンなどを作れるという読みだった。

12 カヌーを造る

こういうことをしているあいだも、お察しのとおりわたしはたびたび、島の反対側から遠望したあの陸地に思いを馳《は》せていた。そしてそのたびに、あそこに上陸したいものだとひそかに思い、あれが大陸であり、人の住む土地だとしたら、なんらかの手立てを見つけてさらに遠くへ行けるかもしれない、ことによると最後には脱出の方途が見つかるかもしれないと、そう空想していた。

けれどもその間ずっと、そのような土地における危険の数々には眼を向けていなかった。蛮人に捕らえられる恐れは十分にあった。それも、アフリカのライオンや虎《とら》よりはるかにたちの悪い連中にである。ひとたび捕らえられたら、千にひとつも命はないはずで、食われてもおかしくない。カリブ海沿岸には食人族が住んでいるというし、緯度からすると、この島はその地から遠くないはずなのだから。たとえ食人族ではないにしても、殺されるかもしれない。蛮人に捕らえられた大勢のヨーロッパ人が、そういう目に遭っている。十人や二十人がまとまっていてもそうなのだから、ひとりぼっちの、ろくに身を守ることもできぬわたしなぞ、なおさらである。まあとにかく、こういうことをすべてきちんと考慮しておくべきだったのだが、気がついたのはあとになってからで、最初はなんの不安も覚えずに、むこうへ渡ることばかりを考えていた。

ここに召使いのジューリーがいて、アフリカの沿岸を千マイルあまりも航海したあの羊の肩肉形の帆を備えた大型ボートがあれば、それができるのに。そう思うようになったが、これは考えてもしかたなかった。そこで船のボートの様子を見にいってみることにした。前に述べたが、そのボートはわたしたちが最初に難破した嵐《あらし》で、岸のかなり奥まで打ちあげられていた。行ってみると、ほぼ同じ場所にあった。けれども少しだけずれており、波と風の力でひっくりかえって、ほとんど逆さまになり、砂利まじりの粗い砂の隆起に寄りかかっていた。だが、水にはつかっていなかった。

修理して海まで運ぶ人手があったら、そのボートでも十分にまにあったはずで、わたしはそれで難なくブラジルに帰っていたかもしれない。だが、ひとりでそのボートを起こすのは、この島を動かすのと変わらなかった。そんなことはあらかじめわかりそうなものだったのに、できるだけのことをしてみようと、森へ行って梃子《てこ》と転《ころ》にする木を伐《き》り出してきた。ボートをひっくりかえすことさえできれば、傷《いた》んだところを修理できるかもしれない。そうすれば立派なボートになって、やすやすと海に出られるかもしれない。そう自分に言い聞かせていた。

骨を惜しまずこの不毛な重労働にはげみ、三、四週間を費やしたと思う。ついにわたしの微力でそれを持ちあげるのは無理だと悟り、こんどはボートの下の砂を掘りはじめた。そして丸太を何本かあてがい、掘り崩したところにうまく転げ落とした。

ところが、それをやりとげたらこんどは、ふたたび持ちあげることも、下にはいることもできなくなってしまった。ましてや海のほうへ移動させることなど不可能だったので、これは諦めざるをえなかった。しかしそのボートを諦めて、手段が断たれたように思えると、大陸へ渡りたいという気持ちは衰えるどころか、むしろ弥増《いやま》した。

そこで最後に、このあたりの原住民が造るようなカヌーをこしらえられないだろうかと考えるようになった。彼らは道具も、さらに言えば人手もないのに、大木の幹からペリアグワという丸木舟を造っている。丸木舟なら自分にもできるだけでなく、容易でもあると思い、わたしはそれを造るという考えに夢中になった。自分のほうが黒人やインディアンよりはるかに有利だと思った。しかし自分のほうがインディアンより不利な点、すなわち舟ができあがってもそれを海まで運ぶ人手がないという点のほうは、まるで念頭になかった。ところがこれは道具のない彼らが直面するどんな問題より、わたしには解決の難しい問題だった。森で大木を一本選び出し、苦労して伐り倒したとする。その外側を自分の持てる道具でたたき割ったり削ったりして、舟にふさわしい形にし、内側を焼いたり削ったりして刳りぬき、丸木舟をこしらえたとする。それなのに結局、その舟をその場に放置するしかなく、海に浮かべることもできないとしたら、そんなものになんの意味があろう。

この舟を造っているあいだ、周囲の様子がまったく眼にはいらなかったはずはない、舟を海まで運ぶ方法など、まっさきに考えていたはずだ。人はそう思うだろうが、わたしはその舟で海を渡ることばかり考えていて、それを進水させる方法については、一度たりとも真剣に考えなかった。だが、舟というものはその性質上、海を四十五マイル（約七十キロ）走らせるより、陸を四十五尋《ひろ》（約八十メートル）移動させて海に浮かべるほうが、はるかに難しいのである。

それなのにわたしはこの舟造りに取りかかった。これほど愚かなまねをした者は、正気の人間にはまずあるまいが、計画に浮かれていて、それを実行できるかどうかは考えもしなかった。舟を進水させることの難しさが、たびたび頭に浮かばぬわけではなかったが、それについてはこんな愚かな答えを返すことで、考えるのをやめてしまった。「まず造ろうじゃないか。できてしまえば、何かきっと解決策が見つかるさ」

本末転倒の最たるものだったが、思いつきを実現したくてたまらず、仕事に取りかかった。まず杉の木を一本伐り倒した。これほどの杉は、ソロモンがエルサレムの神殿を建てるのに用いたもののなかにすら、なかったのではあるまいか。直径は切株のすぐ上で五フィート十インチ(約一・八メートル)、そこから二十二フィート(約六・七メートル)上でも四フィート十一インチ(約一・五メートル)あり、その上は細くなって、やがて枝分かれしていた。

これを伐り倒すには途方もない労力を要した。わたしは二十日もその根元に斧をふるっていた。それからさらに二週間、斧と手斧をふるい、言いようのない苦労をして、大小の枝と、大きく広がった上部を切り落とした。そのあと一か月かけて形を整え、釣り合いをとり、舟底のような形にして、しかるべくまっすぐに浮かぶようにした。

さらに三か月近くかけて内側を刳りぬき、本物の舟にしあげた。これにはなんと火を使わず、槌《つち》と鑿《のみ》と勤勉さだけでこつこつと作業をしたのだが、その甲斐《かい》あって、まことに端整な丸木舟ができあがった。二十六人が乗りこめるほど大きなもので、わたしがすべての荷物とともに乗りこむだけの大きさは十分にあった。

この仕事をやりとげたときには、本当にうれしかった。一本の木から造った舟でこれほど大きなものは、カヌーにしろペリアグワにしろ、見たことがなかった。うんざりするほどの手間がかかりはしたものの、あとは進水させるだけだった。もしそれを進水させていたら、まちがいなくわたしはこれまで企てられたこともないような、無謀きわまりない、およそ成功する見込みのない航海に乗り出していたはずである。

だが、舟を進水させるための試みは、これまた膨大な労力を費やしたにもかかわらず、ことごとく失敗した。舟のあるところから海までの距離は、せいぜい百ヤードほどだったのだが、まず困ったのは、土地が入江のほうへ向かって登り坂になっていることだった。そこでこの障害を取りのぞくべく、地面を掘って下り坂を造ることにした。取りかかってみると、これがまたとんでもなくたいへんな作業だった。しかし、救いを目前にして骨身を惜しむ者はいない。ところがこれをやりとげて、この問題が片付いたあとも、事情はあまり変わらなかった。もう一艘《そう》のボートと同じく、このカヌーもまったく動かせなかったからである。

そこでこんどは海までの距離を測り、水路というか掘割のようなものを造ることにした。カヌーを海まで運べないのなら、カヌーのところまで水を引いてこようというわけである。さっそくこれに着手し、手始めにまず、どのくらいの深さと幅で、どれほどの土を掘り出すことになるのか計算してみたところ、現在の人手では、つまりわたしひとりでは、完成するまでに十年から十二年はかかることがわかった。海岸のほうが高いため、そこまで掘っていくと、深さは少なくとも二十フィートにはなるはずだったのである。そんなわけで、結局この試みも、しぶしぶながら放棄した。

わたしはすっかりうちひしがれ、必要な労力を考えずに仕事にかかることの愚かさを、遅まきながら悟った。まずは自分の力でやりとげられるかどうかを見極めるべきだった。

この作業をしているあいだに、島での四年目が終わった。記念日は例年どおりに、行ない澄まして安らかな気持ちで過ごした。つねに神の言葉を学び、真面目《まじめ》に実践し、神の恵みを受けたおかげで、以前とは異なる知識を身につけ、異なるものの考えをするようになっていたからである。今では世界を遠いかなたにあるもの、自分とは無縁なものとして見ていた。世界には何も期待していなかったし、何の望みもかけていなかった。つまり世界とはなんの関わりもなく、関わりを持つ見込みもなかった。だから わたしからすれば、世界はさながらあの世から見たように見えるのだった。自分がかつて暮らしていたけれど、今はもういない場所のように。まさにアブラハムが富める者に言ったとおり、〝われと汝《なんじ》らとのあいだには大いなる淵《ふち》あり〟といったところである（「ルカによる福音書」十六・二十六）。

　そもそもわたしはここで、この世のあらゆる悪徳から逃れていた。〝肉の欲〟とも〝眼の欲〟とも〝暮らしの奢《おご》り〟とも無縁だった（「ヨハネの第一の手紙」二・十六）。欲しいものもなかった。いま享受《きょうじゅ》できるものはすべて手にしていたからだ。この島全体が自分の領地だった。なんならこの島の王とも、皇帝とも名乗ってかまわなかった。すべて自分のものなのだから。敵はいなかった。統治権や支配権をめぐって争う相手は。何艘分もの穀物を作ることもできたが、作ってもしかたがないので、自分に必要だと思う分だけを育てていた。亀《かめ》もたくさんいたが、そのときどきで役立てられるのはせいぜい一匹だった。材木も、艦隊を建造できるほどあったし、葡萄《ぶどう》も、ワインを造ったり干し葡萄にしたりして、その艦隊が建造されたらそこに積みこめるほどあった。

　だがわたしが活用できるのは、自分が役立てられる分だけだった。食べるものも必要なものも十分にあるというのに、それ以上あってなんになろう。食べきれないほどの肉を獲ったところで、犬か獣が食うだけだし、食べきれないほどの穀物を蒔いたところで、だめにするだけである。わたしが伐り倒した木々は、その場で朽ちていた。薪にするしか使いようがなかったが、薪は食事の仕度をするときにしか必要なかった。

　要するにわたしは、ものごとの本質とさまざまな経験からこう学んでいた。少し考えてみればわかるが、およそこの世にある有意義なものとは、人が利用するかぎりにおいて有意義なのである。他人にあたえられるほど積みあげようとも、楽しめるのは自分の使える分だけで、それ以上ではない。どれほど欲の皮の突っぱった守銭奴でも、わたしの境遇に身を置けば、強欲の悪癖から抜け出せただろう。なにしろわたしは、どうしてよいかわからぬほど厖大《ぼうだい》にものを所有していたのだから。欲しいものなぞ、あったとしても自分の持っていないものだけで、それとてごくつまらぬものだった。だがわたしからすればまことに有用なものだった。

前にも触れたが、金《かね》を少しばかり持っていた。金貨と銀貨を合わせて、およそ三十六ポンドあったが、しかしなんと、役立たずのその憐《あわ》れながらくたは、ほったらかしになっていた。そんなものにわたしはなんの用もなかった。だからよくこう思ったものだ。このひとつかみを、煙草《たばこ》のパイプ一グロスか、粉を碾く手臼ひとつと交換したっていい。いや、全部を、六ペンス分のイングランド産の蕪《かぶ》と人参《にんじん》の種か、ひとつかみの豆類と、ひと瓶のインクと交換したっていいと。

ところが実際には、そんな金で何ができるわけでもなく、得をするわけでもなかった。金は抽斗《ひきだし》に眠ったまま、雨期になると洞穴の湿気で黴《かび》が生えた。よしんばダイヤモンドが抽斗いっぱいあったとしても、同じことだった。使い途《みち》がないのだから、なんの価値もなかった。

暮らしは当初よりも格段に楽になり、体のみならず心も、はるかに楽になった。感謝の念とともに食卓については、こうして荒野に宴を設けてくださった御手を讃《たた》えた。おのれの境遇の暗い面より、明るい面を見られるようになり、足りないものより、足りているものに眼を向けられるようになった。おかげで言葉にできぬほどの満足を、ひそかに覚えることもあった。ここにそれを記すのも、神のくださったものに満足できないのは、くださらないものを見て欲しがるからだということを、世の不満家に思い出してもらうためである。およそ足りないことへの不満というのは、わたしからすれば、持っているものへの感謝が足りないことから生ずるように思われた。

もうひとつ、大いに役に立った考え方がある。これはわたしと同じような境遇に陥った人々にも、きっと役に立つだろう。それは現在の境遇を、当初に予測したものと比べてみること、船が岸の近くまで流されてきていなかったら、自分ははたしてどうなっていたかを考えることだった。神のはからいにより不思議にも船が岸の近くまで流されてきたからこそ、わたしは船に戻れたばかりか、そこから持ち出したものを岸へ運ぶこともでき、生き延びて快適に暮らしているのである。それがなければ、作業をするための道具も、身を守るための武器も、食料を得るための弾薬もなかった。

船から何ひとつ持ち出せなかったら、はたして自分はどうなっていたか、それをわたしは何時間も、いや何日もまるまる費やして、はっきりとおのれの心に思い描いてみせた。食べるものといえば、魚と亀しか手にはいらなかっただろうし、その亀にしても実際にはずいぶんあとになって見つけたのだから、その前に餓死していただろう。たとえ死ななかったとしても、本物の蛮人さながらの暮らしをしていたはずで、山羊《やぎ》か鳥をなんらかの工夫でしとめたとしても、それをひらくことも皮をはぐこともできず、肉を皮や内臓から分けることも、切り分けることもしないまま、ただもう獣のように歯でかじりついて、爪《つめ》で引き裂くほかなかったはずである。

こう考えてみると、神の優しさが身に染《し》みて、つらいことと不運なことはいろいろあるにしろ、現在の境遇に心から感謝した。これもまた、逆境にあって〝おれほど不幸な人間がいるだろうか！〟とこぼしがちな人々に、ぜひともじっくり考えてほしいことである。世の中には自分よりもはるかに惨《みじ》めな人間もいること、自分も神の御心しだいではそうなっていたかもしれないことに、思い至ってほしい。

もうひとつ、これまた心を慰め、希望をあたえてくれたことがある。それは、今の境遇をかつての自分にふさわしいもの、すなわち自分が受けていて当然の報いと、比べてみることである。かつてのわたしはそれこそろくでもない生き方をしており、神のことなどまったく知らず、恐れてもいなかった。父母はたしかにわたしをきちんとしつけてくれた。神への敬虔《けいけん》な畏怖《いふ》と、義務の念と、この世に在ることの本質と目的にかなう生き方を心に植えつけようと、早くから努力を欠かさなかった。それなのになんたることか！　わたしは若くして船乗りになり、船乗りと交わるようになってしまった。船乗りというのは、つねに神の恐ろしさに直面しているくせに、誰よりも神を恐れぬ連中である。それまで持っていたなけなしの信仰心も、仲間たちに笑われて消しとんでしまい、危険を軽んずることや死を眼にすることに慣れっこになってしまった。長いあいだ同類としか交わる機会がなく、神の言葉も、そこへ通じる言葉も、耳にすることがなかったためである。

神の言葉を何ひとつ知らず、自分が何者なのかも、何者になるべきなのかもわかっていなかったわたしは、サレから逃亡したときにも、ポルトガル人船長に拾われたときにも、ブラジルで入植者として成功したときにも、イングランドから荷を受け取ったときにも、どれほど大きな救いにあずかっても、〝主よ感謝します〟などとは、口にするどころか心に思ったことすらなかった。どんな苦難のさなかにあろうと、神に祈ることなど考えもしなかったし、〝主よ助けたまえ〟と唱えることさえしなかった。主の名を口にするのは、悪態をついて冒瀆《ぼうとく》するときばかりだった。

かつてのおのれの放埒《ほうらつ》で不遜《ふそん》な暮らしを、わたしはすでに述べたように、何か月ものあいだ深く反省した。そしてまわりを見まわし、この島に来てからどのような天佑《てんゆう》が具体的にあったか、どれほど慈悲深く神にあつかわれたかを考えた。神は罪にふさわしい罰をわたしに下さなかったばかりか、多くのものをあたえてくださった。そう思うと、わたしの悔悛《かいしゅん》は受け容れられたのだ、神はまだわたしへの憐れみをお捨てになっていないのだという、大きな希望が湧《わ》いてきた。

こういう反省で心を鍛えて、わたしは今の自分に定められた場所で神の御旨《みむね》にしたがうだけでなく、自分の暮らしぶりに心から感謝するようにすらなった。こうして生きながらえているということは、罪にふさわしい罰を下されなかったということであり、不平などこぼすべきではなかった。このような場所で得られるとは思いもしなかった恵みをたくさん受けていたのだから、境遇を嘆くよりはむしろ喜び、多くの不思議なくしては得られなかった日々の糧《かて》に、絶えず感謝すべきだった。わたしが飢えていないのは、エリヤが烏に養われたのと同じほど大きな奇蹟《きせき》のおかげ(「列王記上」十七・四〜六)、いや、奇蹟の連続のおかげだった。世界に人の住めない土地はいくらもあるが、漂着するのにこれほど都合のいい場所はまずあるまい。ここにはつきあう人間も、残念ながらいないかわりに、こちらの命をおびやかす猛獣も、獰猛《どうもう》な狼《おおかみ》や虎もいないし、食べると危険な猛毒を持つ生き物や、わたしを殺して食う蛮人もいない。

早い話が、わたしの暮らしは不幸なものであると同時に、恵まれたものでもあった。その暮らしを安らかなものにするのに必要なのは、わが身に対する神の優しさと、このような境遇にあるおのれへの配慮とを感じ取り、それを日々の慰めにすることだけだった。それができるようになってからはもう、二度と悲しまなくなった。

上陸してからずいぶんたつので、船から運んできて利用していたものの多くは、すっかりなくなったり、なくなりかけたりしていた。

インクはすでに述べたように、だいぶ前から残りがごくわずかになっていた。少しずつ水を足して使っているうちに、色がすっかり薄くなり、書いてもろくに見えなくなった。それでも、あるかぎりはそれを使って、特別なことがあった日付を記録した。過去のできごとを振りかえってみたところ、さまざまな運命がわが身に降りかかった日が、奇妙に一致したのを憶えている。吉日や凶日を気にするような迷信深いたちだったら、さぞや好奇心をそそられたことだろう。

まず気づいたのは、船乗りになるために父や友を捨ててハルに出奔したのと、のちにサレの軍艦に捕らえられて奴隷《どれい》にされたのが、同じ日だったということである。

ヤーマス碇泊地《ていはくち》のあの難破船から脱出したのと、のちにサレからあのボートで脱走したのも、同じ日だった。

そしてわたしの生まれた日と、その二十六年後にこの島に漂着して奇蹟的に命を救われた日も、同じ九月三十日だった（生年は一六三二年で、漂着は一六五九年だから、正確には二十七年後）。つまりわたしの不埒《ふらち》な人生と孤独な人生とは、どちらも同じ日に始まったのである。

インクの次になくなったのはパンだった。パンといっても、船から運んできたビスケットのほうだが、わたしはそれをぎりぎりまで節約して、一年あまりのあいだ一日に一枚しか食べずにいた。それでも自前の穀物を収穫する一年近く前に、すっかりなくなっていた。だから穀物がわずかでも手にはいったとき、それに感謝したのも、まことにもって当然だった。しかもそれが手にはいったのは、すでに述べたように、奇蹟に近かったのだから。

衣類もひどくぼろぼろになっていた。麻織りのものはとうになくなり、ほかの乗組員の私物箱から見つけた格子《こうし》縞《じま》のシャツだけが残っていた。シャツ以外は着ていられないことが多かったから、シャツは大切にしていた。船じゅうの衣類のなかにこれが三ダース近くもあったのは、実に幸いだった。ほかにも厚手の船員外套《がいとう》が何枚かあるにはあったが、暑くて着られたものではなかった。猛烈に暑い土地だから、服など要らないといえば要らないのだが、裸で外出はできなかった。その気があっても無理だったが、わたしにはその気もなかった。いくら自分ひとりしかいなくとも、それは考えるだに耐えられなかった。

なぜ裸では外出できないかというと、裸だと、服を着ているときより暑さをしのぎにくいからである。それどころか往々にして、日射しで肌に火膨れができることもあった。けれどもシャツを着ていれば、シャツの下で空気がそよそよと動くので、着ていないときの二倍涼しい。同様に、日射しの中に出ていくときにはかならず帽子をかぶった。この地のような強烈な日射しは、帽子がないと、頭にじかに照りつけてきて、すぐに頭痛がし、とても耐えられない。けれども帽子をかぶれば、頭痛はたちどころに消えた。

そんなわけでわたしは、衣類と呼んでいた手持ちのぼろを、少しばかりまともなものにしようと考えはじめた。手持ちの胴着がみなすりきれてしまったので、まずは取っておいた船員用大外套とありあわせの材料で、上着を作れるかどうか試してみることにした。そこで仕立てに取りかかったのだが、実際には仕立てというより継《つ》ぎ接《は》ぎ細工だった。まことに拙《つたな》い仕事ぶりだったが、それでもどうにか新しい胴着を二、三枚こしらえた。これはだいぶ長持ちしてくれそうだった。けれどもズボンのほうは、のちのちまで惨憺《さんたん》たるしろものしか作れなかった。

前に触れたが、しとめた獣の皮はすべて取ってあった。といっても四つ足の獣だけだが、棒でぴんと張ってから日向《ひなた》に吊るしておいたのである。そのため、なかにはひどくかちかちになって使いものにならないものもあったが、あとは使えそうだった。これが毛皮で最初に作ったのは、雨を弾《はじ》くように毛を外側にした大きな帽子だった。これがとてもうまくできたので、そのあとこんどは上下そろいの服を、毛皮だけで一着こしらえた。これは胴着と膝丈《ひざたけ》のズボンからなり、寒さを防ぐというより暑さをしのぐのが目的だったので、どちらも緩めにこしらえた。お粗末なできだったのは認めざるをえない。わたしは大工仕事にも不慣れなら、仕立てにはなお不慣れだった。それでも、十分にものの役に立つものができた。外出中に雨が降ってきても、胴着と帽子の毛が外側を向いているため、まったく濡《ぬ》れずにすんだ。

そのあと、たいへんな時間と労力をかけて傘を一本作った。傘はどうしても必要であり、なんとしても作りたかった。ブラジルで作られたものを見たことがあったが、暑さの厳しい彼の地では、大いに重宝されていた。ここの暑さもブラジルと変わらないばかりか、赤道に近い分だけいっそう厳しいように感じられた。しかもわたしはしじゅう外にいなくてはならなかったから、暑さのみならず雨をしのぐのにも、いちばん便利なのは傘だった。

さんざん苦労したあげく、ようやく使えそうなものができあがった。いや、目途がついたと思ったあとも、満足のいくものができるまでには、さらに二、三本だめにした。だがとうとう、それなりに使えるものができあがった。いちばん難しかったのは、傘をつぼめられるようにすることだった。広げられても、つぼめて畳めなければ、差して歩く以外に持ち運びようがなく、役には立たない。だがとうとう、いま言ったように、使えるものができあがったので、それに毛のほうを上にして毛皮を張った。おかげで屋根のように雨を弾いてくれたうえ、日射しもしっかりとさえぎってくれ、酷暑の時期でもこれさえあれば、涼しい時期に傘なしで歩くより、よほど楽に出歩けるようになった。必要のないときには閉じて、脇《わき》に抱えて歩けばよかった。

　こうしてわたしの暮らしはすこぶる快適になり、心もまことに穏やかになった。神の意志にしたがい、神の定めにすべてをゆだねたおかげで、社会にいるより幸せな暮らしを送れるようになった。話し相手がいないのがつらくなると、よくこう自問したものだ――こうやって思索を通じて自分自身と対話し、さらにはこんな言い方が許されるならば、祈りを通じて神御自身と対話することのほうが、人との交わりからどんな楽しみを得るよりも、まさっているんじゃないか？

13 舟旅に出る

それから五年間はとりたてて変わったこともなく、それまでと同じ暮らしを、同じ場所で、同じようにして続けた。大麦と米を育て、干し葡萄を作り、それをどちらも一年分の食料として十分なだけあらかじめ蓄えておくという毎年の作業と、銃を持って狩りにいくという日々の仕事をこなした。そのかたわら、もっぱらいそしんでいたのは、カヌーを造るという仕事だった。そしてついにそれが完成すると、幅六フィート、深さ四フィートの掘割を掘ってきて、カヌーを入江まで半マイル近く運んだ。最初のカヌーのほうは、進水させる方法をあらかじめ考えもせずに造ったため、大きすぎて水際《みずぎわ》まで運ぶことも、水をカヌーまで引いてくることもできず、結局その場に放置して、次回への戒めとするほかなかった。今回もたしかに、入江のそばに適当な木を見つけられず、いま述べたように、水際まで半マイル近くも運ばざるをえなかった。それでも運ぶのは可能だとわかっていたので、わたしは諦めなかった。二年近くかかりはしたが、いよいよ海に出られるのだという希望を持って、労をいとわずに働いた。けれども、できあがった小型の丸木舟の寸法は、もくろんでいた企てにはまったく不十分で、四十マイルあまりもかなたの大陸《テラ・フィルマ》へ渡るには小さすぎた。そんなわけでこの企ては頓挫《とんざ》し、それについては二度と考えなくなった。だがカヌーはできあがったので、次に企てたのは、島を一周する舟旅に出ることだった。島の反対側には一度、すでに述べたように陸路で行ったことがあり、そのささやかな旅で多くのものを発見していたので、ほかの海岸も見てみたくてたまらなかった。カヌーができあがってからは、そのカヌーで島を巡ることばかり考えるようになった。

それを実現するために、慎重かつ念入りに準備をしようと、カヌーに小さな帆柱を立て、それに合う帆を一枚、大量に取ってあった船の帆の切れ端をつなげてこしらえた。

帆柱と帆を取りつけたあと、試し乗りをしてみると、快調に帆走することがわかった。それからカヌーの両端に、小さな物入れというか箱を作りつけ、食料や必需品や弾薬などをしまい、雨にも水しぶきにも濡れないようにした。銃をしまえる細長い窪《くぼ》みもカヌーの内側に切り、濡れないように上から覆《おお》いを垂らした。

さらに傘も、艫《とも》の台座に帆柱のように差しこんで頭上に広げ、天幕のように日射しをさえぎるようにした。こうしてわたしはときおり海に出るようになったが、遠くには決して行かなかったし、小さな入江から遠く離れることもなかった。だが、自分のささやかな王国の外周をどうしても検分したくなり、ついに舟旅に出ることを決意した。そしてそのための食料と装備を調え、大麦のパン（というよりビスケットに近いもの）を二ダースと、焼き米をひと壺（これをわたしはよく食べていた）、ラムの小瓶を一本、羊を半分、獲物をさらに獲《と》るための弾薬と、船員用の大外套を二着、カヌーに積みこんだ。外套は、前に述べたように乗組員の私物箱にあったもので、寝るさいに一枚を下に敷き、もう一枚を上にかけるつもりで持っていった。

　この舟旅に出たのは、わたしの治世、ないしは幽囚と呼んでくれてもいいが、その六年目（十年目の誤りか）の十一月六日のことだった。旅は予想よりだいぶ長いものになった。島そのものはさほど大きくなかったのだが、島の東側にさしかかると大きな岩礁《がんしょう》が、海面に現われたり隠れたりしておよそ二リーグも沖へ延びており、しかもその先に、乾いた砂洲《さす》がさらに半リーグも続いていたからである。そのためこの岩礁の岬をまわるのに、大きく沖へ出ることを余儀なくされた。

　それらを発見したとき、初めは計画を諦めて引き返そうかと思った。どのくらい沖へ出ねばならないのかわからなかったし、何より、ふたたび戻ってこられるとは思えなかったからである。そこでわたしは錨《いかり》をおろした。船から持ってきた壊れた引っかけ鉤《かぎ》で、錨のようなものを作ってあったのだ。

カヌーを碇泊させると、銃を持って上陸し、突端を見渡せそうな丘に登ってみた。すると全貌《ぜんぼう》がつかめたので、やはり思いきって行ってみることにした。

その丘から海をながめると、強いというより、きわめて激しい潮流が東へ向かって流れ、岬のそばまで近づいているのが見て取れた。危険そうに見えたので、じっくりと観察すると、その潮流にはいったが最後、そのまま沖へ運ばれてしまい、二度と島に戻れなくなりそうだった。いや、そもそもこの丘に登ってみなかったら、きっとそうなっていたにちがいない。島の反対側にも同じ潮流が流れていたからである。ただしそちらはかなり沖合を流れていた。突端の近くには強い反転流があるのが見て取れたので、こちら側の潮流から逃れれば、すぐに反転流に乗れそうだった。

とはいえ、ここでわたしは二泊した。風が東南東からかなり強く吹いていて、潮流とちょうど逆向きだったために、岩礁で大波が砕けており、あまり近くを進めば波が怖いし、あまり離れるとこんどは潮流が怖かったからである。

三日目の朝、風は夜のうちに収り、海は凪《な》いでいたので、思いきって出発した。だがわたしはまたしても、愚か者への戒めになってしまった。こんどは性急で無知な水先案内人への戒めだ。突端まで来るが早いか、岸から一挺身《ていしん》も離れていないというのに、いきなり水深が深くなり、堰《せき》を切ったような潮流に捕らえられたのである。カヌーはすさまじい勢いで運ばれてゆき、わたしにできることといえば、カヌーを流れの端に寄せようとすることとぐらいだったが、しかし実際にはそれすらかなわず、左手にある反転流からどんどん遠ざかっていった。助けになるような風もなく、いくら櫂《かい》を操ろうとなんの足しにもならず、もうだめだと諦めかけた。潮流は島の両側を流れているから、数リーグ先でふたたび合流するはずで、そうなったら取りかえしのつかないところへ運ばれてしまう。それを避けられる見込みはまったくなく、待ちかまえているのは死のみのように思われた。海は穏やかだったから、溺《おぼ》れて死ぬのではなく、飢えて死ぬのである。それはまあたしかに、海岸でやっと持ちあげられるほど大きな亀を一匹見つけて、カヌーに放りこんではあったし、飲み水も大甕に、つまり自分のこしらえた壺にいっぱい、あるにはあった。しかし広大な大海原に運ばれてしまったら、そんなものがなんだというのか。少なくとも千リーグは行かなければ、大陸も島もいっさいないはずなのである。

ここにいたってわたしは、人間がどれほど惨めな境遇にあろうと、それをさらに惨めなものにすることなぞ、神にしてみれば造作もないことなのだと悟った。わびしい孤島を振りかえると、そこがこの世のどこよりも快適な場所に見えた。わたしに望める幸福といえば、ただもうそこへ帰ることだけだった。心からの愛惜をこめてそちらへ諸手《もろて》を差しのべた。「ああ、懐《なつ》かしの荒れ地よ」とわたしは言った。「おまえを見ることはもうないのか。ああ、惨めなおれよ、おまえはどこへ行くんだ」そして恩知らずなおのれを責め、孤独な境遇に不平をこぼしたことを後悔した。島に戻れるならどんなことでもするつもりだった。

人というのはこのように、自分の境遇をくつがえすものに直面して初めて、おのれの境遇のまことの姿を知るのであり、いま享受しているものがなくなって初めて、そのありがたみに気づくのである。わたしがどれほどあわてたかは、誰にも想像がつくまい。愛《いと》しい島（今のわたしにはそう思えた）から見る見る引き離されて、果てしない大海原へほぼ二リーグも流され、帰ることなどおよそ望めないのである。それでもわたしは懸命に、それこそ力の尽きるまで、カヌーをできるだけ北へ、すなわち潮流の左側の、反転流のあるほうへ進めようとした。

すると太陽が子午線を通過した正午ごろ、南南東から微風が吹いてくるのが顔に感じられるような気がした。これで少し元気が出た。三十分ほどして、風がかなり強くなってくると、ますます元気になった。このときにはもうカヌーは恐ろしいほど島から離れていたので、少しでも雲や霧に視界をさえぎられていたら、わたしはまた別の形で遭難していただろう。羅針儀を積んでいなかったため、島影を見失ったが最後、どちらに針路を取れば戻れるのかわからなくなったはずである。しかし空は晴れたままで、わたしはふたたび帆柱を立てて帆を張り、潮流から抜け出そうと、できるだけ北へ舵《かじ》を切った。

帆を張ってカヌーがちょうど針路を転じはじめたとき、水の澄みぐあいから、潮の流れがまもなく変わりそうだと気づいた。潮流が強いと水は濁るが、水が澄んできたので、流れが弱まってきたのがわかったのである。やがて半マイルほど東に、波のうち寄せる岩礁が見えてきた。この岩礁によって潮流はさらにふたつに分かれ、主流は岩礁を北東に見ながらもう少し南へ転じ、もう一方は岩礁にぶつかって逆流し、強い反転流となって勢いよく北西へ戻っていた。

死刑台の上で執行猶予《ゆうよ》の知らせを受けるとか、強盗に殺されんとするところを救われるとか、そういう絶体絶命の窮地を知る者であれば、このときのわたしがどれほど驚喜したか、想像がつくかもしれない。やれ嬉《うれ》しやとこの反転流にカヌーを乗り入れ、風がふたたび強まってくるや、これまたやれ嬉しやと帆を広げ、追い風と強い反転流に乗って軽快に帆走しはじめた。

この反転流はカヌーを一リーグほどまっすぐに島のほうへ連れもどすとともに、最初にカヌーを運び去った潮流より二リーグほど北へも運んでくれた。したがって島に近づくと、自分が島の北岸に向かっていることがわかった。つまり出発したのとは反対側の、島の裏側である。

この反転流に助けられてさらに一リーグあまり進むと、流れは力を失って、それ以上カヌーを運んでくれなくなった。しかしそこはふたつの大きな潮流のあいだ、すなわちカヌーを一気に運び去った南側の潮流と、その一リーグほど反対側を流れる北側の潮流のあいだだったので、島陰になっていることもあり、海は少なくとも穏やかで、どちらへも流れていなかった。風はあいかわらず順風だったので、舟足はそれまでより落ちはしたものの、わたしはそのまままっすぐ島のほうへ針路を取りつづけた。

夕方の四時ごろ、島から一リーグ足らずのところまで来たあたりで、この災難の原因となった岩礁の岬が、すでに述べたように南へ延びて、潮流をさらに南へ遠ざける一方で、当然ながら北への反転流も生み出しているのに気づいた。これはたいへんに強い流れだったが、ほぼ真北へ流れており、真西へ向かうこちらの針路とは一致しなかった。しかし強い風が吹いていたため、わたしはその反転流を北西に向かって斜めにつっきった。およそ一時間後、岸から一マイルほどのところまで来ると、海は穏やかになり、まもなくカヌーは陸に着いた。

上陸するとわたしはひざまずいて、助かったことを神に感謝するとともに、カヌーで島を脱出するなどという考えはいっさい捨てることにした。持ってきたもので食事をし、木立の下に見つけた小さな入江にカヌーを着けなおすと、海上での苦労と疲労とで力尽きてしまい、横になって眠った。

こうなると迷うのは、わが家に帰るのにカヌーでどちらの路《みち》をとるかだった。とんでもなく危ない目に遭って、様子はいやというほどわかったので、来た路を戻ることは考えられなかったが、しかし反対側（つまり西側）は様子を知らなかったし、冒険はもはやこりごりだった。

そこであくる朝、岸伝いに西へカヌーを進めて、小舟を安全に係留しておける入江がないか探してみた。こんど必要になったら、そこへ取りにくることにしたのである。三マイルばかり進んだところで、幅一マイルほどの格好な入江というか、湾に出くわした。奥へ行くにしたがって狭まり、最後には細い小川になっており、そこにわたしのカヌーにはうってつけの港を見つけた。はいってみると、まさにあつらえの小さな舟だまりにいるようだった。そこにカヌーを乗り入れて厳重に係留すると、陸に上がって、自分がどこにいるのか確かめるためにあたりを見まわした。

するとまもなくそこは、前に徒歩でその海岸へ旅をしたときに来た場所を少しだけ通りすぎたところだとわかった。そこでカヌーから銃と、暑さが厳しいので傘だけを持ち出し、行軍を開始した。これはあのような舟旅をした身からすればまことに穏やかな路で、夕方には懐かしの東屋《あずまや》に到着した。ここは前にも言ったとおり、わたしの田舎の屋敷であり、手入れを欠かさなかったおかげで、何もかももとのままだった。柵《さく》を乗り越えて中にはいると、日陰に横になって体を休めた。くたびれきっていたので、そのまま眠ってしまった。ところが読者よ、この驚きが想像できるものなら想像してみてほしいのだが、なんとわたしは自分の名を何度も呼ぶ声で眼を覚ましたのである。

「ロビン、ロビン、ロビン・クルーソー、憐れなロビン・クルーソー、おまえはどこにいる、ロビン・クルーソー？　おまえはどこにいる？　どこへ行っていた？」

一日の半分はカヌーを漕《こ》いだ（というかパドルで搔《か》いた）うえに、あとの半分はここまで歩いてきたため、わたしは疲れてぐっすりと眠りこんでいた。だから眼が覚めたといっても、ぼんやりとにすぎず、初めは夢うつつのまま、これは誰かに声をかけられている夢なのだと思っていた。けれども、声がいつまでも「ロビン・クルーソー、ロビン・クルーソー」と繰りかえすので、ついにすっかり眼覚め、ぎょっとして跳ね起きた。

眼をあけたとたん、生垣のてっぺんに鸚鵡《おうむ》のポルが止まっているのが見え、名前を呼んでいたのはポルなのだと気づいた。わたしはよくそういう嘆き節でポルに話しかけては、言葉を教えこんでいたのである。ポルはそれをすっかり憶《おぼ》えてしまい、こちらの指に止まって嘴《くちばし》を顔に近づけてきては、「憐れなロビン・クルーソー、おまえはどこにいる？　どこへ行っていた？　どうしてここへ来た？」などと、教えこんだとおりの言葉を叫んだものだった。

だがそれが鸚鵡のポルであり、ほかの何ものでもないことがわかっても、まだしばらくは気が動転していた。ポルがここに来ていることがまず驚きだったし、よそへ行かずこのあたりにとどまっていることも驚きだった。しかしそれがまちがいなく本物のポルだと納得がいくと、ようやく落ちついた。手を差しのべて「ポル」と名を呼んでやると、愛嬌《あいきょう》のある鸚鵡は飛んできて、いつものように親指に止まった。そして、再会できたのがうれしくてたまらないというように、なおも「憐れなロビン・クルーソー、おれはどうしてここにいる？　どこへ行っていた？」としゃべりつづけた。そこでわたしはポルを連れてわが家へ帰った。

海を漕ぎまわるのはさしあたりもうたくさんだったし、やることも当面はいくらでもあったので、静かに座って仕事をしながら、自分の遭遇した危険についてつくづく考えた。カヌーを島のこちら側に持ってこられるとよかったが、どうやって運んでくればよいのかわからなかった。島の東側はすでに経験ずみで、そちらを通るのは無謀だということは、身に染みてわかっていた。考えただけでも心臓が縮み、血までが冷たくなった。島の反対側については、どんな様子か知らなかったが、そちら側にも潮流が、東側の岩礁にぶつかるのと同じ勢いで流れているとすれば、やはりまた流されて、沖へ運ばれてしまう恐れがあった。そう考えると、何か月もかけて造り、何か月もかけて海まで運んだカヌーではあったが、手もとになくともよしとするほかなかった。

14　山羊を飼う

こうして気持ちを抑えて、わたしは一年近く、お察しのとおり穏やかに孤島の暮らしを送った。おのれの境遇を思いわずらうこともなく、神の御心《みこころ》にすべてをゆだねてすっかり満足し、話し相手がいないのをのぞけばあらゆる点で、まことに幸せに暮らしていると思っていた。

必要に迫られて始めた手仕事も、この間にみな上達し、ときにはたいそう腕のいい大工にもなったと自負している。道具がろくになかったことを考えれば、なおさらである。

また、器作りにも思いのほか熟達し、工夫のすえに轆轤《ろくろ》で成形できるようになった。おかげで格段にいいものが容易に作れるようになり、見るも嘆かわしいできだったものが、円く均整の取れたものになった。けれども自分の仕事が何よりも誇らしく、何を見つけたときよりもうれしかったのは、煙草のパイプを作れるようになったときだろう。できばえはなんとも不格好でみっともなく、ほかの焼き物と変わらぬ赤い素焼きにすぎなかったものの、硬くてしっかりしており、煙もきちんと吸えた。かつてはよく煙草をたしなんでいたから、これにはとても慰められた。船にはパイプがあったというのに、当初は島に煙草が生えているなどとは思わなかったので、置いてきてしまい、のちにふたたび船内を探したときには、一本も見つけられなかったのである。

枝編み細工もずいぶんうまくなり、自分なりに工夫を凝らして必要な籠《かご》をたくさんこしらえた。見てくれはいまひとつだったが、ものを蓄えておいたり、運んで帰ったりするのには、とても便利で重宝した。たとえば外で山羊をしとめた場合には、木に吊《つ》るして皮をはぎ、解体し、肉を切り分けたあと、籠に入れて持ち帰ることができた。同じように亀も、切りひらいて卵を取り出し、肉をひと切れかふた切れ取ると、それでわたしには十分だったので、それだけを籠に入れて持ち帰り、あとは置いてくることができた。また、大型の深い籠には穀物を入れた。穀物は乾かしたらすぐに揉《も》んで脱穀し、ごみを取りのぞいてから、大籠に貯蔵した。

このころ火薬がかなり減ってきているのに気づいた。これは補充のしようがなかったので、なくなったときのことを真剣に考えはじめた。つまり、山羊をどのようにしてしとめたらいいかということである。前にも述べたが、ここへ来て三年目に、雌の仔山羊《こやぎ》を一頭つかまえて飼いならしたことがあった。いずれ雄をつかまえてやろうと思っていたのだが、なかなかかなわず、とうとう年寄りになってしまった。殺すには忍びなかったので、最後はすっかり老いて死んだ。

だがこの島の暮らしも十一年目になり、今も言ったとおり、弾薬が乏しくなってきたので、わたしは山羊を生け捕りにできないものかと考え、罠《わな》で捕らえる方法を工夫しはじめた。特に欲しいのは、子を孕《はら》んでいる雌山羊だった。

そこでまず、肢《あし》を括《くく》って捕らえる罠を作った。一度ならずかかったのはたしかなのだが、針金がないために仕掛けが不十分で、いつも壊されて餌《えさ》だけを食われていた。

最後に落とし穴を作ってみることにし、山羊がよく餌を食べにくる場所のいくつかに大きな穴を掘った。そこにこれも自分で編んだ網代《あじろ》をかぶせて、大きな重しを載せるのである。罠をしかける前に、何度か大麦と米の穂をまいておいた。すると足跡が残っており、山羊がそこへはいって穀物を食べたことがはっきりと見て取れた。そこである晩ついに、三つの穴に罠をしかけたのだが、朝になって行ってみると、三つともそのままで、餌だけが食われてなくなっていた。これにはひどくがっかりしたが、わたしは罠を改良した。細かいことは省くが、ある朝、様子を見にいってみると、ひとつには大きな年寄りの雄山羊が、別のひとつには仔山羊が三頭かかっていた。雄が一頭に雌が二頭である。

年寄りのほうは、どうしていいかわからなかった。なにぶん狂暴なので、危なくて穴にはいっていけなかった。つまり、望みどおり生きたまま連れ出すのは不可能だった。殺してしまうこともできたが、それはわたしの本意ではなかったし、目的にもそぐわなかった。しかたなく放してやると、おびえきって一目散に逃げていった。しかしあとになって気づいたのだが、飢えというのはライオンですら服従させる。この雄山羊も、餌をやらずに三日か四日そのままにしておいてから、まず水を運んでいって飲ませてやり、それから少しばかり穀物をやれば、仔山羊と同じようにおとなしくなっただろう。山羊というのは、優しくしてやればとても利口で素直な生き物なのである。

だがこのときはほかに知恵も浮かばず、やむなく逃がしてやった。それから三頭の仔山羊のところへ行って、一頭ずつ穴から出してやり、紐《ひも》で一緒につないで、いささか手こずりつつもわが家まで連れてきた。

餌を食べるようになるまでにはしばらくかかったが、うまそうな穀物を放ってやると、それに釣られてだんだんに馴《な》れてきた。やがてわたしは、弾薬がなくなっても山羊の肉を手に入れるつもりなら、繁殖させて育てるしかないことに気づいた。そうすればわが家のまわりで羊の群れのように飼えるかもしれない。

けれどもそこでふと、馴れたものは野生のものと分けておく必要があることに気づいた。さもないと、成長したらかならず野生に戻ってしまう。それを避けるには、ある程度の土地を囲いこんで、生垣か杭《くい》できちんと柵を作り、山羊をしっかりと閉じこめて、中の山羊が脱走することも、外の山羊が侵入することもできないようにする以外にない。

わたしひとりの手にはあまる大仕事だったが、どうしてもやらねばならないのはわかっていたので、まずは適当な土地を探しはじめた。山羊の食べる草があり、飲む水があり、日射《ひざ》しを避ける木陰がありそうなところである。

こういう放牧場のことに明るい者には、浅はかなやつだと思われるだろうが、わたしがこれらすべての要求にかなう場所として選んだ土地は、ひらけた平坦《へいたん》な草地、つまり（わが国の西方植民地で言うところの）サバンナで、清水が二、三本流れ、一方の端にはこんもりと木が茂っていた。とにかく、そういう人々には見通しの甘さを笑われるだろうが、この土地をわたしはなんと、二マイルにはなろうという生垣で囲いはじめたのである。だがそれを作るだけのことなら、愚かさもさほどではなかった。たとえ十マイルだろうと、やりとげる時間は十分にあった。しかしそんな広い土地に山羊を放したら、島全体に放したも同然で、いくら追いまわしても絶対につかまえられない。そこをわたしは考慮に入れていなかった。

生垣を作りはじめてたしか五十ヤードほど進んだところで、それに気づいた。そこですぐに計画を変更して、とりあえず長さ百五十ヤード、幅百ヤードほどの土地を囲うことにした。それだけあれば当分のあいだは十分な数を飼えるし、数が増えたらまた囲いを広げればいい。

これは賢明な対応であり、わたしは力を得て作業を続けた。最初の土地を囲うのに三か月ほどかかり、それがすむまでのあいだ、三頭の仔山羊をそこのいちばんいい場所につないでおいて、わたしに馴れさせるためになるべく近くで餌を食べさせた。さらに大麦の穂や、米をひとつかみ、たびたび持っていっては手のひらから食べさせもした。おかげで囲いが完成してそこへ放してやってからも、仔山羊は穀物を欲しがって、めえめえとわたしのあとをついてまわった。

これは図にあたり、群れは一年半ほどで仔山羊を入れて十二頭ほどに増えた。さらに二年後には三十四頭になり、そのほかに数頭を屠《ほふ》って食料にした。そのあとさらに五か所の放牧地を囲い、山羊を必要に応じて選り出すための小さな柵囲いと、それぞれのあいだを行き来するための門を設けた。

だが、それだけではなかった。これでわたしは好きなときに山羊の肉を食べられるようになったばかりか、乳も手に入れられるようになったのである。当初はそれこそ考えもしなかったことなので、思いついたときにはなんともうれしい驚きを覚えた。搾乳場《さくにゅうば》をこしらえて、ときには日に一ガロンから二ガロンも搾《しぼ》れるようになった（一ガロンは約四・五リットル）。自然というのは生きとし生けるものに食物をもたらし、その食べ方をごく自然に教えるものだから、山羊どころか牛の乳搾りすらしたことがなく、バターやチーズが作られるところを見たこともなかったわたしでさえ、試みと失敗を何度も繰りかえしたあげく、ついにバターとチーズを簡単に手際よく作れるようになり、それからは決して欠かさなくなった。

破滅に挫《くじ》けそうになるこのような境遇にある者にも、われらの造り主はなんと深い憐れみをかけたもうことか。このうえなく苦い定めを、なんと甘美なものに変え、牢《ろう》獄《ごく》にある者にも主を讃える機会をあたえたもうことか。飢え死にするほかないように思えたこの荒野に、なんとすばらしい食卓を設けたもうたことか。

いくら謹厳な人でも、わたしがささやかな家族とともに食卓についているのを見たら、微笑を禁じえなかっただろう。この島を統治するのは、全島の王にして領主であるわたしだった。わたしは家臣全員の生殺与奪の権を握っていた。縛り首にするのも、はらわたを抜くのも、自由をあたえるのも、奪うのも、思いのままだったから、家臣のなかに逆らう者はなかった。

ではここで、わたしが王さながらに、家来らにかしずかれてひとりで食事をするさまを見ていただこう。ポルだけが寵臣《ちょうしん》よろしくわたしに話しかけることを許されている。犬はもはや年老いて惚《ほう》けており、種を殖やすための相手もついに見つからぬまま、いつもわたしの右側に座っている。二匹の猫は食卓の両側に一匹ずつ座り、ときおり特別のはからいでおこぼれにあずかれるのを待っている。

だがこの二匹は、わたしが最初に島へ連れてきた二匹ではない。最初の二匹はもう死んでしまい、わが家の近くにわたしの手で埋められていた。しかしどちらかが、どのような生き物を相手にしたのか知らないが、子孫を殖やしており、この二匹はそのなかから飼いならしていたものだった。残りは森へ逃げこんで野生化し、やがてまことに迷惑な存在になった。わが家にたびたびはいりこんできては、盗みを働いたのである。とうとう撃たざるをえなくなり、かなりの数を殺したので、やがてわが家には近よらなくなった。こうしてわたしは家来らとともに豊かに暮らしており、足りないのは人づきあいだけだと言ってさしつかえなかった。だがその人づきあいも、このあとしばらくして、いやというほどするはめになった。

前にも述べたように、わたしはカヌーを使えずに少々もどかしい思いをしていたが、危険な目に遭うのはもうこりごりだった。そんなわけで、カヌーを回航してくる方法をあれこれ思案していることもあれば、カヌーなぞなくともかまわないと思っていることもあった。だが妙なことに、あの岬には行ってみたくてうずうずした。前回の舟旅で判断に迷ったさいに、岩礁の様子と潮の流れを見るため丘に登ったあの岬である。

この気持ちは日増しに募り、とうとうそこまで陸路で海岸伝いに行ってみることにした。ただし、そこへ行ったときのわたしに、イングランド人が出くわしたら、きっと腰を抜かしたか、さもなくば大笑いをしたことだろう。自分でもたびたび立ちどまってわが身を見つめては、こんな服装で、こんなものを持ってヨークシャーを旅したらどうなるだろうかと、苦笑せざるをえなかった。お慰みに、わたしの出《い》で立ちをざっと紹介しよう。

頭には山羊の毛皮でこしらえた大きな縦長のぶざまな帽子をかぶり、後ろに垂れを垂らしていた。これは日射しをさえぎるのみならず、雨が首に流れこむのも防いでいる。この気候では、服の下の肌が雨に濡れるのが何より体に悪いからである。

上着は山羊の毛皮でこしらえたもので、裾《すそ》が太腿《ふともも》のなかばぐらいまであった。半ズボンも同じ材料でできていたが、こちらは老いた雄山羊の皮だったので、毛が両脇に長く垂れて、パンタロンのように脚のなかばまで届いていた。靴下も靴もなかったが、別のものを作ってあった。なんと呼べばいいか、半長靴《はんちょうか》のように脚にまとって両側からゲートルのように紐で締めあげたものである。野蛮きわまりない形をしていたが、それを言うなら、わたしの身につけていたものはみなそうだった。

腰のベルトは山羊の皮を乾かして作った幅広のもので、バックルではなく二本の革紐で締めるようになっていた。左右には剣差しのようなものがひとつずつつけてあったが、差してあるのは剣と短剣ではなく、小さな鋸《のこぎり》と手斧《ておの》である。肩からも細めのべルトをかけて同じようにして締め、左腋《ひだりわき》に山羊の皮で作った小袋をふたつ下げ、ひとつには火薬を、ひとつには弾を入れてあった。さらに背中には籠を背負い、肩には銃をにない、頭の上には山羊皮の大きな醜い不細工な傘を差していたが、この傘は、身につけているもののうちでは銃の次になくてはならぬものだった。

顔の色は、身なりにまったく無頓着で、赤道から九度か十度のところに住んでいる男にしては、人が思うほど浅黒くはなかった。顎鬚《あごひげ》は、四分の一ヤード近くも伸ばしていたことがあったものの、鋏《はさみ》も剃刀《かみそり》も十分にあったので、今はかなり短くしていた。ただし上唇に生えるものは別で、サレのトルコ人がやっていたように、イスラム教徒風の大きな口髭《くちひげ》にしていた。なぜトルコ人かというと、ムーア人はそんなふうにしないからだ。帽子がかけられるほど長いとまでは言わないが、長さも形も十分に異様で、イングランドであればさぞやぎょっとされたことだろう。

だが、これはみな余談にすぎない。わたしの姿なぞ、見る者はいないのだから、どうでもいい。したがってこれについてはもう触れないことにする。とにかくこんな格好で、わたしは新たな旅に出て、五、六日留守にした。まずは海岸伝いに歩いて、カヌーを最初に碇泊させて丘に登りだした場所までまっすぐに行った。今回はカヌーを気にしなくていいので、近道をして前回と同じ高さまで登った。そしてそこから、かなたに延びているあの、カヌーで迂回《うかい》しなければならなかった岩礁の岬をふたたび見渡した。すると驚いたことに、海は滑らかに静まりかえっていた。細波《さざなみ》も、うねりも、潮流も、ほかのところと同じようにまったくなかった。

どうにもわけがわからないので、潮の満ち引きが引き起こしたものなのかどうか、しばらく様子を見ていることにした。だが事情はすぐにはっきりした。つまりこの潮流は、西から流れる引き潮に大陸のどこかの大河から注ぐ水が合流して生じているのであり、そのとき風が西と北のどちらからより強く吹いているかによって、岸に近づいたり遠ざかったりするのである。というのも、そのあたりで夕方まで待ってから、ふたたびその岩山に登ってみると、潮はちょうど引き潮で、潮流が前のようにはっきりと見えたからだ。ただ、今回は岸から半リーグ近く沖を流れているのに対して、あのときは岸の近くを流れていたため、カヌーは見る見る流されてしまったのである。別のときであれば、あんなことにはならなかっただろう。

これを見てわたしは、潮の満ち引きを観察してさえいれば、カヌーをたやすくこちら側へ回航してこられるはずだと確信した。だがそれを実行に移すことを考えだすと、前回の危難が心によみがえって怖くなり、もはや落ちついて考えられなくなった。かわりにもっと安全だが、もっと骨の折れる解決策を採ることにした。それは丸木舟をもう一艘《そう》造り、というか削り出し、島の両側に一艘ずつ置いておくというものだった。

ご存じのように、わたしはこの島に農園と呼んでさしつかえないものをふたつ持つようになっていた。ひとつは岩山の下の小さな砦《とりで》、すなわち、壁に囲われたテントとその背後の洞穴である。洞穴はこのころにはすっかり拡張されて、いくつかの小部屋のような穴にさらに分岐していた。そのうちでいちばん湿気がなくて広いものは、壁の外に（つまり、砦柵《さいさく》が岩壁につながった地点の外側に）戸口をあけた穴だったが、ここには前に説明した大きな素焼きの壺《つぼ》のほか、十四、五個の大籠がぎっしりとならんでいた。五、六ブッシェル（二百リットル前後）入りのこの大籠には食糧、ことに穀物が貯蔵してあり、藁《わら》から切り取ったままの穂を入れてあるものと、手で揉んで脱穀した籾《もみ》を入れてあるものとがあった。

壁はご承知のとおり長い杭で築いたものだが、その杭がみな樹木のように成長して今ではすっかり大きくなり、ずいぶん枝を広げていたので、どう見てもその裏に人の住まいがあるとは思えなかった。

この住まいの近くの、もう少し内陸にはいったところの低地には、二枚の穀物畑があった。時期ごとに耕して種を蒔《ま》けば、収穫期にはきちんと実りをもたらしてくれた。穀物がもっと必要になれば、畑に適した土地は隣にまだあった。

このほかに田舎の屋敷があり、そこにもなかなかの農園ができていた。まず、わたしが東屋と呼んでいたものがあった。手入れを怠らず、周囲の生垣を絶えず一定の高さに切り、内側にはつねに梯子《はしご》を立てかけておいた。当初はただの杭でしかなかった木々は、今ではすっかり根づいて大きくなっていた。それを絶えず刈りこんで、枝がこんもりと広がるようにし、いっそう気持ちのいい日陰ができるようにしていると、まことにわたし好みになった。

この生垣の中央にはいつもテントが張ってあった。そのために立てた何本かの柱の上に一枚の帆を広げたもので、繕いや張り替えが必要になったことは一度もなかった。この下に、しとめた獣の毛皮などの柔らかいもので寝床を作り、その上に船から運び出してきた毛布と、かけて寝るための大外套が載せてあった。本邸を留守にしているときにはいつも、この田舎の別荘を住まいにしていた。

その隣には家畜を、すなわち山羊を入れる囲いがあった。想像を絶する苦労をして巡らした囲いだったので、山羊に破られるのが心配なあまり、万全なものにしようと、膨大な労力を費やして延々と手を入れつづけた。そして生垣の外に細い杭をたくさん、それもびっしりと打ちこんだため、しまいには生垣というよりも柵になってしまい、手を入れる隙間《すきま》さえろくになくなった。打ちこんだ杭はみなそれぞれ、次の雨期には根をおろして成長したため、囲いはのちに壁さながらに頑丈に、いや、どんな壁よりも頑丈になった。

これでおわかりのように、わたしは怠けてなどいなかった。安定した暮らしに必要だと思われることを実現するためなら、労をいとわずに働いた。というのもわたしの目算では、こうして家畜の群れを手もとで飼いつづければ、ここで暮らすあいだは、それがたとえ四十年になろうと、肉にも、乳にも、バターにも、チーズにも、不自由しないはずだったからであり、それができるかどうかはひとえに、彼らを逃がさないと確信できるところまで柵を仕上げられるか否《いな》かにかかっていたからである。それをこの方法であまりに効果的に実現したため、その細い杭が成長してくると、間隔がぎちぎちになってしまい、何本かをまた引き抜くはめになったほどである。

この場所では葡萄《ぶどう》も育てていた。冬に備えて蓄える干し葡萄はもっぱらこれに頼っており、わたしの食料のうちでは何より美味だったので、保存にはつねに万全の注意を払っていた。いや、美味なだけではなく、薬にもなり、体にもよく、滋養があり、すこぶる元気の出るものでもあった。

ここはまた、本邸とカヌーを係留してある場所とのほぼ中間にあったので、係留地へ行くさいにはたいていここに泊まった。係留地にはたびたび出かけていって、カヌーの周囲や舟具をきちんと手入れしていた。ときには気晴らしに海へ出ることもあったが、もはや危険な舟旅はせず、たいていは岸から石を投げて届くところか、その倍ぐらいのところまでしか沖へ出なかった。潮流や風で、あるいはなんらかの事故で、またしても知らないところへ流されはしまいかと、怖くてならなかったのである。だがここで、わたしの暮らしは新たな局面を迎えることになった。

15　足跡を発見する

ある日の午《ひる》ごろのこと、カヌーのほうへ歩いていくと、人間の裸足《はだし》の足跡がひとつ、海岸の砂地にくっきりと残されていたのである。驚愕《きょうがく》のあまりわたしは雷にでも打たれたか、はたまた幽霊でも見たかのように、その場に立ちすくんだ。耳を澄まし、あたりを見まわしたものの、何も聞こえなかったし、何も見えなかった。小高いところへ登って遠くも見たし、海岸を右手のほうへも左手のほうへも行ってみたが、足跡はひとつだけで、それ以外にはなんの痕跡《こんせき》も見あたらなかった。ほかにもあるだろうか、気のせいではなかろうかと、もう一度その場へ行って調べてみたが、疑問の余地はなかった。まさしく人の足跡、指も踵《かかと》も何もかもそろった足跡だった。どうやってそこに来たのかはわからなかったし、見当もつかなかった。

だが恐ろしい考えが次々に脳裡《のうり》をよぎり、わたしはすっかり度を失って砦に逃げ帰った。言わば地に足がつかないような気分で、おびえきって二、三歩ごとに後ろを振りかえり、遠くから茂みや木を見るたび、切株を見るたび、人と勘ちがいした。どれほどいろいろなものがおびえた想像力のせいで別のものに見えたか、どれほどばかげた考えが一瞬ごとに心に浮かんだか、どれほど奇妙で不可解な妄想が道すがら頭にはいりこんできたか、逐一語ることなぞとうていできない。

城にたどりつくと（これ以降わたしはそこを城と呼ぶようになった）、追われる者のように中へ逃げこんだ。当初の工夫どおりに梯子ではいったのか、戸口と呼んでいた岩壁の穴からはいったのか、それすら憶えていなかった。物陰に逃げこむ兎《うさぎ》や、穴に逃げこむ狐《きつね》よりもなおおびえて、この隠れ家に逃げこんだからである。

その晩は一睡もできなかった。恐怖の瞬間から遠ざかれば遠ざかるほど不安が募った。それはこの種のことがらの自然に、なかんずくおびえた動物のならいには反していたが、わたしはこの件に関する恐ろしい考えの数々にすっかり取りつかれてしまい、今では遠く離れているにもかかわらず、不吉な想像ばかりしていた。悪魔のしわざにちがいないと思うこともあり、そんなときには理性もわたしと一緒になってこの仮説を支持した。悪魔以外に人の形をしたものがどうやってあそこへ来るというのか？　乗ってきた船はどこにある？　ほかにどんな足跡があった？　どうすれば人間があそこに来られる？

しかしまた、悪魔があんなところで人の形に化けるというのも、それはそれでおかしな話だった。足跡をひとつ残すという以外にはなんの理由もないし、わたしがその足跡を眼にする保証もないのだから、目的すら欠いている。悪魔ならわたしを怖がらせる方法など、こんな足跡をひとつ残すことより、ほかにいくらでも考え出せるだろう。ばかでもないかぎり、島の反対側に住んでいるわたしが眼にすることなど万にひとつしかないような場所に、足跡を残したりはしないはずだ。それも砂地になど。強風が吹けば、たちまち大波できれいに消されてしまう。そう考えるとこの仮説は、事実そのものとも、人がふだん思い描く悪魔の狡猾さとも、矛盾するように思われた。

そんなことをあれこれ考えるうちに、悪魔のしわざだという懸念《けねん》はすっかり消えたものの、すぐにこんどは、もっと危険な生き物にちがいないと思うようになった。すなわち、向かいの大陸の蛮人どもである。そいつらがカヌーで海にさまよい出て、潮流に流されたか逆風に運ばれたかしてこの島にたどりつき、上陸はしてみたものの、こんなわびしい島にとどまるのは、わたしがそんな連中に出くわすのと同じぐらいまっぴらだったので、また立ち去ったのではあるまいか。

そう考えれば考えるほど、幸いにも自分がそのときその場にいなかったこと、そいつらにカヌーを見られなかったことを、心の中で大いに感謝した。カヌーを見られていたら、むこうはこの地に人が住んでいるのだろうと考えて、もっと遠くまでわたしを捜しにきていたかもしれない。

しかしそこでふと、すでにカヌーが見つかっていたらどうする、という恐ろしい考えが頭に浮かんだ。この島に人がいることがすでに知れていたら、そいつらはかならずもう一度、もっと大勢でやってきて、わたしを食うに決まっていた。たとえわたしを見つけられなくとも、囲いを見つけて、穀物を荒らし、飼いならした山羊をみなさらっていくはずだった。そうなったらわたしは最後には、飢え死にするほかなかった。

かくして恐怖が、信仰による希望をすべて追いはらってしまった。神の優しさを身をもって知るようなあの驚くべき経験から生まれた神への信頼は、すっかり消えうせた。これまで奇蹟《きせき》の力でわたしを養ってくれた神が、その優しさによってわたしに授けてくれた食料を、もはや御自身の力では守れなくなったような気がした。わたしはおのれの甘さを痛感した。作物を作るのを妨げるような災難など起こるはずがないといわんばかりに、毎年次の収穫期まで食いつなげる分しか穀物を蒔こうとしなかった自分を責めた。そしてこれからは、あらかじめ二、三年分の穀物を蓄えておくことにした。そうすれば何が起ころうと、パンがなくて死ぬことはあるまい。

人生というのは運命の織りなすなんと不思議な市松模様か。いかなる秘密の力によって、人の感情は状況が変わるとたちまち逆の色に転ずるのか。今日愛するものを明日には憎み、今日求めるものを明日には遠ざけ、今日望むものを明日には恐れるのか。いや、恐れるどころか、考えただけでおののきさえする。

それがまさにこのときわたしのなかで、考えうるもっともはなはだしい形で起こったことである。これまでわたしの唯一《ゆいいつ》の悩みは、自分が人間社会から追放されたように思えることだった。ひとりぼっちで果てしない海原に囲まれて、人類から切り離され、沈黙の人生とみずから名づけたものを強いられていることだった。生者のひとりに数えるのも、ほかの人々と交わるのもふさわしくないと、神に見なされていることだった。ほかの人間に出会うことは、さながら死からよみがえることのように思われ、救済という至高の幸せをのぞけば、神がわたしに授けられる最大の幸せに思われた。ところが今のわたしは、人間に出会うと考えるだけでおののき、この島に上陸した男の影を、もの言わぬ幻を眼にしただけで、地面にもぐりこまんばかりになっていた。

人生とは、かように変わりやすいものなのである。当初の驚きからいくらか立ちなおると、そこからわたしはあれこれと深い思索にふけった。この境遇は、無限の叡智《えいち》と優しさを備えた神がおれのために定めたものなのだ。おれは神の目的を予見できない以上、神の大権に疑いをはさむべきではない。すべてをお創《つく》りになった神には、創造物たるおれを、御自身がふさわしいとお考えになるとおりに支配し見捨てる明らかな権限があるし、御自身に背いた創造物たるおれに、ふさわしいとお考えになる罰を下す正当な権限もある。だからすなおに神の怒りをこうむるのが、神に対して罪を犯したこちらの務めなのだ。

そしてさらにこう考えた。おれをこのように懲《こ》らしめるのがふさわしいとお考えになった神は、正しいのみならず全能でもあるのだから、おれを救う力も持っておられる。救うのはふさわしくないと神がお考えならば、そのお考えにあくまでも従うのがこちらの当然の務めだろう。そしてそれでもなお神を信頼し、神に祈り、神の日々の指図と命令に静かに耳を傾けること、それもやはりこちらの務めなのだ。

こういうことをわたしは何時間も何日も、いや、何週間も何か月も考えていたと言っていい。このおりの思索の結果のひとつは、どうしても省くわけにいかない。ある朝早く、ベッドに横になったまま、蛮人の出現によるわが身の危険についてあれこれ考えているうちに、ひどくうろたえてしまった。するとそのとき、聖書のこんな一節を思い出した。〝悩みの日にわれを呼べ、さらばわれ汝《なんじ》を救わん、しかして汝われをあがむべし〟

わたしは元気にベッドを離れると、この言葉に慰められたばかりか、導かれ励まされて熱心に祈り、神に救いを乞《こ》うた。祈りがすむと、聖書を読もうと、手に取ってひらいた。最初に眼に留まったのはこんな一節だった。〝主を待ち望め、雄々しかれ、汝の心を堅うせよ、かならずや主を待ち望め〟(「詩篇」二十七・十四)この一節があたえてくれた慰めは言葉にできない。わたしは感謝の念でいっぱいになって聖書を置いた。憂《うれ》いはさしあたり消えていた。

こういう思索と憂慮と反省のさなかに、ある日ふと、これはみな自分の取り越し苦労にすぎないのではないかという考えが浮かんだ。あの足跡は、自分がカヌーから上陸したときについた自分の足跡ではないのか。そう思うとまた少し元気が出て、あれは思いちがいだったのだと自分を説得しはじめた。あれはほかならぬおれの足跡だったのだ。あそこを通ってカヌーへ行こうとしたのなら、あそこを通ってカヌーから降りてきていたっておかしくないだろう。そもそも自分がどこを踏んで、どこを踏んでいないかなど、はっきりわかるはずもない。あれが結局自分の足跡にすぎなかったとすれば、自分ででっちあげた怪談話で自分が誰よりもおびえてしまう愚か者の轍《てつ》を、おまえは踏んでいたことになるぞ。

そこで勇気を出して、ふたたび外へ出てみた。三日三晩、城から一歩も出ていなかったために食料が尽きてきて、城の内には大麦のビスケットと水のほか、ほとんど何もなかったのである。それに、山羊の乳を搾ってやる必要もあった。いつもならそれが毎夕の気晴らしだったのだが、怠っていたため、かわいそうに山羊たちはたいそう苦しんで難儀をしていた。それどころか乳が止まりかけて、ほとんど役に立たなくなっているものもいた。

そんなわけで、あれは自分の足跡にすぎなかったのだ、まさしく自分の影に驚くというやつだ、そうおのれを鼓舞しつつ、わたしはふたたび外へ出かけるようになり、山羊たちの乳を搾るために田舎の屋敷へ赴いた。とはいえ、わたしがどれほどびくびくと歩いていたか、何度後ろを振りかえったか、いかにたびたび籠を放り出して逃げ出しかけたか、見ていた者がいたら、きっとこう思ったにちがいない。この男は心に疚《やま》しいところがあるか、よほど恐ろしい目に遭ったばかりなのだろうと。たしかにそのとおりだった。

それでもこうして二、三日がたち、何も見あたらないと、わたしは少し大胆になり、あれはやはりなんでもなかったのだ、自分の思い過ごしだったのだと考えはじめた。しかし心から納得するには、もう一度あの海岸へ行ってその足跡を見て、自分の足と比べ、類似点や一致点があるかどうかを調べたうえで、まちがいなく自分の足跡だと確信する必要があった。

ところがそこへ行ってみると、まず、カヌーを係留したさいにそのあたりに上陸したはずのないことがはっきりした。次に、足跡を自分の足と比べてみると、足跡のほうがだいぶ大きいこともわかった。わたしは新たな妄想で頭がいっぱいになり、またしてもひどい鬱気《うっき》を生じて、瘧《おこり》にかかったように悪寒《おかん》に震えた。わが家に帰ってきたときには、あの海岸に少なくともひとりは人間がいたのだ、つまりこの島には人がいて、自分は不意に襲われるかもしれないのだと、すっかり確信していた。それなのに身の安全を図るにはどうすればよいのか、見当もつかなかった。

いやはや、人間というやつは恐怖に捕らえられると、なんとばかげた考えをするものか。恐ろしさのあまり、理性の薦める解決策を採れなくなってしまうのである。わたしがまず思いついたのは、囲いを引き倒して家畜をすべて森へ追いはらい、野生に返すことだった。そうすれば敵は馴《な》れた山羊を見つけることもなく、同じような戦利品を求めて島へ押しよせてきたりもしまい。次に、二枚の穀物畑を掘り返してしまおうという単純な案も考えた。そうすれば敵はそんな穀物を見つけることもなく、島へ押しよせてこようという気も起こすまい。さらに東屋とテントも取り壊せば、むこうは人の住んでいる形跡に気づくこともなく、住人を見つけ出そうとさらに遠くまでやってきたりもしまい。

　わが家に帰ってきた最初の晩は、こんなことをしきりに考えて過ごした。心に広がっていた不安は生々しく、頭にはいま言ったように鬱気が満ちていた。このように危険への恐怖とは、眼に見える危険そのものより一万倍も恐ろしい。恐れている災いより、恐れ自体のほうがはるかに重荷になる。さらにたちが悪いのは、今回のできごとでは、いつものように神に身をゆだねて安心を得ようにも、得られなかったことである。まるでペリシテ人に攻められているばかりか、神にも見放されたと嘆く、イスラエルの王サウルになったような気がした（「サムエル記上」二十八・十五）。心を落ちつける適切な途《みち》を採らなかったからである。危難にさいして神に呼びかけ、これまでのように御心におのれをゆだね、保護と救いを求めていたら、せめてもう少し勇気づけられて、もう少し泰然とこの新たな危機を切り抜けていただろう。

　ばかげたことをあれこれと考えて、わたしはひと晩じゅうまんじりともせず、朝になるとようやく眠りに落ちた。考えすぎてただでさえ疲れていたうえに、精神もくたびれきっていたので、ぐっすりと眠り、前よりもずっと落ちついて眼を覚ました。そして冷静にものを考えはじめ、熟慮のすえにこう結論した。この島はきわめて居心地がよく、実り豊かで、見たとおり大陸からさほど離れておらず、想像していたほどの孤島というわけではない。定住している人間はいないにしても、ときおり陸地からカヌーが沖へ出て、逆風に流されると、意図してなのかどうかはともかく、この地へたどりつくのかもしれない。

おれはここでもう十五年暮らしているが、人の影も姿もいっさい見かけたことはない。人間がここへ流されてくることは再三あったとしても、定住しようと考えた者はこれまでのところひとりもいなかったわけだから、みなできるだけ早くまた立ち去ったのだろう。

考えうる危険といえばせいぜい、本土から流されてきた人間がたまたま上陸してくることぐらいだ。そいつらはここに漂流してくるとすれば、おそらく意志に反してここに来るはずだ。だから長居はせずに、なるべく急いで立ち去るはずで、島でひと晩を過ごしたりはまずしないだろう。そんなことをしていたら、本土へ帰るのに潮流と日光の助けを借りられなくなる。ゆえにおれは、蛮人が上陸してきた場合に備えて、安全な隠れ家を用意しておきさえすればよいのだ。

こうなると、洞穴をむやみに広げて戸口などあけてしまったことが、ひどく悔やまれた。その戸口は、前にも言ったように、砦柵が岩壁に接する地点の外側にあったからである。そこでさんざん考えたすえに、十二年前に壁のさらに外側に木を二列に植えたところに、第二の砦柵を、やはり半円形に設けることにした。この木々ついては前にも触れたが、かなりびっしりと植えてあったので、あいだに杭を何本か打ちこむだけで、隙間がなくなってもっと頑丈になり、じきに壁ができあがるはずだった。

そんなわけでわたしは壁を二重にし、外側の壁を材木や古い錨索《びょうさく》など、思いつくかぎりのもので補強したのち、腕が通るくらいの小さな穴を七つあけた。内側は、洞穴から土を運んできては根元に積みあげて踏みかため、十フィートあまりも厚くした。そしてその七つの穴に、船から持ち出してきたのを思い出した七挺《ちょう》のマスケット銃を、うまく据えつけた。大砲のように、砲架に似た枠にはめこんで据えたのである。おかげでこの七挺は、二分以内にすべて撃つことができた。この壁が仕上がるまでには延々何か月もかかったが、できあがるまでは決して安心できなかった。

これが完成すると、壁の外の地面に遠くまで一面に、あの成長の早い柳のような木の杭を、十分に育つ程度にびっしりと打ちこんだ。おそらく二万本近く植えたのではないかと思うが、壁とのあいだにはかなりの空間を残しておいたので、外側の壁に敵が近づこうとすれば、こちらには見えるはずだったし、むこうも若木の陰には隠れられないはずだった。

かくして二年後には、わが家の前にこんもりとした林ができ、五年後には森ができていた。すさまじいほど頑固に密生していて、通りぬけることなどとうていできなかった。その奥に何かがあるとは、どんな人間でも思わなかっただろう。ましてや人の住《す》み処《か》があるなどとは、想像もつかなかったはずだ。通りぬけられるような通路は残さなかったので、出入りには二本の梯子を使った。岩壁に一か所、低い位置にえぐれた場所があったので、そこまで一本をかけ、そのえぐれた場所にもう一本を立てたのである。二本の梯子を取りはらえば、怪我《けが》をせずにこちらへおりてくることは誰にもできなかったし、たとえおりてきたとしても、そこはまだ外側の壁の外だった。

こうしてわたしは身を守るために慎重に、思いつくかぎりの対策を講じた。いずれわかるはずだが、これらは決して根拠のないものではなかった。しかしこのときはまだ、何かをはっきりと予見していたわけではなく、恐怖に駆られていたにすぎなかった。

16 宴の跡を見つける

そうしているあいだも、ほかのことをなおざりにしていたわけではない。飼っている山羊たちのことも大いに心配していた。どんなときでもすぐに食料にできるし、数が増えてきた今では弾薬も使わずにすみ、野生のものを追いかける苦労もない。そんな便利な家畜を失って、もう一度初めから育てるはめになるなぞ、まっぴらだった。

どうしたものかとさんざん思案したものの、山羊を守る方法はふたとおりしか考えつかなかった。ひとつは、都合のいい場所を見つけて洞穴を掘り、毎晩そこに群れを追いこむという方法。もうひとつは、土地を二、三か所、それぞれ離れたところに柵《さく》で小さく囲い、できるだけ目立たないようにしておいて、そこに若い山羊を五、六頭ずつ入れておくという方法である。そうすれば群れの本体に何か災いがあっても、わずかな時間と手間でふたたび殖やすことができる。こちらは多大な時間と労力がかかるとはいえ、きわめて合理的な計画に思えた。

そんなわけで、わたしは島でもとりわけ辺鄙《へんぴ》な土地をいくつか、時間をかけて歩きまわり、願ってもないほど人眼につかない場所を一か所選び出した。窪地《くぼち》の中央にあるじめじめした狭い土地で、周囲は鬱蒼《うっそう》とした森だった。以前に島の東部から帰ろうとしたさいに迷子になりかけた、あの森である。そこに三エーカー近いひらけた土地を見つけた。森の真ん中にあるため、天然の柵に囲まれているも同然で、そこを囲うのならば、少なくともこれまでの柵囲いに費やしたほどの労力は必要ない。ただちに作業にかかり、ひと月足らずでこの土地をざっと囲った。うちの山羊たちはもはや当初ほど荒々しくはなかったので、とりあえずはこれで十分だった。さっそく十頭の若い雌と二頭の雄をそこへ移し、そのあとふたたび柵を、こんどはほかと同じぐらい頑丈にしあげた。ただしこの仕事はもっとのんびりやったので、時間はだいぶかかった。

こんな労力を費やしたのもひとえに、人の足跡を眼にしたことによる不安がもとだった。人がこの島に近づいてくるのはいまだに見たことがないまま、わたしはすでに二年もこの不安に耐えていたのである。おかげで、暮らしは以前よりはるかに落ちつかぬものになっていた。〝人を恐れる〟という罠(「箴言」二十九・二十五)にかかったまま暮らした経験のある者ならば、これは容易に想像がつくだろう。

それればかりか、情けない話ではあるが、心の動揺はわたしの信仰心にまで大きな影響をおよぼしていた。蛮人や人喰い人種につかまることへの恐れと不安が心にのしかかり、主と向き合うのにふさわしい気持ちになかなかなれなかったのである。少なくとも、これまでのように安らかに神にすべてをゆだねる気にはならなかった。むしろ祈りながらも大きな苦悩と心労にさらされ、ひしひしと危険を感じ、朝までには殺されて食われているだろうと夜ごとに思っていた。

わたしの経験から言えば、恐れや不安より、安心や感謝、愛情や敬慕の念のほうが、祈りにははるかにふさわしい心境である。迫りつつある災いにおびえていては、神に祈るという務めを果たしても、病床で悔い改めるようなもので、慰めにはならない。こういう不安は病が体をむしばむように、心をむしばむ。神に祈るというのは、まさに体ではなく心の行ないなのだから、不安というのも体の病と変わらぬ、いや、それをはるかに凌《しの》ぐ大きな心の病なのである。

だが、話を進めよう。こうして家畜の一部を避難させたあと、わたしはそういう避難場所をもうひとつ造るため、人眼につかない場所を探してさらに島内を歩きまわった。島の西の突端にこれまでになく近づいたので、海をながめると、はるかかなたの海上に一艘のカヌーが見えるような気がした。船から救い出してきた船員用私物箱に遠眼鏡が一、二本はいっていたのだが、このときは持っていなかったし、距離も遠かったので、正体はつかめなかった。眼が耐えられなくなるまで見つめていたが、カヌーなのかどうかは結局わからなかった。丘からおりていくともう見えなくなっていたので、諦《あきら》めて、今後は外出のさいにはかならず遠眼鏡をポケットに入れておくことにした。

ところが丘をくだって、これまで来たことのない島のはずれまで来てみると、この島で人の足跡を眼にするのは思っていたほど珍しくはないことが、ひと眼で明らかになった。それどころか、わたしは天の特別なはからいで、蛮人の現われたことのない島のむこう側に漂着していたのだった。こちら側に流れついていたら、大陸のカヌーが島へやってくるのはごくありふれたことだと、いやでも気づいていたはずだった。蛮人どもは少々沖へ出すぎてしまったら、島のこちら側へ避難してくるし、カヌーどうしが出会って戦い、勝者に捕虜があれば、やはりこの海岸へ連れてきて、人喰い人種どうしの恐ろしい風習に従い、捕虜を殺して食うのである。どういうことか、これからお話ししよう。

いま述べたように、丘をくだって島の南西端の海岸に出たとき、わたしはその場の光景にぎょっとして、すっかり肝をつぶした。そのときの恐怖はとうてい言葉にできない。なんと海岸に、人の頭蓋《ずがい》や手足などの骨が散らばっていたのである。そればかりか火を焚《た》いた跡と、地面を円形に掘った闘鶏場のような場所まであった。蛮人どもがそこに腰をおろして、同じ人間の肉を食らうむごたらしい宴を張ったのだろう。

わたしはその光景に愕然とするあまり、わが身に危険がおよぶことにはしばらく思い至らなかった。不安を覚える余地もないほど、このむごたらしく忌《い》まわしい蛮行に呆《あき》れ、人間性の堕落におののいていた。噂《うわさ》にはたびたび聞いていたことだが、まのあたりにしたのは初めてだった。たまらずに、そのおぞましい光景から顔をそむけた。気分が悪くなり、卒倒しそうになったとき、胃から不快なものがこみあげてきて、猛烈に嘔吐《おうと》した。おかげでいくぶん楽にはなったが、そんな場所にいることにはもはや一瞬たりとも耐えられず、大急ぎでもと来た丘を登って、わが家のほうへ歩きだした。

島のそのあたりから少し離れると、しばらく足を止めて呆然《ぼうぜん》としていたが、やがてわれに返り、心からの敬慕の念とともに天を仰ぎ、涙を浮かべて神に感謝を捧《ささ》げた。自分がかくも恐ろしい連中の住む国には生まれなかったこと、今の境遇はたしかに惨《みじ》めなものではあるが、多くの安らぎを授けられたおかげで、愚痴をこぼすより感謝することがらのほうが多いこと、それに何より、この惨めな境遇にあっても、神を知り、神の恵みを信じることで、安らぎを得ていることを、心からありがたく思った。それはこれまで忍んできた苦難も、これからも忍ぶであろう苦難も、すべて償ってあまりある幸せだった。

こういう感謝の気持ちとともに、わたしは城へ帰った。日々の安全については、これまでよりだいぶ気楽に考えるようになった。蛮人どもがこの島に来るのは、何かを手に入れるためではないとわかったからである。おそらくここには何も求めていないし、望んでもいないし、期待もしていないのだろう。これまで何度も島の樹林地帯まで登ってみたものの、自分たちの役に立つものは見つからなかったにちがいない。思えばわたしはこの島にかれこれ十八年近く住んでいながら、人の足跡など見たことがなかったのだから、さらに十八年でも、これまでと同じように身を隠していられるはずだった。蛮人に姿をさらさなければいいだけの話で、さらす理由はまったくなかった。人喰い人種よりましな人間が見つかればともかく、そうでないかぎりは、今いるところに隠れていればいいのだった。

とはいえ、いま話題にしているこの蛮人どものことも、たがいをむさぼり食う浅ましくむごたらしい風習のことも、忌まわしくてたまらなかったので、依然として憂鬱で気が晴れぬまま、それからほぼ二年というもの、わたしは自分の行動圏を離れなかった。行動圏というのは三つの農園——すなわち城と、東屋《あずまや》と呼んでいる田舎の屋敷と、森の牧場《まきば》のことである。しかも牧場には、山羊《やぎ》の様子を見にいくだけだった。この忌まわしい連中に対する嫌悪が激しすぎて、そいつらに出くわすのが、悪魔に出くわすのと同じくらい恐ろしかったのである。

その間はずっと、カヌーを見にいくことすらせず、むしろもう一艘造ることを考えはじめた。あのカヌーを島のこちら側へ回航しようなどと企てるのは、もはや論外だった。海上で蛮人に出くわす恐れがあった。そいつらにつかまったら自分の運命がどうなるかは、もうわかっていた。

しかし時とともに、見つかる気づかいはあるまいという気持ちから、蛮人への不安は薄れはじめ、以前と同じ落ちついた暮らしを送るようになった。ただし、ちがいがひとつあった。前より用心深くなり、姿を見られないよう周囲にもっと眼を配るようになったのである。とりわけ発砲には慎重になった。蛮人が島にいたら、銃声を聞かれてしまう。その点からも、山羊を飼育するようになって、森で追いまわしたり、撃ったりしなくてすむようになったのは、まことに好都合だったと言える。

こののちは山羊をつかまえるにしても、前に用いたような落とし穴や括《くく》り罠《わな》を用いるようになった。だからこのあとの二年間、銃はたしか一度も撃たなかったと思う。だが出かけるときにはかならず持っていった。そればかりか、船から持ち出してきたピストルが三挺あったので、外出のときにはかならず二挺は、山羊皮のベルトに差していた。さらに船から持ってきた大きなカトラスを一本研ぎあげ、そのために作ったベルトに吊《つ》るしていた。おかげで、外出するさいのわたしの出《い》で立ちは、なんとも物々しいものになった。前に紹介した格好に、この二挺のピストルと、抜き身のまま腰に下げた広刃のカトラスを、付け加えてみてほしい。

こうしてしばらくのあいだ、わたしの暮らしはいま述べたように、これらの用心をのぞけば、もとの平穏さを取りもどしたように見え、それとともにわたしの境遇も、惨めさとはほど遠いものだということがはっきりしてきた。これより悲惨な境遇もあるのだ――いや、これより悲惨なことなど人生にはいくらでもあり、それが主の御心《みこころ》しだいでは、おまえの運命になっていたかもしれないのだ。そう考えれば、どんな境遇にあろうと、人間には愚痴をこぼすことなどほとんどない。自分より幸せなものとわが身を引き比べてばかりいても、不平や不満しか出てこないが、自分より不幸なものと比べれば、感謝の念が湧《わ》いてくるものだ。つくづくそう思うようになった。

今の暮らしのなかで欲しいものはそう多くなかった。だからこの蛮人どもへの恐怖と、身を守るための問題にかまけて、暮らしをよりよくしようと工夫する意欲をわたしはたしかに失っており、一度は熱心に検討していた計画をひとつ放置していた。それは大麦を麦芽《モルト》にできないか試してみて、できたらビールを醸造してみようという計画だった。まことに気紛れな思いつきで、その無邪気さには自分でもしばしば呆れていた。ビール造りに不可欠なものが手元にないばかりか、どれも用意できそうになかったからである。

まず、ビールを入れておく樽《たる》がなかった。前に述べたように、これはどうしても作れなかった。そう、何日も、何週間も、いや、何か月も費やしたあげく、徒労に終わっていた。さらに、ビールを保存するのに必要なホップも、発酵させるのに必要な酵母も、沸騰《ふっとう》させるのに必要な銅鍋《どうなべ》もなかった。しかしたとえそれらがなくとも、蛮人への恐怖と不安に妨げられなければ、この計画に着手して、これも実現させていたかもしれない。いったんやろうと決意したことは、めったに途中で諦めないからである。

ところが、わたしの工夫の才はまったく別の方向へ向かった。寝ても覚めても考えていたのは、残酷で血なまぐさい宴にふけるこの人非人《にんぴにん》どもをどう成敗してやるか、そいつらが殺しに連れてきた生贄《いけにえ》を、可能ならばどう救ってやるか、ばかりだった。そいつらを皆殺しにするか、せめておびえさせて、二度と来させないようにするにはどうしたらいいか、わたしの考え出した、というより夢想した工夫をすべてここに記していたら、予定しているこの本の全体よりも長くなってしまうだろう。

だが、どれも実を結ばなかった。実行するには、自分自身がその場へ行くしかなかったが、敵は二、三十人いるかもしれず、しかも持っている投槍《なげやり》や弓矢で、こちらが銃で撃つのと同じくらい正確に的を射れるのである。ひとりで乗りこんでいったところで、何ができただろう。

蛮人どもが焚火をした場所に穴を掘り、下に火薬を五、六ポンドしかけておくという方法を考えたこともあった。そうすればそいつらが火をおこしたとき、火薬に引火して、近くにいる連中はみな吹っ飛ぶはずだった。だがそもそも、火薬の残りはもはやひと樽にも満たず、それほどの量を使ってしまうのは気が進まなかった。それに、折よく爆発してそいつらを巻き添えにしてくれる保証もなかった。そばで焚火だけを吹っ飛ばして、ぎょっとさせるぐらいが関の山で、島から追いはらうほどではないかもしれない。

というわけでその計画は捨て、こんどは自分がどこか手ごろな場所で待ち伏せすることを考えてみた。三挺の銃すべてに弾を二発ずつこめておき、血なまぐさい儀式のさなかに浴びせてやれば、ひと撃ちで二、三人は殺すか負傷させるかできる。それから三挺のピストルと剣を持って襲いかかれば、たとえ相手が二十人だろうと、まちがいなく皆殺しにできるだろう。そんな空想に何週間もふけっていた。それればかり考えていたので、たびたび夢に見て、今にも弾を浴びせようとしていたこともあった。

空想が高ずるあまり、しまいにはその待ち伏せをするのに手ごろな場所を、実際に何日もかけて探しあるいた。たびたび現場に出かけているうちに、だいぶそこに慣れてきた。ことにこうしてそいつらに天誅《てんちゅう》を加えてやろう、二、三十人を言わば刃にかけてやろうという考えで頭がいっぱいになっているあいだは、その場所への嫌悪と、人非人どもがたがいを食らいあっている証拠のおぞましさが、むしろ敵意をあおってくれた。

そしてついに、丘の中腹に納得できる場所を見つけた。そこなら安全に見張りができるうえ、蛮人のカヌーがやってくるのが見えたら、むこうが上陸の仕度にもかからぬうちに、木々の茂みまでこっそりと移動することもできそうだった。そのうちの一本にはすっぽりと身を隠せるほど大きな洞《うろ》があったから、そこからそいつらの忌まわしい行為をじっとうかがい、頭をじっくりと狙《ねら》えそうだった。みなが寄り集まっているときなら、撃ち損じることはまずありえず、最初の発砲で三、四人を傷つけられそうだった。

そこでその場所を決行の場に定め、さっそくマスケット銃二挺と、いつもの鳥撃ち銃一挺を用意した。マスケット銃のほうには大弾を二発ずつと、ピストル弾ぐらいの小弾を四、五発、鳥撃ち銃のほうには雁弾《がんだま》(大きめの散弾)のいちばん大きいものをひと握りこめ、ピストルにも弾を四発ぐらいずつこめた。さらに二度目と三度目に装塡《そうてん》する弾薬も、この配分で十分に用意して、蛮人征伐の準備を整えた。

こうして手はずを定め、想像のなかで実行に移してみたのち、わたしは毎朝、城と呼ぶようになった住まいから三マイルほど離れた丘の頂まで出かけては、カヌーが島の近くに来ていないか、向かってきていないかと、海を見渡すようになった。だが二、三か月見張りを続けるうちに、この激務に疲れてきた。毎日なんの発見もなく帰ってくるばかりで、海岸やその近くどころか、洋上のどこにも、肉眼や遠眼鏡で見えるかぎり、何ひとつ現われなかった。

この丘へ見張りのために日参しているあいだ、計画への意欲は衰えず、裸の蛮人を二、三十人も殺すというすさまじい企てにふさわしい心がまえを、ずっと保っていたように思う。彼らの罪を冷静に吟味することもなく、このあたりの人間の異様な風習に対する嫌悪から燃えあがった当初の怒りに、そのまま身を任せていた。思えば、彼らは神の定めたこの世の摂理により、浅ましくも忌まわしい欲望以外に導きをあたえられてこなかったのであり、その結果、何世代ものあいだ天にまったく見放されたまま、堕落に突き動かされた野生にしかなしえないようなおぞましいまねをし、恐ろしい風習を受け容《い》れてきたのだろう。だが、当時のわたしは、そんなことは思ってもみなかった。

　けれどもこうして、いま述べたように、実りのない遠出を毎朝延々と続けることに倦《う》んでくると、計画そのものへの考えも変わりはじめ、わたしは自分のしようとしているいることをもう少し冷静に、落ちついて考えるようになった。おまえはなんの権限や要請があってその者たちを罪人《つみびと》として裁き、処刑しようというのか。彼らは主の御心によって何世代ものあいだ罰せられずに放置され、言わば天の裁きをたがいに下しあう役割をあたえられてきたのだ。そんな者たちがおまえに何ほどの害をなすのか。おまえはなんの資格があって、彼らの見境のない殺し合いに関わるのか。そうわたしはしきりに自分に問いかけた。この一件を神御自身がどうお裁きになるのか、おまえにわかるのか。ここの人間たちはまちがいなくこれを罪だとは考えていない。良心の呵《か》責《しゃく》も良識の咎《とが》めも感じていない。おまえたちは罪を犯すとき、たいていはそれを悪いことだと承知しているが、彼らはそれを知らないから、天罰を恐れずにやってしまうのだ。戦の捕虜を殺すのも人肉を食うのも、彼らにしてみれば罪ではなく、おまえたちが牛を殺したり羊肉を食ったりするのと、なんら変わらないのだ。

　そんなふうに考えてみると、自分がまちがっていたことにはっきりと気づいた。ここの人間たちは、おまえがこれまで頭の中で決めつけてきたような意味での人殺しではない。彼らを人殺しというなら、キリスト教徒とて同じではないか。戦いで捕らえた捕虜を殺すことはよくあるし、それどころか相手が武器を捨てて降参していようと、情け容赦なく皆殺しにすることさえ往々にしてある。

それから次にこう気づいた。おたがいに対する彼らのこの習わしは、かくも野蛮で非人間的ではあるが、それはおまえとはなんの関係もない。ここの人間はおまえになんの危害も加えていない。むこうがこちらに危害を加えようとしているなら、あるいはこちらが身を守るためにむこうを襲う必要があるなら、彼らを殺す言い訳も立つだろうが、おまえはまだ彼らの力のおよばないところにいるし、彼らもおまえのことなどまるで知らないのだから、おまえを襲おうと企《たくら》んでもいない。となると、おまえが彼らを襲うのが正しいはずがない。それが正しければ、スペイン人がアメリカで行なった残虐《ざんぎやく》行為もすべて正しいことになる。彼らがそこで殺戮《さつりく》した何百万もの人々は、たしかに偶像を拝む未開人であり、人身御供《ひとみごくう》を捧げるような血なまぐさい野蛮な儀式を風習としていくつも持ってはいたが、それでもスペイン人に対してはなんの罪も犯していなかった。彼らをその土地から根絶やしにしたことは、今ではヨーロッパのほかのキリスト教国はもとより、当のスペイン人からさえ、紛うかたなき虐殺である、神にも人にも弁明できぬ血なまぐさく非道な残虐行為であるとして、このうえない嫌悪と憎悪をもって語られている。おかげでスペイン人といえば、人道を知る人々やキリスト教の同情心を知る人々からは、恐ろしく忌まわしい人間と見なされており、まるでスペイン王国といえば、不幸な人々への思いやりや憐《あわ》れみという、人としてあたりまえの心すら持たない人種を生み出すことに秀《ひい》でた国のようでさえある。

そんなことを考えてわたしはためらい、やがて立ちどまり、少しずつ自分の計画から距離を置くようになり、ついに蛮人どもを襲おうという決断はまちがっていたと結論した。自分がすべきなのは彼らに手を出すことではない。むこうが先に襲ってくれば話は別だが、それをできれば避けるのが自分のすべきことだ。それでも見つかって襲われたら、やるべきことをやればいい。

それに、とわたしはさらに考えた。こんなやり方をしても、自分を救うどころか、完全に破滅させることにしかならない。そのとき海岸にいる連中ばかりでなく、そのあと島に来る連中も皆殺しにできるのであればともかく、ひとりでも逃がせば、そいつが本土の連中に急を告げ、仲間の仇を討とうとする蛮人どもが大挙して押しよせてくるだろう。そうなればまちがいなく身の破滅だが、今のままならその気づかいはない。

そんなわけで、わたしは信条からいっても利害からいっても、この件にはどんな形であれ関わるべきではないと結論した。わたしがすべきは、思いつくかぎりの手段で身を隠すこと、この島に生き物が——人の姿をした生き物が、住んでいると思わせるような手がかりをいっさい残さないことだった。

この慎重さに信仰が加わり、わたしはいろいろな意味でこう確信した。蛮人を殺すなぞという血なまぐさい企みを抱いていた自分は、まったく本分をはずれていた。彼らはおれにはなんの罪も犯していないし、彼らがたがいに犯している罪は、おれにはなんの関係もない。その罪は民族のものであり、神の裁きにゆだねられるべきなのだ。神はすべての民族の支配者なのだから、民族の罪には民族への罰により正しい報いをあたえ、集団で罪を犯す者らには集団への裁きを、御心にもっともかなう形で下したもうはずなのである。

それが明らかになって、このうえない満足を覚えた。企てを実行していたら、紛れもなく謀殺の罪を犯すことになっていたと、これではっきりとわかった。流血の罪を犯さずにすんだことを、ひざまずいて心から神に感謝したのち、御心によってわたしをお守りくださいと訴え、どうか未開人につかまりませんように、自分の命を守れという主の命令がはっきりと示されないかぎり、彼らを手にかけずにすみますようにと祈った。

こういう心がまえで、わたしはその後一年近くを過ごした。蛮人を襲うはめになることはおよそ望んでいなかったので、そのあいだ一度も丘に登って彼らの姿があるかどうか見ようとしたり、海岸に来ていたかどうか知ろうとしたりはしなかった。それなら彼らを襲う計画を復活させたくなったり、襲いかかる絶好の機会に出くわしてその気になったりする恐れもない。やったことといえば、島の反対側に置いてあるカヌーを移動させたことぐらいだった。島の東端へまわして、高い岩壁の下に見つけた小さな入江に乗りいれたのである。そこなら潮流のせいで、蛮人どもはいかなる理由があろうとカヌーで近づいたりはしないはず——少なくとも近づこうとはしないはずだった。

カヌーとともに、一緒に置いてあった舟具もみな運んだ。そのカヌーのために作った帆柱と帆。自分の作った錨《いかり》のなかではいちばんましだが、実際には錨とも鉤《かぎ》とも呼べぬしろもの。これらはそこへ回航するだけならかならずしも必要のないものだったが、すべて移動して、島にカヌーがあることも人間が住んでいることも、いっさい露見しないようにした。

そのうえ、前に述べたようにわたしは城に引き籠《こ》もるようになり、外に出るのは日課の仕事、つまり山羊の乳搾《ちちしぼ》りに行くときと、群れの世話をしに森へ行くときに、ほぼかぎっていた。森は島のまったく別の場所にあるので、危険はなかった。この蛮人どもはときおり島に出没はしても、何かを手に入れにくるわけではないので、決して内陸へはさまよいこんでこなかった。だがこちらが彼らを恐れて警戒するようになってからも、まちがいなく何度か上陸しているはずだった。

かりにそれ以前に出くわして見つかっていたら、はたして自分はどうなっていただろうと考えると、それこそぞっとした。そのころはまだ無警戒で、武器といえば銃を一挺携えているだけ、それもたいていは小さな弾しかこめず、役に立つものはないかときょろきょろしながら島じゅうを歩きまわっていた。あの足跡を見つけたとき、足跡ではなく十五人か二十人の蛮人に出くわして、そいつらに追いかけられていたら、さぞやあわてたことだろう。蛮人の足の速さからして、とうてい逃げ切れなかったにちがいない。

そう考えると、気持ちが沈んで心が暗くなり、にわかには立ちなおれなくなることもあった。自分はどうしていただろうかと、くよくよ考えつづけた。抵抗するどころか、動転のあまり、できてあたりまえのことすらできなかっただろう。ましてや、熟慮と準備を重ねた今だからできることなど、できるはずもなかった。

こういうことを真面目《まじめ》に考えると、たしかにいつも憂鬱になり、かなりのあいだそれが続くこともあった。けれども最後には、すべてを神への感謝に変えた。神は眼に見えぬ幾多の危険からわたしを救ってくださり、自力ではとうてい逃れられぬ災難から守ってくださっていたのである。それなのに当のわたしは、そんな危険が迫っていることにも、そんな災難が起こりうることにも、まったく気づいていなかった。

おかげで、以前によく考えたことが頭によみがえってきた。人は慈悲深い天の配剤により数々の危険を切りぬけて生きているのだと初めて気づいたころ、わたしはよくこう考えた。人はなんとも不思議なことに、それと気づかぬうちに救われている。こちらへ行くべきかあちらへ行くべきか、迷いや疑いが生じて決められなくなったとき、あちらへ行こうとした者を、なんらかの暗示がこちらへ導いてくれる。それどころか、頭も心も、ときには用事までもが、あちらへ行けと命じるのに、どこから生じるのか、いかなる力によるのか、奇妙な予感がそれを却下して、こちらへ行かせることがある。そしてあとになってから、本来なら自分が行っていたはずのあちら、どう考えても行くはずだったあちらへ行っていたら、まちがいなく身を滅ぼしていたことが判明するのだ。

そういう経験の数々をもとにして、のちにひとつの鉄則を自分に定めた。呈示されたことをするかしないかや、こちらへ行くかあちらへ行くかで迷った折に、そういう暗示や内心の圧力に気づいたら、たとえほかに理由がなくともかならずその指示に従う、というものである。この鉄則の成功例は、わたしの生涯からいくつもあげることができるが、とりわけこの忌まわしい島での暮らしの後半にはたくさんある。当時も今と同じ眼でものを見ていたら、きっとほかにも多くの事例に気づいていただろう。

だが、知恵を身につけるのに遅すぎることはない。わたしのように特異な経験をしている者であれ、そこまでではない者であれ、ものを考えるすべての人々に、このような神の暗示をあなどるなかれと、忠告せずにはいられない。それを伝えてくる不可視の知性がどのようなものか、それについて議論するつもりはないし、説明もできないだろうが、こういう暗示はまちがいなく霊の交わりの証《あか》し、肉体を持つものと持たざるもののあいだのひそかな交感の証しであり、異を唱えようがない。これについては、この先このわびしい島での孤独な暮らしのなかで、いくつか驚くべき実例をあげる機会もあるだろう。

読者はきっと意外には思うまいが、白状すると、わたしはこういう心配ごとや、絶えずさらされている危険、のしかかってくる不安のせいで、何かを考案することも、将来の便宜や便益のために考えていた計画も、すべて中止した。食料よりも身の安全のほうを気にかけるようになったのである。物音を聞かれるのが恐ろしくて、釘《くぎ》を一本打つのも、薪《まき》を一本割るのも避けるようになった。ましてや銃など撃てなかった。何より不安でならなかったのは、火を焚くことだった。煙は昼間なら遠くからでも見えるから、そこに人間がいることが知れてしまう。だから自分の仕事のうちで火を必要とするもの、すなわち壺《つぼ》やパイプなどを焼く作業は、森の中に新たに見つけた隠れ処で行なうことにした。森へ行くようになってしばらくして、純然たる天然の洞穴を見つけたのである。これは言いようのないほどうれしかった。とても深い洞穴で、蛮人などはその入口まで来たとしても、中へはいる勇気などおそらく出ないはずだった。それどころか、そんな気をおこすのはわたしのような、安全な隠れ処を何より必要としている者だけだっただろう。

この洞穴の入口は大きな岩の基部にあり、わたしはそこでまったく偶然に（と言っておくが、もはや十分な理由からわかるとおり、このようなことはすべて神のはからいである）炭にするための太い枝を伐《き》っていた。しかし話を続ける前に、炭を作っていたわけをここで述べておこう。

わたしはいま言ったように、自分の住まいのまわりで煙を立てるのが恐ろしかった。だからとはいえそこで暮らしていくには、パンを焼いたり肉を煮たりせざるをえない。だから工夫して炭を作ることにした。イングランドで見たのと同じように、土をかぶせて薪を燃やし、それが木炭になったら火を消して保存しておき、わが家に持ち帰ったのである。これで火を使うそのほかの仕事は、煙の心配をせずに家で行なえるようになった。

だが、これは余談である。ここで木を伐っている最中に、こんもりした灌木《かんぼく》か下生えの枝のむこうに、何やら穴があるのに気づいた。のぞいてみたくなり、苦労してはいりこんでみると、中はかなり広かった。わたしがまっすぐに立てるほどあり、横にももうひとり立てそうだった。けれども白状すると、中にはいったとたん、あわてて外に飛び出した。真っ暗な穴の奥を見たら、何かの生き物の大きな眼がふたつ、きらきらと見えたのである。悪魔なのか人なのか、それはわからなかったが、入口からまっすぐに射《さ》しこんだかすかな光を反射して、さながらふたつの星のように瞬《また》いていた。

だが、しばらくするとわたしは落ちつきを取りもどし、おまえは大ばか者だと自分を罵《ののし》り、こう自分に言い聞かせはじめた。悪魔に出くわすのを怖がるようなやつが、二十年もひとりで孤島に暮らせるものか、おまえより恐ろしいものがこの洞穴にいるはずはない。そうして勇気を奮い起こすと、大きな松明《たいまつ》を手にし、それを明々と灯《とも》しながらふたたび中へ踏みこんだ。ところが三歩も進まないうちに、またもやさきほどと同じように肝をつぶしかけた。人が苦しんでいるような大きな吐息が聞こえたかと思うと、何かを言おうとするような切れ切れの声がそれに続き、ふたたび深い吐息が聞こえたのである。

わたしはあとずさりし、恐怖のあまりどっと冷や汗を掻《か》いた。髪が逆立ち、帽子をかぶっていたら脱げていたかもしれない。それでもありったけの勇気をかき集め、主はいたるところにおわします、その御力《みちから》でお守りくださる、そうおのれを鼓舞して、ふたたび奥へ進んだ。すると、頭のやや上に掲げた松明の光で、化け物じみた恐ろしげな雄の老山羊が横たわっているのが見えた。言うなれば、今際《いまわ》の言葉を述べつつあえいでいるところで、まったくの老衰で死にかけていた。

連れ出せるだろうかと少し揺すってみると、立ちあがろうとしたが、もはやその力はなかった。そこで、そのままにしておくほうがいいのかもしれないと思いなおした。わたしをこれほどおびえさせたのなら、たとえ蛮人どもがここまで勇をふるってはいってきたとしても、命のあるかぎりはきっとその連中をおびえさせてくれるにちがいないからである。

驚きが静まるとわたしは周囲を見まわし、その洞穴がさほど広くないことに気づいた。奥行き十二フィートほどだったが、円くもなければ四角くもない、まったくでたらめな形をしており、人の手ではなく、純然たる自然の手によって作られたものだった。なおもよく見ると、穴の奥にさらに奥へ続いている場所があったが、ひどく低いので、そこへはいるには四つん這《ば》いにならなければならず、どこへ続いているのか知れなかった。蠟燭《ろうそく》を持っていなかったため、とりあえずは諦めたものの、次の日に蠟燭と火口箱《ほくちばこ》を持って出なおしてくることにした。この火口箱はマスケット銃の発火装置を利用して作ったもので、火皿に点火薬を入れてあった。

そこで翌日さっそく、こんどは自分の作った六本の大きな蠟燭を持ってきた。今では山羊の脂《あぶら》から立派な蠟燭を作れるようになっていた。奥の天井の低いところへはいっていくには、今も言ったように四つん這いになる必要があり、わたしは十ヤードほどそうやって進んだ。ちなみにそれはかなり無謀な試みに思えた。どこまで続くのかも、その先に何があるのかもわからないからである。

その隘路《あいろ》を抜けると天井が高くなった。二十フィート近くあったと思うが、それほど燦爛《さんらん》たる光景をこの島で眼にしたことは、おそらくなかっただろう。あたりを見まわすと、円蓋《えんがい》のような天井と壁がきらきらと、二本の蠟燭の光で十万もの輝きを放っていた。岩に何がふくまれているのか、ダイヤモンドか何かの宝石なのか、はたまた金なのか、わたしには知るすべもなかったが、どちらかといえば金に思えた。

真っ暗ではあっても、そこはまことに快適な小洞窟《しょうどうくつ》というか、奥の間だった。地面は平らで乾いており、細かい砂利のようなものでおおわれているため、気味の悪い生き物も有毒な生き物も見あたらなかったし、壁や天井も濡《ぬ》れたり湿ったりはしていなかった。唯一《ゆいいつ》の難点は入口だったが、そのおかげでこうして安全な場所になり、願ったとおりの隠れ処になっているのだから、むしろ好都合だと思った。

そんなわけでわたしはこの発見に大喜びし、何より気がかりだったものをいくつか、さっそくそこへ運ぶことにした。ことに在庫の火薬と、予備の銃はすべて運ぶことにした。すなわち三挺ある鳥撃ち銃のうちの二挺と、八挺あるマスケット銃のうちの三挺である。城に残した五挺のマスケットは、いちばん外側の柵に大砲のように据えつけて準備を整えてあり、いつでも取りはずして外へ持っていけるようにもなっていた。

弾薬を移動するのを機に、かつて海から引き上げた、水をかぶった火薬樽をあけてみた。すると水が染《し》みこんでいたのは外側の三、四インチほどで、その部分がこちこちに固まって内側を、殻が実をおおうように保護していることがわかった。おかげで樽の中ほどに六十ポンド近くも、上質の火薬が残っていた。当時のわたしにはまことにうれしい発見だった。その火薬も全部そこへ運びこみ、城には不測の事態に備えて二、三ポンドだけを残しておいた。弾にする鉛の残りもすべて運んだ。

まるでいにしえの巨人になった気分だった。彼らは誰にも襲われぬよう洞穴や岩屋に住んでいたというが、わたしもここにいれば、五百人の蛮人に捜しまわられても絶対に見つからないと確信できた。たとえ見つかっても、あえてここまではいりこんでくるやつは、絶対にいないはずだった。

死にかけていた年寄りの山羊は、わたしがここを発見したあくる日、洞穴の入口で息絶えた。外へ引きずり出すよりも、その場に大きな穴を掘って放りこみ、上から土をかけるほうがずっと容易だったので、そこへ埋葬して悪臭を防いだ。

17 スペイン船が難破する

この島での生活も二十三年目になり、もはや土地にも暮らしにもすっかりなじんでしまったので、やってくる蛮人どもに平和を乱される恐れさえなければ、これからもここで暮らし、洞穴にいたあの山羊のように、ついにここで身を横たえて死ぬはめになろうと、かまわないという気になっていた。気晴らしや娯楽も少しばかりできて、以前よりもずっと楽しく時を過ごしていた。まず、前にも書いたように、鸚鵡《おうむ》のポルに言葉を教えこんだ。ポルの口ぶりはとても親しげで、しゃべり方も明瞭《めいりょう》だったので、まことに愉快で、なんと二十六年も暮らしをともにした。そのあと彼がどのくらい生きたのかは知らないが、ブラジルでは鸚鵡は百年生きると言われているから、ひょっとするとまだあの島で生きており、いまだに「憐れなロビン・クルーソー」と叫んでいるかもしれない。運の悪いイングランド人がやってきて、それを聞いたりしないといいのだが。聞いてしまったらきっと、悪魔だと思うにちがいない。

犬もたいへんに愉快で忠実な相棒だった。十六年もともに暮らしたあと、老衰で死んだ。猫のほうは、前に述べたとおりたいへんに数が殖えてしまい、食料ばかりか、わたし自身が食われそうだったので、初めはやむなく何匹か撃ち殺した。けれども船から連れてきた最初の二匹が死んでからは、ひたすら追いはらい、餌《えさ》をやらないようにしていると、やがてみな森へ逃げこんで野生になってしまった。気に入った二、三匹だけを手もとに置いて飼っていたが、そいつらに仔猫《こねこ》が生まれると、水に沈めてかならず殺した。

これがわたしの家族だったが、このほかにいつも二、三頭の仔山羊をそばに飼っていて、わたしの手から餌を食べるようにしつけた。鸚鵡はほかにも二羽飼っていて、これもよくしゃべり、しじゅう「ロビン・クルーソー」と呼びかけてきたが、最初の一羽ほどではなかったし、わたしもそれほどの手間はかけなかった。

そのほかにも、名前は知らないが、海岸でつかまえて翼を切った海鳥を何羽か飼っていた。城壁の前に植えた小さな杭《くい》が今ではこんもりした立派な林になっており、この鳥たちはみなそれらの低木の梢《こずえ》に棲《す》みついて、そこで繁殖し、こちらを楽しませてくれた。そんなわけで、さきほども言ったとおりわたしは今の暮らしにとても満足しはじめており、あとは蛮人におびやかされずにすみさえすれば、それでかまわなかった。

だが、そうはいかなかった。けれどもそこから、読者がみな次のような教訓を得るのであれば、それもまんざら悪くはなかろう。すなわち人生では、自分が何よりも避けようとしている災い、何よりも恐れている災いこそが、往々にして救いへの入口や手段となり、それによってのみ自分の陥っている不幸から救い出されることもある、という教訓である。実例ならわたしの数奇な生涯からいくらでも挙げられるが、とりわけ注目すべきは、この島での孤独な暮らしの最後の数年に起きたできごとである。

それはさきほども言った二十三年目の、十二月のことだった。ちょうど冬至のころで（といっても、ここに冬はないが）、刈り入れの季節であり、わたしはほとんど畑に出ていた。その朝も、まだ明けやらぬうちから外に出ていくと、驚いたことに、海岸に焚火の明かりが見えた。わが家から二マイルほど、蛮人どもの宴の痕跡《こんせき》を見つけた場所のほうだった。しかし今回は島のむこう側ではなく、なんともまずいことに、こちら側だった。

それを見てわたしはぎょっとし、うちの林の中でぴたりと足を止めた。外に出たらいきなり襲われるのではないかと不安だった。だが林の中にいても、安心はできなかった。蛮人どもが島をうろついて、刈り入れの前やあとの穀物、作業や手入れの跡などに気づいたら、たちまちあたりに人が住んでいることを悟り、見つけ出すまで決して諦めないだろう。出るに出られなくなったわたしは城へ取って返し、梯子《はしご》を引き入れて、外側をなるべく自然で野生のままに見えるようにした。

それから中で準備を整え、防戦態勢を取った。わたしが大砲と名づけたもの、すなわち外側の砦柵《さいさく》に据えつけたマスケット銃にすべて弾をこめ、ピストルにもみな弾をこめると、殺されるまで戦う決意をした。それから厳かに神の加護を求め、未開人の手から救いたまえと真剣に祈った。その態勢を二時間ほど維持していると、斥候を送り出せるわけでもないので、外の様子を知りたくてたまらなくなってきた。

なおもしばらくそのまま、どうすべきか思案していると、何もわからずにじっとしているのにもはや耐えられなくなった。そこで岩壁の中腹の、前に述べた平らな場所まで梯子をかけて登り、その梯子を引き上げてもう一度かけ、丘の頂に登った。それから持参した遠眼鏡を出して腹這いになり、蛮人のいる場所を捜した。するとすぐに、裸の連中が九人も、自分たちのおこした小さな火のまわりに座っているのが見えた。暖まるためではない。とんでもなく暑いのだから、そんな必要はない。おそらく、生死は定かではないが、連れてきた人間の肉で野蛮な食事をこしらえるためだろう。

そいつらは二艘《そう》のカヌーに乗ってきており、どちらも浜に引き上げてあった。そのときは引き潮だったので、上げ潮を待って立ち去るつもりのようだった。この光景に、わたしは想像を絶するほどうろたえた。ことにそいつらは島のこちら側の、わが家にひどく近いところにいたので、なおさらだった。けれども、やってくるのはかならず引き潮のときにちがいないと気づいたら、気持ちが落ちついてきた。満ち潮のあいだは、その前にやつらが来ていなければ、安全に外出できることになるからである。それが判明してからは、もう少し落ちついて刈り入れに出られるようになった。

はたして思ったとおりだった。潮が西へ流れはじめるや、蛮人どもはみなカヌーに乗りこんで漕《こ》ぎ去った（いや、パドルで〝搔き〟去ったと言うべきだろうか）。言い忘れたが、その前にそいつらは一時間あまりも踊っており、身ぶりも手ぶりも遠眼鏡ではっきりと見えた。だがいくら眼を凝らしても、わかるのはそいつらが素っ裸で、何ひとつ身にまとっていないということだけで、男女の区別はさっぱりつかなかった。

　そいつらが漕ぎ去ったのを見届けると、わたしはすぐさま二挺《ちょう》の銃をかつぎ、一対のピストルをベルトに差し、抜き身の剣を腰に下げて、最初にすべてを発見した丘まで大急ぎで出かけた。着くとすぐに、といっても着いたときには二時間もたっていたのだが（武器をたくさん身につけていたので、速く歩けなかったのである）、そこにも蛮人どもが三艘のカヌーでやってきていたことが判明した。沖に眼をやると、五艘が海上で合流して本土を目指しているのが見えた。

　恐ろしい光景だったが、海岸へおりてみると、さらにぞっとするような痕跡が残されていた。やつらの忌まわしい所業の名残、すなわちやつらが賑《にぎ》やかに楽しくむさぼり食った人間の、血と、骨と、肉の一部である。それを眼にしたわたしは憤《いきどお》りのあまり、次にここで見かけるやつらは何者だろうと、何人いようと、皆殺しにしてやると考え、策をめぐらしはじめた。

　しかし蛮人どもは、そう頻繁にこの島へやってくるわけではないようだった。ふたたびそこへ上陸してきたのは、それから一年三か月あまりものちのことだった。その間は蛮人の姿も、足跡も、痕跡も、一度も眼にしなかった。やつらは雨期のあいだは絶対に遠出をしないのである。少なくともこれほど遠くまでは。それでもこちらはその間ずっと、不意を襲われはしまいかという不安に絶えずさいなまれ、落ちつかない暮らしを送っていた。その経験から言うと、災いを予期して待っているのは、災いに遭うこと以上につらい。ことにそういう予見や不安を振りはらうすべのない場合には、なおさらである。

そのあいだずっと、気分は殺伐としていた。ほとんどの時間を、もっとましなことに使えたにもかかわらず、こんどあいつらを見かけたらどのようにして罠にかけ襲ってやろうかと、策を練って過ごしていた。ことにむこうが前回のように二隊に分かれた場合にどうするか、それればかり考えていた。かりに一隊を襲って、十人ばかりを皆殺しにしたところで、次の日か、次の週か、次の月には、もう一隊も殺さねばならず、それを殺せば次もというようにきりがなく、しまいには自分が人喰いどもと変わらぬ人殺しになってしまうこと、ひょっとするとそれ以下になってしまうことには、まったく思い至らなかった。

このころのわたしは、いずれこの残忍な連中につかまるのではないかという大きな不安と心配のなかで日々を過ごしていた。やむなく外出するさいには、周囲に対する細心の注意と警戒を怠らなかった。山羊の群れを飼っていてつくづくよかったと思った。銃を撃つことなど思いもよらなかった。ことに蛮人がよくやってくる島のむこう側に近いところでは、そいつらを驚かせる恐れがあった。たとえ今はそいつらを追いはらえたとしても、かならずまた数日のうちに、二百や三百のカヌーで押しよせてくるはずで、そうなったらどんな目に遭うかはもうわかっていた。

とはいえ、ふたたび蛮人の姿を眼にしたのは、あとで述べるように、それから一年と三か月後のことだった。それまでにも一度か二度は来ていたのかもしれないが、長居をしなかったのか、とにかく姿は見かけなかった。だが島へ来て二十四年目の、わたしの計算ではおそらく五月のこと、ついに蛮人と遭遇することになった。それは実に奇妙な出会いだったが、それについてはまたそのときにお話ししよう。

それまでの一年三か月ほどは、気持ちがひどく動揺していて安眠できず、恐ろしい夢ばかり見て、夜中にはっと眼を覚ますこともたびたびあった。昼間は大きな不安に押しひしがれ、夜は蛮人を殺す夢や、理屈をつけてはそれを正しいとする夢をしきりに見た。だが、その話はとりあえず措《お》くとして、五月の中ごろのことを話そう。わたしのみすぼらしい木の暦によれば、おそらく十六日だったと思う。いまだにその柱に日《ひ》数《かず》を刻んでいたのである。とにかく五月十六日のこと。雷をさかんに伴うひどい大《おお》嵐《あらし》が吹いて、夜にはいっても荒れつづけた。どういう理由だったのかは忘れたが、わたしは聖書を読んでおり、おのれの境遇についてしみじみ考えこんでいた。すると驚いたことに突然、海上で撃ったと思われる砲声が聞こえてきた。

この驚きは、これまで経験したものとはまったくちがうものだった。まったくちがう考えが頭に浮かんだからである。大急ぎで行動に移った。ただちに岩壁の中段まで梯子をかけて登り、それを引き上げてもう一度かけ、丘の頂まで登った。するとちょうど閃光《せんこう》がまたたいたので、耳を澄ましていると、三十秒ほどして二度目の砲声が聞こえてきた。それで位置の見当がついた。わたしがカヌーで潮流に流されたあたりの海上だった。

これは遭難した船が号砲を撃って、近くにいる仲間か僚船に助けを求めたのにちがいない。わたしはすぐさまそう判断した。そして冷静にも、こちらはむこうを助けられないにしても、むこうはこちらを助けてくれるかもしれないと考えた。そこで、手近の枯れ木をかき集めてくると、丘の頂上に大きく積みあげて火をつけた。木はよく乾いており、勢いよく燃えあがった。強風が吹いていたにもかかわらず、かなりよく燃えたので、船か何かがいたとすれば、かならず見えるはずだった。船はたせるかな、火が燃えあがるとすぐにふたたび砲声がした。そのあとにも何発か聞こえてきたが、みな同じ方角からだった。わたしはひと晩じゅう、夜が明けるまで火を燃やしつづけた。あたりがすっかり明るくなり、雲が晴れてくると、島の真東のはるか沖合に何かが見えた。帆なのか船体なのかは、遠眼鏡で見ても判然としなかった。距離がありすぎたし、あたりもまだ霞《かす》んでいたからである。少なくとも海上はそうだった。

何度も見たが、動いていないことはすぐにわかったので、わたしはそれを碇泊《ていはく》している船だろうと判断した。むろん確かめずにはいられなくなり、銃を持って島の南側へ走り、かつて自分が潮流に運び去られた岩礁《がんしょう》まで行った。丘へ登ってみると、空はもうすっかり晴れわたり、その難破船があの、わたしが舟旅に出たときに見つけた暗礁に乗りあげているのがはっきりと見えた。なんとも恨めしい暗礁だったが、しかしその暗礁が激しい流れをさえぎって一種の反流のようなものを生み出していたおかげで、わたしは生涯でもっともきわどい、絶体絶命の窮地を脱したのである。

このように、誰かを救うものは別の誰かを破滅させもするのである。どこの船かは知らないが、見知らぬ海で、岩がすっかり海中に隠れていたため、東と東北東からの強風に運ばれて、闇《やみ》の中でそこへ座礁したようだった。彼らに島が見えていたら（というのも、見えていなかったと思わざるをえないからだが）、きっとボートで島に上陸して助かろうとしただろう。ところが彼らは助けを求めて号砲を撃っていた。とりわけこちらが焚火《たきび》を燃やしてからは。そこからわたしはさまざまな可能性を考えた。

まず、彼らはその焚火を見て、ボートに乗りこみ島に上陸しようとしたものの、波が高くて難破してしまったのではないかと想像した。そのあとこんどは、その前にボートを失っていたのかもしれないとも思った。ボートを失うのはよくあることで、とりわけ波が甲板で砕けるようになると、乗組員はみずからの手でボートを壊して海へ放りこまざるをえなくなることも多い。それからまた、ほかの船か僚船が近くにいて遭難信号を聞きつけ、彼らを救助していったのかもしれないとも思った。さらにまた、彼らはみなボートで本船を離れたものの、かつてわたしがさらわれたあの潮流によって、大海原へ運び去られたのではないかとも思った。そうだとすれば、待ち受けているのは苦しみと死のみだから、今ごろはもう餓死すること、おたがいを食うような状況に陥ることを、覚悟しているかもしれない。

だが、これはせいぜい推測にすぎなかった。わたしの境遇では、気の毒な男たちの不幸を見ても、その者たちを憐れむことしかできなかった。それでもそこには、わたしからすれば良い点もあった。この孤島でも楽しく快適に暮らさせてくださる神に、ますます感謝するようになったのだ。このあたりで遭難した二艘の乗組員のうち、命が助かったのは、いまだにわたしひとりだったのだから。改めてこう思い知った。神がこれほど劣悪で、これほど惨《みじ》めな境遇に人を放りこむことはめったにないが、そんなところにも何かしら感謝すべきことがらがあり、自分よりさらに悲惨な状況にいる人々がかならずいるものなのだ。

それがその男たちの運命のはずだった。ひとりでも助かったとは思えなかった。全員がそこで死んだと考えるのがもっとも理にかなっていた。僚船に救われた可能性もなくはなかったが、実際にはまずありえなかった。そんなものの姿や形跡はまったくなかったからである。

その光景を前にしてわたしがどれほど奇妙な人恋しさを覚えたかは、どんな言葉の力をもってしても説明できない。ああ、あの船からせめてひとりかふたり、いや、ひとりでもいいから助かって、ここへたどりついていたら、おれにも話相手が、人間の話相手ができて、友達になれただろうに！　そう何度も嘆息した。ひとりで暮らした全期間を通じてこれほど痛切に、これほど強く人間の仲間が欲しいと思ったことはなかったし、これほど深く孤独の憂《うれ》いを感じたこともなかった。

感情には心を動かす見えない発条《ぜんまい》がある。自分が眼にしたものや、眼にしなくとも脳裡《のうり》に思い浮かべたものが、その発条を作動させると、心は激しく駆り立てられてそれを熱烈に求め、それが手にはいらないことに耐えられなくなる。

それほどこの人恋しさは強烈だった。「せめてひとりでも助かっていたら！　せめてひとりでも！」そう何度も口にしたように思う。「せめてひとりでも！」と、それこそ千回も。そしてその言葉で恋しさがさらに掻きたてられ、いつのまにか拳《こぶし》を握りしめ、指を手のひらに押しつけているのである。軟らかいものを持っていたら、握りつぶしていたにちがいない。歯を食いしばってぎりぎりと嚙《か》みしめるので、しばらくはふたたび口をあけられないほどだった。

こういうことが起こる理由や過程の説明は自然学者に任せておこう。わたしには事実を述べることしかできない。気づいたときにはわれながら驚いたが、どうしてそんなことになるのかはわからなかった。たしかなのは、熱烈な願望の結果であり、同じキリスト教徒と会話をする楽しみを想像して、心の中に強いあこがれが生じた結果だということである。

だがその楽しみは、ついに味わえなかった。彼らの運命かわたしの運命のどちらかに、あるいは両方に、妨げられてしまった。乗組員のなかに助かった者がいるのかどうか、この島での最後の年までずっと不明だった。ただ数日後に、難破船に近いほうの突端の海岸に少年の溺死体《できしたい》が流れついているのを見つけて、悲しみを味わっただけである。死体が身につけていたのは、水夫の胴着と、膝丈《ひざたけ》の麻のズボン、青い麻のシヤツのみで、どこの国から来たのか推測できるものすらなかった。ポケットにあったのは、二枚の八レアル銀貨と煙草《たばこ》のパイプだけだった。このパイプは、わたしにとっては銀貨の十倍も値打ちがあった。

天候は穏やかになっており、わたしはなんとしてもその難破船までカヌーで行ってみたくなった。きっと役に立つものが見つかるはずだと思ったからだが、それだけでそこまで矢も盾もたまらなくなったわけではない。まだ生きている者がいる可能性があったからでもある。生きている者がいれば、その者の命を救えるばかりでなく、自分自身もその相手に大いに慰められるだろう。そんな考えが頭を離れず、いても立ってもいられなくなった。どうしてもあの難破船まで行かなくてはならない、あとのことは神の御心にゆだねるのだ。そんな気持ちがふくらんできて、とてもあらがえそうになくなった。おれは何か眼に見えぬ指示を受けているにちがいない、行かなければきっと後悔するはめになる。そう感じた。

その気持ちに駆り立てられて大急ぎで城に戻り、海へ出るのに必要なものを整えた。かなりの量のパン、大甕《おおがめ》いっぱいの飲み水、針路を定めるための羅針儀、ラム酒をひと瓶（これはまだたっぷり残っていた）、それに干し葡萄《ぶどう》をひと籠《かご》。これらをすべてかついでカヌーまで行くと、水を搔い出してカヌーを浮かばせ、荷をすべて積みこんだ。それからまた荷を取りに城へ戻り、こんどは大袋いっぱいの米と、日除《ひよ》けに差す傘、飲み水をもうひと甕、それに小さめのパン、すなわち大麦のビスケットを、前回より多めの二ダースほど、あとは山羊の乳をひと瓶と、チーズをひとかたまり、汗だくになってカヌーに運んだ。それから道中の安全を神に祈ると、海へ漕ぎ出して海岸伝いに進み、ついに島のそちら側、すなわち北東側の突端にたどりついた。いよいよ沖へ出ていくとき、行くべきか否《いな》かを決断するときだった。島の両側の沖合を絶えず流れている速い潮流をながめると、かつて直面した危難を思い出してひどく恐ろしくなり、勇気が萎《な》えてきた。かりにその潮流のどちらかにはいりこめば、はるか沖へ運び去られてしまい、二度と島へ戻ることも、島を見ることもかなわなくなる。そこへちょっとした大風でも起これば、こんなちっぽけなカヌーなのだから、自分はまちがいなく一巻の終わりだろう。

そう思うとすっかり怖《お》じ気《け》づき、計画を諦《あきら》めかけた。海岸の小さな入江に漕ぎ入れて、カヌーをおりると、小高い場所に腰をおろして、恐ろしさと行きたさのあいだで揺れながら、どうしたものかと思案した。考えこんでいると、やがて流れの向きが変わって、潮が満ちてきた。それでどのみちあと数時間は沖へ出られなくなった。ならばこのあたりでいちばん高い場所に登り、満ち潮のさいのふたつの潮流の向きがどうなるか、見えるものなら見てみようと思いついた。そうすれば、一方の潮流に沖へ運ばれてももう一方に同じ速さで連れもどしてもらえるかどうか、判断できるかもしれない。

そう考えるなり、わたしは両側の海を十分に見渡せる小さな丘に眼を向けた。そこからならふたつの潮流の向きも、帰りにはどちらへ向かえばよいのかも、よくわかりそうだった。登ってみると、引き潮の流れは島の南端近くを流れていくのに対して、満ち潮の流れは北側の海岸近くへ流れてくることが判明した。それならば帰りは島の北側を目指しさえすれば、きっとうまくいくはずだった。

これに勇気を得たわたしは、あくる朝潮が引きはじめたらすぐに出かけることにして、その夜はカヌーの中で、前に述べた大外套《おおがいとう》をかぶって眠った。翌朝、まず真北の沖へ少し進むと、やがて東へ流れる潮流に乗り、たいへんな速さで運ばれはじめた。だが速いといっても、前に南側の潮流に流されたときほどではなく、カヌーを操ることはできたので、櫂《かい》でしっかりと舵《かじ》を取っていると、カヌーは難破船のほうへ一直線にぐんぐん進んでゆき、二時間足らずでたどりついた。

それは見るも無惨《むざん》な光景だった。船は造りからしてスペイン船で、ふたつの岩のあいだにがっちりとはまりこんでいた。船尾側は波にたたかれてばらばらになっており、船首楼は猛烈な勢いで座礁して岩にはさまったため、大檣《たいしょう》と前檣がぽっきりと折れて、海に倒れこんでいた。けれども斜檣は無事で、船首部と舳《へさき》もしっかりとしているようだった。

近づいていくと、船上に一匹の犬が現われて、やってくるわたしにきゃんきゃんと吠《ほ》えはじめた。呼んでやると、すぐさま海に飛びこんでカヌーまでやってきた。引き上げてやったが、飢えと渇きで死にそうになっていた。ビスケットをひとつあたえると、雪の中で二週間も餌にありつけなかった狼《おおかみ》さながらに、それをむさぼり食った。次に水をあたえると、それもむさぼるように飲んだ。放っておいたら、腹が破れるまで飲んでいただろう。

それからわたしは船に乗りこんだ。まず眼にはいったのは、船首楼の厨房《ちゅうぼう》でしっかりと抱きあっているふたりの男の溺死体だった。座礁したときは嵐だったから、高い波がたてつづけに船を襲い、このふたりはどうどうと流れこんでくる海水に耐えきれずに、水中にいるのと同じように窒息したのだろう。それがわたしの推測だったが、あながち的はずれではなかったと思う。その犬のほかに船内に命のあるものは残っていなかったし、物もわたしの見たかぎり、みな水をかぶっていた。船倉の下のほうにワインかブランデーの樽《たる》がいくつかあり、水が引いたために姿を現わしていたが、大きすぎてとても動かせなかった。水夫のものだと思われる私物箱がいくつかあったので、そのうちのふたつを、中も検《あらた》めずにカヌーに積んだ。

かりにその船の船尾側が座礁し、船首側が壊れていたとしたら、わたしはこの冒険でひと財産こしらえていたのではないかと思う。ふたつの私物箱にはいっていたものからすると、その船には莫大《ばくだい》な富が積まれていたと考えてよさそうだったからである（船首側には水夫が、船尾側には船長や航海士が居住した）。針路から推測すると、その船はアメリカ南部の、ブラジルよりさらに南のブエノス・アイレス、つまりラプラタ河を発《た》ち、メキシコ湾のハバナへ向かっていたようだった。そうだとすれば、スペインへ戻る途中だったわけで、まちがいなく大量の財宝を積んでいたはずだが、それも今となっては誰の役にも立たなかった。ほかの乗組員がどうなったのかも、そのときはわからなかった。

私物箱のほかには、二十ガロンぐらいはいる小型の酒樽をひとつ見つけ、ひどく苦労してカヌーに積みこんだ。船室にマスケット銃が数挺と、火薬が四ポンドほどはいった大きな火薬角《かやくづの》がひとつあった。銃のほうは必要がないので残しておいたが、火薬角はもらっていくことにした。欲しくてならなかった十能《じゅうのう》と火ばさみも手に入れた。さらに真鍮《しんちゅう》の小鍋《こなべ》をふたつと、ココアを作るための銅鍋をひとつ、焼き網を一枚手に入れた。そして潮がふたたび島のほうへ流れはじめると、これらの荷と犬とともに船を離れ、同じ日の夕方、暗くなる一時間ほど前に、ふたたび島にたどりついた。へとへとに疲れきっていた。

その晩はカヌーの中で眠り、朝になると、手に入れたものは城に持ち帰らずに、新しい洞穴にしまうことにした。食事をして元気を取りもどしたあと、荷をすべて陸に揚げて、ひとつひとつ検めはじめた。酒樽にはいっていたのはラムの一種だったが、ブラジルにあるようなものではなく、早い話が、さっぱりうまくなかった。

だが私物箱をあけてみると、いくつか大いに役に立つものが見つかった。たとえば一方からは、立派な箱に納めたガラス瓶がひとそろい出てきた。めったにないみごとなもので、上物の強壮酒が三パイントずつはいっており、銀の口金がついていた。それから上等な果物の砂糖漬けも、ふた瓶出てきた。これもしっかりと蓋《ふた》が閉まっており、塩水にはやられていなかった。同じものがもうふた瓶あったが、そちらには海水がはいりこんでいた。それから上等のシャツも何枚かあって、わたしにはまことにありがたかった。白い麻のハンカチと色ものネッカチーフも、十数枚あった。ハンカチは暑い日に顔を拭《ふ》くととてもさっぱりするので、これもまことにありがたかった。

そのほか、私物箱に作りつけの抽斗《ひきだし》をあけてみると、大きな袋が三つあり、八レアル銀貨が全部で千百枚ほどはいっていた。さらにひとつには、スペインのダブロン金貨が六枚と、小さな金の延べ棒がいくつか、紙に包まれてはいっていた。延べ棒の重さは全部で一ポンド近くあったのではないかと思う。

もうひとつの私物箱にも衣類がはいっていたが、あまりいいものではなかった。中身からすると、この箱は砲術助手のものだったらしい。普通の火薬ははいっていなかったものの、表面を磨いた上等の火薬（粒が壊れにくく、湿気にも強い）が二ポンドばかり、三つの小さなフラスコに入れてしまってあった。鳥撃ち銃にこめるためのものだったのだろう。

全体として、今回の往復では、役に立つものはあまり手にはいらなかった。金《かね》などわたしにはまったく無用のもので、足の下の土も同然だった。イングランド製の靴と靴下の三、四足となら、そっくり交換してもかまわなかった。靴と靴下はどうしても欲しかったのだが、もう何年もはいたことがなかった。たしかに靴のほうは、船内に残されていたふたりの死体から脱がしたものが二足手にはいったし、一方の私物箱からもさらに二足出てきて、ありがたく頂戴はしたものの、イングランド製のものとは、はきやすさも保《も》ちも大ちがいで、靴というよりは、わが国でパンプスと呼ぶもの（踵のない薄底の靴）に近かった。この男の私物箱からは五十枚ほどの八レアル銀貨を見つけたが、金貨はなかった。こちらの持ち主のほうが貧しかったのだろう。もう一方は高級船員だったようだ。

それでもいちおう、わたしはこの大量の金を洞穴まで運んでいき、前に自分の船から持ってきた金と同じように取っておいた。この船のもう半分が、いまも言ったように、壊れていたのが惜しまれる。壊れていなければ、まちがいなくこの何倍もの金をカヌーに積んできたはずであり、その金はわたしが無事にイングランドへ帰っても、ここで何ごともなく、わたしが取りにくるのを待っていたことだろう。

ものをすべて陸に揚げて安全なところにしまうと、カヌーに戻り、岸伝いにもとの入江まで漕いでいって係留し、大急ぎでわが家へ帰った。異常は何もなかったので、骨休めをして、もとの生活に戻り、ふたたび家事をするようになって、しばらくはのんびりと暮らした。ただし以前よりも用心深くなり、外をうかがう回数が増え、あまり出かけなくなった。多少なりとものびのびとした気分で出かけられるのは、島の東側だけだった。そこなら蛮人どもはまず来ないはずだから、反対側へ行くときほどの用心は必要なく、さほどの武器や弾薬を携えていかずともよかった。

18　夢がかなう

こんな暮らしをさらに二年近く続けたのだが、わたしのやくざな頭は、この体をあくまでも惨めな目に遭わせるようにできていたらしく、その二年のあいだずっと、どうにかしてこの島から脱出できないものかと、その計画や段取りでいっぱいになっていた。危険を冒してまで行くほどのものはもはや残っていないと、理性ではわかっているのに、あの難破船へもう一度行ってみようと思うこともあった。ときにはあちらへ、ときにはこちらへ、漫然と出かけたくなることもあった。サレから乗って逃げたあのボートがあったら、きっと行く先もわからぬまま海へ出ていたにちがいない。

わたしは生涯を通じて、人類に共通の宿痾《しゅくあ》にかかっていたわけである。人間の不幸のおそらく半分はこの病から、つまり神と自然からあたえられた身の程に満足しないという病から生じる。生まれながらの境遇もありがたい父の忠告も顧みず、神と自然に逆らったことが、言うなればわたしの〝原罪〟であり、そのあとも同種の過《あやま》ちを犯したことが、これほど惨めな境遇に陥った原因なのである。

ブラジルでわたしを幸いにも農園主にしてくれた運命が、もう少し控えめな欲望を授けてくれていたら、わたしはこつこつとやっていくことで満足して、今ごろは、というのはこの島にいるころという意味だが、ブラジルでも屈指の農園主になっていたのではあるまいか。いや、それどころか、ブラジルで暮らしていたわずかな期間になしとげた成長と、そのままブラジルにいた場合にあげたと思われる利益を考えれば、十万モイドール（ポルトガルとブラジルの金貨）の資産を持つ身になっていたかもしれない。

それなのにいったいどうして、築きあげた身代や、成長して利益をあげている実入りのいい農園をあとに残して、ギニアくんだりまで黒人を仕入れにいく船の上乗りになどなったのか。辛抱づよく時間をかけて貯《たくわ》えを増やしていけば、黒人など、それを連れてくることを商売にしている連中から、いながらにして買えただろう。費用は多少余計にかかるにしても、その差額なぞ、これほど大きな危険を冒して節約するほどのものではなかったはずである。

だが、それが若い者の常であり、その愚を悟るにはたいていもっと長い年月や、高い代償を払って得た経験が必要になる。わたしの場合もそうだった。そしてその過ちがいまだに深く気性に染みついているため、おのれの境遇に満足できず、絶えずここから脱出する手立てや見込みを考えていた。読者にこの物語の先をいっそう面白く読んでもらうために、脱出というこの愚かな企てについて、わたしがまずどんな計画を立てたか、どんな根拠でどう行動したかを、ここで少しばかり説明してもさしつかえあるまい。

難破船から帰ってきて、カヌーを係留していつものように水に沈めると、わたしは城にこもるようになり、生活ももとに戻った。たしかに前より金持ちにはなったものの、豊かにはは少しもなっていなかった。スペイン人が現われる前のペルーのインディアンと同じで、金など使いようがなかったからである。

この孤島に上陸して二十四年目の、雨期の三月のある夜のこと。わたしはベッドというかハンモックに、眼を覚ましたまま横になっていた。健康そのもので、痛みも不調もなく、体に不安はなかったし、心の不安も、いつも以上ではなかった。それなのにいくら眼を閉じても眠れなかった。そう、ひと晩じゅうまんじりともせずに、もの思いにふけっていたのである。

その晩に脳内を、記憶の大道を吹きぬけていった無数の想念を書き記すことなぞ、とうていできないし、その必要もあるまい。自分のこれまでの生涯の概略を、言うなれば簡約版で、思い返していたのである。この島に来るところまでの人生と、この島に来てからの人生を。島に上陸してからの境遇を振りかえり、幸せに暮らしていた最初の年月と、浜に足跡を見つけてからの恐れと不安と用心の日々を比べていた。最初のころにも蛮人どもが島に来ていなかったとは思えないし、一度に数百人が上陸していた可能性もあったが、こちらはまったく気づかなかったのだから、不安になぞなりようもなかった。すっかり満足しきって、実際には同じ危険がひそんでいるのに、それに気づかず、危険になどさらされていないかのように幸せに暮らしていた。

そこからわたしはいろいろと有意義な思索にふけり、なかんずくそのような神の御業の無限のすばらしさについて考えた。神は人類を統《す》べるにあたり、人間の視野とものごとを知る能力を、ごく狭い範囲に限定している。それゆえ人は、幾千もの危険のただなかを歩いていようと、眼にしたら動揺して意気阻喪するような光景のただなかにいようと、まわりで起きていることが眼にはいらず、自分を取りまく危険に気づかずに、心穏やかでいられるのである。

そんなことをしばらく考えているうちに、自分が長年この島で実際にさらされていた危険がひしひしと身に染みてきた。なんの恐れもなく安心しきって歩きまわっていたときでさえ、わたしと最悪の破滅とのあいだには、ひとつの丘や、一本の大木や、たまたま訪れた夜の闇しかなかったのかもしれない。それがなければわたしは、人を食う蛮人の手に落ちていたのかもしれない。むこうはわたしが山羊《やぎ》や亀《かめ》をつかまえるのと同じ目的でこちらをつかまえ、わたしが鳩《はと》や鴫《しぎ》を殺して食うときと同じように、わたしを殺して食ってもそれを罪だとは考えなかっただろう。おのれの名誉を不当に傷つけたくなければ、わたしは自分の偉大な守護者に心から感謝したと言わなければなるまい。自分でも気づかぬこれらの救いは、ひとえに神のご加護のおかげであり、それがなければわたしはかならずや、無慈悲な蛮人の手に落ちていたはずなのである。

こういう思索が一段落すると、こんどはこの浅ましい連中の、つまり蛮人どもの本性についてしばらく考え、万物の賢明なる支配者である神がどうしてご自分の創造物にたがいの肉を食らうなどという、人にあるまじき行ない、いや、獣以下の行ないを許しておられるのだろうかと考えてみた。だがこれは（このときには実りのない）憶測に終わったため、こんどはこんなことを自問してみた。この浅ましい連中は世界のどのあたりに住んでいるのだろうか、どのくらい遠くからやってくるのだろうか、何を求めてはるばる海を越えてくるのだろうか、どのような舟を持っているのだろうか、連中がここへ来られるのなら、自分もそこへ渡れるように仕度を整えてもいいのではないか。

そこへ行ってどうするのかということは、いっさい考えていなかった。蛮人の手に落ちたらどうなるのかも、襲われたらどのようにして逃げるのかも。そう、それに、たとえその海岸にたどりついても、どうすればあちこちの蛮人に襲われずにすむのかも。そこから脱出できる見込みもないのである。たとえ蛮人の手に落ちなかったとしても、食料はどのようにして手に入れるのか、どちらへ針路を取るべきなのか。そういうことは何ひとつ頭に浮かばず、ただ自分のカヌーで本土へ渡るという考えに夢中になっていた。

わたしの考えでは、今の自分の境遇ほど惨めなものはありえず、これより悲惨なことといえば、みずからを死にゆだねることしかなかった。だが本土の海岸にたどりつければ助けてもらえるかもしれないし、アフリカの沿岸でやったように海岸沿いにカヌーを進めてゆけば、やがて人の住む土地にたどりついて、そこで助けてもらえるかもしれない。あるいは最後にはキリスト教徒の船に出会って、拾いあげてもらえるかもしれない。最悪の場合でも死ぬだけのことで、そうなればこの苦難のすべてにも一気にけりがつく。そう考えていた。

くれぐれも言っておくが、こんな考えは乱れた心の、いらだちの所産であり、いつまでも続く困難と、あの難破船に乗りこんださいに味わった失望とによって、言わば自棄になった結果である。なにしろあのときは、心から望んでいたものがあと少しで手にはいるところだったのだから。話をしてくれる相手、ここがどこなのか、どうすれば脱出できそうか、それを教えてくれる相手が。

だからこの考えにわたしはすっかり興奮し、すべてを神の御心《みこころ》にゆだねて天の配剤の現われを待つという心の落ちつきを完全に失い、本土に渡る計画以外のものへ考えを向けることがどうしてもできなくなった。その願望があまりに強く、あまりに激しく迫ってくるので、あらがいようがなかった。

二時間あまりも猛烈に思考をかき乱されたため、しまいには血が沸きたち、熱病にでもかかったように動悸《どうき》が高まって、頭を使いすぎたにすぎないのに、それだけでくたびれはててしまい、わたしはぐっすりと眠りこんだ。どうせ本土に渡る夢でも見たのだろう。読者はそう思うかもしれないが、そんな夢も、それにまつわる夢も見なかった。見たのは、朝いつものように城を出ていくと、海岸に二艘のカヌーが着いている夢だった。十一人の蛮人が上陸しており、殺して食うために蛮人をもうひとり連れていた。すると突然、殺されるはずの蛮人が身を振りほどき、一目散に逃げだした。砦柵の前の密生した林へ逃げこんで身を隠そうとしているのだろう。眠りの中でわたしはそう思い、その男がひとりだけで、追っ手はこちらへ来ていないのを見て取ると、出ていって男に笑いかけ、励ましてやった。男はわたしの前にひざまずいて、助けてくれと懇願しているようだった。そこでわたしは梯子を示して男を登らせ、洞穴に案内してやった。男は召使いになった。

この男を保護するとすぐに、わたしはこう思った。これで本土へ漕ぎ出してもだいじょうぶだ、この男が案内人となって何もかも教えてくれるだろう。どこへ行けば食料が手にはいるか、どこへ行けば食われる恐れがあるか、どの土地へはいっていくべきか、どの土地は避けるべきか。そう考えているところで眼が覚めた。島を脱出できるという見込みに夢の中で言いようのない喜びを覚えていただけに、われに返って、それがただの夢だったと気づいたときの失望もまた大きく、ひどく落胆した。

とはいえ、この夢からわたしはこう結論した。脱出をはかるには、蛮人をひとり手に入れるしかない。それも、できればやつらの虜《とりこ》のひとり、やつらが食うことにして、ここへ殺しに連れてきたやつが望ましい。だがこの考えにも、やはり困難が伴っていた。それを実行するには、蛮人の一団をまるごと襲い、そいつらを皆殺しにするしかないという問題である。それははなはだむこうみずであり、失敗する恐れがあったし、その正当性にも大いに疑問があった。自分が助かるためとはいえ、そんなにも多くの血を流すと思うとぞっとした。

この企てに反対する論拠として頭に浮かんできたのは、前に述べたものと同じだから、ここで繰りかえす必要はあるまい。たとえ賛成する根拠がほかにもあろうと（つまり、この連中はわたしの命の敵であり、わたしを食えるものなら食うはずなのだ、今のこの死んだような生活からわたしがおのれを救うことは、究極の自衛であり、やつらが実際に襲ってきた場合と同じく、わが身を守るための行動なのだ、等々）、とにかくこのように、たとえ賛成の根拠があろうと、自分が助かるために人の血を流すというのは、ひどく恐ろしい考えに思えて、長いあいだどうしても是認できなかった。

けれども、それについて内心でさんざん議論をして、大いに悩んだあげく、というのも、これらの論拠が頭の中でああでもないこうでもないと延々争ったからだが、ついに、どうしても助かりたいという強い欲望がほかのすべてにうち勝ち、できるなら蛮人をひとり、どんな犠牲を払ってもかまわないから捕まえてやろうと決心した。次の課題はそれをどのように実行するかだったが、これは難問だった。実行できそうな手を思いつかなかったので、見張りをしていることにして、やつらが上陸してきたら、状況に応じた手段を選んで、あとはなりゆきに任せることにした。

そんなわけで、わたしはできるだけ頻繁に偵察に出かけるようになった。あまりに頻繁だったため、しまいには心底うんざりしたほどである。だが一年半あまりも待ちつづけ、ほぼ毎日のように島の西の端と南西の隅に出かけては、カヌーの姿を探していたというのに、一艘も現われなかった。これにはずいぶんがっかりし、心配にもなってきたが、それでも前回とはちがって意欲は衰えなかった。それどころか、長引けば長引くほど気がはやってきた。以前はひたすら蛮人どもに出くわすまい、見つかるまいとしていたのに、今ではむしろ、出くわしたくてたまらなくなっていたのである。

おまけにこんな空想までしていた。蛮人をつかまえたら、ひとりは、いや、ふたりか三人は、意のままにできるだろう。完全に奴隷《どれい》にして、命じることはなんでもさせられ、どんなときでもこちらには危害を加えないようにもさせられるだろう。そう思って長らくひとりで悦に入っていたのに、何ひとつ起こらなかった。空想も企《たくら》みも何ひとつ実現しなかった。いつまでたっても蛮人なぞひとりも現われなかった。

計画を思いついてから一年半あまりのち、夢想するばかりで実行に移す機会のないまま、計画が事実上立ち消えになったころ、突然、ある朝早く、島のこちら側の海岸に五艘ものカヌーがならんで引き上げられているのが見えた。乗っていた連中は、みな上陸していなくなっていた。その数はわたしの想定をまったく超えていた。一艘にはたいてい四人から六人が乗り組んでくるし、もっと大勢のこともあるのは承知していたが、五艘も来ているというのはどういうことなのかも、どんな手を使えばひとりで二、三十人もの男をやっつけられるのかもわからなかった。

途方に暮れ、不安な気持ちでわたしは城にこもっていた。とはいえ、前と同じように臨戦態勢をとり、何があってもいいように戦闘の準備は整えていた。やつらが何か物音を立てはしまいかと、耳を凝らしながらじっと待っていたが、そのうちにとうとう我慢しきれなくなり、梯子の足もとに銃を置くと、いつものように途中の足場を経て、丘の頂上に登った。

気づかれぬよう頭を岩より低くしたまま、遠眼鏡でのぞいてみると、三十人からの蛮人がいるのがわかった。火をおこし、肉を用意してあった。どのように料理したのか、なんの肉なのか、それは不明だったが、全員が火のまわりで蛮人なりの踊りを（身ぶりや形がいくつあるのか知らないが）踊っていた。

そうして見ていると、遠眼鏡のおかげで、カヌーから憐《あわ》れな蛮人がふたり引きずり出されてくるのがわかった。カヌーに放りこまれていたものが、殺されるために連れ出されたようだった。ひとりはすぐさま殴りたおされた。やつらの流儀からすると、棍棒《こんぼう》か木刀でやられたのだろう。ただちに二、三人が仕事にかかり、その男を料理するために切りひらきはじめた。もうひとりの生贄《いけにえ》のほうは、自分の番が来るまでそこにひとりだけで立たされていた。するとそのとき、この憐れな男は自分がやや自由になったのを見て取り、助かるかもしれないと思ったのだろう、その場からぱっと逃げ出し、砂浜をまっしぐらにこちらへ走りだした。つまり海岸の、わが家のあるほうへである。

その男がこちらへ逃げてくるのを見たときには、白状するが、わたしは肝をつぶした。そいつのあとを全員が追いかけてくると思うとなおさらで、夢のその部分が現実になること、そいつがきっとうちの林に逃げこんでくることを確信した。だが夢の残りの部分はとうてい信じる気になれなかった。むしろほかの蛮人どももそこまで追いかけてきて、その男を見つけるはずだと思った。

それでもなお様子を見ていると、追いかけてくるのは三人だけだと判明し、いくらかほっとした。男が走りながら三人を大きく引き離し、ぐんぐん差を広げているのがわかると、さらに安心した。そのまま三十分も走りつづければ、十分に逃げきれそうに見えた。

そいつらとわたしの城のあいだには、この物語の初めのほうで何度も触れた入江があった。船から持ち出したものを荷揚げしたあの入江である。男はどうしてもそこを泳ぎ渡らなければならなかった。さもないとそこでつかまってしまう。だから男はそこまで来ると、満ち潮だったにもかかわらず、少しもためらわずに飛びこみ、三十回ほど水を掻《か》いただけで泳ぎきり、なみはずれた体力と敏捷《びんしょう》さで陸に上がってまた走りだした。

追っ手の三人のほうは、入江までやってくると、ふたりは泳げるものの、もうひとりは泳げないことが明らかになった。泳げない男はむこう岸に立ってこちら側を見ていたが、それ以上は進もうとせず、やがてすごすごと引き返していった。それは結果的に、その男にとっては幸せだった。

見ていると、泳げるふたりは入江を渡りきるのに、逃げた男の倍以上の時間がかかっていた。するとこんな考えが強烈に、どうにもあらがいがたく頭に浮かんできた。今こそ召使いを、いや、話相手にも助手にもなるかもしれない男をつかまえるときだ。明らかにおまえは、この憐れな男の命を救えと神に命じられているのだ。

わたしは大急ぎで二挺の銃を取りにおりた。銃はさきほど述べたように、梯子《はしご》のすぐ下に置いてあったから、すぐにまた大急ぎで丘に登り、頂を海のほうへ越えた。かなり近道をして、ひたすら丘を駆けおり、追う者と追われる者のあいだに飛び出した。逃げる男に大声で呼びかけると、男は振りかえった。初めは追っ手を見たのと同じくらいぎょっとしたようだった。わたしは男に戻ってこいと手まねで伝えておいて、追っ手のふたりのほうへそろそろと進んでゆき、前の男に襲いかかって銃床で殴りたおした。撃たなかったのは、ほかの連中に銃声を聞かれたくなかったからである。もっとも、その距離ではまず聞こえなかっただろうし、硝煙も見えなかったはずだから、何が起きているのかそう簡単には知られなかっただろう。

その男が殴りたおされると、あとから来た男はおびえたように立ちどまった。わたしはすばやくそいつに向かっていったが、近づいていくとすぐに、そいつが弓矢を持っており、わたしを射ようと矢をつがえているのがわかった。それでは先に撃たざるをえないので、こんどは発砲し、一発でそいつを殺した。

逃げていた憐れな蛮人は立ちどまっていた。敵はふたりとも倒されて、彼が思うにはもう死んでいたが、当人は銃の炎と轟音《ごうおん》にすっかり恐れをなして立ちすくんでおり、近づいてもこなければ、あとずさりもしなかった。とはいえ、近づいてくるよりは逃げだしたいと思っているようだった。わたしがまた声をかけて、こちらへ来いと合図をすると、すぐに理解したらしく、少し近づいてきて、また立ちどまった。それからまた少し近づいてきて、また立ちどまった。震えているのがわかった。自分が捕虜になって、今からふたりの敵と同じように殺されるのだと思っているようだった。わたしがまた手招きをして、思いつくかぎりのしぐさで励ますと、また少しずつ近づいてきては、十歩ほど進むたびにひざまずき、命を救われたことへの感謝を示した。わたしが微笑《ほほえ》みかけて、敵意のないところを見せ、もっと近くへ来いと差し招くと、ついにわたしの前までやってきて、またひざまずき、地面に口づけをしてぬかずき、わたしの足を取って自分の頭に載せた。いつまでもあなたの奴隷になるという誓いのしぐさのようだった。わたしは彼を立たせ、いたわり、精一杯元気づけた。

だが、やるべきことがまだ残っていた。殴りたおされたほうの蛮人は、死んだわけではなく、気絶していただけで、そのとき意識をとり戻しはじめたからである。わたしはその蛮人を指さして、まだ死んでいないことを彼に教えた。すると彼はわたしに何ごとかを言った。何を言ったのかは理解できなかったが、言葉を聞くのは心地のいいものだった。自分の声をのぞけば、人の声を聞くのは実に二十五年ぶりだった。しかし今はそんなことを考えている余裕はなかった。気絶していた蛮人がわれに返り、ついに起きあがったのである。わたしの蛮人は不安になったようだった。そこでわたしはもう一挺《ちょう》の銃をかまえて、そいつを撃とうとした。

するとわたしの蛮人（と、もはや呼ぶことにする）が、わたしの腰に抜き身のまま下がっている剣を貸せというしぐさをした。渡してやると、彼はそれを受け取るが早いか、敵のもとへ駆けより、一刀のもとにすっぱりと首をはねた。ドイツの首斬《くびき》り役人にもまさる鮮やかな手なみだった。生まれてこのかた剣など、木刀しか見たことのないはずの男にしては、これはなんとも不思議なことだったが、のちに知ったところによると、彼らの木刀はとても鋭利で、重く、材質が硬いため、木製であっても、首だろうが腕だろうが、一刀のもとに斬り落とせるものらしい。首をはねてしまうと、彼は勝利の印に笑いながら戻ってきて、わけのわからない身ぶりをあれこれとしてみせながら、自分が殺した蛮人の首とともに、剣をわたしの前に置いた。

彼が何より驚いていたのは、わたしがもうひとりのインディアンをこれほど離れたところから殺したことだった。そいつを指さして、そこへ行かせてくれという身ぶりをしたので、こちらも精一杯の身ぶりで、行けと伝えた。

彼はそこへ行くと、驚嘆したようにそいつをじっとながめ、まず一方へ転がし、次に反対へ転がして、弾のこしらえた傷を調べた。傷はちょうど胸にあり、穴がひとつあいていた。血は大して出ていなかったが、完全にことされていたから、内部では出血していたようである。彼がそいつの弓矢を拾って戻ってくると、わたしは立ち去ろうとして向きを変え、ついてこいと合図し、ほかの連中がそいつらを追ってくるかもしれないと手まねで伝えた。

すると彼は、ふたりを砂に埋めるべきだと伝えてきた。ほかの連中が追ってきたら、そいつらを見られてしまうというのだ。ではそうしろと伝えると、彼は作業にかかり、たちまち砂地にひとつ、人を納められるほどの穴を素手で掘ってしまい、ひとりめをそこへ引きずってきて埋めた。それからふたりめも同じようにした。たしか十五分ほどで、ふたりとも埋めてしまったように思う。

それがすむとわたしは彼を呼びよせ、城にではなく、島のもっと遠くにある洞穴まで、はるばる連れていった。だからわたしの夢は、その部分については現実にならず、彼がわが家の林に逃げこんでくることはなかったわけである。

洞穴に着くと、パンとひと房の干し葡萄をあたえ、水を飲ませた。たしかにさんざん走ったせいで、喉《のど》はひどく渇いていたようだった。そうして人心地をつかせると、横になって眠れと身ぶりで伝え、稲藁《いなわら》を敷いた上に毛布を置いてある場所を示した。わたし自身が寝るのにときどき使っていたところである。憐れな男はそこへ横になると、眠ってしまった。

均整の取れた端整な美男子だった。手脚はすらりとしてたくましいが、大きすぎもしない。背は高く、体は引き締まり、見たところ二十六歳ぐらいだった。顔つきは整っていて、獰猛《どうもう》さや不機嫌さはなく、なかなか男らしいところがある。それでいて、その顔にはヨーロッパ人風の美しさと優しさもそなわっており、微笑むととりわけそれがよく表われた。髪は長くて黒く、羊の毛のような巻毛ではない。額は広くて秀《ひい》でており、眼は生気にあふれて鋭敏そうに輝いている。肌の色は真っ黒ではなく、濃い褐色だが、ブラジルやヴァージニアなどに住むアメリカ原住民のような、黄みがかったいやらしい褐色ではなく、茶色がかった明るめのオリーブ色で、言葉では説明しにくいが、とても好ましいところのある色だった。顔は丸くてふくよかで、鼻は小さく、黒人のように扁平《へんぺい》ではない。口は形よく、唇は薄く、小粒の歯はきれいにそろい、象牙《ぞうげ》のように白い。三十分ほど、眠ったというよりまどろんだあと、ふたたび眼を覚まして洞穴の外へ出てきた。

わたしはそばの囲いの中で山羊の乳を搾《しぼ》っていた。彼はわたしを見つけると、駆けよってきてまた地面にひれ伏し、ありとあらゆる身ぶりでへりくだった感謝の気持ちを示し、それを伝えようとへんてこなしぐさをいくつもしてみせた。最後にわたしの足もとの地面に額をぴたりとつけて、さきほどと同じようにわたしの片足を自分の頭に載せた。それから、考えられるかぎりの服従、隷属、恭順の身ぶりをして、これからは一生わたしに仕えるつもりだと伝えた。それをわたしはいろいろな点から理解し、たいへんうれしく思うと伝えた。

ほどなくこんどはこちらから話しかけ、言葉を教えはじめた。まず、彼の名前をフライデーにすることを理解させた。命を救ったのが金曜日だったので、それを憶《おぼ》えておくためにそう名づけたのである。次に旦那《だんな》様という言葉を憶えさせ、それがわたしの呼び名だということを理解させた。さらにイエスとノーという言葉を憶えさせ、その意味を理解させた。それからこんどは、素焼きの壺《つぼ》に入れた山羊の乳を渡し、眼の前で飲んでみせ、パンを浸して食べてみせた。パンをひとつあたえて同じようにさせると、彼はすぐさまそのとおりにし、とてもうまいというしぐさをしてみせた。

その晩は彼とともにそこに泊まったが、夜が明けるとすぐに、一緒に来いと手招きし、おまえに着るものをやると伝えた。彼は素っ裸だったので、それにはとても喜んだようだった。ところがふたりの男を埋めた場所にさしかかると、その場所を正確に指さし、そいつらを掘り出して食おうというしぐさをした。あとで見つけられるようにと、目印をつけてあったのだ。わたしはひどく腹を立ててみせ、嫌悪《けんお》をあらわにして、そんな考えには吐き気をもよおすと伝えた。行くぞと手招きをすると、彼はいともすなおに、すぐさまそれに従った。わたしは彼を連れて丘の頂上へ行き、敵がいなくなったかどうか様子をうかがった。遠眼鏡を出してのぞいてみると、やつらのいた場所ははっきりと見えたが、人影もカヌーも見あたらなかった。ふたりの仲間をあとに残したまま、捜そうともせずに立ち去ったようだった。

この発見にわたしは満足こそしなかったものの、いくぶん勇気づけられ、好奇心が湧《わ》いてきた。そこで召使いのフライデーに剣を渡し、彼が巧みにあつかえる弓矢を背負わせ、銃を一挺持たせると、わたし自身も二挺を持って、蛮人どものいた場所まで出かけていった。そいつらのことをもっとくわしく知りたくなったのである。

行ってみると、凄惨《せいさん》な光景に体じゅうの血が凍りつき、心臓が縮みあがった。フライデーは平気な顔をしていたが、わたしにはまことに恐ろしいながめだった。人骨があたりに散らばり、地面が血で染まり、切り刻まれ焼け焦《こ》げた大きな肉塊が、食いかけのままあちこちに残されていた。戦のあと、そこで勝利の宴をもよおした跡である。頭が三つに、手が五つ、腿《もも》や足の骨が三、四本分、そのほか体の各部が大量にあった。フライデーが身ぶりで伝えたところによると、やつらは四人の捕虜を宴に供するためにに連れてきたらしい。そのうちの三人は食われてしまい、次が自分だったのだ、とフライデーは自分を指さしてみせた。どうやらそいつらと、フライデーの仕える隣国の王とのあいだに大きな戦があったらしく、大勢が捕虜になっていくつかの場所へ連れていかれ、ここへ連れてこられた者たちと同じように、みな宴に供せられたようだった。

わたしはフライデーに頭蓋《ずがい》や骨や肉など、残されたものいっさいを集めて積みあげさせ、大きな火を焚《た》いてすべて灰にした。フライデーはまだその肉に未練を残しており、本性はいまだに人喰い人種だった。だがわたしがそんな考えにも、未練の気配にすらも、たいへんな嫌悪を示してみせたので、それを表には出せなかった。そんなことを言いだしたらおまえを殺すぞと、どうにか理解させてあった。

これをすませると、わたしたちは城へ帰ってきた。それからフライデーの世話に取りかかり、何はともあれまず麻の半ズボンをあたえた。難破船で見つけたあの砲術長の私物箱にあったもので、少し手直しをしただけで大きさもちょうどよくなった。次に、山羊の毛皮で胴着を作ってやった。わたしにできるかぎりのものではあったが、今ではわたしもなかなかの仕立屋になっていた。それから帽子もあたえた。兎《うさぎ》の毛皮で作ったもので、かぶりやすいうえに、十分に当世風でもあった。

これでフライデーもいちおうは、服をまとうことになった。自分が主人と同じほど立派になっているのを見て大喜びした。もちろん最初は、これらを身につけているとぎこちなかった。半ズボンをはいているのが彼にしてみればひどく窮屈だったし、胴着の袖《そで》で肩や腋《わき》もひりひりした。けれども痛いというところを少し広げてやり、本人も慣れてくると、しまいにはとても気に入ったようだった。

わが家へ帰ってきたあくる日、フライデーをどこに寝かせたものかと思案した。そして彼にも居心地がよく、わたし自身も十分に安心していられるように、二重の防壁のあいだの空き地に小さなテントを立ててやった。つまり第二の壁よりは内側だが、第一の壁よりは外側である。そこにはわたしの洞穴へ続く通路の入口があったから、本式の戸枠と板の扉を作り、入口から少しはいったところに据えつけた。扉は内びきにして、夜はかんぬきをかけ、梯子も内側に引き入れることにした。そうしておけば、フライデーが内側にいるわたしを襲うには、大きな物音を立てて壁を乗りこえてくるほかなく、わたしはかならず眼を覚ますはずだった。第一の壁には今や完全な屋根がかかって、テントをすっかりおおっていたからである。長い棒を何本も丘の側面まで渡してから、そこに桟木のかわりに細めの枝をこんどは横向きに渡し、葦《あし》のように丈夫な稲藁を厚く葺《ふ》いてあった。梯子で出入りするためにあけてある穴には、落とし戸のようなものを取りつけ、外からあけようとしても絶対にあかず、落下して大きな音を立てるようにしてあった。武器も、夜にはすべて中に入れてそばに置いた。

けれども、こんな用心はまったく無用だった。フライデーほど忠実で、骨身を惜しまぬ、誠実な召使いはいなかった。腹を立てることも、不機嫌になることも、下心を持つこともなく、すなおに言うことを聞いてくれた。フライデーの愛情は、父親に対する子供のそれのようにわたしに結びついており、わたしの命を救うためなら、いついかなる場合でも、自分の命を犠牲にしただろうと思う。多くの証拠を見せられてわたしは疑念を払拭《ふっしょく》され、まもなく、彼に対してはまったく用心などする必要のないことを悟った。

それ以来たびたび気づいては不思議に思うようになったのは、すべてを見そなわし治めたもう神が、なにゆえ御自身のお創《つく》りになった人間のうちのこれほど多くから、彼らの能力と魂の力にもっともふさわしい使い方を奪っているのかということであり、それなのに、なにゆえ彼らにもわたしたちにあたえたもうたのと同じ能力を授けているのかということだった。彼らとて能力も、理性も、愛情も、親切と恩義を感じる心も、不義への怒りと憤《いきどお》りも、感謝と誠実さと忠実さの観念も、善をなす力とそれを受ける力も、みなわたしたちと同じようにそなえており、それを発揮する機会さえあたえられれば、わたしたちと同じように、いや、わたしたち以上に喜んで、それを本来の正しい使い方に向けられるのである。

そう考えると、わたしはひどくもの悲しくなることがあった。わたしたち文明人は、神の教えという大いなるランプに、すなわち聖霊に導かれ、人間の知識に加えて神の御言葉を知ることにより教化されているにもかかわらず、これらの能力をなんと浅ましく用いていることかと、折に触れて痛感してしまうからである。そしてなぜ神は同じ救済の知識を、何百万もの魂から隠しておられるのか、彼らはわたしがこの憐れな蛮人から判断するに、わたしたちよりはるかに有意義にそれを使えるはずなのにと、そう考えこんでしまうからである。

　そしてそこからつい行きすぎて、神の領分を侵してしまい、ある人々にはそのランプの光を見せ、別の人々には隠しておきながら、両者に同じ義務を求めるというのは、天の配剤としてはあまりにでたらめだと、批難したくなることもあった。だがそこで思いとどまり、こう結論してそんな考えを抑えた。第一に、彼らがどんな光と法によって罰せられているのか、わたしたちにはわからなくとも、神はご存じである。神はその本質からして必然的に、あくまで神聖で正しいのだから、彼らがみな神の存在を知らないとすれば、それは彼らが聖書の言うところの〝自分自身の法〟（「ローマ人への手紙」二・十四）に背いた罰、彼らでさえ正しいと認めるはずの掟《おきて》に基づく罰なのであり、わたしたちにはその根拠が明かされていないにすぎない。第二に、わたしたちはしょせん陶工の手になる器なのだから、造り主に対して、なぜわたしをこのような形にしたのかなどと、問うことはできないのである（「イザヤ書」四十五・九）。

　だがこのへんで、新しい相棒のことに話を戻そう。仲間ができてわたしはとてもうれしく、彼を役に立つ便利な助手にしようと、いろいろなことを教えはじめた。とりわけ言葉を憶えさせ、こちらの言うことを理解できるようにした。彼はこのうえなく利発な生徒だったし、明るくて勤勉で、わたしの言うことを理解できたり、自分の言うことをわたしが理解できたりすると、それだけで大喜びするので、話していてとても楽しかった。おかげで暮らしもたいへん楽になり、これ以上蛮人どもに脅《おびや》かされさえしなければ、一生ここを離れられなくともかまわないと思うようになった。

19　フライデーを教育する

城に帰ってきて二、三日後の朝、フライデーに忌《い》まわしい採食法をやめさせて、人肉の味を忘れさせるには、ほかの肉を味わわせるにかぎると考え、わたしは彼を連れて森へ出かけた。本当は家畜の仔山羊《こやぎ》を一頭殺して持ち帰り、料理するつもりでいたのだが、歩いている途中で、木陰に寝そべる母山羊と、かたわらに座る二頭の幼い山羊を見つけた。フライデーを引きとめ、「待て、動くな」と言い、じっとしていろと身ぶりで伝えると、すぐさま銃をかまえて、仔山羊を一頭撃ち殺した。

すると憐れなフライデーは、ひどくぎょっとして震えあがり、へたりこむのではないかと思うほど腰を抜かした。わたしが敵の蛮人を撃ち殺すのは遠くからたしかに見てはいたが、どのようにして殺したのかは知らなかったし、見当もつかなかったからである。撃たれた仔山羊も眼にはいらず、わたしがそれをしとめたことにも気づかぬまま、あわてて自分の胴着をひらいて、怪我《けが》はしていないかと体を探った。それから、わたしが彼を殺そうとしたのだと思ったらしく、前に来てひざまずき、わたしの膝《ひざ》を抱きしめて、意味不明なことをべらべらと口にした。殺さないでほしいと懇願しているのだということは、すぐにわかった。

わたしは彼を傷つけるつもりのないことをどうにか納得させ、笑いながら手を取って立ちあがらせると、しとめた仔山羊を指さし、取ってこいと手まねで伝えた。そして彼がそこへ行き、山羊の死んだわけを突きとめようと首をひねっているあいだに、ふたたび銃に弾をこめた。

やがて鷹《たか》に似た大型の鳥が射程内の木に止まっているのを見つけたので、これからしようとしていることをフライデーに前もって理解させようと、彼を呼びもどし、その鳥を指さした。実際には鷹ではなく鸚鵡《おうむ》だったのだが、とにかくその鳥を指さし、銃を指さし、鳥の下の地面を指さして、そいつをそこへ落としてみせると伝え、これから撃ち殺すつもりだということを理解させた。

それから、見ていろと言って撃つと、鸚鵡はたちまち落ちたので、彼はいま説明したにもかかわらず、またしてもおびえたように棒立ちになった。銃に弾をこめるところを見ていなかったため、いっそう驚いたらしく、そこに何やら死と破壊の不思議なもとがはいっていて、それが人でも獣でも鳥でも、近くにいようと遠くにいようと、なんでも殺すのだと考えたようだった。フライデーの驚愕《きょうがく》はしばらくは消えないほど大きく、放っておいたらきっと、わたしと銃を伏し拝んだのではないかと思う。銃にはそれから数日間、手を触れようともせず、ひとりでいるときには、まるで銃が返事をしてくれるとでもいうように、しきりに話しかけていた。のちに聞いたところでは、殺さないでくれと頼んでいたらしい。

さて、フライデーの驚愕がいくぶん収まると、わたしはいま撃った鳥を取ってこいと命じ、彼はそちらへ走っていったのだが、しばらく戻ってこなかった。その鸚鵡が完全には絶命しておらず、落ちた場所からだいぶ離れたところまでぱたぱたと逃げていたからである。それでも彼はそれを見つけて拾いあげ、こちらへ持ってきた。わたしは彼が銃のことを何も知らないのに気づいていたので、その隙《すき》にまた、彼には見られないようにして弾をこめ、ほかの獲物が現われるのに備えた。けれどもそのときはそれ以上何も現われなかったので、しとめた仔山羊を持ち帰った。

その日の夕方、皮をはいで、できるだけうまく解体すると、煮こみ用の鍋《なべ》を用意し、その肉をじっくりと煮こんで、うまいスープをこしらえた。少し食べてから、フライデーにも分けてやると、彼はとても喜んで食べ、すっかり気に入ったようだった。ただ、わたしが塩をつけて食べているのが、ひどく不思議だったらしい。塩など食べるものではないという顔をし、少し口に入れてから、吐き気がするというしぐさをして、ぺっぺっと吐き出し、真水で口をすすいでみせた。それに対してわたしは、塩をつけずに肉を口に入れ、彼のやったようにたちまち吐き出すふりをして、塩がないとうまくないことを伝えた。それでも効果はなく、フライデーは塩を肉につけることも、スープに入れることもいやがった。だいぶたってようやく慣れてからも、ほんのわずかしか使わなかった。

こうして煮こみ肉のスープを食べさせた翌日、こんどは仔山羊の炙《あぶ》り肉をふるまってやることにした。肉はイングランドでよく行なわれるように、火の前に紐《ひも》で吊《つ》るして炙った。火の両脇《りょうわき》に棒を一本ずつ立て、そこに横棒を渡し、それにその紐を縛りつけて、絶えず回転させておくのである。フライデーはこれにいたく感心していたが、その肉を味わうと、こんどはそれがどれほど気に入ったかを、いやでもわかるほどさまざまな形で伝えてみせた。そして最後に、もう人間の肉は絶対に食わないと言ってくれたので、わたしもたいへんうれしかった。

あくる日、こんどはフライデーに麦の脱穀をさせ、前に述べたような方法で篩《ふるい》にかけさせた。彼はすぐにやり方を呑《の》みこみ、わたしと変わらないほどうまくなった。ことにそのあとで、わたしがパン生地を作り、焼くところも見せ、その作業の目的を理解させてからは、いっそう上達した。まもなくすべての作業をわたしのかわりに、わたしと同じくらいうまくできるようになった。

食べさせる口が、ひとつからふたつに増えたのだから、これまでより畑を広げ、作付け量を増やさねばならない。そう考えるようになったわたしは、もっと広い土地を選び出し、前と同じ方法で柵《さく》をめぐらしはじめた。フライデーは進んで、熱心に手伝ってくれたばかりか、楽しげにやってくれた。そこでわたしは彼に、この作業をするのはおまえがおれと暮らすようになったから、パンにする穀物をもっと育てるためだ、おまえにもおれにも足りるようにするためだと教えた。すると彼もその点はよくわかっていたらしく、おれのせいで旦那様の仕事がこれまでよりはるかに増えたと思う、何をしたらいいか指示してくれたら、旦那様のためにもっと一生懸命働くと答えた。

これがこの島で過ごしたいちばん楽しい年だった。フライデーはかなり達者にしゃべれるようになり、わたしが折に触れて必要とするものの名前も、彼を行かせる場所の名前も、ほぼすべて理解できるようになって、ふたりで大いに会話をするようになった。おかげでわたしは、これまでほぼまったく使う機会のなかった舌を（といっても、しゃべることにはだが）、ふたたび使うようになった。彼と話をする楽しさばかりでなく、彼自身にも満足していた。単純で偽りのない誠実さが日ごとに明らかになり、この男のことが本当に好きになってきたのである。彼のほうでもきっとわたしのことを、これまで好きだったどんなものよりも、好きになってくれたと思う。

フライデーがまだ自分の国に帰りたいと思っているか、一度確かめてみたくなったことがある。そこで彼が英語を十分に学んで、たいていの質問に答えられるようになると、こう訊《き》いてみた。おまえの国は戦に勝ったことがないのか？　すると彼は微笑んで、ある、ある、いつも強いほう、と答えた。つまり、いつも勝つということである。そこで次のようなやりとりが始まった。

主　人　いつも強いほうなら、どうしておまえは捕虜になったんだ？

フライデー　おれの国、それでもたくさん勝つ。

主　人　どうやって？　おまえの国が勝つのなら、どうしておまえはつかまったんだ？

フライデー　おれのいたところ、あいつらおれの国よりたくさん。一、二、三人と、おれつかまえる。おれのいなかったあっちのところ、おれの国あいつらみんなやっつける。そこで一、二、たくさん千人、つかまえる。

主　人　だったら、おまえの味方はどうしておまえを敵の手から取りもどさなかったんだ？

フライデー　あいつら、一、二、三人と、おれ連れて、カヌーで逃げる。そのときおれの国、カヌーない。

主　人　じゃあ、フライデー、おまえの国はつかまえたやつらをどうするんだ？　あいつらがやったように、連れていって食うのか？

フライデー　そう、おれの国も、つかまえたやつらみんな食う。

主　人　どこへ連れていって？

フライデー　ほかの思う場所。

主　人　ここへ来るのか？

フライデー　来る、来る、ここ来る。ほかの別の場所へ。

主　人　おまえも一緒に来たことがあるか？

フライデー　うん、ある。（そう言って、島の北西側を指さした。そこがフライデ

ーたちの場所だったのだろう）

これでわが召使いフライデーも、かつては島のむこう側の海岸に人を食いにやってくる蛮人の仲間だったことがはっきりした。それがこんどは、食われる側として連れてこられたわけである。それからしばらくのち、わたしは勇気を出して彼をそちら側へ連れていった。そこは前に述べたときのままだったので、フライデーはすぐにどこなのかわかり、ここには一度来たことがある、男を二十人と、女をふたりと、子供をひとり食ったときだと打ち明けた。二十という数を英語で言えなかったので、石を同じ数だけ一列にならべて、それを指さしながら人数を伝えた。

こんなことを述べたのも、これには続きがあるからである。フライデーとそんな会話をしたあと、わたしは彼にこの島から対岸まではどのくらいあるか、カヌーはよく遭難しないかと尋ねた。すると彼はだいじょうぶ、カヌーが遭難したことはないと答えたが、ただし少し沖へ出ると、潮流と風があり、午前中はいつも同じ方向へ、午後はいつも逆方向へ流れていると言った。

これをわたしはたんなる潮の干満のことだろうと考えた。しかしのちにわかったことだが、それは大河オリノコの壮大な満ち引きによって引き起こされるものだった。

そして、これものちに判明したことだが、わたしたちの島はこのオリノコ河の河口というか、湾内にあり、西北西に見えた陸地は、河口の北にある大きな島、トリニダード島だった。

フライデーにその土地のことや、住民のこと、海のこと、沿岸のこと、近隣の民族のことをあれこれ尋ねると、知っていることは残らず、これ以上ないほど率直に教えてくれた。このあたりの民族の名をいくつかあげてみてくれと頼んだが、彼があげられたのはカリブという名前だけだった。それですぐに、この連中はみなカリブ人なのだと察しがついた。われわれの地図で言えばアメリカの、オリノコ河の河口からギアナ、サンタ・マルタ(巻頭地図参照)にかけての一帯である。

それから彼は、月のずっとむこうには、わたしのような髭《ひげ》をたくわえた白い人間たちが住んでいると言って、前に紹介したわたしの長い口髭を指さした。月のずっとむこうとは、月の沈む場所のはるかかなた、つまり彼らの土地の西方ということだろう。その人間たちは、彼の言い方にならえば、〝たくさんの人人〟を殺したという。それでスペイン人のことだとわかった。アメリカにおけるスペインの蛮行は全土に知れわたり、すべての民族によって父から子へと記憶されていたのである。

そこでわたしは、この島から出てその白い人間たちのところへ行くにはどうしたらよいかわかるか、と尋ねた。すると彼は、わかる、わかる、二カヌーで行ける、と答えた。なんのことやら意味不明だったし、二カヌーというものを説明させることもできなかったが、さんざん首をひねったすえにようやく、カヌー二艘《そう》分の大きさのある大型艇のことにちがいないと気づいた。

わたしはフライデーのこの話をしみじみと嚙《か》みしめ、それからというもの、この島を脱出する機会がいつかは見つかるかもしれない、この憐れな蛮人の助けを借りればそれを実現できるかもしれない、という希望を抱くようになった。

フライデーが一緒に暮らしはじめて、わたしと話をするようになり、こちらの言うことが理解できるようになってからというもの、わたしは彼の心に信仰の基礎を据えることを怠らなかった。たとえばあるとき、おまえを造ったのは誰だと訊いてみたことがある。

憐れな男は質問の意図がさっぱりつかめず、父親のことを訊かれたのだと勘ちがいしたので、わたしは質問を変え、海を造ったのは誰か、人の歩く大地を、山や森を造ったのは誰かと尋ねた。すると彼は、すべてのかなたに住んでいるベナマッキー様だと答えた。その偉人についてくわしくは説明できなかったものの、とても年寄りだ、海よりも、陸よりも、月よりも、星よりも年寄りだと言った。

そこでわたしは、その老人がすべてのものを造ったのなら、なぜすべてのものはその老人を崇《あが》めないのかと尋ねた。すると彼は大真面目《おおまじめ》な顔になり、いかにも無邪気に、すべてのものはベナマッキー様にちゃんと〝おお〟を言う、と答えた。おまえの国の者は死ぬとどこかへ行くのか、と訊くと、みなベナマッキー様のところへ行く、と言う。では、おまえたちが食った人間もそこへ行くのか、と訊くと、そうだ、と答えた。

これをきっかけにわたしは彼に、まことの神について教えはじめた。すべてのものの造り主はあそこにお住まいだ、と天を指さして言い、神はこの世をお造りになったのと同じ力と摂理によって、この世を治めておられること、全能であるがゆえになんでもしてくださるし、なんでもあたえてくださるし、なんでも奪えるのだということを教え、こうして徐々にフライデーの眼をひらかせた。

彼は熱心に話を聞き、イエス・キリストが人間の罪を贖《あがな》うためにつかわされたという考えも、わたしたちの祈りの作法も、わたしたちの祈りは天の神にも聞こえるという考えも、喜んで受け容《い》れた。そして、ある日こう言った。太陽のむこうにいても祈りが聞こえるなら、旦那様の神はおれたちのベナマッキー様より偉いにちがいない。ベナマッキー様は少し離れたところに住んでいるだけなのに、おれたちがベナマッキー様の住む大きな山に登っていって語りかけないと、声は聞こえないのだ。

そこでわたしはこう尋ねた。おまえはそこへ行って語りかけたことがあるのか。すると彼は、若い人はそんなところへ行かない、行くのは老人だけだ、と答えた。その老人たちは彼らの言葉で〝ウーウォカキー〟といい、フライデーの説明によると、要するに彼らの修道士もしくは聖職者のことだった。そのウーウォカキーが山へ行って〝おお〟を言い(祈ることをフライデーはそう表現した)、戻ってきてみなにベナマッキー様の言葉を伝えるのだという。これを聞いてわたしは、どれほど暗愚な異教徒のなかにも俗人を支配しようとする老獪《ろうかい》な手管のあることを知った。下々の尊敬をつなぎとめるために秘教を作り出すという手口は、カトリックばかりでなく、ごく未開で野蛮な民族のあいだにまで、世界中の宗教に見られるものらしい。

それがいんちきだということを理解させようとして、わたしはフライデーにこう言った。その老人たちが山へ登って、ベナマッキーに〝おお〟を言うなどというのは、とんでもないでたらめであり、ベナマッキーの言葉を持ち帰るなどというのは、さらにひどいでたらめなのだ。もしそこでお告げを聞いたり、誰かと話をしたりしたとすれば、それは悪霊《あくりょう》のしわざにちがいない。そう言って、フライデーに悪魔のことをくわしく話して聞かせた。誕生したいきさつ、神に逆らったこと、人間を憎んでいること、その理由。この世の闇《やみ》の領域に君臨して、神の代わりに神として崇められようとしていること。さまざまな策略を用いて人間を惑わし、破滅させようとしていること。人間の情欲や感情に忍びこみ、各人の気質に合わせて罠《わな》にかけ、人間をみずからの誘惑者にして、みずからの選択により破滅させること。

悪魔の正しい概念をフライデーの心に植えつけるのは、神の場合ほど容易ではなかった。神の場合には、自然に考えればわたしの言うことはみな納得できたから、難しいことも彼に証明できた。すべてのもとになる第一原因や、万物を支配する力、ものごとをひそかに導く摂理がなくてはならないことさえ。公正さや正義が必要なことも、わたしたちを造りたもうた神に敬意を払わねばならぬことも。

ところが悪魔の概念には、この種のものが何もないように思われた。誕生にしても、存在にしても、本質にしても、みずから悪を行なおうとするばかりか、人間にも悪を行なわせようとする点にしても。フライデーにごくあたりまえの無邪気な質問をされて、わたしは一度、困惑のあまりなんと答えていいかわからなくなったことがある。

そのときわたしは延々と神の力や、神が全能であること、罪を嫌うこと、不正を働く者らを焼きつくす炎であること、神は人間もこの世も、創造したときと同じように一瞬にして滅ぼせるのだということを話しており、フライデーはそれをとても真剣に聞いていた。

それからわたしはさらに、悪魔は人の心に巣くう神の敵であり、あらゆる悪意と手管を用いて神の計画を妨げようとすること、この世におけるキリストの王国を滅ぼそうとすることなどを話した。するとフライデーはこう言った。

「でも、旦那様の話だと、神はとても強い、とても偉い。なら悪魔ぐらい強くないのか、力ないのか？」

「もちろん強いさ」とわたしは答えた。「神は悪魔より強いし、悪魔より偉い。だからおれたちは神に、悪魔をおれたちの足の下で踏みつぶしたまえと祈るんだ。悪魔の誘惑にうちかち、悪魔の火の矢を消す力をあたえたまえと祈るんだ」（「ローマ人への手紙」十六・二十と「エペソ人への手紙」六・十六を踏まえた言葉）

するとフライデーはまた言った。「でも神、悪魔ぐらい強くて、力あるなら、なぜ悪魔殺さない、もう悪いことしなくさせない？」

この問いにわたしは不思議なほど虚を衝《つ》かれた。老人になったとはいえ、教師としてはただの若造だったから、神学の決疑役、すなわち難問の解決役になる資格などなかった。どう答えていいかわからなかったので、初めは聞こえなかったふりをして、なんと言ったのかと訊きかえした。だがフライデーは真剣に答えを求めており、自分の質問を忘れてはいなかった。さきほどとまったく同じたどたどしい言葉で、それを繰りかえした。わたしはそのあいだに少し落ちつきを取りもどして、こう答えた。「神は最後に悪魔を厳しく罰するんだ。裁きの日まで生かしておいて、底なしの穴に放りこんで、永遠の業火《ごうか》でいつまでも焼くんだよ」

フライデーはそれでも納得せず、「生かしておいて、最後に」とわたしの言葉を繰りかえしてから、こう反論した。「おれ、わからない。なぜいま悪魔殺さない、おおむかし殺さない？」

「それはこう考えればわかるだろう」とわたしは答えた。「おれやおまえがここで悪いことをして神を怒らせたとき、神はなぜおれたちを殺さないのか。それはおれたちに罪を悔いさせ、許しをあたえるためなんだ」

これを聞いてフライデーはしばらく考えていたが、やがて「なるほど、なるほど」とすっかり安心したように言った。「それいい。つまり、旦那様、おれ、悪魔、悪い人みんな、殺さないで悔いさせ、許しくれる」

ここでわたしはまたすとんと底まで突き落とされた。これではっきりしたのは、たしかに自然がもたらす考えからだけでも、理性ある人間は、本性の働きの結果として神を知るようにもなるし、至高の存在を崇めたり敬意を払ったりするようにもなるが、しかし神の啓示がなければ、イエス・キリストについて知識を形づくることはできないということである。キリストがわれわれに代わって罪を贖ったことも、新たな誓約の仲立ちだということも、神の御座《みくら》の足もとにひかえる取りなし役だということも。とにかく、天からの啓示がなければこれらの知識が心の中に生まれることはないのだ。それゆえ、われらの主《しゅ》であり救い主《すくいぬし》であるイエス・キリストの福音、すなわち神の御言葉と、神の僕《しもべ》を導き清めるために約束された聖霊とがなければ、われわれは自分が神に救われることも、どのようにして救われるのかも、絶対に知ることができないのである。

そこでわたしはフライデーとの会話をいったん中断して、用事でもあるかのように急に立ちあがると、フライデーにかなり遠くまでものを取りにいかせてから、真剣に神に祈った。この憐れな蛮人を教化する力をわたしにあたえたまえ。無知なこの男の心を聖霊により援《たす》け、キリストにおける神の知恵の光を受け容れさせ、あなた御自身と和解させたまえ。わたしがあなたの御言葉を伝えて彼の良心を納得させ、眼をひらかせ、魂を救えるよう導きたまえと。

そしてフライデーが戻ってくると、キリストによる人間の罪の贖いと、天から告げ知らされた福音の教えについてつぶさに話して聞かせ、それゆえ神に対する悔い改めとキリストへの信仰が大切なのだということを、懇々と説いた。それから、われらの贖罪者《しょくざいしゃ》キリストが天使としてではなく、アブラハムの子孫として現われたわけ、したがって堕天使である悪魔は贖罪にあずかれないこと、キリストは〝イスラエルの家の迷える羊〟のところにのみつかわされたこと（「マタイによる福音書」十五・二十四）などを、できうるかぎり説明した。

実をいうと、この憐れな男を教化するのにわたしが取った方法は、どれも知識の不足を誠意で補うものだったから、同じやり方をする者にはわかるだろうが、フライデーにものごとを説き明かすなかで、わたし自身も、これまで知らなかったことや十分に考えてこなかったことを数多く学んだ。この憐れな蛮人に教えるために突き詰めて考えるうち、おのずと明らかになってきたのである。そしてこれを機に、これまで以上に熱心にいろいろなことを探求するようになった。それゆえ、フライデーがわたしの力でましな人間になったかどうかはともかく、わたし自身は彼が来てくれたことに大いに感謝してよかった。悲しみは軽くなり、島での生活は計り知れぬほど安らかになった。

考えてみると驚くのだが、これまで強いられてきた孤独な暮らしのなかで、わたしはみずからも天を仰ぐことと、自分をここへ導いた手を探し求めることを学んだばかりか、それがこんどは天の定めにより、憐れな蛮人の命と、ことによると魂までも、救う媒介者となり、その蛮人にキリスト教とその教えについての正しい知識をあたえ、彼がイエス・キリストを知り、それにより永遠の命にあずかれるようにもしているのである。それを考えると、ひそかな喜びが心のすみずみにまで広がり、自分がこの島へ運ばれてきたことを、これまではわが身に降りかかった最大の不幸だとばかり考えていたのに、むしろありがたく思うようになった。

こういう感謝の念とともに、わたしは島での残りの日々を過ごした。ふたりで時のたつのを忘れた会話のおかげで、ともに過ごした三年の歳月は、完全かつ完璧《かんぺき》に幸せなものになった。完璧な幸せなどというものが、この地上にあるとすればだが。フライデーは善きキリスト教徒になっていた。わたしよりはるかに善きキリスト教徒だったが、しかしいま考えてみると、どちらも神の恵みのおかげで同じように悔い改め、慰められ、救われていたのではないかと思う。この島でも神の御言葉を読むことはできたし、わたしたちを導いてくれる聖霊との距離も、イングランドにいるのと変わらなかったのだから。

聖書を読むさいにはいつも、読んでいる個所の意味をできるだけうまくフライデーに伝えることを考えていたし、彼もまた真剣な疑問と質問をぶつけてきたので、わたしはさきほど述べたように、ひとりだけで読んでいたときよりもはるかに、聖書についてよく理解できるようになった。

もうひとつ、この孤島での暮らしの経験から、ここでどうしても述べておきたいことがある。それは神についても、イエス・キリストによる救いの教えについても、聖書のなかにかくも平明に記され、かくもたやすく受けとめて理解できることが、いかに大きな、すばらしい恵みなのかということである。そのおかげでわたしはただ聖書を読むだけでおのれの務めを悟り、心から罪を悔いるという大業へ自分をまっすぐに導けるようになり、命と救いを求めてキリストにすがりつつ、記されたとおりに行ないを改めて、神の命令にことごとく従えるようになった。それも教師や指導者なしにである（もちろん人間の、だが）。そしてまたこの平明な教えのおかげで、この蛮人も十分に蒙《もう》を啓《ひら》かれて、わたしの生涯でもまれに見るほどのキリスト教徒になれたのである。

信仰に関してこれまでに起こった議論や、論争、衝突、諍《いさか》いはことごとく、教義の細部であろうと教会政治の問題であろうと、わたしたちにはまったく無益だったし、わたしの見るところ、世界中の誰にとってもそうだったのではなかろうか。わたしたちには神の御言葉という、天国へのたしかな手引きがあったし、神の聖霊が御言葉によりわたしたちを教え導いてくださるという、ありがたくも安らかな見通しもあった。

その導きにより、わたしたちは真理をことごとく悟り、御言葉の指示に喜んで従えるようになるのであって、世の中に大きな混乱をもたらしている信仰上の論争点について、たとえどれほど広い知識があろうと、わたしたちにはなんの益もなかったはずである。しかしそろそろ物語のほうに戻り、話を進めなければなるまい。

20 脱出の計画を立てる

フライデーがわたしとさらに親しくなって、わたしの言うことはほぼすべてわかるようになり、かたことの英語ではあれ、すらすらと話ができるようになると、わたしは自分の身の上を、というかこの島にやってきたいきさつと、ここでどのようにして、どのくらい暮らしてきたかを、彼に語って聞かせた。また、フライデーにしてみれば神秘だった火薬と弾の謎《なぞ》を明かして、銃の撃ち方も教えた。ナイフを一挺やると、驚くほど喜んだ。ベルトとそこに下げる剣差しも作ってやった。イングランド人が短剣を下げるのに使うようなものだが、剣の代わりに手斧《ておの》を一挺あたえ、そこに差しておかせた。場合によっては武器にもなるし、それ以外の場合にも剣よりはるかに重宝するからである。

ヨーロッパという地域のことも説明してやった。とりわけ、わたしの故国イングランドで、人がどのように暮らしているか、神を礼拝しているか、人づきあいをしているか、世界中の地域と船で交易をしているか。わたしが乗ってきた船の残骸《ざんがい》のことも話し、それが座礁《ざしょう》した場所をできるだけ正確に教えてやった。だが、船はもうばらばらになって、なくなっていた。

本船を脱出したさいに失ったボートの残骸も見せてやった。かつてはわたしが渾身《こんしん》の力で動かそうとしてもびくともしなかったが、今はもうほとんどばらばらに壊れていた。そのボートを見ると、フライデーは考えこんでしまい、しばらく黙りこんでいた。何を考えているんだと尋ねると、ようやくこう言った。

「おれこういうボート、おれの国のところ来るの見る」

何を言っているのかしばらくわからなかったが、さらに問いただすうちにようやく理解できた。それと同じようなボートが、フライデーの住む土地の海岸にやってきたのだという。彼の説明によると、悪天候で流されてきたものらしい。そこですぐにわたしは、ヨーロッパの船が沿岸で難破し、波にさらわれたボートが漂着したのだろうと想像した。それなのに鈍感にも、乗組員たちが難破船からそこへ逃れてきたのだとは思いもしなかった。まして彼らがどこの国の人間かなど考えもしなかったから、どんなボートだったのかとしか尋ねなかった。

フライデーはボートの特徴をかなりくわしく説明してくれた。だが、言っていることがもう少しはっきりと呑みこめたのは、彼がいくぶん熱をこめてこう言ったときだった。

「おれたち、その白い人人、溺《おぼ》れるのから助ける」

そこでわたしはすかさず、「白い人人がそのボートに乗っていたのか」と彼の言い方をまねて訊いた。

「そう、そのボート、白い人人でいっぱい」彼はそう答えた。何人いたのかと訊くと、指で十七を示してみせた。その男たちはどうなったのかと訊くと、「生きてる、おれの国、住んでる」と答えた。

これを聞いて、新たな考えが頭に浮かんだ。すぐに思ったのは、その連中はわたしの島（今ではそう呼ぶようになっていた）のすぐそばで難破したあの船の乗組員ではないか、ということである。船が座礁して、もはや手のほどこしようがないと悟ったあと、ボートに乗りこんで脱出し、蛮地の岸辺に流れついたのではあるまいか。

そこでもう少しくわしく、その男たちがどうなったのか尋ねた。するとフライデーは、まだそこで暮らしていると請け合った。もう四年ほどたつが、蛮人たちは手出しもせず、食料をあたえて生かしているという。なぜ殺して食ってしまわなかったのかと尋ねると、彼はこう答えた。「だって、おたがい兄弟なる」どうやら和平を結んだということのようだった。それからこう付け加えた。「戦しないとき、人食うない」つまり、戦で捕虜にした相手しか、人間は食わないというのである。

それからしばらくのち、かつてわたしが晴れた日にアメリカ大陸を望見した、島の東側(西側の誤りか)の丘に登ったときのこと。穏やかな天気だったので、フライデーは本土のほうを一生懸命にながめ、いささか唐突に跳ねたり踊ったりしはじめた。離れたところにいたわたしを大声で呼ぶので、どうしたんだと訊くと、彼は「ああうれしい！」と言った。「ああ幸せ！　ほら、おれの土地、見える、あれ、おれの国！」

顔にはなみなみならぬ喜びが表われ、眼は潤《うる》み、表情には見慣れぬ昂ぶりが見て取れた。故国へ帰りたいと思っているのだろう。それを見てわたしはいろいろなことを考えさせられたが、何よりもまず、自分の召使いのことが、これまでのようには信頼できなくなった。この男は国へ帰れたら、信仰ばかりか、おれへの恩義もすっかり忘れてしまうだろう。いや、むしろ積極的におれのことを仲間たちに話し、百人か二百人ばかりを引きつれて戻ってきて宴をもよおし、戦でつかまえた敵を食っていたころと同じように、楽しくおれを食うにちがいないと、そう確信した。

しかしこれは、この憐《あわ》れな正直者に対するひどい誤解であり、のちにずいぶん申し訳なく思った。けれどもそのときは不信が募るばかりで、数週間というもの、彼に対してかなり用心深くなり、これまでのようには親しくも、親切にもしなかった。この点でも、わたしはたしかにまちがっており、恩を忘れぬこの正直な男は、そんなことは微塵《みじん》も考えていなかった。敬虔《けいけん》なキリスト教徒としても、義理がたい友としても、申し分のない誠実さを保ち、のちにそれを明らかにして、わたしを心から納得させてくれた。

不信を抱いているあいだ、わたしは毎日フライデーに鎌《かま》をかけては、こちらを不安にするような考えをまた口にするだろうかと様子を見ていた。だがフライデーの言うことはどれも率直で裏がなく、疑惑を助長するようなものは見つからなかった。だから、さんざん不安になりはしたものの、結局また彼を信頼するようになった。こちらの不安にフライデーがまったく気づいていなかったので、こちらもだまされているとは思えなくなったのである。

ある日また同じ丘に登ってみたが、海が靄《もや》っていて大陸は見えなかったので、彼に声をかけて、「フライデー、おまえ自分の国へ帰りたいと思わないのか、仲間のところへ」と訊いた。

するると彼は、「帰りたい。仲間のところいたら、とても、ああうれしい」と答えた。「帰ったら何をする？　またもとに戻って、人間の肉を食って、前みたいな未開人になるのか？」とわたしは訊いた。

彼は心配げな顔をして首を振った。「なるない、なるない。フライデー、みんなに善く生きる言う。神に祈る言う。麦のパン、家畜の肉と乳、食べる言う。もう人間食べるない」

「だけど、そんなことをしたらおまえ、みんなに殺されるぞ」とわたしは言った。

それを聞くと彼は真剣な顔になり、それからこう言った。「ないない、みんなおれ殺すない、みんな進んで学ぶ愛する」進んで学ぶと言っているのだ。そしてさらに、自分たちはボートでやってきた髭の男たちからいろいろなことを学んだと言った。

そこでわたしは、おまえ国へ帰るつもりでいるのかと尋ねた。すると彼はにっこりして、自分はそんなに遠くまで泳げないと答えた。おれがカヌーを造ってやる、と言うと、旦那様《だんなさま》が一緒に行くなら帰る、と答えた。

「おれが？」とわたしは言った。「だけど、おれが行ったら、みんなおれを食うだろう」

「ないない、おれみんな食うさせない。旦那様たくさん愛するさせる」つまり、わたしが敵を殺して彼の命を救ったことを仲間に話して、わたしを愛するようにさせるというのだ。

それから彼は、そこに漂着したその十七人の白人たち、彼が言うところの髭の男たちに、自分たちがどれほど親切にしているかを、精一杯わたしに伝えようとした。

それからというもの、白状すると、わたしは思いきって海を渡ってみたいと思うようになった。その髭の男たちに合流できるかどうか、試してみたくなったのである。彼らはまちがいなくスペイン人とポルトガル人だろうから、うまくすれば、一緒にそこから脱出する方法が見つかるかもしれない。なにしろあちらは大陸なのだし、人手もたくさんあるのだから、大陸から四十マイルも離れた島から助けもなくひとりで脱出しようとするより、きっとうまくいくにちがいない。そう考えて、数日後、話をするつもりでフライデーをふたたび仕事に連れ出すと、おまえに国へ帰るためのカヌーをやると言って、島の反対側に係留してあるカヌーまで連れていった。カヌーはいつも水に沈めてあったので、中の水をあけて引き上げてから見せ、一緒に乗りこんだ。

フライデーはカヌーを操るのがきわめて巧みで、わたしの倍近い速さで漕《こ》ぐことができた。だから岸に戻ると、わたしはこう訊いた。「で、どうだ、フライデー、一緒に国へ帰るか?」すると彼はひどく浮かない顔をした。そのカヌーでは小さすぎて、とてもそんなに遠くまでは行けないと考えていたらしい。

そこでわたしは、もっと大きなカヌーを持っていると言って、あくる日、造ったのはいいが進水させられなかった最初のカヌーのところへ連れていった。フライデーはその大きさなら十分だと言った。とはいえ、手入れもしないままそこに二十二、三年も放置してあったので、カヌーは日射《ひざ》しで乾ききってひび割れ、腐っていた。こういうカヌーならだいじょうぶ。フライデーはそう言い、彼の言い方を借りれば、「食料、水、パン、たくさん十分」積めると請け合った。

このころにはもうおおむね、フライデーとともに大陸へ渡る腹を固めていた。だから彼に、ふたりでこのぐらい大きなカヌーを造ろう、そうすればおまえは国へ帰れるんだ、と言った。フライデーはひとことも返事をせずに、ひどく真剣で悲しげな顔をした。どうしたんだ、とわたしは言った。すると彼はこう訊きかえしてきた。

「なぜフライデーに怒る、おれ何した?」

何を言っているんだ、とわたしは言った。おれは怒ってなんかいないぞと。

「いない！　いない！」と彼はその言葉を何度も繰りかえした。「なら、なぜフライデー、国へ帰す」

「だけど、フライデー」とわたしは言った。「おまえ帰りたいと言わなかったか？」

「帰りたい、帰りたい、ふたりで帰りたい。フライデーあっち、旦那様あっちいない、ちがう」つまり、わたしを置いて帰るつもりはないということだった。

「おれがあっちへ行く？　行って何をするんだ？」とわたしは訊いた。

するとフライデーはさっとこちらを向いた。「善いことたくさんたくさんする。野蛮の人に教えて、善い人、慎みある人、文明の人にする。神のこと教えて、祈るさせる、新しい命、生きるさせる」

「ああ、フライデー、〝汝《なんじ》はわからざるなり〟。おれだってただの無知な男だ」

「ちがう、ちがう。旦那様、おれ教えて善い人にする、みんな教えて善い人にする」

「いやいや、フライデー、おまえだけで行くんだ。おれはここに残って、前のようにひとりで暮らすよ」

わたしがそう言うと、彼はまた途方に暮れた顔をした。いつも持ちあるいている手斧のところへ走っていき、あわただしくそれを取ってくると、わたしに渡してよこした。

「これで何をしろというんだ？」とわたしは訊いた。

「フライデー殺す」と彼は言った。

「なんの罪で殺さなきゃいけないんだ？」わたしはまた訊いた。

するとわたしはすかさずこう言いかえした。「なんの罪でフライデー追いかえす？　旦那様、フライデー殺すする、フライデー追いかえすしない」本気で言っており、涙まで浮かべていた。

こうしてわたしは、彼の中にわたしに対するこのうえない愛情と、彼自身の固い決意とをはっきりと認めたので、おれと一緒にここにいてくれる気があるのなら、おまえを追いかえしたりはしないと、そのときも、それからもたびたび伝えた。

そんなわけで、フライデーの話しぶりから、彼がわたしへのたしかな愛情を持っており、何があろうとわたしから離れないことがはっきりしたので、国へ帰りたいという彼の気持ちも、仲間への強い愛情と、彼らを善導してほしいというわたしへの希望に基づいているのがわかった。彼らの善導など、わたしには思いもよらぬことだったので、引き受ける考えも、つもりも、欲求もまったくなかったが、それでも、むこうには十七人の髭の男たちがいるというフライデーの話から、脱出を試みたいという願望はやはり、いま述べたように強く持っていた。

そこでそれ以上は時をむだにせず、フライデーを連れて、伐《き》り倒す木を探しに出かけた。大型のペリアグワないしカヌーを造って大陸へ渡れるような大木である。島には小さな艦隊を建造できるほどの木が茂っていた。それもペリアグワやカヌーのではなく、立派な大型船の艦隊だが、わたしが重視したのは、完成したら海まで運べるような、岸近くの木を見つけることだった。一度目と同じ轍《てつ》を踏むつもりはなかった。

ようやくフライデーが木を選び出した。どんな種類の木が最適かは、彼のほうがよく知っていた。わたしは今日にいたるまで、伐り倒したのがなんという木なのか知らない。黄木《おうぼく》と呼ばれる木か、黄木とニカラグア木の中間ぐらいの木に、色も香りもそっくりだったということしかわからない。フライデーはこの木の内側を刳《く》りぬくのに火を使いたがったが、わたしは道具を用いる方法を教えた。やってみせると、彼はとても巧みにそれを使いこなすようになった。

ひと月ほどせっせと働いて、わたしたちはそれを完成させた。ことに、フライデーにも斧のあつかいを教えて、ふたりで外側を本物の舟の形に削ると、それはまことに美しい舟になった。けれどもそのあと、海まで運んでいくのにさらに二週間近くかかった。太いころで徐々に徐々に転がしていったからなのだが、実際に水に浮かぶと、その舟にはゆうに二十人は乗りこめそうだった。

水に浮かぶとずいぶん大きかったが、わが召使いフライデーは舌を巻くほど巧みに、機敏にそれを操り、転回させ、漕いでみせた。そこでわたしは彼に、これならおまえはその気になるか、おれたちは海を渡れるか、と訊いた。

「渡れる」と彼は答えた。「これなら海渡れる、大風たくさん吹いても」

しかしわたしにはさらに、彼の思いもよらぬ構想があった。帆柱と帆を作ることと、錨《いかり》と錨綱を備えつけることである。帆柱のほうは簡単だったので、島にたくさん茂っている杉の木のまっすぐな若木を、現場の近くで一本選び出すと、フライデーに伐り倒させ、形と仕上げ方を指示した。

だが帆のほうは、わたしがどうにかするしかなかった。古い帆布、というか帆布の切れ端が十分にあるのは知っていたのだが、まさかこんなことに使うとは思いもせず、二十六年もそばに置きながら、保存にあまり注意を払ってこなかったので、みなぼろぼろになっているはずだった。

案の定、あらかただめになっていたが、ましなものが二枚見つかったので、それを使って作りはじめた。針がないのでひどく苦労し、お察しのとおり下手くそな縫い方でどうにか、イングランドで〝羊の肩肉形〟と呼ばれる帆に似た不細工な三角帆をこしらえ、底辺をブームで、上端を小さな短い斜桁《しゃこう》で張った。これは普通の船に搭載される大型ボートの帆と同様のもので、わたしがいちばんよくあつかいを心得ているものだった。バルバリアから逃げるさいに乗っていたボートにも、この物語の最初のほうで述べたとおり、この手の帆がついていたからである。

この最後の作業、すなわち帆柱と帆の取りつけには、二か月近くかかった。仕上がりに万全を期したからで、風上へ向かうさいの助けにしようと、小さな支索とそれに取りつける支索帆までこしらえた。そのうえさらに、艫《とも》に舵《かじ》まで取りつけた。不器用な船大工にすぎないわたしでも、そういうものが役に立つこと、必須《ひっす》でさえあることは承知していたので、たいへんな苦労をしながらも粘り強く作業をつづけ、ついにやりとげた。とはいえ、そのために数々の工夫をしては失敗をしたことを計算に入れると、舟を造るのとほとんど変わらない労力を費やしたように思う。

この作業もすべて終わると、わが召使いフライデーにこの舟の操り方を教えてやった。フライデーはカヌーの漕ぎ方ならよく心得ていたものの、帆や舵のことは何も知らなかった。だからわたしが舵を使って舟を海上のあちこちへ走らせてみせると、ひどく驚いていた。進路が変わるたびに帆が向きを変えて、こちらへふくらんだりあちらへふくらんだりするのにびっくりし、あっけにとられて見ていた。だが少しやらせただけで、すぐにこれらのあつかいに慣れ、熟練した水夫になった。ただし羅針儀についてだけは、ほとんど理解させられなかった。もっとも、曇りの日はあまりなかったし、このあたりでは霧もまず、いや、まったく出なかったから、羅針儀の出番はあまりなかった。夜にはいつも星が見えたし、昼間には陸地が見えた。雨期は別だが、雨期には陸であれ海であれ、出かけようなぞという気は起こらなかった。

わたしがこの島に幽閉されて二十七年目にはいっていた。とはいえ、この男が現れてからの三年は、暮らしがそれまでとはまったく別物になっていたから、勘定に入れないほうが妥当だろう。上陸記念日は当初と同じように、神の恵みに感謝を捧《ささ》げて過ごした。当時あれほど感謝したのなら、今はそれ以上に感謝しなければならなかった。こうして神の配慮がさらに示され、まもなく本当に救われるはずだという大きな希望まであたえられたのだから。救いの時は近い、あと一年この島にいることはないだろう。そんな確信が心に芽生えていた。それでもわたしはいつもどおりに耕し、蒔《ま》き、柵を作って農作業を続け、葡萄《ぶどう》を集めて干した。やるべきことはこれまでどおりすべてやった。

21 捕虜を救い出す

そうしているあいだに雨期がめぐってきて、わたしたちは屋内にこもりがちになった。そこで新しい舟をできるかぎり安全に保管することにし、本船から筏《いかだ》で荷を運んできたあの、初めのころに紹介した入江に漕ぎ入れ、満潮時に岸に引き上げてから、フライデーに小さな船渠《ドック》を掘らせた。大きさは舟がちょうど収まるぐらい、深さは水を入れたときに舟がちょうど浮くぐらいにして、潮が引くとその端に頑丈な堰《せき》を造り、水がはいらないようにした。これで舟は海水には濡《ぬ》れなくなった。雨に濡れないようにするには、木の枝を大量にかぶせ、家の屋根のように厚く葺《ふ》いた。こうしてわたしたちは十一月と十二月を待った。そのころになったら冒険に乗り出すつもりだった。

雨期があけて晴天が続くようになると、ふたたび計画のことを考えはじめ、航海の準備に日々を費やすようになった。最初にやったのは、航海用として一定量の食料を蓄えることで、一週間か二週間のうちに船渠をひらいて舟を出すつもりだった。ある朝、そういう作業でいそがしかったわたしは、フライデーを呼び、海岸へ行って亀《かめ》を見つけてくるように命じた。たいていは週に一回、亀を獲《と》って、肉のほかに卵も手に入れていたのである。フライデーはまもなく駆けもどってきて、まるで宙でも飛ぶようなに外側の砦柵《さいさく》を越え、わたしが声をかける間もなくこう叫んだ。

「ああ、旦那様！　ああ、旦那様！　ああ、悲しい！　ああ、たいへん！」

「どうしたんだ」とわたしは言った。

「ああ、あっちに一、二、三のカヌー！　一、二、三！」

この言い方から、わたしは六艘だろうと判断したのだが、よくよく訊いてみると、三艘だけだった。

「それなら、あわてることはない」と言って、フライデーをできるだけ元気づけようとした。

だが、憐れにも彼はすっかりおびえきっており、そいつらが自分を捜しにくる、自分は切り刻まれて食われてしまうと、そう思いこんでいた。ひどく震えているので、どうしていいかわからなかった。精一杯なだめて、危険なのはおれも同じだ、おれも食われてしまうはずだと言った。

「だからフライデー、おれたちは戦う決意をしなくちゃならない。おまえは戦えるか？」と訊いた。

「おれ、撃つ」と彼は答えた。「でも、たくさんたくさん来る」

「たくさん来ても、おれたちが銃を撃てば、みんな死ぬか、腰を抜かすかする」とわたしはまた言った。それから彼に、おれがおまえを守ることにしたら、おまえもおれを守ってくれるか、おれのそばにいて、命じたとおりにしてくれるかと訊いた。

すると彼は、「旦那様、死ぬ命じる、おれ死ぬ」と答えた。

そこでわたしは、ラムをたっぷりひと口分持ってきて彼にあたえた。ラムは大切にしていたので、まだたくさん残っていた。ふたりでそれを飲むと、いつも持ちあるいている二挺《ちょう》の鳥撃ち銃をフライデーに渡し、小ぶりのピストル弾ほどもある大きな雁《がん》弾《だま》をこめさせた。わたしのほうは四挺のマスケット銃を取り、それぞれに大弾を二発と小弾を五発こめ、二挺のピストルにも二発ずつ弾をこめた。それからいつもどおり剣を抜き身で腰に下げ、フライデーには手斧を渡した。

こうして準備ができると、遠眼鏡を持って丘の中腹に登り、何が見えるかのぞいて見た。するとすぐに、二十一人の蛮人が三人の捕虜とともに、三艘のカヌーで上陸していることがわかった。そいつらの関心は三人の人肉で勝利の宴をもよおすことにしかないようで、野蛮な宴なのはたしかだったが、いつものことでしかなかった。

さらに、そいつらが上陸したのはフライデーが脱走したのと同じ場所ではないことも判明した。もっとわたしの入江に近いところで、海岸が低く、密生した森がほとんど水際《みずぎわ》まで迫っている場所である。それを見たわたしは、蛮人どもがそこへやってきた浅ましい目的への嫌悪《けんお》も手伝って、すっかり義憤に駆られた。フライデーのところへ降りていくと、あいつらを残らず殺しにいくことにしたが、おまえも一緒に来てくれるかと訊いた。フライデーはもう恐怖を乗りこえ、飲ませたラムのおかげでいささか気分が高ぶっていたので、たいそう陽気に、旦那様に死ねと言われれば死ぬ、とまた答えた。

わたしは怒りに駆られたまま、まずはいま弾をこめた銃を分配した。フライデーにはピストルを一挺腰帯に差させ、銃を三挺担《にな》わせた。自分もピストルを一挺持ち、残りの三挺の銃をかつぐと、その態勢で出発した。ラムの小瓶をポケットに入れ、フライデーに追加の弾薬を入れた大きな袋を持たせた。わたしのすぐ後ろについていろと伝え、指示するまでは動いても撃ってても何をしてもいけない、しゃべってもいけないと命じた。そのまま右手に一マイル近く、入江を渡って森にはいれるところまで迂回《うかい》した。そうすれば、やつらを撃てる距離まで見つからずに近づけるからで、さきほど遠眼鏡で見たかぎり、それは難しくなさそうだった。

こうして進んでいるうちに、かつて考えたことがよみがえってきて、決意が鈍りはじめた。敵の数に恐れをなしたわけではない。むこうは無防備な裸の連中なのだから、たとえわたしひとりでも、こちらが優勢なのはわかりきっていた。だから恐れをなしたわけではなく、こんな疑問が湧《わ》いてきたのである。おまえは誰の求めで、なんの根拠で、いわんやどんな必要から、自分の手を血に染めにいくのか？　あいつらはおまえに害をなしたわけでも、なすつもりもない者たちを襲いにいくのか？　おまえに罪を犯したわけではない。あの野蛮な風習はあいつら自身の不幸だ。それは神があいつらをこのあたりの他の民族ともども、そのような暗愚のうちに放置したまま、そのような非人間的所業を許している証左ではある。だがおまえにあいつらの行ないを裁くこと、ましてや神の正義を執行することを求めている印ではない。神はそれが適切だと思えばいつでもご自身で裁きを下し、民族の犯した罪によりあいつらの民族全体を罰するだろう。しかしそれはおまえには関係のない話だ。それはまあ、フライデーならかまわないかもしれない。フライデーはあいつらの公然の敵であり、あいつらと戦争状態にあるのだから、フライデーが攻撃するのは法にかなっている。だがおまえ自身に関しては、そうは言えない。

そんな考えが道中しきりに浮かんできたため、わたしは彼らの近くまで行ってたんに身をひそめていることにした。そうして野蛮な宴を監視していて、神の命じるままに行動しよう、だが、今わかっていること以上に自分への要請が示されないかぎりは、手出しをしないことにしようと、そう決心した。

森へはいり、フライデーをすぐ後ろに従えて、できるかぎり静かにそろそろと森のはずれまで近づいた。蛮人どもはそのすぐむこうにいた。あいだを隔てるのがもはや森の一隅だけになると、わたしは小声でフライデーを呼び、森のその隅にそびえる大木を示しながら、その陰からそいつらのしていることがはっきり見えるかどうか、見てくるように命じた。

フライデーは言われたとおりにし、すぐに戻ってきて、はっきり見えると報告した。みなで火を囲んで、捕虜のひとりの肉を食っている。もうひとりが少し離れた砂浜に縛られて転がっており、次はその男が殺されるはずだという。わたしの心はかっと燃えあがった。フライデーはさらに、その男は彼の国の人間ではなく、彼が前に話した髭の男たち、ボートで彼らの土地へやってきた連中のひとりだと言った。

髭を生やした白人と聞いて、わたしは震えあがった。みずからその木の陰まで行って、遠眼鏡でのぞいてみると、白人の男が手足を蒲《がま》か藺草《いぐさ》のようなもので縛られて浜に転がされているのがはっきりと見えた。ヨーロッパ人で、服を着ていた。

わたしの隠れている木より五十ヤードほど蛮人どもに近いところに、もう一本木が生えており、そのむこうに小さな藪《やぶ》があった。少し迂回すれば、見つからずにそこまで行けそうで、そこからならそいつらを十分に射程に収められるはずだった。そこでわたしは逸《はや》る気持ちを抑え、怒り狂ってはいても二十歩ほどあともどりして、茂みに身を隠したままもう一本の木まで行き、さらにその先のちょっとした高台まで行った。そこからだと、そいつらの姿はまる見えで、距離はおよそ八十ヤードだった。もはや一刻の猶予《ゆうよ》もならなかった。車座になって地面に腰をおろした十九人の蛮人どもが、ほかのふたりに憐れなキリスト教徒を屠《ほふ》りにいかせたところだった。手足を一本ずつ焚火《たきび》のところへ持ってこさせるのだろう。ふたりはかがみこんで、捕虜の足の縛《いまし》めをほどきにかかっていた。

わたしはフライデーのほうを向き、「いいか、フライデー、おれの言うとおりにしろよ」と言った。

フライデーは「する」と答えた。

「よし、じゃあ、おれのするとおりにするんだ。何もかもだぞ」

そう言って、わたしは自分のマスケット銃の一挺と鳥撃ち銃を地面に置き、フライデーにも同じようにさせると、もう一挺のマスケット銃で蛮人どもを狙《ねら》った。彼にも同じようにしろと命じ、用意はいいかと尋ね、彼が「はい」と答えると、「じゃあ、撃て」と言いながら自分も撃った。

　フライデーの狙いはわたしよりずっと精確で、ふたりを殺して、三人を負傷させた。わたしのほうはひとりを殺して、ふたりを負傷させた。蛮人どもはもちろん大混乱に陥り、無傷だった者はみなあわてて立ちあがったが、死がどこから訪れたのやらわからなかったため、どちらへ逃げればよいのかも、どちらを見ればよいのかも、にわかには判断できなかった。

　フライデーは命令どおりわたしのするとおりにしようと、わたしをじっと見ていた。そこでわたしは最初の銃を撃つやいなや、その銃を置いて鳥撃ち銃を取りあげた。フライデーも同じようにし、わたしが鶏頭（燧石を取りつけた金具）を起こして狙いをつけるのを見ると、それもまねた。

「いいか、フライデー？」とわたしは訊《き》いた。

「はい」と彼は答えた。

「じゃあ、神の御名《みな》において、撃て」

　そう言うのと同時に、わたしはあわてふためく蛮人どもにふたたび弾を浴びせた。フライデーもそうした。どちらの銃も、こめてあったのはわたしが雁弾ないし小ぶりのピストル弾と呼ぶものだったため、倒れたのはふたりにすぎなかったが、多数が負傷して血まみれになり、気がちがったようにわめいたり叫んだりしながらあたりを逃げまどった。大半がひどい傷を負っており、そのためさらに三人がまもなく倒れたが、絶命はしていなかった。

わたしは撃った鳥撃ち銃を置き、まだ撃っていないマスケット銃を取りあげながら、「よし、フライデー、ついてこい」と言い、彼が敢然と立ちあがるのを見ると、森から駆け出していった。フライデーもすぐあとに続いていた。蛮人どもがこちらを見るや、わたしはあらんかぎりの声で喊声《かんせい》をあげ、フライデーにも同じようにしろと命じた。そして全力で、といっても武器を身につけていたのでさほど速くはなかったが、憐れな生贄《いけにえ》のほうへまっすぐに走っていった。

男はさきほども述べたように、やつらの座っていた場所と海とのあいだの浜に転がされていた。男を屠ろうしていたふたりは最初の銃撃で肝をつぶし、男を置いたままあたふたと海のほうへ逃げて、カヌーに飛び乗っており、ほかにも三人がそのあとに続いていた。わたしはフライデーのほうを向き、そのまま追いかけていってそいつらを撃てと命じた。フライデーは言われたことを即座に理解し、四十ヤードほど走っていって距離を詰めると、その五人を撃った。全員がカヌーの中に折り重なって倒れたので、わたしはみな死んだものと思ったが、すぐにふたりが起きあがるのが見えた。それでもフライデーはふたりを殺しており、もうひとりは負傷してカヌーの底に死んだように倒れていた。

わが召使いがそいつらを撃っているあいだに、わたしはナイフを出して生贄の縛めを切り、手足を自由にしてやった。それから助け起こし、ポルトガル語で何者かと尋ねた。彼はラテン語でクリスティアーヌス、すなわちキリスト教徒だと答えたが、ひどく弱ってふらふらしており、満足に立つこともしゃべることもできなかった。わたしがポケットからラムの瓶を出して渡し、飲めと身ぶりで伝えると、彼は飲んだ。パンをひとつあたえると、それも食べた。どこの国の者かと尋ねると、エスパニョール、すなわちスペイン人だと答えた。そしていくぶん元気を取りもどし、命を助けられてどれほど感謝しているかを、ありとあらゆる身ぶりで示してみせた。

「セニョール」とわたしは言い、思い出せるかぎりのスペイン語でこう伝えた。話はあとにしよう。今は戦わなければならない。力が残っているなら、このピストルと剣を取って、斬《き》りまくってくれ。

彼は感謝して武器を受け取り、それを手にするが早いか、新たな力を授けられたかのように、復讐《ふくしゅう》の女神のごとく人殺しどもに襲いかかり、たちまちそのうちのふたりをたたき斬った。実を言えば、すべてはまったくの不意打ちだったので、そいつらは銃声ですっかり肝をつぶし、たんに驚きと恐れのせいで倒れ、銃弾を受けたのと同じように逃げ出せずにいたのである。フライデーが撃ったカヌーの五人もそうだった。三人は銃弾を受けて倒れたが、あとのふたりは恐怖で倒れたのだった。

わたしはスペイン人にピストルと剣を渡してしまったため、自分の銃は撃たずに弾薬を温存していた。そこでフライデーを呼び、最初に発砲した木のところまで走っていって、置いてきた発射ずみの銃を取ってこいと命じた。そして彼が大急ぎで取ってくると、自分のマスケット銃を彼に渡して、残りの銃に弾をこめなおすために腰をおろし、必要なときには取りにこいとフライデーとスペイン人に伝えた。

弾をこめているあいだに、スペイン人とひとりの蛮人のあいだで激しい斬り合いが始まっており、蛮人が大きな刀で斬りつけていた。さきほどわたしが阻止しなければスペイン人を殺していたはずの刀である。だがスペイン人は、弱ってはいてもこのうえなく大胆で勇敢な男で、そのインディアンを相手にかなりのあいだ戦い、相手の頭に二か所、大きな刀傷を負わせていた。しかし蛮人のほうもたくましい大男で、弱っている彼に組みついて投げとばし、手から剣をもぎ取ろうとした。スペイン人は組み敷かれながらも、とっさの機転で剣を放し、腰帯からピストルを抜いて蛮人の体を撃ち抜き、わたしが助けに駆けつけたときにはもう、そいつを殺していた。

フライデーは今や自由に行動しており、逃げるやつらを手斧だけしか持たずに追いかけて、最初に負傷して倒れたあの三人と、彼が追いつくことのできたやつらを、みなその手斧で始末した。スペイン人がわたしのところへ銃を取りにきたので、鳥撃ち銃を渡してやると、彼はそれを持って蛮人をふたり追いかけ、ふたりとも負傷させた。だが彼はもはや走れなかったので、そいつらはどちらも森へ逃げこんでしまった。フライデーが追いかけてひとりを殺したものの、もうひとりはフライデーより足が速く、負傷しているにもかかわらず海に飛びこんで、生き残ったカヌーのふたりのところまで全力で泳いでいった。というわけで、カヌーのその三人と生死不明の負傷者ひとりだけが、二十一人の蛮人のうち、わたしたちの手を逃れた。そのほかの内訳は次のとおりである。

木陰からの最初の銃撃で死亡した者……三名
次の銃撃で死亡した者……二名
カヌー内でフライデーに殺された者……二名
負傷したのちフライデーに殺された者……二名

森でフライデーに殺された者……一名
スペイン人に殺された者……三名
負傷して倒れたまま、ないしは追いかけられて、フライデーに殺された者……四名
カヌーで逃げた者……四名（うち一名は負傷しており、生死不明）

合計……二十一名

カヌーに乗っている連中は、射程から出ようとして懸命に漕いでおり、フライデーが二、三発撃ったものの、見たところでは誰にも命中しなかった。フライデーはカヌーで追いかけようと、熱心に訴えた。わたしもそいつらに逃げられるのはまずいと思っていた。そいつらが帰って仲間たちにこのことを知らせたら、こんどは二、三百艘《そう》のカヌーで押しよせてきて、こちらを数で圧倒するだろう。だから追いかけることに同意し、カヌーの一艘に走っていって飛び乗り、フライデーについてこいと命じた。ところが乗りこんでみると、驚いたことにもうひとり、憐れな男がそこに横たわっていた。スペイン人と同じように、宴に供されるべく手足を縛られ、恐怖のあまり死

んだようになっており、舟縁から顔を出して様子を見ることすらままならなかったため、事態がまったくわかっていなかった。きつく縛りあげられたまま長らく放置されていたので、すっかり生気を失っていた。

すぐさまわたしは、縛めになっている蒲か藺草のよじったものを切り、男を助け起こそうとした。だが男は立つこともしゃべることもできず、ひどく情けないうめきを漏らしただけだった。縛めを解いたのは殺すためだと思いこんでいるようだった。

フライデーがやってくると、彼の口から男に、もうだいじょうぶだと伝えさせ、それから瓶を取り出して、その憐れな男にラムをひと口あたえさせた。男はもうだいじょうぶだという言葉と、ラムのおかげで息を吹きかえし、カヌーの中で体を起こした。

ところがフライデーは男の声を聞くと、その顔をのぞきこんだ。そのあとのフライデーの様子を見たら、どんな人間でも感動のあまり涙を流しただろう。接吻《せっぷん》し、腕をまわし、抱きしめ、泣き、笑い、歓声をあげ、跳ねまわり、踊りまわり、歌い、それからまた泣き、手を揉《も》みしぼり、自分の顔と頭をたたき、それからまた狂ったように歌いながら跳ねまわったのである。しばらくは話しかけることも、どうしたのかと訊くこともできなかった。やがていくらか正気に返ると、これは自分の父親なのだとわたしに教えた。

この憐れな蛮人が父親の姿を眼にし、その命が助かったのを見てどれほど喜んだか、どれほど父親を愛していたのか、それをまのあたりにしたわたしの感動を言葉にするのは容易ではないし、そのあとに彼が見せた愛情の途方もなさときたら、それこそ半分も読者に伝えられない。フライデーはカヌーに乗ったり降りたりを何度も繰りかえした。乗りこんで父親のところへいっては、そばに座って腕を広げ、父親の頭を、合計すれば三十分ものあいだ抱きしめて慈《いつく》しんだ。それから、縛られていたために痺《しび》れて強《こわ》ばっている腕や足首を手に取り、なでたりさすったりした。これを見てわたしは瓶のラムを少しあたえ、それをつけてこすらせた。するとたいへんに効果があった。

このできごとのせいで、ほかの蛮人どもの乗ったカヌーを追うことはできなくなった。カヌーはもうほとんど見えなくなっていた。だが追わなかったのは、結果として幸いだった。二時間もすると、そいつらがまだ道のりの四分の一も行かないうちに、大風が吹きはじめ、ひと晩じゅう激しく、それも逆風となる北西から吹きつづけたからである。カヌーが無事だったとは思えないし、やつらの土地にたどりつけたとも思えない。

だが、話をフライデーに戻そう。彼はかいがいしく父親の世話を焼いており、なかなか引き離す気になれなかった。しばらくして、そろそろよさそうだと思うと、わたしはフライデーを呼んだ。彼は笑いながらぴょんぴょんと、うれしくてしかたないという顔でやってきた。父親にパンを食べさせたかと訊くと、首を振り、「おれ悪い犬、ひとりみんな食べる。もうない」と答えた。そこでわたしは、持ってきた小袋からパンをひとつ渡し、フライデーにもラムをあたえたが、彼はそれを飲まずに、父親のところへ持っていった。ポケットに干し葡萄が二、三房あったので、それもひとつかみ持っていかせた。

フライデーは干し葡萄を父親に渡すと、すぐさまカヌーから飛び出してきて、狂ったように走り去った。これほど足の速い男は見たことがなかった。とにかくものすごい速さで、あっというまに見えなくなり、わたしが後ろから呼ぶのも叫ぶのも聞かずに、そのまま行ってしまった。そして十五分後にふたたび戻ってきたが、こんどはさきほどよりゆっくりだった。近づいてくると、それは何かを持っているせいだとわかった。

そばまで来ると、城まで素焼きの壺《つぼ》を取りにいき、父親に水を運んできたのだと判明した。パンもふたつ持ってきていた。パンはわたしにくれたが、水は父親のところへ運んでいった。だがわたしもひどく喉《のど》が渇いていたので、少し飲ませてもらった。この水はラム酒よりもはるかに父親を生き返らせた。彼は渇きのあまり気を失いかけていたのである。

父親が水を飲んだあと、わたしはフライデーを呼んで、水がまだ残っているかどうか尋ねた。残っていると彼が答えると、気の毒なスペイン人に飲ませてやれ、あの男もおまえの父親と同じくらい水を飲みたがっていると言って、フライデーの持ってきたパンもひとつ、一緒に持っていかせた。スペイン人はたしかにとても衰弱しており、木陰の草の上に寝ころんでいた。彼の手脚もたいそうこわばり、荒い縛めで縛りあげられていたためにひどく腫《は》れあがっていた。

フライデーが水を持っていくと、スペイン人は起きあがってそれを飲み、パンを受け取って食べはじめたので、わたしも行って、干し葡萄をひとつかみあたえた。彼は表情に表わせるかぎりの感謝を浮かべてわたしを見あげたが、すっかり弱っており、蛮人相手には奮戦したものの、もはや立ちあがることもできなかった。二、三度試みたが、どうしてもだめだった。足首が腫れあがっていて、ひどく痛んだのである。そこでわたしはじっとしていろと言って、フライデーにさきほど父親にしたのと同じように足首をさすらせ、ラムを塗らせた。

この愛情深い男は、そうしながらも二分おきに、いや、もっと頻繁に首をめぐらしては、父親が自分の置いてきた場所に、置いてきたままの姿勢で座っているかどうか確かめていた。そのうちに父親が見えなくなったのに気づいた。はっとして立ちあがり、ものも言わずに、足が地に触れていないように見えるほどの速さで飛んでいった。けれども行ってみると、父親は体を休めるために横になっていただけだとわかり、すぐに戻ってきた。

そこでわたしはスペイン人にこう言った。立てるようなら、フライデーが手を貸すから、立ちあがってカヌーまで行ってくれ。おれたちの住まいまで連れていって、あんたの世話をしよう。

ところがたくましくて力持ちのフライデーは、スペイン人をひょいと背負い、カヌーまで運んでいって舟縁にそっと、足を内側に入れて腰かけさせた。それから持ちあげて中に入れ、父親のそばにおろすと、すぐにまた降りて、カヌーを海に押し出し、かなりの風が吹いていたにもかかわらず、わたしが歩くよりも速く岸伝いに漕いでいった。そして無事にわたしたちの入江まで行くと、ふたりをカヌーに残したまま、もう一艘のカヌーを取りに走ってきた。わたしはすれちがうときに声をかけ、どこへ行くんだと訊いた。フライデーは「もっとカヌー、取りいく」と答え、風のように走り去った。人でも馬でも、彼のように走れるものはいない。わたしが陸路で入江に着いたのとほぼ同時に、もう一艘のカヌーで入江にはいってきた。そしてわたしを対岸へ運ぶと、客たちのところへ行ってふたりをカヌーから降ろした。しかしふたりはどちらも歩けなかったので、さすがのフライデーも困ってしまった。

これを解決するためにわたしはひと思案し、フライデーにふたりを岸に座らせておいてこっちへ来いと命じた。そして担架のようなものを急いでこしらえ、それにふたりを一緒に乗せ、フライデーとわたしで前後を持って運んだ。ところが防壁の外まで来ると、こんどはもっと途方に暮れてしまった。ふたりに壁を乗りこえさせるのは無理だったし、自分としても壁を壊すつもりはなかったからである。そこでまた作業にかかり、フライデーとともに二時間ほどで、古い帆を用いた立派なテントを張り、木の枝を載せた。場所は外側の柵と、わたしの植えた若木の林とのあいだの空き地で、その中にベッドをふたつ、上等の稲藁《いなわら》のような手持ちの材料でこしらえ、敷いて寝るための毛布とかけるための毛布を、それぞれに広げてやった。

こうして島には住人が増え、わたしは臣下をたくさん持ったような気になった。まるで王様のようじゃないかと、たびたび悦に入っていた。なにしろ島じゅうがわたしの所有地なのだから、わたしには明白な統治権があった。それに、島民はわたしに完全に服従しており、わたしは絶対の君主であり立法者だった。彼らはみなわたしに命を助けられていたから、必要とあらば喜んでわたしのために命を捨てるはずだった。

さらに面白いことには、臣下は三人だけなのに、三人が三様の宗教を持っていた。わがフライデーはプロテスタント、その父親は異教徒で人喰い人種、スペイン人はカトリックだった。しかしわたしは、領土内ではどこでも信教の自由を認めていた。だがまあ、これは余談である。

弱りきったふたりの捕虜を救い出してきて、住まいと寝場所をあたえると、すぐにこんどは彼らに食事を作ってやることを考えはじめた。そこでまずフライデーに命じて、家畜の群れから一頭、仔山羊《こやぎ》から大人の山羊になるあいだの、一年子を選び出して屠らせた。その後肢の肉を切り取って細かく刻み、フライデーにじっくりと煮こませて、読者に保証するが、まことに美味な煮こみ肉とスープをこしらえた。スープには大麦と米も入れてあった。内側の壁の中では火を焚かないようにしていたから、料理は外でこしらえ、そのままそっくり新しいテントまで運んでいった。わたしもそこにしつらえておいたテーブルに着き、一緒に食事をしながらふたりをできるかぎり励まし元気づけた。通訳はフライデーがしてくれた。父親にはもちろんだが、スペイン人にもである。このスペイン人は蛮人の言葉をかなりしゃべれたのだ。

食事が、というより夕食がすむと、フライデーをカヌーの一艘でもう一度戦いの場に行かせ、時間がなくて置いてきた銃などの武器を取ってこさせた。そしてあくる日、こんどは蛮人の死体を埋めにいかせた。陽にさらされたままでは、じきに悪臭がしてくるからである。さらに、野蛮な宴のむごたらしい名残も埋めさせた。そのありさまはもういやというほど知っており、自分で埋めることなど考えもつかなかった。いや、そちらへ行ったさいに眼にするだけでも耐えられなかった。フライデーはすべてをきちんと実行し、蛮人どもの痕跡《こんせき》をきれいに消してくれた。だから次に行ったときには、現場がどこなのかもはっきりせず、ただあの森の一隅が目印になって、そのあたりだと見当がつくだけだった。

それから新たなふたりの臣下と少しばかり話をした。まずフライデーを介して父親に、カヌーで逃げたあの蛮人どもはどうなったと思うか、わたしたちにはかなわないほどの人数を引き連れて戻ってくると思うか、と尋ねた。父親の考えはこうだった。カヌーの蛮人どもは、当人たちが漕ぎ出していったあの晩の嵐《あらし》を乗り切れなかったはずで、きっと溺《おぼ》れ死んだか、でなければもっと南のほうの海岸に漂着して敵に食われ、これまた確実に死んだにちがいない。けれども、無事に帰りついたらどうなるかについてはわからない。とはいえ、やつらは自分たちを突如襲った轟音《ごうおん》と炎にすっかり肝をつぶしているから、仲間にはきっとみなを殺したのは人間ではなく雷鳴と電光であり、その場に現われたふたり（すなわちフライデーとわたし）は武器を手にした人間ではなく、自分たちを全滅させに降りてきた天の聖霊か鬼神だと、そう伝えるだろう。自分にはそれがわかる。なぜかといえば、やつらが蛮人の言葉で叫び交わしているのを聞いたからだ。人があんなふうに火を投げ、雷鳴を発し、手も上げずに遠くから人を殺すことなど、やつらには想像もつかないのだ。父親はそう答えた。

実際、この年老いた蛮人の言うとおりだった。のちにほかの者から聞いたのだが、蛮人どもはそれ以降、島に渡ってこようとしなくなったという。あの四人から聞かされた話ですっかり怖《お》じ気《け》づき（つまり、四人は生きて帰ったようである）、その呪《のろ》われた島に行く者は誰であれ神々の放つ火によって殺されると、そう信じこんだらしい。

だがこのときはまだそんなことを知らなかったので、わたしは絶えず不安にさらされ、かなりのあいだ手勢とともに警戒を続けていた。これでこちらは四人になったので、たとえ百人が押しよせてこようと、いつでも堂々と、ひらけた場所で戦うつもりだった。

22　反乱者たちがやってくる

だが、しばらくしてもカヌーが一艘も現われず、蛮人が押しよせてくるという不安が薄れると、わたしは大陸に渡る計画をふたたび検討するようになった。フライデーの父親も、自分が口利《くちき》きをすれば、わたしが彼らの国へ行っても厚遇されると請け合った。

しかしその計画は、スペイン人と真剣に話し合ったすえ、しばし棚上げにすることにした。彼の同国人とポルトガル人が、ほかにも十六人いることがわかったからである。その男たちは難破して大陸側に脱出し、そこで蛮人たちと平和裡《へいわり》に暮らしてはいるものの、必要なものにも事欠き、食べるものにすら窮しているという。わたしは彼らの航海の詳細を残らず尋ね、彼らの乗っていたのがラプラタ河からハバナへ向かっていたスペイン船だということ、積んでいたのはおもに皮と銀で、ハバナでそれをおろしたのち、彼《か》の地で見つかるヨーロッパの商品をなんでもいいから積んで帰ってくるようにという指示を受けていたことを知った。そこに別の難破船から助けた五人のポルトガル人水夫が乗っていたこと、そのスペイン船自体が難破したさいにスペイン人水夫も五人が溺れ死んだこと、船を捨てて果てしない危険と危難をくぐりぬけ、飢え死に寸前で人喰い人種の土地に流れつき、今にも食われるのではないかとおびえていたこともわかった。

彼の話によると、一行は多少の銃を持ってはいるものの、火薬も弾もないので、まったく役に立たないという。火薬は海水につかってあらかただめになり、わずかに残ったものも、上陸当初に食べ物を手に入れるために使ってしまったというのである。

そこでわたしは彼に尋ねた。その男たちはどうなると思うか、脱出する計画は何も立てなかったのか？ すると彼はこう答えた。それについてはさんざん協議したが、船もないし、造る道具もないし、糧食もないので、話し合いはいつも涙と絶望で終わった。

わたしはさらに言った。その男たちはおれが脱出を持ちかけたら、どう応じると思う？ 全員がここへ来たら、やれると思わないか？ ただひとつ心配なのは、その連中の手に命を預けたら、裏切られてひどい目に遭わされるのではないかということだ。人は感謝という美徳を生まれながらにして持っているわけではないし、恩に報いるよりは、利益をあてにして行動することのほうが多いものだ。そいつらの脱出に利用されたあと、ニュー・スペイン（新大陸のスペイン植民地）で虜《とりこ》にされてはたまらない。イングランド人がひとたび、必然であれ偶然であれ、あそこへ連れていかれたら、まちがいなく生贄にされる。無慈悲な司祭どもの手に落ちて異端審問にかけられるくらいなら、いっそ蛮人たちのところへ逃れて、生きながらにして食われるほうがましだ。けれども、もしそんな懸念《けねん》がなく、全員がここへ来たとしたら、それだけの人手があるのだから、みなが乗れるぐらい大きな三檣船《バーク》を一艘造れるのではないか。そうすれば南のブラジルへでも、北の島々やスペイン領へでも、行けるのではないか。だが武器を持たせたときに、その男たちがおれを自国の連中のところへ連行するなら、おれは恩を仇《あだ》で返され、今よりつらい目に遭うことになる。そうわたしは忌憚《きたん》のないところを伝えた。

彼の返答はきわめて率直で誠実なものだった。仲間たちはとても惨《みじ》めな境遇にあり、それを身に染《し》みて承知しているから、自分たちを救い出してくれた恩人をひどい目に遭わせるなど、考えることさえ嫌悪するだろう。あなたが望むなら、自分はその老人とともにみなのところへ行ってこの件について話し合い、彼らの答えを伝えに戻ってくる。指揮者であり船長であるあなたの命令には絶対に従うという契約書を、厳粛な誓約のもとに作ってもよい。聖なる秘蹟《ひせき》と福音にかけてあなたを裏切らないこと、あなたの意にかなうキリスト教地域へしか行かないこと、あなたの望みどおりの土地へ無事に上陸するまでは、いっさい無条件にあなたの命令どおりにすること、それを誓わせたうえで、みなの署名入りの契約書を持って帰ってくる。

彼はそう答え、まずは自分が誓うと言った。あなたの命令がないかぎりは、生涯あなたのそばを離れないし、仲間たちが少しでも誓いを破れば、自分は血の最後の一滴まであなたの味方をすると。

そしてこう言った。仲間たちはみなきちんとした正直な男で、これ以上はないほどの苦難をなめている。武器も着るものも食べるものもないから、蛮人たちの情けと気《き》紛《まぐ》れにすがるほかなく、国へ帰る望みはすっかり断たれている。だからあなたに救いの手を差しのべられたら、かならずやあなたと生死をともにするだろう。

そう保証されて、わたしはその男たちをできるものなら救出することにし、老蛮人とこのスペイン人を交渉のため彼らのところへ遣わすことに決めた。ところが、いざ出かけるという段になって、スペイン人自身が異を唱えはじめた。彼の言うことはまことにもっともであり、誠実でもあったので、わたしとしても納得せざるをえず、助言に従って、彼の仲間の救出を少なくとも半年は延期することにした。どういうことかというと——

彼はすでにひと月ほどわたしたちと暮らしており、わたしがどのようにして神の助けにより日々の糧《かて》を得ているかを見ていた。だから麦と米の蓄えがどれくらいあるのか、はっきり知っていた。それはわたしひとりには十分すぎるにしても、四人に増えた家族には、かなり節約をしないと足りなかった。ましてや彼の同国人たちが、彼の言うとおりまだ十四人（おそらく十六人の誤り）生きていて、みなここへやってきたら、とうてい足りなかったし、船を造ってアメリカのどこかキリスト教植民地へ向かうとしたら、その船に積みこむにはまったく不十分だった。

そこで彼はこう言った。それなら自分たち三人にもっと土地を開墾させ、種籾《たねもみ》にまわせる籾をありったけ蒔くほうが得策だと思う。次の収穫まで待てば、自分の仲間たちがやってきても食べるものには困らない。食料が足りなければ、それがもとで仲たがいも起こるし、自分たちは助からないのだ、ひとつの苦境から別の苦境に陥ったにすぎないのだ、と考えるようにもなってしまう。

「ご存じでしょう」と彼は言った。「イスラエルの人々だって、初めはエジプトから脱出できたことを大喜びしたけれど、荒野でパンがなくなると、自分たちを救い出してくれた神にさえ逆らったんですから」（「出エジプト記」十六章）

彼の用心はまことにもっともで、助言は適切だったので、わたしはその提案を喜んで受け容れるとともに、彼の誠実さにも満足した。そこで四人そろって作業にかかり、用意できる木製の道具で可能なかぎりの土地を掘り起こした。そしておよそ一か月後、ちょうど種蒔き時にまにあうように、二十二ブッシェルの大麦と十六壺分の米を蒔けるだけの土地を、きれいに開墾した。それが種籾にまわせるすべてだった。それどころか、残りは収穫を待つわたしたちが半年食べる分にもならなかった。しかし半年というのは、種籾をよけたときから数えてのことで、このあたりでは収穫まで半年もかからないはずだった。

仲間が増えたため、蛮人どもがやってきても、よほど大勢でないかぎりは恐れるに足らなくなり、わたしたちは用事があればいつでも自由に島じゅうを歩きまわるようになった。脱出のことが頭にあるので、その手段を考えずにいることは、少なくともわたしにはできなかった。そのため、船を造るのによさそうな木々を何本か選び出し、フライデーと父親に伐《き》り倒させた。それからスペイン人に意図を伝え、ふたりの作業の監督と指導にあたらせた。わたしが大木をどれほど根気強く一枚の板に削ったかを教え、彼らにも同じことをさせると、やがて上等のオーク材の厚板が十二枚ばかりできあがった。幅二フィート近く、長さ三十五フィート、厚さ二インチから四インチもある大きなものである。どれほど途方もない労力がかかったかは、察してもらえるだろう。

それと同時に、家畜の山羊をできるだけ殖やす工夫をした。そのために今日はフライデーとスペイン人が、次の日はわたしとフライデーがというように、交互に出かけていき、二十頭あまりの幼い山羊を捕まえて、ほかの山羊と一緒に育てた。雌山羊を撃つと、かならず仔山羊は生け捕りにして群れに加えた。

しかし何よりもたいへんだったのは、葡萄干しである。干し葡萄作りの季節がやってくると、わたしは途方もない量の葡萄を日向《ひなた》にかけさせた。干し葡萄の産地で知られる南スペインのアリカンテならば、六十樽《たる》から八十樽にはなったのではないかと思う。これがパンとともにわたしたちの主食をなしていたのだから、なんとも贅沢《ぜいたく》な話である。嘘《うそ》ではない。きわめて滋養があるのだ。

刈り入れの季節になり、収穫は良好だった。島に来てから最大の増収とまではいかなかったが、目標には十分に達した。二十二ブッシェルの大麦から二百二十ブッシェルあまりを穫《と》り入れて打穀した。米も同様の割合だった。それだけあれば十六人のスペイン人らが全員この島へやってきても、次の収穫期まで十分に食いつなげるはずだったし、もう航海に出られるのなら、それだけの糧食を積みこめば、アメリカはおろか世界のどこへでも十分に行けるはずだった。

こうして穀物を倉庫にしまいこむと、わたしたちはそれを入れておく大籠《おおかご》をもっと編む仕事に取りかかった。スペイン人は手先が器用でこれがたいへんにうまく、こういうもので防御物をこしらえるべきだとしきりに言った。だが、わたしはその必要を認めなかった。

さてこれで、予定されている客全員の食料を十分に確保したので、わたしはスペイン人に本土へ渡る許可をあたえ、むこうに置いてきた人々と交渉させてみることにした。彼には命令書を渡し、島に連れてくる者にはまず、彼自身とフライデーの父親の前で次のことを誓わせるよう厳命した。すなわち、彼らの救出のために人を遣わしてくれた島の人物には絶対に逆らわず、危害や攻撃を加えないこと。そのような襲撃に対しては、島の人物に味方して、その人物を守ること。どこへ行こうとその人物の命令に完全に従うこと。これを書面にしてそれぞれ署名すること。彼らにどうすればそんなことができるのか、ペンもインクもないのはわかっていながら、誰もその疑問は口にしなかった。

こういう指示をあたえられて、スペイン人とフライデーの父親の老蛮人は、自分たちが乗ってきたというより、言うなれば捕虜として食われるために乗せられてきたカヌーで、漕《こ》ぎ出していった。

ふたりには燧石《ひうちいし》式のマスケット銃を一挺ずつと、およそ八発分の弾薬を渡し、くれぐれも節約するように、差し迫った場合のほかは撃たないように、と命じた。

二十七年あまりの歳月のなかで初めて、島を脱出するための手段を講じるのだから、これは快挙だった。糧食にはパンと干し葡萄を、ふたりだけなら相当のあいだ、スペイン人ら全員をふくめても八日間はもつだけあたえ、航海の安全を祈りつつ、カヌーを見送った。戻ってきたさいに掲げる合図についても申し合わせをし、それを見れば岸に着く前に、遠くからでもふたりだとわかるようにした。

順風を受けてふたりが漕ぎ出していったのは、わたしの計算では十月の満月の日だった。だが正確な日付は、一度わからなくなったあと、もはや把握できなくなっていたし、年数さえ、まちがいないと言えるほど正確には把握していなかった。しかしまあ、のちに調べてみたところ、年数は正しかったことが判明した。

少なくとも八日ふたりを待ったところで、思いもかけない不思議なできごとが出来《しゅったい》した。ひょっとすると前代未聞《みもん》のできごとだったかもしれない。ある朝、わたしが自分のねぐらでぐっすり眠っていると、わが召使いフライデーが駆けこんできて、「旦《だん》那《な》様、旦那様、来た、来た」と大声で叫んだ。

わたしは飛び起きると、手早く服を身につけ、危険をかえりみずに外へ出て、林を抜け（ちなみに、林はこのころには鬱蒼《うっそう》とした森になっていたが）、とにかく、危険をかえりみず、武器も持たずに出ていった。これは習慣に反することだった。だが海のほうへ眼をやると、すぐさま一リーグ半ほどかなたに一艘のボートが見えた。驚いたことに、羊の肩肉形と呼ばれる帆を張り、かなりの追風に運ばれて岸へ向かってくる。しかもそのボートは、これもすぐに気づいたのだが、海岸の続いているほうからではなく、島の最南端のほうからやってきた。

これを見るや、わたしはフライデーを呼んで、身を隠しているように命じた。わたしたちの待ちわびる人々ではなかったし、今はまだ敵か味方か判然としなかったからである。

次にわたしは、その連中の正体を見極めるために中へ遠眼鏡を取りにいくと、梯子《はしご》をかけて岩山に登り、気がかりなものが見えたときにいつもするように、姿を隠してじっくりと観察することにした。

頂上に立つとすぐ、沖に一艘の船が碇泊《ていはく》しているのがはっきりと見えた。わたしのところからは南南東におよそ二リーグ半離れていたが、海岸からはせいぜい一リーグ半だった。観察したところ、明らかにイングランド船らしく、ボートもイングランドの大型ボートのようだった。

わたしは言葉にできない戸惑いを覚えた。船を眼にした喜び、それも乗っているのはおそらく同胞で、したがって味方らしいと判明したときの喜びは、言いようもないほど大きかったものの、心にはどこから湧いてきたのか、ひそかな疑念が生じており、気をつけろとわたしに警告していた。そもそも、イングランド船がいったいなんの用でこんなところへ来たのか。ここはイングランド人が交易をする世界のどの地域への航路からもはずれているし、船が遭難して流されてくるような嵐もなかった。彼らが本当にイングランド人だとすれば、十中八九、よからぬ目的でやってきたにちがいない。泥棒や人殺しの手に落ちるよりは、このままでいるほうがいい。わたしはそう思った。

不吉な予感や気配というものを侮《あなど》ってはならない。危険などありえないと思っているときに、そのような予感や気配が往々にしてあたえられることは、ものごとを多少なりとも観察したことのある者なら、まず否定できないだろう。それが眼に見えぬ世界からの啓示であり、霊からの交信であることは、疑いようがない。それらの気配が危険を告げているように思えるとき、それは何か友好的な存在からの警告だと考えるべきではなかろうか。それが至高の存在か、もっと下位の、御使《みつか》いのような存在かはともかく、わたしたちのために警告をあたえてくれているのではあるまいか。

この推測が正しいことは、現在の事態が十分に裏づけてくれる。このひそかな警告がどこから来たものであれ、それを軽んじて警戒せずにいたら、これから見るように、わたしはかならずや破滅して、今までよりははるかに惨めな境遇に陥っていたはずである。

そのまま様子をうかがっていると、まもなくボートは岸に近づいてきた。上陸するのに都合のいい入江を探しているようだったが、前にわたしが筏《いかだ》を着けた小さな入江のほうまではやってこなかったので、それには気づかず、わたしのところから半マイルほど離れた浜にボートを乗りあげた。これはわたしにしてみれば幸運だった。さもなければそいつらは、言わばわが家の玄関先に上陸していたはずで、こちらはたちまち城からたたき出され、持ち物をすべて奪われていただろう。

上陸してきた連中を見て、大半はまちがいなくイングランド人だと確信した。ひとりかふたりはオランダ人に見えたが、確証はなかった。総勢十一人で、そのうちの三人は武器を持っておらず、縛られているようだった。まず四、五人が浜に飛びおりると、捕虜の三人をボートから降ろした。三人のうちのひとりは、懇願と嘆きと絶望をきわめて激しい身ぶりで、いささか過剰なほど表わしていた。あとのふたりも、ときどき両手を上げており、たしかに不安げではあったが、もうひとりほどではなかった。

それを見てわたしはすっかり当惑した。どういうことなのかさっぱりわからなかった。

フライデーが精一杯の英語で、「おお、旦那様！　ほらイングランド人、やっぱり人食う、蛮人と同じ」と言った。

「なんだ、フライデー、おまえはあいつらがあの三人を食うと思うのか？」とわたしは言った。

「そう、あいつら食う」とフライデーは答えた。

「いやいや。たしかにあいつらはあの三人を殺すつもりだろうが、食ったりは絶対にしないさ」

そう話しているあいだもずっと、わたしは何が起きているのかわからぬまま、その光景の恐ろしさに震えており、捕虜の三人がいつ殺されるかと、気が気ではなかった。一度など、悪党のひとりがカトラスという船乗り用の湾刀を振りあげ、憐《あわ》れな男たちのひとりを斬ろうとした。その男が今にも倒れるかと思うと、全身の血が凍りついたような気がした。

あのスペイン人とフライデーの父親がここにいてくれたらと、心から思った。でなければせめて、やつらを射程に収められるところまでこっそり近づくすべがあればと。

そうすれば、やつらは銃を持っていないから、三人を救い出せるかもしれない。だが見ているうちに、別の手を思いついた。

横柄《おうへい》な水夫たちは三人に非道なふるまいをしたあと、島のあちこちへ散らばっていった。どんなところか見たくなったらしい。残された三人も好きなところへ自由に行けたのだが、三人ともひどく憂《うれ》わしげに地面に座りこんだ。すっかり絶望しているようだった。

これを見てわたしは、自分が初めてこの島に上陸してあたりを見まわしはじめたころのことを思い出した。自分はもう死んだものと諦《あきら》めたこと。おびえきってまわりを見まわしたこと。恐ろしい不安の数々にさいなまれたこと。野獣に食われるのが恐ろしくて、ひと晩じゅう木の上で過ごしたこと。

その晩のわたしは、船が神の思《おぼ》し召しで嵐と潮によって陸の近くへ運ばれてくることも、それによって自分が食料を授かることも、その食料によってその後、長いあいだ養われ生かされることも、まるで知らなかった。それと同じように、この絶望した憐れな三人も、自分たちがどれほどたしかに救いと食料を約束されているか、それがどれほど近くにあるか、どれほど実際には安全な境遇にいるかをまるで知らずに、自分たちはもう死んだも同然であり、事態は絶望的だと考えていた。

先のことはかくも見通せないものなのだから、人間はこの世の偉大な創造主に、その分だけ進んで信頼を寄せるべきなのである。神はご自身のお造りになった者を、さまで完全に見捨てはしない。人は最悪の境遇に置かれても、かならず何かしら感謝すべきものを得られるし、救いはときに思いもよらぬほど近くにある。いや、それどころか、破滅への道に見えたものこそが、救いへの道になることすらあるのである。

この水夫たちが上陸してきたのはちょうど満潮時だったので、連れてきた捕虜と話をしたり、あたりの様子をぶらぶらと見てまわったりしているうちに、長居をしすぎてしまい、潮が引いて、ボートは浜に取り残されてしまった。

ボートにはふたりの男が残されており、のちにわかったことだが、ブランデーを少々飲みすぎて眠りこんでいた。ひとりが先に眼を覚まし、ボートが自分たちふたりの力ではびくともしないほどがっちりと浜に乗りあげているのに気づいて、ほかの連中を大声で呼んだ。散らばっていた連中が集まってきたが、全員の力をもってしてもボートを水に浮かべることはできなかった。ボートはひどく重かったし、そのあたりの海岸はじくじくした軟らかい砂地で、さながら流砂のようだったからである。

こうなると、そいつらも船乗りなので、いかにも先のことなど考えない人種の最たるものらしく、さっさと諦めて、またあたりをぶらつきはじめた。ひとりがボートのところにいる男を大声で呼ぶのが聞こえてきた。「おい、ほっときゃいいじゃねえか、ジャック、次の潮で浮かぶさ」これで最大の問いにはっきりと答えが出た。そいつらはイングランド人だった。

そのあいだもわたしはずっと身をひそめており、城の外へは一度も出ず、頂上近くの見張り場所からは一歩たりとも先へ行かなかった。堅固な砦《とりで》を築いておいてよかったとしみじみ思った。ボートがふたたび水に浮くのは早くても十時間後で、そのころにはもう日が暮れているはずだったから、やつらの動きを探るのも、会話があればそれを聞くのも、もっと自由にできるようになるはずだった。

そのあいだに前回のように、といっても、こんどの敵は前回とはわけがちがうので、もっと慎重にだが、戦いの仕度をした。すっかり射撃の名人になっていたフライデーにも、武器を身につけるように命じ、わたし自身は鳥撃ち銃を二挺《ちょう》持ち、フライデーにはマスケット銃を三挺渡した。出《い》で立ちはまことに恐ろしげだった。すさまじい山羊皮の上着を着て、前に紹介した大きな帽子をかぶり、腰には抜き身の剣を、ベルトには二挺のピストルを差し、両肩に一挺ずつ銃をかつぐのである。

計画では、いま述べたように、日が暮れるまで攻撃はしないつもりだった。ところが日盛りの二時ごろになると、やつらはみな森へはいっていった。横になって昼寝をするつもりのようだった。三人の捕虜のほうは、自分たちの先行きが心配で昼寝どころではなく、一本の大木の木陰に腰をおろした。わたしのところから四分の一マイルほどで、あとの連中からは見えない場所のようだった。

　そこでわたしは彼らの前に姿を現わして事情を聞くことにし、いま言ったような出で立ちで、ただちに出かけていった。フライデーも十分に距離を置いてついてきた。やはりものものしく武装してはいたが、わたしほど人をぎょっとさせるような化け物じみた格好ではなかった。

　気づかれずにできるだけ近くまで行くと、わたしは誰もこちらを向かないうちに、スペイン語で呼びかけた。

「あんたがたは何者だ？」

　その声に三人はぎくりとしたが、こちらを見ると、わたしの奇怪な出で立ちにその十倍もあわてた。ひと言も返事をせず、今にも逃げだしそうなそぶりを見せたので、わたしはこんどは英語で話しかけた。

「驚かなくていい。思いがけないときに、味方が現われたのかもしれないぞ」

「だとしたら、そのかたは天からじきじきに遣わされたのでしょう」ひとりがわたしに向かって厳かにそう言いながら、帽子を脱いだ。「わたしらの境遇はもはや人間の力ではどうにもなりませんから」

「助けはすべて天から来るものさ」とわたしは言った。「だけど見知らぬ者に、あんたがたを助けさせてもらえないか？　ずいぶん窮地に陥っているようじゃないか。上陸したところを見たし、あんたが嘆願のようなことをしたら、一緒に来た畜生が剣を振りあげてあんたを殺そうとしたのも見た」

憐れな男は涙を流しながら身を震わせ、驚嘆したような顔でこう答えた。「わたしが話しているのは神でしょうか、人でしょうか！　本物の人間でしょうか、天使でしょうか！」

「心配しなくていい」とわたしは言った。「天使があんたを救うために遣わされたのなら、もっとましな服を着て、ちがう武器を身につけているはずだ。頼むから怖がらないでくれ。おれは人間だ、イングランド人だ。あんたがたを助けたいと思ってるんだよ。おれには召使いがひとりいるだけだが、銃と弾薬はある。だから遠慮なく言ってくれ。おれたちはあんたがたの役に立てるか？——何があったんだ？」

「話せば長い話でして」と男は言った。「人殺しどもがこんな近くにいてはとても話しきれないのですが、手短かに言えば、わたしはあの船の船長でした。水夫たちが反乱を起こしたんです。どうにか説得して殺されずにはすんだのですが、こんな寂しいところに、このふたりとともに置き去りにされることになったんですよ。ひとりは航海士で、もうひとりは船客です。人が住んでいるとは思いもよらず、ここで死ぬのだとばかり思っていたので、まだどう考えてよいやらわかりません」

「あの畜生どもはどこだ、あんたがたの敵は」とわたしは訊《き》いた。「どこへ行ったかわかるか？」

「あっちで寝ています」と船長は木立を指さして言った。「こっちを見られたのではないか、話を聞かれたのではないかと、気が気じゃありません。聞かれたら、まちがいなく全員殺されます」

「あいつらは銃を持っているか？」とわたしは訊いた。

「二挺だけです。一挺はボートに置いてきました」船長は答えた。

「そうか、ならばあとはおれに任せてくれ。みんな眠っているようだから、たやすく皆殺しにできる。それとも、捕虜にしたほうがいいかな？」

船長の言うには、どうしようもない悪党がふたりいて、これに情けをかけるのは危険だが、そのふたりさえなんとかすれば、あとの連中はみなおのおの職務に戻るはずだという。わたしはどれがそのふたりか尋ねた。この距離ではわからない、と船長は答えたが、あなたの命じることならどんなことでもする、と言った。

「そうか。じゃあ、あいつらに見られたり聞かれたりしないところへ退却して、あとのことはそこで決めよう。眼を覚まされるとまずい」わたしがそう言うと、三人は喜んであとについてきて、敵から姿の見えない森へはいった。

「よく聞いてくれ」とわたしは言った。「おれがあんたがたの救出に踏みきるとしたら、おれとふたつ約束をしてくれるか？」

船長はわたしの言わんとすることを察したらしく、船を取り返せたら、自分は船とともにどんなことであれいっさいあなたの指示と命令に従うし、船を取り返せなくても、世界のどこまでもあなたについてゆき、生死をともにすると答えた。あとのふたりも同じことを言った。

「そうか」とわたしは言った。「条件はふたつだけだ。ひとつ、この島でおれといるあいだは、いかなる権限も主張しないこと。おれが武器を渡したら、かならず返すこと。おれにもおれのものにも、損害をあたえないこと。ここにいるあいだはおれの命令に従うこと。ふたつ、船を取り返したら、というか取り返せたら、おれと召使いをただでイングランドまで乗せていくこと」

船長はおよそ人に思いつけるかぎりの言葉で、自分はこの至極もっともな要求を受け容れるのみならず、あなたを命の恩人と考えて、生涯にわたりどんな場合でも感謝を忘れないと請け合った。

「そうか、それなら、あんたがたにマスケット銃を三挺と弾薬を渡すから、次にどうしたらいいと思うか教えてくれ」とわたしは言った。

船長は言葉を尽くして礼を述べたものの、すべてあなたに任せると答えた。そこでわたしはこう言った。どんな手であれ実行するのは容易ではなかろうが、考えつく最善の方法は、寝ているところへいっせいに撃ちかけることだろう。最初の斉射で死なずに、降伏を申し出てきたやつがいたら、助けてやることにして、弾の行方はすべて神の御心《みこころ》にゆだねることにしよう。

すると船長はひどく遠慮がちに、自分としてもできることなら殺したくはないが、そのふたりだけは矯正しようのない悪党であり、船の反乱の首謀者だから、逃がしたらおしまいですと言った。あいつらは船に戻って、乗組員全員を連れてきて、こちらを皆殺しにするでしょうと。

「そうか、それではやむをえない。おれの提案どおりにしても正当だということになる。それしかおれたちの命が助かるすべはないんだからな」

それでも船長は血を流すことに慎重のようだったので、ならばあんたがただけで行って、いいと思うようにするがいい、とわたしは言った。

そんな話をしているあいだに、何人かが眼を覚ましたような音がし、まもなくふたりの男が立ちあがるのが見えた。わたしは船長に、あのふたりのなかに反乱の首謀者がいるかと訊いた。「いいえ」という答えだったので、「だったら、逃がしてやってもいい」と言った。「神があのふたりを助けるために眼を覚まさせたんだろう。あとの連中も逃げたら、それはもう、あんたのせいだ」

これに発奮して、船長はわたしの貸したマスケット銃を手に取り、ピストルをベルトに差し、仲間ふたりも船長に倣《なら》ってそれぞれ銃を手にした。このふたりが先に立って歩いてゆき、物音を立てたため、眼覚めていた水夫のひとりがふり向き、三人がやってくるのを眼にして、ほかの連中に叫んだ。だが、時すでに遅く、そいつが叫ぶのと同時にふたりは撃った。撃ったのはそのふたりだけで、船長は抜け目なく自分の銃を温存していたのである。ふたりは知り合いのその男たちをよく狙《ねら》って撃ったので、ひとりは即死し、もうひとりは重傷を負った。だが死んではおらず、立ちあがろうとしながら、あとの連中に必死で助けを求めた。そこへ船長が近づいていって、今さら助けを呼んでも遅い、神に悪事の許しを乞《こ》うがいい、と言うなり、マスケットの銃床で殴りたおしたので、そいつは二度と口をひらかなくなった。

乗組員はもう三人いて、そのうちのひとりも軽傷を負っていた。だが、このときにはわたしも駆けつけていたので、三人とも危険を悟り、抵抗してもむだだと観念して、慈悲を乞うた。すると船長は、反乱を起こしたことをおまえたちが心から後悔すると約束したうえで、この自分に協力して船を取りもどし、出港地であるジャマイカへ回航すると誓うのであれば、命は助けてやると言った。三人はあらんかぎりの言葉で、忠誠を誓うと言明したので、船長はその言葉を信じて、命は助けてやることにした。わたしも反対はせず、島にいるあいだはそいつらの手足を縛っておかせただけだった。

そのあいだにフライデーと航海士にボートを確保しにいかせ、オールと帆を持ってこさせた。やがて、この連中から（幸運にも）離れて島をうろついていた三人も、銃声を聞いて戻ってきて、最前まで自分たちの捕虜だった船長が征服者になっているのを見ると、これもおとなしく縛られた。これでわたしたちは完全に勝利した。

そこでようやく、船長とわたしはおたがいの事情を尋ね合った。まずわたしがこれまでの身の上を語り、彼はそれをじっと聞いていた。なかでも、わたしが食料と弾薬を手に入れるにいたった不思議ななりゆきには驚嘆していた。わたしの物語は不思議の連続だったから、たしかに彼はそれにも深く感動していたが、そこから翻《ひるがえ》ってわが身のことを考え、わたしがここで生かされていたのは、言わば彼の命を救うためだったのだと気づくと、涙が頬を伝い、もはやひと言もしゃべれなくなった。

話が終わると、わたしは船長と彼の仲間ふたりをわが家に連れてゆき、自分が出てきたところ、すなわち家のてっぺんから招じ入れて、ありあわせの食料で力づけ、そこでの長い長い暮らしのあいだに工夫したものをすべて見せた。

わたしの見せるもの、話すことは、どれもみな驚きをもって迎えられたが、なかでも船長が感心したのは砦柵《さいさく》であり、林で隠れ家を完璧《かんぺき》に隠してあることだった。林は植えてから二十年近くたっていたし、木々はイングランドよりはるかに成長が速いため、今では小さな森になり、びっしりと生い茂っていて、片側に残してある曲がりくねった小径《こみち》のほかは、どこも通りぬけられなくなっていた。わたしは船長に、ここが自分の城であり居館だが、たいていの領主と同じように田舎にも屋敷を持っており、ときおり静養に行っているから、そこもいつか見せてやろうと言った。だが、今はまず船を取りもどす方法を考えようと。

船長もそれには同意したが、どうすればいいかは見当もつかないと言った。船にはまだ二十六人が残っており、悪辣《あくらつ》な陰謀に荷担した身ゆえ、もはや死刑はまぬがれない。だからやけくそのあまり強硬になっているだろう。鎮圧されたら、イングランドかその植民地のどこかへ連行されしだい、絞首刑《こうしゅけい》になるのはわかっているから、あくまでも抵抗するはずだ。したがって、今のわたしたちのような少人数では攻撃のしようがない、というのである。

わたしは船長の言ったことをしばらく考えてみて、もっともな判断だと思った。となると大至急何か手を打つ必要がある。さもないと、船の連中を不意打ちにする罠《わな》をかけることも、そいつらが上陸してきてわたしたちを全滅させるのを防ぐこともできなくなってしまう。するとすぐにこう気づいた。船の乗組員たちはじきに、仲間とボートがどうなったのか不審に思い、別のボートで捜しにくるにちがいない。そうなるとこんどはたぶん武装してくるはずで、こちらに勝ち目はない。わたしがそう言うと、船長もそのとおりだと認めた。

そこでわたしは船長に、まずしなければならないのは、浜に乗りあげているボートに穴をあけて、やつらが乗っていけないようにすることであり、装備を何もかも取りはらって、修理しても使いものにならないようにしておくことだと言った。そこでわたしたちはボートに乗りこんで、残されていた武器だけでなく、眼にはいるものをすべて運び出した。ブランデーが一本に、ラムも一本、ビスケットが若干、火薬角《かやくづの》が一本、帆布に包まれた砂糖の大きなかたまりひとつ。砂糖は六、七ポンドあった。わたしにはありがたいものばかりだったが、ことにブランデーと砂糖はとうの昔になくなっていたので、ひときわうれしかった。

これらのものをすべて陸に運ぶと（ボートのオールと、帆柱、帆、舵《かじ》は、さきほど述べたように、もう運び出していた）、ボートの底に大きな穴をあけて、やつらがこちらを上まわる数でやってきても、ボートを持っていけないようにした。

実のところ、わたしは船を取りもどせるとはあまり考えていなかった。考えていたのは、やつらがボートを置いていってくれれば、さほど苦労なくそれを修理して、リーワード諸島（巻頭地図参照）まで行けるはずだし、途中で仲間のスペイン人たちのところへも立ち寄れるはずだということだった。彼らのことはまだ忘れていなかったのである。

23　船を奪還する

こうして計画を練るかたわら、わたしたちはまず浜のボートに、いま述べたように簡単にはふさげないような大きな穴をあけてから、潮で浮かばないように高潮線の跡まで、ありったけの力で引き上げた。それから腰をおろして、次はどうしたものかと思案していると、船が号砲を撃つのが聞こえ、信号旗を掲げるのが見えた。ボートに帰船を命ずる合図だったが、ボートが動かないので、船は何度か号砲を撃ち、ほかの信号も送ってきた。

その様子をわたしは遠眼鏡で見ていたのだが、信号も号砲もみなむだに終わり、ボートがまるで反応しないことがわかると、船の連中はついに別のボートをおろして、こちらへ漕ぎだしてきた。近づいてくると、十人もの男が乗り組んでおり、みな銃を持っているのがわかった。

船は二リーグ近く沖に碇泊していたので、やってくる連中をわたしたちはじっくり観察できたし、顔まではっきりと見分けられた。そいつらは潮でやや東へ流されたため、上陸した連中のボートのある地点まで、岸伝いに漕いできたからである。

そんなわけで、いま言ったようにそいつらをじっくりと観察できたので、ボートに乗っているのが誰なのか、船長にはみなわかった。そのうちの三人は、彼によればとても実直で、この陰謀にはほかの連中に脅されてむりやり荷担させられているはずだった。

だが、ボートを指揮している様子の水夫長と、あとの水夫はみな、船のほかの連中に劣らぬならず者であり、この反乱にまちがいなく命を賭《か》けている。かなう相手ではないのではないかと、自分は不安でたまらない。船長はそう言った。

そこでわたしは、にっこり笑ってこう言った。このような状況に置かれたら、もはや怖いなどと言ってはいられない。どんな境遇であれ、われわれがいま陥っているはずの境遇よりはましなのだから、行きつく先が生であれ死であれ、ひとつの救いにはなると考えるべきだ。

「おれの暮らしぶりをどう思う？」とわたしは訊いた。「ここから救われるためなら危険を冒すんじゃないか？　それに、さっきの確信はどこへ行ったんだ？　おれがここで生かされていたのは、あんたの命を救うためだったんだろ？　あんた、さっき感動していたじゃないか。おれからすれば、その考え全体にまずい点はひとつしかないように思えるね」

「なんです？」と彼は訊いた。

「そりゃ、あのなかにあんたの言うように三、四人、助けてやらなきゃならない実直なやつがいるってことだよ」とわたしは言った。「全員が悪党だったら、おれは神がそいつらを選び出してあんたの手にゆだねたんだと考えただろう。それなら、上陸してくるやつらはみんなおれたちのものだ。生かすも殺すも、おれたちへの態度しだいってことになる」

にこにこしながら大きな声でそう言ってやると、船長は大いに勇気づけられたようだった。そこでわたしたちは元気よく仕事にかかった。捕虜たちについては、船からボートがやってくるのが見えたときにもう、分散させる必要に気づいて、適切に監禁してあった。

船長がいまひとつ信用できないというふたりは、助けてやった三人のうちのひとりとフライデーに、森の洞穴まで連れていかせた。そこなら十分に離れているから、声を聞かれたり見つけられたりする恐れはなかったし、たとえ脱走したとしても、森からは出られないはずだった。

フライデーはそのふたりを縛ったままそこへ置いてきたが、食料はあたえ、おとなしくしていれば一日か二日で自由にしてやると約束した。ただし逃げ出そうとしたら容赦なく殺すぞと言うと、ふたりはおとなしく監禁されていると固く約束し、食料と明かりまで置いていってもらえることにいたく感謝した。ふたりを安心させるため、フライデーは（わたしたちの手作りの）蠟燭《ろうそく》を何本かあたえたのである。そいつらはフライデーが入口で張り番をしているとばかり思っていた。

あとの捕虜はもう少しましなあつかいを受けた。そのうちのふたりは、船長が信頼しきれないと言うので、両手を縛ってはおいたが、もうふたりは船長の薦めにより、われわれと生死をともにすると厳粛に誓わせたのち、わたしの部下に加えた。これで味方は、そのふたりと船長ら三人をふくめて七人になった。武器に不足はなかったし、やってくる十人のなかにも三、四人は実直な連中がいるという話だったし、十分に敵とわたりあえるはずだった。

敵はもう一艘《そう》のボートのある場所に着くなり、浜にボートを乗りあげて全員が降り、ボートを引き上げた。これを見てわたしはほっとした。浜から離れたところに碇泊して見張りを残していかれたら、ボートを捕獲できなくなってしまうからである。

上陸すると、そいつらはまっさきにもう一艘のボートへ駆けつけた。見ていると、そのボートがさきほど述べたように丸裸にされたうえ、底に大穴まであけられていることに、ひどく驚いているのがよくわかった。

しばらく思案したのち、そいつらはあらんかぎりの声で二、三度、おおい、おおいと、仲間たちに呼びかけた。だが、返事はなかった。そこでこんどは集まって円になり、いっせいに銃をぶっぱなした。それはたしかに聞こえ、森にこだましたものの、結果は同じだった。洞穴のふたりには絶対に聞こえなかったはずだし、わたしたちに捕らえられている連中のほうは、十分に聞こえてはいても、叫び返すようなまねはしなかった。

そいつらはこの異常な事態にすっかりうろたえ、のちにわたしたちに話したところによると、仲間が皆殺しにされてボートに穴をあけられたと、全員で本船に知らせにもどることにした。そこでただちにボートをまた海に浮かべ、みなで乗りこんだ。

これを見て船長はひどくあわて、青くなりさえした。敵が本船に戻り、仲間たちを死んだものとして諦めて出帆してしまうと思いこんだのである。そうなれば船長は、せっかく取りもどせると思っていた船を、やはり失うことになってしまう。ところがすぐに、こんどは逆の理由でおびえるはめになった。

ボートはいったん浜を離れたものの、じきにまた戻ってきた。ただしこんどは、どう行動するか策を立ててきたようだった。三人をボートに残し、あとの七人が上陸して、仲間たちを捜しに島の奥へはいってきたのである。

わたしたちは大いに落胆した。これでは対処のしようがない。その七人を捕らえたところで、ボートを逃がしてしまっては話にならない。ボートが船に漕ぎもどれば、残りの連中は錨《いかり》をあげて出帆してしまうはずで、こちらが船を奪還することはもはやできなくなる。

だが、なりゆきを見守るしか手はなかった。七人が上陸すると、残った三人はボートを十分に沖へ出してから、仲間を待つために錨をおろした。これでこちらがボートを襲うのは不可能になった。

上陸した連中は一団になったまま、わたしの住まいの上にある小山の頂上を目指して歩いており、むこうにこちらの姿は見えなかったものの、こちらにはむこうがはっきりと見えていた。いちばんありがたいのは、もっと近づいてきてくれるか、もっと遠くへ行ってくれることだった。近づいてくれれば、そいつらを撃てるかもしれないし、遠くへ行けば、こちらは外へ出てゆける。

ところがそいつらは途中の崖《がけ》っぷちまで来ると、島でいちばん土地の低い、北東部に広がる谷間と森を見渡しながら、おおい、おおいと、大声で仲間を呼び、ついにくたびれてしまった。海岸からもおたがいからもあまり離れたくはないらしく、一本の木の下に一緒に腰をおろし、思案に暮れた。そこで最初の連中と同じように昼寝でもしようと考えてくれれば、こちらは大助かりだったのだが、そいつらは不安でいっぱいで、昼寝どころではなかった。なにしろ、どんな危険に備えたらいいのかもわからないのである。

船長はそいつらが相談しているのを見て、まことに当を得た提案をした。あいつらはまたいっせいに銃をぶっぱなして、仲間に聞かせようとするかもしれないから、あいつらの銃がみな空になったところで、いっせいに飛び出していけば、むこうはきっと降参し、こちらは血を流さずに全員を捕らえられる、というのである。わたしはこの提案が気に入った。ただし、敵がふたたび弾をこめる前に飛び出していけるよう、あらかじめ十分に近づいておければの話だった。

ところが、なかなかそうはならず、わたしたちはどうしたものかと判断に迷ったまま、長いあいだじっとしていた。とうとうわたしは一同に、夜になるまでは打つ手がなさそうだと伝えた。だが、夜になっても七人がボートに戻らなければ、あいつらと浜のあいだにこっそり出ていけるかもしれない。そうすればなんらかの策を用いて、ボートの連中を陸へおびき出せるだろうと。

わたしたちは延々と、だがじりじりしながら敵が動きだすのを待ち、そいつらが長い相談を終えて腰を上げ、海のほうへおりていくのを見ると、ひどく心配になった。ここにいたら自分たちも危ないという不安に駆られ、仲間のことは死んだものとして諦め、船に戻って予定どおりの航海を続けることにしたように見えたのである。

敵が海岸のほうへ行くのがわかると、わたしはすぐさまそいつらの意図を見抜き、どうやら捜索を諦めて帰るつもりのようだなと船長に言った。船長はそれを聞くなり、がっくりと力を落としたが、そこでわたしはそいつらを引きもどす策を思いつき、これがぴたりと図にあたった。

まずフライデーと航海士にこう命じた。小さな入江を西へ渡り、蛮人どもがフライデーを連れてきたときに上陸した場所のほうへ進み、半マイルほど先の小高い場所まで行くこと。そこに着いたらすぐに、あらんかぎりの声で叫んで、水夫たちに聞こえたのがわかるまで待ち、水夫たちが答えるのが聞こえたら、すぐにまた叫び返すこと。それから姿を隠したまま迂回《うかい》し、むこうが叫んだらかならず返事をしながら、できるだけ島の奥の、森の中へ誘いこむこと。それからわたしの指示したとおりの道筋で戻ってくること。

フライデーと航海士が叫んだのは、水夫たちがちょうどボートに乗りこもうとしているときだった。そいつらはすぐにそれを聞きつけ、叫び返しながら海岸を西へ、声のしたほうへ走っていったが、まもなく入江に阻《はば》まれた。潮が満ちていて渡れないので、ボートを呼びよせて渡らせた。わたしの予想どおりだった。

対岸に着いたボートは、入江をかなり奥までさかのぼっており、陸に囲まれた港にはいったも同然だったので、敵は岸辺の小さな切株にボートを舫《もや》うと、ボート番の三人のうちひとりを一緒に連れ、ふたりだけを残していった。

まさにこちらの思う壺《つぼ》だった。フライデーと航海士にはそのまま任務を続けさせ、わたしはただちに残りの面々を率いてひそかに入江を渡り、そのふたりの不意を衝《つ》いた。ひとりは岸に寝ころんでおり、もうひとりはボートの中にいた。岸の男はうつらうつらしていただけなので、驚いて起きあがろうとした。先頭にいた船長が駆けよってそいつを殴りたおし、それからボートの男に、降参しろ、さもなくば命はないぞ、と呼びかけた。

相手が五人で、仲間が殴りたおされたとなれば、残るひとりはつべこべ言わずに降参する。しかもこの男は、ほかの乗組員ほど反乱に乗り気ではなかった三人のひとりだったらしく、あっさりと降参したうえ、そのあと心からわたしたちの味方になった。

一方、フライデーと航海士は、残りの連中を相手に巧みに任務を続け、呼びかけたり叫び返したりしながら、丘から丘へ、森から森へとそいつらを誘導し、ついにへとへとにさせたうえ、日没前にボートへ帰り着くのは絶対に不可能だと思われるところに置き去りにしてきた。おかげでフライデーたち自身も、わたしたちのところへ帰ってきたときには、これまたへとへとになっていた。

あとは闇《やみ》の中で待ちかまえていて襲いかかれば、確実に残りを制圧できるはずだった。

フライデーたちが帰ってきてから数時間、敵はようやくボートへ戻ってきた。現われるだいぶ前から、先頭の男が後ろの連中に呼びかける声が聞こえ、後ろの連中がそれに答えて不平を言うのも聞こえてきた。足は痛《いて》えし、くたびれたし、これより速くは歩けねえと。こちらにすればそれは吉報だった。

ついに敵はボートのところへやってきた。ところがボートはすっかり岸に乗りあげて潮は引いていたし、仲間のふたりはいなくなっていた。そいつらのうろたえぶりは、言葉ではとうてい表現できない。ここは魔の島だとか、この島には人が住んでいて、おれたちは皆殺しにされるんだとか、いや、これは悪魔か悪霊《あくりょう》のしわざだ、みんな連れ去られて食われるんだとか、情けない声で言い交わすのが聞こえた。

それからまた、おおい、おおいと叫んで、ふたりの仲間の名を何度も呼んだが、返事はなかった。しばらくすると、絶望したように手を揉《も》みしぼりながら走りまわるのが、わずかに残る光で見えた。ときおりボートに行って座りこんでは体を休め、また岸に上がってきては歩きまわるということを繰りかえしていた。

部下たちは、闇に乗じてただちに敵を襲撃しようとわたしに許可を求めたが、わたしはもっと有利なときに襲いたかった。そうすればむやみに敵を殺さずにすみ、できるだけ命を助けてやれる。それに何より、味方の命を危険にさらしたくなかった。敵が十分に武装しているのはわかっていたからである。そこで、敵が分散しないものかと様子を見ることにし、動静をうかがえるよう手勢をもう少し近づけた。それからフライデーと船長に、四つん這《ば》いで地面に身を近づけたまま、見つからぬようにできるだけ敵に近づいて、撃つ機会をうかがえと指示した。

ふたりが位置についてさほどたたぬうちに、反乱の首謀者でありながら、今では誰よりも気落ちしてへこたれたところを見せていた水夫長が、仲間ふたりとともにフライデーたちのほうへ歩いてきた。それまでは声が聞こえるだけだった反乱の頭目が、ついに網にかかったのだから、船長は気が逸《はや》り、確実なところまで引きつける忍耐心を失いそうになった。それでも三人をさらに引きよせてから、フライデーとともにさっと立ちあがり、そいつらめがけてぶっ放した。

水夫長は即死した。隣にいた男は胴を撃たれ、水夫長のすぐそばに倒れたものの、死んだのはそれから一、二時間後だった。三人目は逃げだした。

銃声がすると、わたしはただちに全軍とともに突撃した。総勢は八名だった。大将のわたしと、副官のフライデー、船長とその二名の部下、それに、信頼して武器を渡した三名の捕虜である。

真っ暗な中で襲いかかったのだから、敵にこちらの人数はわからなかった。ボートに残されていてこちらの味方になった男に、敵の名前を呼ばせて、交渉に持ちこめるかどうかやってみた。うまくすれば投降させられるかもしれないと思ったのだが、はたしてそのとおりになった。その場の状況からすれば、敵が喜んで降伏することは容易に想像がついた。

そんなわけでその男は、「トム・スミス、トム・スミス」と敵のひとりに力いっぱい呼びかけた。

トム・スミスはすぐさま、「ロビンソンか？」と応じた。声の主を知っていたようだ。

ロビンソンは「そうだ」と答え、「頼むから、トム・スミスよ、武器を捨てて降参してくれ。さもないとおまえらみんな、ここで殺されちまうぞ」と言った。

「誰に降参しろってんだ？　そいつらはどこにいる？」とスミスは言った。

「ここだ」とロビンソンは答えた。「ここに船長と、五十人の男たちがいる。この二時間、おまえらを追ってたんだ。水夫長は死んだ。ウィル・フライは負傷して、おれは捕虜になってる。降参しないと、みんな命はないぞ」

「じゃあ、降参したら命は助けてくれるのか？」とトム・スミスは言った。

「降参すると約束するなら、訊いてきてやる」とロビンソンは答え、船長におうかがいを立てた。

するとこんどは、船長自身が叫んだ。「おい、スミス、わたしの声はわかるな。今すぐ武器を捨てて降伏するなら、命は助けてやる。ただし、ウィル・アトキンズだけは別だ」

これを聞くと、ウィル・アトキンズが叫んだ。「そりゃないですよ、船長、助けてください。おれが何をしたっていうんです？　悪いのはみんなおんなじですよ」

ちなみにそれは事実ではなかった。このウィル・アトキンズというのは、一味が反乱を起こしたときまっさきに船長をつかまえ、手荒にあつかいながら手を縛り、罵言《ばげん》を浴びせたらしい。けれども船長はアトキンズに、おとなしく武器を捨てて総督の慈悲にすがれと命じた。総督というのはわたしのことだった。みなわたしをそう呼んでいたのである。

こうして敵は全員、武器を捨てて命乞いをした。わたしは交渉を行なった男のほかに、もうふたりを行かせ、全員を縛らせた。それから五十名の大軍が、といっても実際にはその三名を入れても八名にすぎなかったが、出ていって敵を捕らえ、ボートを捕獲した。ただしわたしともう一名だけは、〝諸般の事情〟で姿を現わさなかった。

次の仕事はボートを修理して、船の奪還を図ることだった。船長のほうは水夫たちと話をする余裕ができたので、彼に対するそいつらのふるまいはまことに非道だということ、反乱の陰謀はさらに悪質だということ、それがしまいには確実にそいつらを不幸と危難へ、ことによると絞首台にまで導くことを、諄々《じゅんじゅん》と説いて聞かせた。

水夫たちはみな深く後悔しているらしく、命だけは助けてほしいと懇願した。それに対して船長はこう言った。おまえたちはわたしの捕虜ではなく、この島の総督の捕虜なのだ。おまえたちはわたしを不毛な無人の島に置き去りにしたと思っていたが、それは神の思し召しでそうさせられたのであり、この島には人が住んでいる。総督はイングランド人だ。総督はその気になれば、全員をここで絞首刑にすることもおできになるが、助命をお認めになったということは、全員をイングランドへ送り、本国で法の定めに従って処罰させるおつもりだろう。ただしアトキンズだけは別だ。自分は総督から、アトキンズに死を覚悟するよう伝えろと命じられた。アトキンズは明朝絞首刑になる。

これは船長の作り話にすぎなかったが、狙いどおりの効果をあげた。アトキンズは船長の前にひざまずき、命だけは助けてほしいどうか総督にとりなしてくれと頼み、ほかの連中は、どうかイングランドには送らないでくれと頼んだ。

それでいよいよ脱出の時が来たこと、船を奪うのにこの連中を協力させるのはいともたやすいことに、わたしは気づいた。そこで、総督というのがどのような人間か露見しないよう暗がりに引っこみ、船長を呼びつけた。そのさい、さも遠くにいるかのように、部下のひとりに取り次ぎを命じ、「船長、司令官がお呼びです」と声をかけさせた。船長はすかさず、「すぐに行くとお伝えしろ」と答えた。これで連中は完全にだまされ、司令官が五十名の手勢とともにすぐ近くに待機しているものと思いこんだ。

船長がやってくると、わたしは船を奪取する計画を伝え、船長もその計画をいたく気に入ってくれたので、翌朝実行に移すことにした。

だが、これをいっそう巧妙に実行して、確実に成功させるには、捕虜を分散させなければならない。わたしはそう言い、船長にアトキンズのほかにもうふたり、いちばんたちの悪いやつを選び出させ、先のふたりのいる洞穴に送らせた。この任務はフライデーと、船長とともに上陸したふたりに託された。

フライデーたちはその三人を、監獄へでも連行するように洞穴へ連れていった。もともと陰気な場所だったが、そいつらのような境遇にある者にはなおさらだった。

あとの連中は、東屋《あずまや》とわたしが呼んでいるところへ送った。前にくわしく説明したとおり、そこには柵をめぐらせてあったし、そいつらは両手を縛られていたから、当人たちが反省していることを考えれば、脱走される気づかいはなかった。

あくる朝、船長をそいつらのところへ行かせて交渉をさせた。要するに、船に奇襲をかけるさいの仲間として信頼できそうか、確かめてこさせたのである。船長は自分に加えられた危害と、そいつらの陥っている状況について話してから、こう伝えた。総督は当面の措置としておまえたちの命を助けてくださったが、おまえたちはイングランドに送られたら、みなまちがいなく鎖で吊《つ》るされるはずだ（海賊などは処刑後、テムズ河畔でこうして晒し者にされた）。けれども、もしおまえたちが正義の戦いに加わり、船を取りもどすというのであれば、自分が総督に赦免の約束をもらってやる。

　そいつらのような状況にある者がそのような提案をどれほど喜んで受け容《い》れるかは、誰でも想像がつくだろう。みな船長の前にひざまずいて、心からの嘆願の言葉とともに、命のあるかぎり船長に仕えますだの、命を助けてもらった恩を忘れずに世界のどこへでもついていきますだの、生涯にわたり船長を父として敬いますだのと約束した。「それなら」と船長は言った。「総督におまえたちの言ったことをお伝えして、赦免を承諾してくださるかどうか、できるだけのことをしてみなくてはな」

　そして戻ってくると、そいつらの様子をわたしに伝え、あの連中はまちがいなく信頼できるでしょうと報告した。

　だが念には念を入れるために、わたしはもう一度船長を行かせ、五人の者を選び出して、こう伝えさせた。おまえたちにもわかるだろうが、われわれが必要としているのは人手ではない。助手となってくれる五人だ。総督はその五人が忠誠を尽くすよう、あとのふたりと城（というのは洞穴のことだが）に送った三人の捕虜を、人質にするおつもりだ。選ばれた五人が命令に背いた場合には、人質の五人は海岸で生きながらにして鎖で吊るされることになるぞ（絞首ではなく餓死させる処刑法）。これはいかにも厳しい処置で、総督は本気なのだと水夫たちは確信した。それでも受け容れる以外に道はなかった。するとこんどは人質たちが、船長と同じようにその五人に、義務を果たしてくれと嘆願することになった。

これで討伐隊の陣容は次のようになった。一、船長と航海士と船客。二、最初に捕虜にした連中のうち、船長による人物保証があったため自由にしてやり、武器を渡した二名。三、これまで東屋に両手を縛って監禁していた連中のうち、船長の提案により釈放した二名。四、最後に釈放したこの五名。つまり総勢十二名で、洞穴にも五名を人質として監禁してあった。

この手勢とともに船に乗りこむ気があるかどうか、わたしは船長に尋ねた。わたし自身とフライデーは行かないつもりでいたからである。島に七名が残るので、そいつらを別々にしておくのと、食料を運ぶのとで、ふたりでも手一杯だった。

洞穴の五人については、しっかりと縛っておくことにしたが、必要なものは日に二度、フライデーに届けさせた。ほかのふたりにある程度のところまで運ばせ、そこでフライデーが受け取るのである。

そのふたりの人質の前に姿を見せたとき、わたしは船長と一緒だった。船長はふたりに、この人は総督からおまえたちの監督をするよう言いつかってきた人だ、総督はおまえたちがこの人の指示なくどこかへ行くことを禁じておられる、それを破ればおまえたちは城へ連行されて、手枷《てかせ》をはめられることになるぞ、と伝えた。これで総督だとばれる気づかいはなくなったので、わたしは別人になりすまし、ことあるごとに総督やら、守備隊やら、城やらのことを口にした。

もはや船長の前に障害はなく、あとは二艘のボートを艤装《ぎそう》して、一艘の穴をふさぎ、部下を割りふるだけだった。一艘には、船客を艇長にして、ほかに四名を乗り組ませ、もう一艘には、自分と航海士のほか、五名を乗り組ませた。

彼らはみごとに任務を果たした。夜半ごろ船に近づき、声の届くところまで来ると、船長の指示でロビンソンが船に呼びかけ、ボートと仲間たちを運んできたが、見つけるのにえらく時間を食ったんだ、というようなことを言った。彼らがおしゃべりをしているあいだに、船長はボートを船に横づけし、航海士とふたりでまっさきに乗りこみ、たちまち二等航海士と船大工をマスケットの銃床で殴りたおした。部下たちも忠実にあとに続き、主甲板と後甲板にいた連中を全員捕らえ、昇降口を閉ざして下にいる連中を閉じこめにかかった。

もう一艘のボートの連中は、前檣横静索《ぜんしょう》を舷側《げんそく》の外側から支えている前鎖から船に乗りこみ、船首楼と、厨房《ちゅうぼう》へおりる昇降口を押さえて、中にいた三人を捕虜にした。

これがすんで、甲板上がすっかり安全になると、船長は航海士を三人の水夫とともに船尾楼船室に突入させた。そこには叛徒《はんと》たちの新船長が寝ていたが、急を知って起き出し、ふたりの水夫とボーイとともに銃を手にしていた。航海士が鉄梃《かなてこ》でドアを打ち破ると、新しい船長と水夫たちは無謀にも発砲した。航海士はマスケット銃の弾で腕を砕かれ、ほかに水夫ふたりも負傷したが、死者は出なかった。

航海士は助けを呼びつつも、負傷した体で船室へ飛びこみ、ピストルで新船長の頭を撃ち抜いた。弾は口からはいって片耳の後ろから飛び出し、新船長は言葉を発する間もなく死んだ。これを見てあとの連中は降伏し、船はそれ以上誰も命を落とすことなく完全に味方の手に落ちた。

こうして船を奪還すると、船長は打ち合わせどおり七発の号砲を撃たせて成功を知らせ、それを聞いてわたしは、お察しのとおり心から喜んだ。午前二時近くまで海岸に腰をおろしてじっと待っていたのである。

そして号砲をはっきりと聞くと、ようやく横になった。くたびれる一日だったので、ぐっすりと眠りこみ、やがて銃声ではっと眼を覚ました。すぐさま飛び起きると、誰かが、総督、総督、と呼んでいた。すぐに船長の声だと気づき、丘の頂上へ登っていくと、そこに彼が立っていた。彼は船を指さして、わたしを抱きしめ、「わが友にして救い主よ、あなたの船です」と言った。「全部あなたのものですよ、わたしたちも、あれに付属するすべてのものも」

見ると、岸からほんの半マイルのところに船が浮かんでいた。彼らは船を奪還するとすぐに錨を揚げ、好天だったので、小さな入江の口まで移動してきて投錨《とうびょう》し、満ち潮を利して、わたしが筏《いかだ》を最初に着けた場所のそばに艀《はしけ》を乗りつけ、言うなればわが家の玄関先に上陸していたのである。

わたしは驚きのあまりへなへなとその場にくずおれそうになった。救いが本当に眼に見える形で、万事つつがなく手にはいり、大型船がわたしをどこへでも行きたいところへ連れていくため、そこに待機しているのである。しばらくは返事をすることもできず、船長が抱きかかえて支えてくれていなければ、地面に倒れこんでいただろう。

船長は興奮を察すると、すぐにポケットから瓶を取り出して、わざわざ持ってきてくれた強壮酒を飲ませてくれた。わたしはそれを飲んだあと、地面に腰をおろした。それでいくぶん落ちついたものの、まだしばらくは返事もできなかった。

気の毒な船長はそのあいだずっと、わたしと同じく大きな喜びにひたりながらも、興奮はしてはいなかったので、優しい言葉を次々にかけては、心を落ちつかせてくれた。それでも胸にあふれる歓喜はあまりに大きく、気持ちがすっかり混乱したわたしは、とうとう泣きだしてしまい、しばらくしてやっと口がきけるようになった。

それからこんどはこちらが船長を救い主として抱きしめ、ふたりで喜びを分かちあった。あんたは天がおれを救うために遣わした男だと思う。今回のことがらはすべて奇蹟《きせき》の連続のように思える。それは摂理のひそかな手がこの世を支配している証《あか》しであり、全能の神の眼はこの世の隅々にまで届き、悩める者らにいつでも助けを送ることができるという証左だろう。

わたしは彼にそう言い、忘れずに感謝の祈りを天に捧《ささ》げた。神を讃《たた》えずにはいられなかった。このような荒野に、このようにうち捨てられた者を、奇蹟的な形で養ってくださるのも神ならば、救いをもたらしてくださるのもつねに神なのである。

しばらくふたりで話をしたあと、船長はこう告げた。あなたに飲み物と食べ物を少々持ってきました。しょせんは船にあったもので、これまで主人面《しゅじんづら》をしていたやつらがまだ横領していなかったものですが。そう言うと、大声でボートに声をかけ、総督にお持ちしたものを陸に揚げろ、と水夫たちに命じた。それはむしろ贈り物と言うにふさわしく、まるでわたしは彼らと一緒には行かず、このままこの島で暮らすことになっており、彼らはわたしを乗せずに行ってしまうかのようだった。

まず持ってきてくれたのは、上等な強壮酒のはいった瓶がひと箱と、マデイラ・ワインの二クォート(二リットル強)入り大瓶が六本、極上の煙草《たばこ》二ポンド、上等な貯蔵牛肉のかたまり十二個、豚肉のかたまり六個、豆ひと袋、それにビスケット百ポンドあまり。

それから砂糖ひと箱と、小麦粉ひと箱、レモンひと袋、ライムの果汁ふた瓶など、実にたくさんのものがあった。だがそれに加えて、わたしには千倍もありがたかったのは、真新しいシャツが六枚と、極上のネッカチーフが六枚、手袋がふた組、靴が一足、帽子がひとつ、ストッキングが一足、船長自身の上等な服がひと揃《そろ》い(それもほとんど着ていないもの)があったことである。要するに、頭から足の先まで身につけるものをそろえてくれたのである。

これは誰でも想像がつくように、わたしのような境遇にある者にはまことにありがたい親切な贈り物だった。だが久しぶりに身につけてみると、これほど窮屈で不快な、落ちつかないしろものもなかった。

こういう儀式が終わり、船長の心尽くしが狭いわが家にすべて運びこまれると、わたしたちは捕らえている捕虜をどうすべきか相談した。連れていくかどうかは、思案のしどころだったからである。なかでもそのうちのふたりは、改心など絶対にしない強情なやつらだとわかっていたので、なおさらだった。あのふたりは骨の髄まで悪党ですから、情けをかけるわけにはいきません。連れていくのであれば、手枷をはめ、最初に立ち寄れるイングランド植民地で犯罪者として司直の手に引き渡すほかないでしょう。船長はそう言った。彼としては、連れていくのがひどく不安なようだった。

そこでわたしは、船長が望むのであれば自分がそのふたりに、この島へ置いていってくれと懇願するようにしむけてやってもいいと伝えた。

「それはとてもありがたいお申し出です、ぜひそうしてください」と船長は答えた。

「じゃあ、そいつらを引き出して、話をしてやろう」

そう言うと、わたしはフライデーと人質だったふたりに命じて、というのも、そのふたりは仲間たちが約束を果たしたので釈放されていたからだが、とにかく、フライデーとそのふたりに命じて、五人を洞穴から両手を縛ったまま東屋へ連れていかせ、わたしが行くまで閉じこめておかせた。

そしてしばらくすると、新しい衣服に着替えてそこへ赴いた。ここではまた総督に戻っていた。全員がそろい、船長が同席すると、五人を前に連れてこさせ、おまえたちのことはすべて報告を受けたぞと伝えた。船長に非道なまねをしたことも、船を乗っ取ったことも、さらなる掠奪《りゃくだつ》を行なおうと企てていたことも。ところが天の思し召《おぼ》しで、みずからのしかけた罠にかかり、他人を落とすために掘った穴にみずからが落ちたことも、すべて承知しているぞと。

それからこう伝えた。船はこのわたしの指示により奪還され、今は碇泊地《ていはくち》に泊まっている。おまえたちにもじきにわかるが、おまえたちの新しい船長は悪事の報いを受けた。その男が帆桁《ほげた》の端にぶらさがっているのを、おまえたちもいずれ見るだろう。

おまえたちの処分については、おまえたちの言い分をまず聞きたい。現行犯で捕らえた海賊として処刑してはいけない理由があるか。わたしには職権によりそうする権限のあることは、おまえたちとて重々承知であろう。

わたしがそう言うと、ひとりがみなを代表して答えた。言いたいことはひとつしかありません。自分たちが投降したとき、船長は命を助けると約束してくれました。だからどうかお慈悲をかけてください。

だが、わたしは言った。何がおまえたちへの慈悲になるのか、わたしにはわからない。わたし自身は、家来をみな引き連れてこの島を引き払い、船長とともにイングランドへ帰ることにしたし、船長のほうは、おまえたちをイングランドへ連れていくには、囚人として手枷をはめていき、反乱を起こして船を乗っ取った罪により裁判にかけさせるほかない。そうなれば結果は、おまえたちも知ってのとおり、絞首刑だ。そんなわけで、どちらがおまえたちのためになるのか、わたしには判断がつかない。ただし、おまえたちがこの島で運命に従う気があるのならば話は別だ。そうしたいのならかまわない。見て見ぬふりをするのはわたしの自由だ。おまえたちが陸《おか》でやっていけると思うのなら、命は助けてやってもよい。

五人はとても感謝したらしく、イングランドへ連れていかれて縛り首になるくらいなら、ここに残るほうがはるかにましだと言うので、わたしはそれでこの件は落着とした。

ところが船長は難色を示し、そいつらを置いていくわけにはいかないというそぶりをしてみせた。そこでわたしは船長に少々腹を立てたふりをして、こう言った。こいつらはあんたの捕虜ではなく、わたしの捕虜だ。いったん命を助けると言った以上、わたしは約束を守る。同意しかねるというのであれば、こいつらを元どおり自由にしてやる。気に食わなければ、自分でもう一度つかまえられるかどうか、やってみるがよかろう。

これを聞くと五人はとても感謝したので、わたしはそいつらを自由にしてやり、森の奥の自分たちのいた場所へ引き上げていろと命じた。銃と弾薬をいくらか置いていってやるつもりだったし、その気があるなら、ここでうまく暮らしていく方法も教えてやるつもりだった。

これであとは船に乗りこむだけだったが、わたしは船長に、今夜は持ち物をまとめるために島に残ると伝え、あんたは船に帰って船内の仕度をしておいて、朝になったら迎えのボートを寄こしてほしいと頼んだ。それから、殺された新船長をあの水夫たちに見えるように、帆桁の端に吊るしておいてくれと指示した。

船長が帰っていくと、わたしは五人の水夫をわが家に連れてこさせ、そいつらの境遇について真剣に話して聞かせた。おまえたちの選択は正しかったと思う、船長に連れていかれたら絞首刑はまぬがれない。そう言って、船の桁端に吊るされている新船長の姿を見せ、待ち受けているのはあれだけだぞと教えた。

そいつらがみな、喜んでここに残りますと表明すると、ならばおれがこの島でどのように暮らしてきたか、それをおまえたちに語って聞かせて、おまえたちの暮らしを楽にする方法を教えてやると言った。そして島のあらましと、自分がそこへ来たいきさつを話し、防壁を見せ、パンの作り方、穀物の植え方、葡萄《ぶどう》の干し方など、快適に暮らすのに必要なことをすべて教えてやった。島へやってくるはずの十六人のスペイン人のことも話し、その連中への手紙を託して、彼らを仲間と同様にあつかうことを約束させた。

それから武器を分けてやった。マスケット銃五挺《ちょう》、鳥撃ち銃三挺、剣三振り。火薬はひと樽《たる》半以上残っていた。たくさん使ったのは最初の一、二年だけで、むだ遣いはいっさいしていなかったのである。山羊《やぎ》の飼い方も説明して、乳の絞り方、太らせ方、バターとチーズの作り方を教えた。

こうして、自分の経験を残らず伝えた。それから彼らに、船長に頼んで火薬をもうふた樽と、野菜の種をいくらか置いていってもらってやると言った。野菜があったら自分はどれほどうれしかったことかと。船長がわたしに食べるようにと持ってきてくれた豆の袋も彼らに渡し、くれぐれも蒔《ま》いて殖やすようにと念を押した。

24 島をあとにする

これをすべて片付けると、わたしはあくる日、その五人を残して船に乗りこんだ。船はただちに出帆の準備を整えたが、その晩は錨を揚げなかった。翌朝早く、五人のうちのふたりが船の横に泳いできて、ほかの三人のことで情けない泣き言をならべ、後生だから船に乗せてくれ、さもないとあいつらに殺されると訴え、すぐに縛り首になってもいいから乗せてほしい、と船長に哀願した。

これに対して船長は、わたしに相談しなければ決められないふりをした。けれども、しばらく渋ったのち、厳かに改心を誓わせてから、そいつらを引き上げてやった。そのあとそいつらはさんざんに鞭《むち》うたれ、傷口に塩と酢をすりこまれたので、以後はもうすっかり真面目《まじめ》でおとなしい人間になった。

それからしばらくして、潮が満ちてきたので、水夫たちに約束したものを積んだボートが岸へ遣わされた。船長はそこに、わたしのとりなしで、彼らの私物箱と衣類を加えさせており、彼らは大いに感謝してそれを受け取った。さらにわたしは、途中でおまえたちを拾ってくれる船を寄こす機会があったら、忘れずにそうすると言って、彼らを励ました。

島を去るにあたり、思い出になるものを船に持ちこんだ。手作りの大きな山羊皮の帽子と傘、それに鸚鵡《おうむ》である。前に述べた金《かね》も忘れずに持った。長いあいだほったらかしにしていたので、錆《さ》びたり曇ったりしていて、しばらく磨いたりいじったりしているうちにようやく銀貨らしく見えるようになった。スペイン船の残骸《ざんがい》で見つけた金のほうも同じだった。

こうしてわたしは船の記録によれば一六八六年の十二月十九日、二十八年二か月と十九日を過ごした島をあとにした（実際には二十七年の誤り）。この二度目の捕囚から解放されたのも、サレにおける最初の捕囚から大型ボート《バルコ・ロンゴ》で脱走したのと同じ月の同じ日だった。長い航海のすえ、この船で一六八七年の六月十一日、実に三十五年ぶりにイングランドに帰った。

イングランドに着いたとき、わたしはもはやまったくのよそ者になっており、初めての土地に来たも同然だった。わたしの恩人であり、金を預けていった誠実な財産管理人は、存命ではあったものの、大きな不幸が続いてふたたび未亡人になり、ひどく困窮していた。わたしは彼女に、預けた金のことは心配いらないと伝え、あなたを困らせることはしないと安心させた。逆に、かつての心遣いと信義に感謝して、わずかな貯《たくわ》えの許すかぎり彼女を援《たす》けた。そのときはわずかしか力になれなかったものの、かつてのご親切は決して忘れないと請け合い、彼女を援ける余裕ができると、その約束を果たした。だがそれについては、そのときが来たらまたお話ししよう。

そのあとヨークシャーに帰郷してみたが、父母はすでに亡《な》く、家族のうちで生き残っていたのはふたりの妹と、片方の兄の遺《のこ》した子供ふたりだけだった。とうの昔に死んだものとされていたわたしには、何も遺されていなかった。そんなわけで、暮らしの援けも支えもいっさい見つからなかった。手持ちの金はわずかで、身を落ちつけるのには大して役に立たなかった。

たしかに、思いがけないところから感謝をひとつ受けはした。運よく叛徒の手から救い出し、同じように船と積荷も救ってやった船長が、荷主たちへの報告で、わたしが水夫らの命と船を救った経緯を華々しく伝えてくれたため、荷主たちが関係の商人らとともにわたしを招き、過分な賛辞とともに二百ポンド近い金を贈ってくれたのである。

だが、自分の身の上をよくよく考えたすえ、これではとうてい身を落ちつけるには足りないと判断し、リスボンへ行ってみることにした。ブラジルの農園の様子と共同経営者のその後について、何か消息を得られるか調べてみることにしたのである。共同経営者はわたしなどとうの昔に死んだと思っているにちがいなかった。

そんなわけでわたしはリスボン行きの船に乗り、四月に到着した。フライデーはこのように各地を転々とするあいだも誠実に付き従ってくれ、つねに忠実このうえない召使いでいてくれた。

リスボンで尋ねまわったところ、なんともうれしいことに、アフリカ沖の海でわたしを拾いあげてくれたあの懐《なつ》かしい船長が見つかった。今は老齢になって陸にあがり、息子を自分の船に乗せていたが、この息子ももはや若くはなく、やはりブラジル貿易にたずさわっていた。老人はわたしが誰なのかわからず、わたし自身も実のところ彼がなかなかわからなかった。けれどもこちらが何者なのかを伝えると、老船長はすぐに思い出してくれ、こちらもすぐにはっきりと彼を思い出した。

懐かしさにあふれた情熱的な挨拶《あいさつ》をしばらく交わしたのち、わたしはお察しのとおりさっそく自分の農園と共同経営者のことを尋ねた。すると老船長は、最後にブラジルに行ったのはもう九年ほど前だが、そのときはまだわたしの共同経営者はまちがいなく存命だったと教えてくれた。けれどもわたしが自分の持ち分を託した管財人は、どちらも亡くなっていたという。

しかし、と老船長は言った。自分が思うに、きみは農園の成長分のきちんとした報告書を受け取れるはずだ。というのも、きみが難破して死んだということになったとき、管財人たちが農園のきみの分の生産高について、収税官に報告書を提出したからだ。収税官はきみが返還を求めてこないことを前提に、三分の一を国王のものとし、三分の二を聖アウグスチノ修道院に寄託して、貧しい人々の救済と、インディアンをカトリックに改宗させる費用にあてさせている。けれども、きみかきみの代理人が現われて要求した場合には、所有権は返還されるはずだ。毎年の収穫物から得られた利益は、慈善目的で分配されてしまっているから返還されないが、国王の（土地からの）収入を管理する役人も、修道院の管財役《プロヴェドール》も、きみの共同経営者から毎年正確な収穫高の報告書をしっかりと提出させ、きみの取り分をきちんと受け取っているのだから。老船長はそう請け合った。

そこでわたしは彼にこう訊《き》いてみた。農園がどのくらい利益をあげるようになったか知っていますか？　それは要求するほどの値打ちがあると思いますか？　あるいは、むこうへ行って自分の正当な持ち分を要求したら、妨害に遭うと思いますか？

船長はこう答えた。農園がどの程度まで成長したか、自分にははっきりわからない。だが、これだけはわかる。きみの共同経営者は自己の取り分だけでも並はずれて裕福になっている。それに自分の憶《おぼ》えているかぎりでは、国王のものとされた三分の一は、別の修道院に下賜《かし》されたらしいが、年に二百モイドール以上になっていると聞いた。きみがそれを穏便に取りもどすことについては、なんの問題もないだろう。共同経営者が存命で、きみの権利を証明してくれるし、土地台帳にもきみの名前が記されているのだから。

それから船長はこうも言った。ふたりの管財人の遺族はとても正直な人たちだし、たいそう裕福でもあるから、財産を取りもどすのに協力してくれるだけでなく、かなりの額の金をきみのために保管しているはずだと思う。それは彼らの父親たちが管理していた期間の農園の利益で、農園がいま言ったように譲渡されるまでには、自分の記憶では十二年ほどあったはずだ。

この説明にわたしはいささか不安と心配をあらわにして、老船長に尋ねた。いったいどういうわけで、管財人たちはおれの財産をそんなふうに譲渡してしまったんでしょう。あなたもご承知のように、おれは遺言書を書いて、あなたを包括相続人などに指定したはずです。

船長はこう答えた。たしかにそのとおりだが、きみが死んだという証拠がない以上、自分は確実な報告が届かないかぎり、遺言を執行するわけにはいかなかったのだ。それに、そんな遠地のことがらに口を出したくもなかった。きみの遺言はたしかに登録したし、自分の請求権も書き入れたから、きみの生死を確定できさえすれば、自分は代理人としてインジェニオと呼ばれる製糖所を取りもどし、ブラジルに行っている息子にそこを切り盛りさせていたはずだ。

「ただもうひとつ、話しておかねばならないことがあるんだ」と老人は言った。「それはほかのことほど納得しやすくはないかもしれないんだが、実を言うと、きみが死んだと思われて、世間もみなそう信じるようになったころ、共同経営者と管財人たちが、最初の六年か八年の利益を、代理人のわたしに支払うと申し出てきたんで、わたしはそれを受け取ったんだがね。しかしそのころ農園は事業を拡大していて、インジェニオを建てたり、奴隷《どれい》を買い入れたりするのに多大な出費がかかったもので、後年ほどの利益はあがらなかったんだ。でも、わたしが受け取ったものと、それをどう処分したかについては、すべて偽りのない報告書を渡すよ」

それからさらに何日か協議したすえ、旧友は農園の最初の六年の収入明細を持ってきてくれた。わたしの共同経営者と管財人の商人らの署名のあるもので、収入はつねに現物で渡されていた。束にした煙草や箱入りの砂糖のほか、製糖所の副産物であるラムや糖蜜《とうみつ》などである。この明細を見ると、収入は年々かなり増えているのがわかった。だが、いま言ったように出費がかさんだため、当初の利益はわずかだった。それでも老船長の解説によると、彼はわたしに金貨四百七十モイドールの借りがあり、そのほかに彼の船とともに失われた六十箱の砂糖と十五束の煙草を返さねばならなかった。わたしがブラジルを出てから十一年ほどのち、リスボンへ帰る船が難破したのである。

それからこの善人はわが身の不幸をかこちはじめ、損失を穴埋めして新しい船の権利を買うために、きみの金を使わざるをえなかったのだと弁解した。「でも、きみがさしあたり必要な金には不自由させないし、息子が帰ってきたらすぐに全額を返済するよ」

そう言うと、古い巾着袋《きんちゃくぶくろ》を持ち出してきて、ポルトガルの金貨で百六十モイドールを渡してくれたうえ、息子がブラジルへ乗っていっている船の権利書を渡してよこした。彼はその船の四分の一を、息子はもう四分の一を所有しており、両方を残額の担保としてわたしに預けたのである。

気の毒な老人の正直さと思いやりにわたしはすっかり感動し、それを受け取るに忍びなくなった。彼がわたしのためにどんなことをしてくれたか、どんなふうにして海で拾いあげてくれ、その折にどれほど親切にしてくれたか、そしてとりわけ、今でもどれほど誠実な友であるかを思うと、彼の言葉に目頭が熱くなった。そこでまず、今これほどの金を払う余裕があるのですか、暮らしに困るのではありませんかと訊いた。するど船長は、たしかに少々困るかもしれないが、それでもこれはきみの金なのだから、きみのほうがもっと必要としているのではないかと答えた。

この善人の言葉はどれも好意にあふれており、聞いていると涙がこぼれそうになった。結局、わたしは百モイドールだけ受け取り、ペンとインクを借りて受領証を渡した。それから残りを返し、農園を取りもどすことができたらこの百モイドールもお返しすると伝え、のちに実際そのとおりにした。さらに、息子さんの船の権利書については、絶対に預かれないと伝えた。金が必要になったら、あなたが正直に払ってくれるはずだし、必要にならずに、あなたの言ったとおりのものを受け取れるようになったら、あなたからそれ以上は一ペニーももらわないと。

これがすむと老船長はわたしに、農園を取りもどすための手続きに取りかかってやろうかと訊いた。わたしは自分でむこうへ渡ろうと考えていると答えた。すると船長は、そうしたければするがいいが、そうでなくとも、権利を取りもどして利益をただちに使えるようにする手立てはいくらもあると言った。そして、リスボンの河口にブラジルへ渡る準備の整った船が何艘《そう》も泊まっていたので、まずわたしに公の土地台帳に名前を登録させ、わたしが生存していることと、その土地を最初に手に入れて農園を拓《ひら》いた当人であることを保証する自分の宣誓供述書を添えた。

これが公証人により正式に承認され、委任状が付与されると、船長はわたしにそれを、自分の書いた手紙とともに、ブラジルにいる知り合いの商人のもとに送らせた。それから、報告が届くまではこの家に逗留《とうりゅう》していなさいと勧めてくれた。

この委任状による手続きほど公正なものはなかった。七か月もしないうちに管財人らの、すなわちわたしに海へ出てくれと請《こ》うた商人らの遺族から、大きな包みが届いた。そこには次のような手紙と書類がはいっていた。

まず、わたしの農場ないし農園の生産高の交互計算明細。これは遺族の父親たちがポルトガル人の老船長と清算をした年からの六年分で、差し引き千百七十四モイドールがわたしの利益になっていた。

次に、それからさらに四年間、彼らが財産を管理していた期間の明細。これはわたしが行方不明者、いわゆる〝法律上の死亡者〟とされて、財産の管理が政府に移されるまでのもので、差し引き残高は、農園の価値が増したために、三万八千八百九十二クルザード（クルザードはポルトガルの銀貨。金額は後世の研究者の計算によるもので、本書の出版当時は空欄だった）、すなわち三千二百四十一モイドールに達していた。

第三に、聖アウグスチノ修道院の院長による明細。修道院は十四年あまりにわたり収益を受け取っていたが、救貧院に使われた分については明細にふくめず、分配していない分が八百七十二モイドールある旨《むね》を正直に申告し、それはわたしのものだと認めていた。国王のものになった分については、いっさい返還されなかった。

共同経営者からの手紙もあった。わたしが生きていたことを心から喜び、農園がどれほど大きくなったか、年間の生産高はどれぐらいかを、敷地の具体的な面積や、作付けの内訳、奴隷の数とともに報告していた。そして祝福のために二十二の十字を記し、それだけのアヴェマリアを唱えて、わたしが生きていたことをマリア様に感謝したと書き、ぜひこちらへ来て自分の財産を受け取りたまえと熱心に勧めていた。もし来ないのであれば、誰に財産を引き渡せばよいか指示してほしいとあり、自分も家族も心からきみのことを思っていると締めくくっていた。そしてみごとな豹《ひょう》の毛皮を七枚、贈り物として送ってきた。これは彼がアフリカに遣わした別の船、わたしの船より幸運な航海をした船によりもたらされたものらしい。さらに上等の砂糖漬け五箱と、モイドール金貨ほど大きくはない未鋳造の金百粒も送ってきた。

　管財人の商人ふたりも、同じ船団で千二百箱の砂糖と八百束の煙草のほか、残額を金貨で送ってきた。

　これでわたしは心からこう言ってさしつかえなかった。主はヨブの初めより終わりをいっそうよくしたまえり（「ヨブ記」四十二・十二）。この手紙を読んだときの心臓のおののき、とりわけ自分の財貨がみな届いたことに気づいたときのおののきは、とうてい言葉にできない。というのも、ブラジルからの船はみな船団を組んでくるので、手紙を運んできたのと同じ船団が商品も運んできており、財産はわたしが手紙を受け取る前につつがなく、河にはいってきていたのである。そんなわけで、わたしは血の気が引いて気分が悪くなり、老船長が急いで強壮酒を取ってきてくれなかったら、急な喜びに襲われて体調を狂わせ、その場で死んでいたと思う。

いや、その後もひどく具合が悪く、数時間そのままだったので、ついに医師が呼ばれ、不調の本当の理由を知ると、瀉血《しゃけつ》を命じた。それでわたしは楽になり、回復した。だがこうして興奮を発散して落ちつかなければ、きっと死んでいたにちがいない。

これでわたしはにわかに、邦貨にして五千ポンドあまりの現金と、ブラジルに年一千ポンド以上になる、荘園《しょうえん》と呼んでもさしつかえない不動産を持つ身となった。これはイングランドの荘園と変わらない。ひとことで言えば、どう理解していいのかも、どう気を静めていいのかもよくわからない身の上となり、楽しむどころではなかった。最初にしたのは、そもそもの恩人のこの老船長に恩返しをすることだった。危難に遭ったわたしにまず憐《あわ》れみをかけ、初めのわたしに親切、終わりのわたしに誠実でいてくれた。わたしは送られてきたものをすべて彼に見せ、これは万事を支配する神の摂理の次に、あなたのおかげです。こんどはこちらがご恩に報いなければなりません。百倍にしてお返ししますと言った。

そこでまず、彼から受け取った百モイドールを返してから、公証人を呼んでもらい、船長がわたしに借りていると認めた四百七十モイドールをそっくり放棄する、つまり債務を免除するという、できるだけ万全で明確な証書を作らせた。

そのあとこんどは委任状を作成させ、船長を農園の毎年の収入の受取人とし、わたしの共同経営者を彼への報告者に指定して、収益は通常の船団でわたしの代理人である彼のもとに送らせることとした。そして最後の条項で、その収益から彼に百モイドールの年金を生涯支払うこと、彼の亡きあとは息子に五十モイドールの年金を生涯支払うことを定めた。こうして老人に恩返しをした。

次に考えねばならないのは、このあと自分はどちらへ針路を取るべきか、神がこうしてあたえてくださった財産をどうすべきかだった。実際、島でひっそりと暮らしていたころよりも心配の種が増えていた。あのころは自分の持っているものしか必要なかったし、必要のないものは持っていなかった。ところが今は大金を所持しており、それを安全にしまっておく方法を講じなければならなかった。金を隠す洞穴もなかったし、錠をかけずに放っておいても、黴《かび》が生え曇ってくるまで誰にも手をつけられない場所もなかった。どこにしまっておけばよいのかも、誰に預けておけばよいのかもわからなかった。後見人である老船長は正直な人なので、安心できるのは彼のところだけだった。

それに、ブラジルに資産があるとなると、どうしてもむこうへ行かなければならない気がした。だがまずは身辺を整理して、財産を誰か信頼できる人物に預けなければ、むこうへ行くことなぞ考えられなかった。まっさきに思い浮かんだのは旧知の未亡人だった。正直な人だから、わたしをだますようなまねはしないはずだった。けれどもそのころはもう老齢で、だいぶ困窮しており、ことによると借金があるかもしれなかった。そんなわけで、わたしは自分で財産を持って、いったんイングランドに帰るほかなかった。

とはいえ、帰る決心をするまでには数か月かかった。それゆえ、かつての恩人である老船長に当人も納得するような十分な恩返しをした今、こんどは気の毒な未亡人のことが気にかかりだした。彼女の夫はわたしの最初の恩人だったし、彼女も元気なころには、わたしの誠実な管財人であり師でもあった。

そこでまずリスボンの商人に頼んでロンドンの取引先に手紙を書いてもらい、為替手形の支払いを依頼したうえで、彼女を訪ねていってわたしからのその百ポンドを手渡し、わたしが生きて帰ったらもっとお礼をすると伝えて、貧乏をしている彼女を励ましてもらった。

それと一緒に、田舎にいるふたりの妹にも百ポンドずつ送った。どちらも生活に困ってはいなかったものの、さほど幸せな境遇にはなかったからで、ひとりは結婚したのち夫を亡くしていたし、もうひとりは夫にあまり優しくされていなかった。けれども、全財産を託して心安らかにブラジルへ出かけられるような相手は、親戚《しんせき》のなかにも知人のなかにも、やはりひとりも見あたらず、すっかり困りはてた。

彼の地に渡ったら、そのままむこうに身を落ちつけようかとも思った。もはやブラジルに帰化したようなものだったからであるけれども信仰のことで心にいささか迷いが生じ、それについてはいずれまた述べるが、いつのまにか尻込《しりご》みしていた。

とはいえ、ブラジル行きをさしあたり中止したのは、信仰が理由ではない。ブラジルにいたころは、彼の地の宗旨を公然と奉じることに迷いはなかったし、今もそれは変わらない。ただ、このごろは宗旨についてときどき（以前よりは）考えるようになっていたため、自分をカトリックだと公言したことを後悔するようになり、いざ彼らのあいだで暮らして死ぬことを考えると、カトリックとして死ぬのが最善だとは思えなくなっていた。

だが、いま言ったように、ブラジル行きを中止したのはそれが主な理由ではなく、実際には、誰に財産を託していけばよいかわからなかったからである。そこで結局、財産を持ってイングランドに帰ることにし、着いたら、信頼のおける知人を作るなり親戚を見つけるなりしようと決めて、全財産とともにイングランドへ帰る仕度をした。

帰国の仕度として手はじめに、ブラジル船団がちょうど出帆するところだったので、むこうから届いた公正で誠実な報告書に見合うような返事を送ることにした。まず聖アウグスチノ修道院の院長宛《あ》てに手紙をしたため、公正な対応に感謝するとともに、未分配の八百七十二モイドールのうち、五百モイドールを修道院に、三百七十二モイドールを貧しい人々に寄付したいと伝え、使い方は院長に一任する、わたしのために祈ってほしい、というようなことを書いた。

次にふたりの管財人に礼状をしたためて、その公正さと誠実さにふさわしい、心からの謝意を表わした。礼物のほうは、たとえ送ったとしても、彼らほどの相手には意味がなかった。

最後に共同経営者に手紙をしたためて、農園を大きくしてくれた努力と、事業の貯えを殖やしてくれた誠実さとに感謝し、今後わたしの持ち分をどう管理してほしいかを指示し、新たな指示があるまでは、わたしに支払われるべきものは、後見人の老船長にゆだねた権限に従い、すべて彼に送ってほしいと頼んだ。それから、いずれあなたに会いにいくだけでなく、そちらで残りの生涯を送るつもりでいると伝え、これに立派な贈り物を添えた。妻とふたりの娘がいると船長の息子から聞いていたので、イタリア産の絹を彼女たちのために用意し、さらにリスボンで手にはいる最上のイングランド産ブロードクロス（倍幅の高級平織り布で、おもに紳士服用）二反と、黒羅紗《らしゃ》五反、それに高価なフランダース産のレースを送った。

こうして身辺を整理し、荷を売り、全財産をきちんとした為替手形に換えると、次は、どの道を通ってイングランドへ帰るかを考えねばならなかった。わたしは海にすっかりなじんでいたが、それでもこのときはなぜか、海路で帰国する気になれなかった。理由は自分でもわからないが、抵抗感は募るばかりで、いったんは出発するつもりで船に荷物を積んだのに、また思いなおした。それも一度ではなく、二度、三度と。たしかに海ではひどい目にばかり遭っていたから、それが理由のひとつかもしれない。だが、こういう重大な折には、内心の強い衝動を軽んじてはならない。わたしが乗ろうとして選んだ二艘は、どちらもほかのものよりとりわけ入念に選び出した船で、一艘は荷物を積みこむところまで、もう一艘は船長と合意するところまでいったのだが、ともかく二艘が二艘とも遭難したのである。一艘はバルバリア海賊に襲われ、もう一艘はトーベイの近くのスタート岬で難破して、助かったのは三人だけだった。だからどちらに乗っていても悲惨な目に遭っていたわけで、いずれがいっそう悲惨だったか、それはわからない。

こうして悩んだすえ、わが老水先案内人に相談すると、ならば海路で行くのはよしなさいと言われ、それよりは陸路でスペイン北西端の港町グロイン（ア・コルーニャ）まで行き、ビスケー湾をフランスのラ・ロシェルへ渡り、あとは陸路でのんびりと安全にパリ、カレーと進んで、ドーヴァーに渡るか、でなければここからマドリッドへ出て、そのまますべて陸路でフランスを抜けるか、どちらかにしなさいと熱心に勧められた。

　わたしはカレーからドーヴァーへ渡る以外は、いっさい船に乗る気になれなかったので、すべて陸路を取ることにした。急ぐ旅でもないし、費用が気になるわけでもないので、こちらのほうがずっと愉快だった。

　それをさらに愉快なものにしようと、老船長がリスボン在住の商人の息子で、わたしと一緒に旅をしてもかまわないというイングランド人紳士をひとり連れてきた。そのあとさらにわたしたちは、ふたりのイングランド人商人と、ふたりのポルトガル人紳士を仲間に加えた。あとのふたりはパリまでしか行かない予定だったものの、これで一行はわたしたち六人と召使い五人の、総勢十一人になった。ふたりの商人とふたりのポルトガル人は、費用を節約するためにふたりでひとりの召使いを連れていくことにしており、わたしのほうはフライデーのほかに、イングランド人水夫をひとり、召使いとして連れていくことにした。何もかもが初めてのフライデーには、道中の召使い役はとうてい務まらなかったからである。

25　ピレネー山脈を越える

かくしてわたしはリスボンをあとにした。一行は全員が立派な馬に乗り、十分に武装していたので、さながら小さな軍隊のようで、みなは敬意を表してわたしを隊長と呼んだ。最年長だったうえに、召使いをふたり連れていたし、この旅の発案者でもあったからである。

これまで、くだくだしい航海の記録で読者をわずらわせはしなかったように、陸旅の記録でも読者をわずらわせるつもりはないのだが、この退屈で骨の折れる旅で遭遇したいくつかの冒険だけは、省くわけにいかない。

マドリッドに着くと、みなスペインは初めてだったので、王宮などの見どころを見物するためにしばらく逗留する気になったものの、すでに夏も終わりに近かったため、先を急いで十月のなかばには、その地をあとにした。ところがナバラ地方にさしかかると、途中の町々で不安な噂《うわさ》を耳にした。ピレネー山脈のフランス側は大雪になっており、何人かの旅人がたいそうな危険を冒して山を越えようとしたあげく、諦《あきら》めてパンプローナへ引き返してきたというのである。

パンプローナに来てみると、はたして噂のとおりだった。暑い気候に、というより衣服など着ていられないような土地になじんでいたわたしにとって、その寒さは耐えがたかった。つい十日前にあとにした旧カスティーリャ地方は、暖かいどころかむしろ暑かったのだから、ピレネーから吹きおろす寒風にさらされるのは、驚きを超えて苦痛だった。あまりに冷たく、あまりに身に染《し》みるので、とても耐えられず、手足の指が痺《しび》れて腐ってしまいそうだった。

憐れなフライデーは雪をかぶった山々を眼にして寒さというものを感じると、すっかりおびえてしまった。生まれてこのかた、そんなものは見たことも感じたこともなかったのである。

おまけにパンプローナに来てみると、雪が激しく降りしきっていていっこうにやまず、人々の話では、冬が例年より早く訪れ、ただでさえ難路だった峠道はもはや完全に通れなくなっているという。ところによっては雪が深すぎて歩けないうえ、北国のようには雪が固く凍らないため、進むには一歩ごとに生き埋めになる危険を冒さねばならないというのである。わたしたちは二十日間もパンプローナで様子見をしていたが、冬は迫ってきているし、天候がよくなる見込みもないので（なにしろヨーロッパ全土がこれほど厳しい冬を迎えるのは、人の記憶にあるかぎり初めてだった）、わたしはついに山越えを諦め、フエンテラビアまで出て、そこからボルドー行きの船に乗ろうと提案した。それなら航海はごく短くてすむ。

ところが、これについて思案しているうちに、四人のフランス人紳士がやってきた。スペイン側のわたしたちとは逆に、峠のフランス側で足止めを食っていたのだが、案内人を見つけて、ラングドックの山際《やまぎわ》に近い土地を横断し、あまり雪に難儀しないような道を通って山を越えてきたのだという。その道は、いくら雪があっても固く締まっているので、人馬が通れるという話だった。

呼んでこさせると、その案内人はこう言った。同じ道を雪で遭難しないように案内することは引き受けるが、それには野獣から身を守れるだけの武器があることが条件になる。この天候のせいで、山々が雪におおわれて餌《えさ》不足になり、飢えた狼《おおかみ》が麓に頻繁に姿を現わすからだ。そこでわたしたちはこう答えた。そのような獣には十分に太刀打ちできるが、二本脚の狼の類《たぐい》からはあんたに守ってもらわなければならない。ことに山脈のフランス側では、それがいちばん恐ろしいそうじゃないか。

すると案内人は、自分の案内する道ならその手の危険はないと請け合ったので、わたしたちは喜んでその男についていくことにした。ほかにフランス人とスペイン人の紳士が合わせて十二人、召使いとともに一行に加わった。さきほど話したあの、いったん山を越えようとしたものの、やむなく引き返してきた者たちである。

そこでわたしたち一行は、案内人とともに十一月十五日、パンプローナを出立したのだが、なんとも驚いたことに、案内人は先へ進むのではなく、わたしたちがマドリッドからたどってきたのと同じ道を、二十マイルほどまっすぐに引き返した。川を二本渡り、平坦《へいたん》な土地へはいると、気候はふたたび暖かく気持ちのよいものになり、雪はすっかりなくなった。

すると彼は急に左へ曲がり、別の道から山へ近づいていった。たしかに山々や断崖《だんがい》は恐ろしげに見えたものの、わたしたちはさかんにまわり道をし、迂回《うかい》を繰りかえしながら、曲がりくねった経路を取ったので、さほど雪に難渋することもなく、いつのまにやら峠を越えており、だしぬけに眼前に、一面緑におおわれた実り豊かで気持ちのいいラングドックとガスコーニュの土地が現われた。だが、それははるかかなたで、前途にはまだまだ厳しい山道が残っていた。

雪がまる一昼夜しんしんと降りつづいて、先へ進めないほど降りしきったときには、いささか不安になった。だが案内人は、心配するな、あと少しだと言った。するとたしかに、わたしたちは日に日に山をくだりはじめ、それまでより北へ進みだしたので、案内人を頼りに旅を続けた。

日が暮れる二時間ほど前のこと、案内人がわたしたちよりいくぶん先にいて、ちょうど姿が見えなくなったとき、鬱蒼《うっそう》とした森のかたわらの窪地から、ばかでかい三頭の狼と、それを追って一頭の熊《くま》が飛び出してきた。狼のうちの二頭は案内人に飛びかかった。彼がわたしたちより半マイル先にいたら、助ける間もなく本当に食われていただろう。一頭は馬に食らいつき、もう一頭は案内人に猛然と襲いかかったので、彼は自分のピストルを抜く冷静さも余裕も失い、大声でわたしたちに助けを求めた。

わたしは隣にいたフライデーに、どうしたのか見てこいと命じた。フライデーは案内人の姿が見えるところまで馬を走らせるると、すぐにその男と同じような大声で、お、旦那《だんな》様！　おお、旦那様！　と叫んだが、勇敢な男らしくまっすぐに憐れな男のところへ駆けつけ、襲いかかっている狼の頭をピストルで撃った。

それがフライデーだったのは、案内人にとって幸いだった。フライデーは故郷でその手の獣には慣れていたので、恐れ気もなくそばまで近づいて、いま言ったように狼を撃った。わたしたちならもっと遠くから撃ったはずで、たぶん狼を撃ちそこねたか、案内人を撃ってしまったか、どちらかだっただろう。

ところがフライデーのピストルの銃声とともに、わたしたちの両側から狼どものものすごい遠吠《とおぼ》えが起こり、それがさらに山々にこだまして、さながら狼の大群に囲まれたような騒ぎになった。実際、安閑としてはいられないほどの数がいたようで、わたしより勇敢な男でもあわてるほどのこの遠吠えに、一行はすっかり震えあがった。とはいえ、フライデーがその狼を殺すと、馬に食らいついていたほうの狼も、たちまち馬を放して逃げ去った。幸いにも食らいついたのが馬の頭だったため、面繫《おもがい》の飾り鋲《びょう》に歯がぶつかり、馬はさほど怪我《けが》をしなかった。むしろ、飢えた狼に二度も嚙《か》みつかれた案内人のほうが重傷だった。最初は腕、二度目は膝《ひざ》の少し上で、暴れる馬からまさに転げ落ちんとするところへ、フライデーが駆けつけてきて狼を撃ち殺したのである。

フライデーのピストルの銃声を耳にすると、ご想像のとおりわたしたちはみな、何ごとかと馬を駆り、足もとの許すかぎり大急ぎで（といっても、なかなか容易ではなかったが）そちらへ駆けつけた。視界をさえぎっていた林を抜けると、事情が明らかになり、フライデーが何を殺したのかまではともかく、案内人を救ったことはすぐにわかった。

しかし、そのあとにフライデーと熊のあいだで行なわれた闘いほど、大胆で珍妙な闘いもなかった。わたしたち一行にしてみれば(初めはびっくりして、彼の身を案じたものの)、このうえない気晴らしになった。熊というのは鈍重な獣で、狼のようには軽快に走れない。それゆえふたつのきわだった性質を持っており、おおむねそれに則《のっと》って行動する。

ひとつめは、これは人間に対しての性質だが、熊は人間を食わない。そう、食わないのである。大地がすっかり雪でおおわれている今の場合のように、極端に飢えている場合はともかく、通常は、人間が先に手を出さないかぎり、襲いかかってきたりしない。それどころか、森で熊に出くわしても、人間がちょっかいを出さなければ、熊もちょっかいを出してこない。だがそういう場合は、心して礼儀正しく振る舞い、熊に道を譲るようにしなければならない。熊はまことに気難しい紳士で、相手が王族だろうと道を譲ろうとはしないからである。怖ければ、ちがうほうを見ながら進みつづけるのがいちばんよい。こちらが立ちどまり、そのままじっと熊を見つめると、熊は往々にしてそれを侮辱だと受けとめる。何かを投げたり放ったりして、それが熊にあたると、たとえそれが指ぐらいの小枝にすぎなくとも、それを侮辱と受けとめ、ほかのいっさいを放り出して雪辱を果たそうとする。名誉を回復しようとする。これが熊の第一の性質である。

ふたつめは、ひとたび侮辱されたら、昼だろうが夜だろうが、雪辱を果たすまでは絶対に相手を許さないということである。かなりの速さで追いかけてきて、最後にはかならずこちらを捕らえる。

案内人を救ったわが召使いフライデーは、わたしたちが駆けつけたときには、その男を馬から助けおろしているところだった。男が怪我をしておびえていたからで、はっきり言えば、怪我よりもおびえのほうが上まわっていた。するとそのとき、だしぬけに森から熊が現われた。わたしがこれまで見たこともないほど巨大なやつである。そいつに気づいたとき、一行はみな少しぎょっとした。ところがフライデーはそいつを見ると、いかにもうれしそうな不敵な顔をした。

「おお！　おお！　おお！」と熊を指さして三度声をあげた。「おお、旦那様！　おれに許しあたえる！　おれ、あいつと握手する。みんな大笑いさせる」

この男がすっかり喜んでいるのを見て、わたしは呆《あき》れた。「ばかか、おまえは。あいつに食われちまうぞ」

「食われる！　食われる！」とフライデーは二度繰りかえした。「あいつ、おれに食われる。おれ、みんな大笑いさせる。みんなここいる、おれ、大笑いの種見せる」

彼は腰をおろして手早く長靴を脱ぎ、ポケットに入れていたパンプス（彼らのはく平たい靴を、わたしたちはそう呼んでいた）をはくと、わたしのもうひとりの召使いに自分の馬を預け、銃を持って風のように駆けていった。

熊はのそのそと歩いており、誰にもちょっかいを出そうとはしていなかった。フライデーはかなり近づいていき、「おい、聞け。おれ、おまえと話する」と熊に言葉がわかるかのように声をかけた。わたしたちは距離を置いてあとをついていった。すでに山脈のガスコーニュ側にくだり、広大な森にはいっており、あちこちにたくさんの木が茂っていたとはいえ、土地は平らでかなりひらけていた。

フライデーは熊よりも足が速いので、たちまち追いつくと、大きな石を拾って投げつけた。石はちょうど熊の頭に命中したが、せいぜいが壁にでもあたったようなもので、熊にはなんら痛痒《つうよう》をあたえなかった。だが、フライデーの狙《ねら》いには応《こた》えてくれた。この怖いもの知らずのいたずら者は、たんに熊に自分を追いかけさせ、笑いの種なるものをわたしたちに見せるために、そんなまねをしたのである。

熊は石があたったのを感じてフライデーを見ると、すぐさまくるりと向きを変え、大きな歩幅でひょいひょいと彼を追いかけはじめた。馬がそこそこの早駆けをするような、意外な速さだった。フライデーは逃げだし、わたしたちに助けを求めるように、こちらへ向かってきた。そこでわたしたちは、フライデーを助けるために熊をいっせいに撃つことにしたのだが、わたしは心から彼に腹を立てていた。別のほうへ行こうとしていた熊を、わざわざこちらへ連れてきたのだから。ことに腹が立ったのは、熊にこちらを向かせてから逃げてきたことだった。

「この畜生め、これで笑えというのか？」と怒鳴った。「こっちへ来て早く馬に乗れ、おれたちがそいつを撃つから」

それを聞くとフライデーは、「撃つだめ、撃つだめ、じっとする。みんな大笑いする」と叫んだ。

そして熊が一フィート走るあいだに二フィート走りながら、急に横へ向きを変え、目的にかなう大きな樫《かし》の木を見つけると、わたしたちを手招きした。それから足を速めてその木に駆けより、根元から五、六ヤードのところに銃を置いて、するすると登った。

熊はまもなく木にたどりつき、わたしたちは距離を置いてついていった。熊は銃のところでいったん足を止めて、そのにおいを嗅《か》いだが、そのまま木によじ登りはじめた。でかい図体をしているくせに、猫のような登り方だった。わたしはフライデーの愚行（だと思っていた）に呆れ、どこが面白いのやらさっぱりわからぬまま、熊が木に登ったので、一行とともにさらに馬を近づけた。

木の下まで行ってみると、フライデーは一本の大枝の端に、熊はその枝を半分ほど進んだところにいた。熊が枝の細くなっているほうへやってくると、フライデーはわたしたちに「はは」と笑いかけ、「おれ、今から熊にダンス教える」と言って、枝をゆさゆさと揺すりはじめた。

熊はよろけそうになり、立ちどまって後ろを振りかえり、さてどうやって戻ったものかという顔をした。これにはたしかにわたしたちも大笑いしたが、フライデーにしてみればまだ序の口だった。熊が動かなくなったのを見ると、またしても熊に英語が通じるかのように声をかけた。

「なぜもっとこっち来るない、ほら、もっとこっち来る」

そして枝を揺するのをやめてやると、熊はフライデーの言葉が通じたかのように、本当に少し近づいた。そこでまた揺すってやると、熊はまた止まった。

今こそ熊の頭を撃ち抜く好機だと思い、わたしたちはフライデーに、熊を撃つからじっとしていろと声をかけた。だがフライデーはあわててこう言った。

「ああ、だめだめ！　撃つだめ！　おれ撃つ、まだすぐ」もうすぐ、と言いたかったのだろう。

とにかく、かいつまんで言うと、フライデーが激しく踊り、熊が今にも落っこちそうになり、たしかにわたしたちはいやというほど笑った。けれどもこの男が何をするつもりなのかは、さっぱりわからなかった。初めは、きっと熊を振り落とすつもりなのだろうと思ったが、熊はひどくぐずるがしこく、振り落とされるほど先までは行こうとせずに、大きな爪《つめ》と足でしっかりと枝にしがみついていた。だからわたしたちは最後がどうなるのか、笑いの種は結局どこにあるのか、見当もつかなかった。

だがまもなく、フライデーはこちらの疑問を解いてくれた。熊が枝にしっかりとしがみついていて、それ以上はどうしても近づいてこないのがわかると、こう言った。

「そうか、そうか。おまえ、もうこっち来るないか。なら、おれ行く、おれ行く。おまえ、おれのところ来るない。おれ、おまえのところ行く」

そう言うなり、枝の先へ移動してゆき、枝を体重でたわませてそっと地面に近づけ、その上を滑ってきて飛びおりると、駆けよって銃を拾いあげ、そのまま立っていた。

「で」とわたしはフライデーに言った。「次はどうするんだ？　なぜ撃たない？」

「撃つ？　撃つない。まだ」とフライデーは答えた。「いま撃つ、熊死ぬない。おれ待つ。もう一度、みんな笑うさせる」

そして、これから述べるように、たしかにそのとおりにした。熊は敵がいなくなったのを見ると、自分のいる枝の上をあとずさりした。だが、なんとものろのろした動きで、一歩ごとに後ろを振りかえりつつ後退し、ようやく木の幹にぶつかると、爪で幹にしがみついて、やはり同じように尻から一歩ずつ、ひどくもたもたと下へおりてきた。ここでようやくフライデーは、熊が後肢を地面につける直前に、近づいていって熊の耳に銃口を突っこみ、そいつを撃ち殺した。

それからこのいたずら者は、わたしたちが笑っているだろうかとこちらを向き、わたしたちの表情から面白がっているのがわかると、自分もけらけらと笑いだし、「こうしておれたちの国、熊殺す」と言うので、「こうして殺すのに、どうしておまえたちは銃を持ってないんだ」と訊くと、「たしかに、銃ない。でも、長い矢、たくさんたくさん撃つ」と答えた。

これはなるほどいい気晴らしにはなった。だが、わたしたちのいるところはまだ森の中だったし、案内人はひどい怪我をしていたし、どうしていいのか途方に暮れた。狼の遠吠えが頭の中に響きわたった。かつてアフリカ沿岸で野獣の遠吠えを耳にしたことは前に述べたが、あれをのぞけば、これほどの恐怖を呼びさますものは聞いたことがなかった。

そのうえ夜も迫っていたので、わたしたちはその場をあとにした。さもなければフライデーの主張で、その巨大な獣の毛皮をはいでいたはずである。持っていく値打ちはたしかにあったが、道はまだ三リーグもあったので、案内人に急《せ》かされ、熊はそのままにして旅を続けた。

地面はまだ雪におおわれていたものの、山地ほど深くも危険でもなかった。あの飢えた狼どもは、のちに聞いたところでは、餌を求めて森や平野におりてきて、村々をさんざんに荒らしては土地の人々をおびやかし、たくさんの羊や馬を、ときには人間までも、殺していたらしい。

わたしたちは危険な場所を一か所、通らねばならなかった。案内人の話では、この土地でまた狼に出くわすとすれば、そこのはずだった。四方を森に囲まれた狭い平地で、その平地を通る長い隘路《あいろ》をたどって森を抜けると、今夜泊まる予定の村に着くという。

日没の三十分前に最初の森にはいり、日没から三十分少々でくだんの平地に出た。最初の森では何ごとも起こらず、せいぜい二ハロン（約四百メートル）ほどの小さな平地で、五頭の大きな狼が道を横切るのを目撃しただけだった。獲物を見つけて追いかけているらしく、縦一列になって全力で走っており、こちらには気づかぬまま、あっというまに見えなくなった。

これを見ると案内人は、ちなみにこの男はまったくの臆病者《おくびょうもの》だったのだが、わたしたちに警戒態勢を取れと命じた。もっと狼がやってくると確信していたのである。

わたしたちは銃をかまえて、あたりに眼を配っていたが、それ以上の狼は見かけぬまま、半リーグ近くあったその森を抜けて平地に出た。出るとすぐに、あたりを十分に見渡せるようになった。最初に出くわしたのは馬の死骸《しがい》だった。狼に殺された憐れな馬で、少なくとも一ダースの狼が群がっていたが、肉を食っているというよりは、骨をしゃぶっているところだった。肉はもう食いつくされていた。

狼の宴を邪魔するのは得策ではなかったし、むこうもこちらにはさして関心を払わなかった。フライデーはそいつらにぶっ放したそうだったが、わたしは絶対に許さなかった。敵はそこにいるやつらだけではなさそうだったからである。平地を半分も行かぬうちに、左手の森から狼どものすさまじい遠吠えが聞こえ、まもなく百頭ほどがまっすぐにこちらへやってくるのが見えた。一団となり、老練な将校らに率いられた軍隊さながら、大半が整然と横一列になっている。

これをどう迎え撃つべきかよくわからなかったが、間隔を詰めて一列横隊になるしかないと思い、わたしはすぐさま、みなにそのような隊形を取らせた。だが、斉射の間隔をあけすぎないようにするため、こう命じた。撃つのはひとりおきとし、あとの半数は、やつらが前進を続けてきたらただちに二度目の斉射を浴びせられるよう待機していること。最初に撃った者は銃に再装塡《さいそうてん》せず、それぞれピストルをかまえて準備していること。というのも、わたしたちはみな銃を一挺《ちょう》とピストルを二挺ずつ持っており、この方法なら一度に半数ずつ、合計六回斉射できるはずだったからである。もっとも、そこまではとりあえず必要なかった。最初の一斉射撃で、敵はその轟音《ごうおん》と炎におびえてぴたりと足を止めた。四頭が頭を撃たれて倒れており、ほかに数頭が負傷して逃げていったことが、雪面に残った血痕《けっこん》から見て取れた。群れは立ちどまっていたが、すぐには退却しなかった。そこでわたしは、いかに獰猛《どうもう》な獣でも人の声にはおびえるという話を思い出し、全員にあらんかぎりの声で喊声《かんせい》をあげさせた。すると、その話がまったくのでたらめではないことがわかった。喊声があがるなり、やつらはまわれ右をして退却しはじめた。そこで二度目の斉射を命じると、後ろから撃ちかけられた狼どもは、一目散に森へ逃げこんでいった。

これで余裕ができたので、こちらは銃を再装塡し、時をむだにせずに先を急ごうとした。ところが弾をこめなおして準備を整えたとたんに、同じ左手の森の、こんどはもう少し進路の先のほうから、またもやぞっとする吠え声が聞こえてきた。

夜の帳《とばり》がおりてきて、あたりは薄暗くなり、わたしたちにはいっそう不利になった。けれども吠え声はどんどん大きくなり、それがあの忌《い》まわしい獣の遠吠えと叫びだということがはっきりした。すると突然、狼の群れがみっつばかり現われた。ひとつはわたしたちの左手に、もうひとつは背後に、もうひとつは前方に。どうやら囲まれたようだったが、襲ってはこなかったので、わたしたちはできるかぎり馬を急がせた。道がひどく荒れていたため、せいぜい速歩にすぎなかったものの、そのようにして進んでいくと、平地のむこう端に、これから通りぬける森の入口が見えてきた。ところがなんとも驚いたことに、小径《こみち》をさらに進んでいくと、無数の狼がその入口に立っているのが見えた。

するとと突然、森の別の入口で銃声がした。見ると、面繋をつけて鞍《くら》を置いた馬が一頭、風のように飛び出してきた。十六、七頭の狼がそれを全力で追いかけてくる。馬のほうがたしかに狼より速くはあったが、その速度でいつまでも走れるとは思えず、どう見ても最後には追いつかれそうだった。

ところが、ここでわたしたちはひどく恐ろしい光景に出くわした。その馬の飛び出してきた入口へ乗りつけてみると、別の馬とふたりの男が、飢えた狼に食い殺されていたのである。さきほどの銃声はそのうちのひとりのものだったらしく、撃った銃がかたわらに転がっていた。しかし当人のほうは、頭と体の上のほうを早くも食いつくされていた。

わたしたちは震えあがり、どうしていいかわからなくなった。だが、おろおろしている暇はなかった。すぐに狼どもが、わたしたちを餌食《えじき》にしようとして取り囲んだからである。まちがいなく三百頭はいたと思う。こちらにとって幸いだったのは、森の入口から少し離れたところに、大きな丸木が何本も転がっていたことである。前の夏に伐《き》り倒され、運ばれるのを待っていたのだろう。わたしはその木々のあいだに手勢を入れると、一本の長い丸木の後ろにならばせた。そして全員に下馬するように言い、その木を胸壁がわりにして、馬を囲むように三角形に、すなわち三方を向いて立つように命じた。

これは適切な処置だった。ここで狼どもが加えてきた攻撃ほど激しいものはなかったからである。うなり声のようなものとともに、こちらが胸壁がわりにしている丸木の上に飛び乗ってきた。獲物を目指しているだけだといわんばかりのこの狂暴さは、わたしたちの背後にいる馬たちを眼にしたせいだったらしい。それが連中の狙っている獲物だった。わたしはさきほどと同じように、ひとりおきに撃つよう命じた。みなの射撃はまことに精確で、最初の斉射で数頭の狼を倒した。だが絶えず撃ちつづける必要があった。狼どもは悪魔のように押しよせてきては、後ろのやつが前のやつを押しのけようとしていた。

二度目の銃の斉射のあと、わたしはやつらを多少阻止したと思い、これで退散してくれるのではないかと考えた。だが、それはほんの束の間《つかま》だった。ほかの連中がふたたび押しよせてきたのである。そこでこんどはピストルを二度斉射した。この四回の斉射で、たしか十七、八頭の狼をしとめ、その倍を負傷させたはずだったが、それでもやつらは押しよせてきた。

各人の最後の弾はあまり性急に使ってしまいたくなかったので、わたしは自分の召使いを呼んだ。フライデーではない。フライデーはわたしたちが話をしているあいだ、もっといそがしく働いており、考えられないほど手早く、わたしと自分の銃に弾をこめていた。だからわたしは、いま言ったようにもうひとりの召使いを呼んで、火薬角《かやくづの》を渡し、丸木の上に端から端まで火薬をまいて長い導火線を作れと命じた。

彼がそれを実行して、後ろへ下がったとたん、狼どもが迫ってきて、数頭がそこに飛び乗った。わたしは空のピストルを導火線に近づけて引き金を引き、火花で火薬を発火させた。丸木の上に乗っていたやつらはこれで火傷《やけど》をし、六、七頭が火の勢いに驚いてこちらへ、落っこちてきたというより飛びこんできた。これはたちまちわたしたちに殺され、残りは、あたりがほとんど真っ暗になっていたので、閃光《せんこう》がいっそう恐ろしげに見えたのだろう、多少退いた。

これを見てわたしは最後のピストルの斉射を命じ、それから喊声をあげさせた。これで狼どもが逃げだしたので、ただちに打って出て、地面でもがいている二十頭近い手負いの狼に斬《き》りかかった。それは期待どおりの効果をあげた。そいつらのあげる悲鳴と吠え声で、仲間たちはますますおびえ、わたしたちを置いてみな逃げ去った。

結果としてわたしたちは六十頭ほどの狼を殺していたが、昼間だったらもっとたくさんしとめていただろう。これで戦場に敵がいなくなったので、前進を再開した。先はまだ一リーグ近くあった。進んでいくと、飢えた狼が森の中で吠えたり叫んだりするのが聞こえてきたし、姿が見えたと思ったことも何度かあったが、雪で眼がおかしくなっていたので定かではない。

一時間あまりで、泊まる予定の村に着いた。着いてみると、村人はひどくおびえており、手に手に武器を持っていた。前の晩にあの狼の群れと熊が何頭かはいりこんできて、村中を震えあがらせたため、昼も夜も警戒を続けていたのである。ことに夜は、家畜はおろか人間まで襲われる危険があった。

あくる朝、案内人はひどく具合が悪くなっていた。二か所の傷が化膿《かのう》して腫《は》れあがり、とても先へ進めそうにはなかったので、わたしたちはやむなく新たに案内人を雇った。トゥールーズに着くと、気候は暖かく、土地は豊かで快適になり、雪だの狼だのはいっさい見られなくなった。

トゥールーズの人々にわたしたちの体験を話すと、それはピレネーの麓《ふもと》の広大な森ではごく普通のことで、雪の積もっている時期にはことにありふれた話だと言われた。それにしても、こんな厳しい季節にあんたがたをあの道へ連れていくなんて、いったいどんな案内人を雇ったんだと、しきりに訊《き》かれ、誰も食い殺されずにすんだだけでも幸運だったと言われた。

わたしたちが馬をまんなかに置いて陣形を組んだことを話すと、それはだめだ、十中八九全滅していただろうと、ひどく責められた。馬を見たから狼はそこまで凶暴になったのだ、獲物を見たせいだ。ほかのときなら狼は銃をひどく怖がるが、極端に飢えていたうえ、馬の姿を眼にしたので、なんとしても餌食にしたいと思い、危険を忘れたのだ。斉射の連続と仕掛けた火薬で狼を圧倒していなかったら、きっとずたずたにされていたはずだ。そんなことをしないで、馬にまたがったまま撃っていたら、狼も人間が乗っていないときほどしつこくは馬を狙わなかっただろうと、そう言われた。

さらにこんなことを言う人もいた。いざとなったら、あんたがたが一団になって馬を置いていけば、狼は夢中で馬をむさぼり食ったはずだから、あんたがたは無事に逃げられたかもしれない。全員が銃を持っていて、これだけの人数がいたのなら、なおさらだ。

わたし自身は、あとにも先にも、これほど身の危険を感じたことはない。なにしろ三百頭あまりの悪魔が哮《たけ》りながら、こちらをむさぼり食おうと口をかっとあけて押しよせてくるのに、隠れる場所も退くところもないのである。もうだめだと観念した。もはやあの山脈を越えようという気には二度とならないと思う。あれなら海路を千リーグ行くほうが、週に一度はかならず嵐《あらし》に出くわすとしても、はるかにましだろう。

フランスを縦断するあいだのことで、とりたてて記すようなことは何もない。ほかの旅行者たちがわたしなぞよりはるかにうまく書いていることばかりである。トゥールーズからパリへ出ると、ろくに滞在もしないでカレーまで来て、一月十四日、ドーヴァーにつつがなく上陸し、厳寒の季節の旅を終えた。

こうしてわたしは旅の本拠地に帰ってきた。新たに見つけた財産もすべて、携えてきた為替手形が滞りなく支払われたことにより、ほどなく無事に手に入れることができた。

わたしの導き手にして相談役の筆頭は、あの老未亡人だった。彼女はわたしの送った金に感謝し、わたしのためならどんな苦労も、どんな世話も厭《いと》わぬつもりでいた。彼女に万事をすっかりまかせれば、財産の安全についてはまったく心配要らなかった。

そもそもの始めからこうして最後にいたるまで、この善良な婦人の汚れない誠実さに包まれていたことは、つくづく幸運だった。

そこでいよいよ、この婦人に財産を託してリスボンへ発《た》ち、そこからブラジルへ行くことを考えはじめたのだが、そこでまた別の迷いが生じた。信仰のことである。ローマの信仰にはかねがね疑問を抱いていた。それは海外にいるあいだも変わらず、あの孤島にいたあいだはとりわけそうだった。ならばブラジルへ行くことなど、ましてやむこうに身を落ちつけることなど、ありえないことに気づいた。ローマ・カトリックの信仰を無条件で受け容《い》れる覚悟をしないかぎり、それは無理だった。さもなくば、おのれの信念に殉じて殉教者となり、異端審問で命を落とす覚悟をするしかない。だからわたしは国に留まることにし、手立てが見つかったら農園を処分することに決めた。

そこでリスボンの老友に手紙を書くと、次のような返信が届いた。農園をリスボンで処分することはいくらでもできる。けれども自分を代理人にして、管財人の遺族であるあのブラジル在住のふたりの商人に買い取りを持ちかけさせてもらえるなら、そのふたりは農園の値打ちも十分に承知しているうえ、まさにその場に住んでいるし、知ってのとおりたいへんに裕福でもあるから、きっと買いたいと言ってくるにちがいない。そのほうが、八レアル銀貨で四、五千枚は余計に儲《もう》かるはずだ。

わたしは老船長の勧めに応じて、ふたりに持ちかけてみてほしいと頼んだ。彼はそうしてくれ、八か月あまりで船が戻ってくると、結果を知らせてきた。先方は提案を受け容れ、代金として八レアル銀貨三万三千枚を、リスボンの彼らの取引先に送金してきたという。

わたしはリスボンから送られてきた売却証書に署名して、老船長に送り返し、老船長は農場の代金として八レアル銀貨三万二千八百枚の為替手形を送ってきた。わたしが彼に約束した百モイドールの終身年金と、彼の亡《な》きあと息子に支払われる五十モイドールの終身年金は、これとは別に農園が地代として支払うことになっていた。

以上がわたしの幸福と冒険の生涯の第一部である。それは運命の織りなす市松模様のような生涯、この世にあまり類例のない変転の生涯であり、始まりは愚かしいものだったにせよ、結末は生涯のどの時点でもとうてい望めなかったほど幸せなものになった。

これほどの波瀾《はらん》ののちに幸福をつかんだのであれば、これ以上の危険は冒すまいと誰しも考えるだろうし、ほかの事情が許せば、わたしとてたしかにそうしていただろう。けれどもわたしは流浪《るろう》の暮らしに慣れきっており、家族もなければ、親戚もあまりなく、どれほど裕福になろうと、知人もあまりできなかった。それに、ブラジルの農園を売却したとはいえ、あの土地を頭から締め出すことはできず、もう一度旅に出たくてたまらなかった。ことに、あの島をもう一度見たいという強い気持ちにはあらがえなかった。気の毒なスペイン人たちがあそこで無事に暮らしているか、置き去りにしてきた悪党どもが彼らをどうあつかっているか、様子を見にいきたかった。

　まことの友である未亡人は、そのようなことはよしなさいと熱心にわたしを説得し、わたしもすっかり説き伏せられて、ほぼ七年間、外国行きを思いとどまっていた。そしてその間に、ふたりの甥《おい》の面倒を見るようになった。兄のひとりが遺《のこ》した子供たちである。上の子はいくばくかの財産を持っていたので紳士として教育し、わたしの死後は多少の追加財産が譲渡されるようにした。下の子は、さる船長に預け、五年後にその子が自信と意欲にあふれた利発な若者になっているのを見ると、立派な船に乗せてやり、海へ送り出した。そしてこの若者に誘われて、のちにわたしは、いい歳《とし》をして、ふたたび冒険に出たのである。

　それまでのあいだ、しばらくは当地に身を落ちつけた。最大の理由は結婚したからであり、さしあたり不都合も不満もなく、息子がふたりに娘がひとりの、三人の子供を授かったからである。けれども妻が亡くなり、甥がスペインへの航海でひと儲けして帰ってくると、海外へ出たいという気持ちと甥の執拗《しつよう》な誘いとに負けてついに彼の船に乗り、個人貿易商として西インド諸島へ出かけることになった。一六九四年のことである。

この航海でわたしは島にある自分の新植民地を訪れて、後継者のスペイン人たちに会い、彼らの暮らしぶりについて、わたしが置き去りにした三人について、すべてを聞いた。その三人が気の毒なスペイン人たちに狼藉《ろうぜき》を働いたこと、のちに和解し、喧《けん》嘩《か》をし、協力し、別れたこと、ついにスペイン人たちが暴力を用いざるをえなくなったこと、三人が降参したこと、スペイン人たちが三人を正当にあつかったこと。それは一篇の物語であり、内容に分け入れば、わたしの物語と変わらぬほど波瀾に満ち、驚くべきできごとにあふれている。たとえば、上陸してくるカリブ人たちとたびたび戦ったこと、島の暮らしにも改良を加えたこと、五人が本土を襲い、十一人の男と五人の女を捕虜として連れ帰ったこと、そのおかげでわたしが島に行ったときにはもう、二十人ほどの幼い子供がいたことなどである。

そこに二十日ほど逗留《とうりゅう》し、武器、火薬、弾、衣類、道具など、彼らの暮らしに必要なものをすべて渡してきたほか、イングランドから連れてきたふたりの職人、すなわち大工と鍛冶《かじ》も、ひとりずつ残してきた。

そのうえで、彼らに島の土地を分けてやった。全体の所有権はわたし自身に残してはおいたが、銘々に本人が納得する場所をあたえた。こうしてすべてを片付けると、彼らに島を去らないことを約束させ、わたしは彼の地をあとにした。

そこからブラジルに立ち寄り、そこで三檣船《バーク》を一艘《そう》買い入れて、ブラジルからさらに多くの人々を島へ送った。この船には、補給品のほかに七人の女を乗せ、島の者が召使いや妻にできるようにした。イングランド人たちには、農作業に身を入れるのであれば、イングランドから女を何人か、必要な品々を十分につけて送ってやると約束し、のちにその約束を果たした。彼らはスペイン人に降参し、別に土地をあたえられてからは、まっとうで勤勉な人間になった。ブラジルからはさらに牝牛《めうし》を五頭と（三頭は子を孕んでいた）、羊と豚を何頭か送ってやったので、次にわたしが島へ行ったときには、かなり殖えていた。

だが、こういう話はきりがない。三百人のカリブ人が攻めてきて農園を荒らしたこと、島の者たちがその三百人を相手に二度まで戦い、最初は負けて三人が殺されたこと、だが、最後は嵐で敵のカヌーが全滅し、残りはほぼすべて彼らが餓死させたり殺したりしたこと、ふたたび農園を取りもどし、それを再建して、いまだに島で暮らしていることなど。

こういう話もまた、わたし自身のさらに十年にわたる新たな冒険と、そこでの驚くべきできごとの数々とともに、いずれ語る機会があるかもしれない。

(終)

訳者あとがき

鈴木　恵

本書が出版されたのは一七一九年、今からちょうど三百年前である。日本文学史を見ると、井原西鶴の『世間胸算用』が一六九二年、上田秋成の『雨月物語』が一七七六年の刊行だから、時代からいえば相当に古めかしく、もはや古文の授業で習うような古典だとも言える。けれども現代のわたしたちが読んでも、面白さはまったく古びていない。子供のころに抄訳版を読んで、クルーソーの冒険に胸を躍らせた読者も少なくないだろう。

それはなぜかといえば、冒険小説に何より欠かせない要素がきちんと備わっているからではないか。クルーソーは困難に直面するたびに、それをひとつひとつ理性によって、合理的に解決していく。危機に遭遇していったんはパニックに陥ったり、感情的な反応を示したりすることがあったとしても、やがて冷静になり、最終的には理にかなった判断をくだす。これは冒険小説のみならず、多くのジャンル小説にとって必須の要件だろう。『ロビンソン・クルーソー』はその原型ともいうべき作品ではなかろうか。

もちろん現代のわたしたち、ことに日本人が少々つまずく部分も本書にはある。それは信仰の問題だ。英文学者の吉田健一氏はこれを〝神様談義〟と呼んで、「少なからず悩まされもし、また興味も感じた」と記している（新潮文庫『ロビンソン漂流記』解説）。しかし信仰という支えがなければ、クルーソーは無人島での孤独な暮らしに耐えられなかったにちがいなく、これも考えてみれば、冒険を生きぬくためには欠かせない要素であることがわかる。

そしてこの〝信仰〟という要素は、本書に影響を受けたといわれる後世の小説にも、形を変えてやはり受け継がれているように思う。たとえばジュール・ヴェルヌの『二年間の休暇（十五少年漂流記）』には、少年たちの団結心として。先年〝火星のロビンソン・クルーソー〟として話題になったアンディ・ウィアーの『火星の人』には、地球規模のヒューマニズムとして。

クルーソーの無人島暮らしを支えるのは、合理的な思考と、頼るべき信仰、このふたつなのである。

翻訳にさいしては、この十八世紀のいささか古めかしい英語を、なるべくわかりやすい（けれども読者がいささか古めかしさを感じるような）現代日本語にすることのほかに、デフォーの文体の特徴をなるべく生かすことと、クルーソーのキャラクターが際立《きわだ》つようにすることを、とくに心がけた。

デフォーのセンテンスはかなり息が長く、ピリオドよりもセミコロンが多用され、しかも叙述に万全を期するためか、挿入句や挿入節が頻繁にはいる。そのうえ、書きたいことがあとからあとから湧《わ》いてくるかのように、ひとつの段落どころか、ひとつの文を書いているあいだにもトピックがずれていき（挿入するつもりの補足がどんどん肥大していく）、脱線していくこともある。

ちなみに、その脱線したトピックを元の軌道へ引きもどすさいに、デフォーはしばしば"I say,"という句を用いている。これが「話を元に戻すと」という標識になっており、本文中では〝とにかく〟とか〝繰りかえしになるが〟などと訳しておいたが、ざっと数えたところ二十数回も出てくる。

とにかく（I say）、こういう息の長い、挿入の多い、脱線しがちな文体は、著者がかっちりとプロットを決めていたというよりも、むしろ筆の赴くままに物語を進めていたことの表われのように思われる。このプロットのゆるさというか、大らかさには、面白い物語を短期間で一気呵成《いっきかせい》に書きあげてやれという山っ気のようなものすら感じる。その甲斐《かい》あってか本書は大成功を収め、デフォーは四か月後には続篇 The Farther Adventures of Robinson Crusoe を発表するのである。

クルーソー(すなわちデフォー)の記述には齟齬《そご》や矛盾がいくつもあることは、注意深い読者ならすぐに気づくだろうし、発表当時からそれらを指摘する声もあった。たしかに齟齬や矛盾は瑕疵《かし》かもしれないが、しかし右のように考えると、そこがまた面白いところだとも思えてくる。だからトピックがずれていくところは、あえて修正せずにそのままにした個所もある。

余談になるが、第三章の終わり、運命の航海に出る日付(一六五九年九月一日)は三刷りまで空欄だったと言われているし、四四二ページの金額などは、本文中にも註《ちゅう》をつけたとおり、後世の研究者が空欄を埋めている。こんなところにも、いわば拙速を尊んだ様子がうかがえるように思う。

もうひとつ心がけたのは、クルーソーの人物造形をこれまでより具体的にすることである。本書は主人公にして語り手である彼が、波瀾《はらん》に満ちた生涯を振りかえり、驚くべき冒険の数々を語るという体裁をとっている。クルーソーは一六三二年の生まれとされているから、本書が出版された一七一九年にこの回想録を書いたと単純に仮定すれば（もちろん実際に書いたのはデフォーだが）、このとき齢《よわい》八十七。つまり、語り手はたいそうな老人なのである。

しかし若いころの彼は、自分でも再三述べているように、まことに不埒《ふらち》で無分別なろくでなしだった。しかも海に出ればたちまち船酔いし、嵐に遭って船が沈没しそうになれば気を失うという、まことに情けない男でもある。それが無人島に漂着してひとりで生きぬくうちに、最後には一隊を指揮して悪党どもと戦ったりするまでになる。終盤のクルーソーにはどこか、映画《用心棒》や《椿《つばき》三十郎》の三船敏郎の趣すらある。

それればかりか、彼はこの島で信仰にめざめ、父の言うとおり中ぐらいの暮らしに満足することを知ったはずなのに、その改心は実はうわべだけでしかない。根はあくまでも冒険家なのである。それは本書を最後まで読めばわかるし、実際、彼は続篇では、〝いい歳をして〟さらに十年にわたる冒険の旅に出てしまう。ぜんぜん懲《こ》りていないのである。冒険小説好きにはまことに好もしいキャラクターではないか。

さらにいえば彼の父親も、外国へ行ってひと旗揚げようなどと考えるのはよせと、さんざん息子に説教をしておきながら、自分自身がそうやってドイツのブレーメンからイングランドへやってきて、ひと旗揚げたくちなのである。しかもそのあげく、贅《ぜい》沢《たく》な暮らしがたたったのか、もはや痛風で自室から出ることもできずにいる。そういう皮肉もデフォーは冒頭にちゃんと仕込んでいる。

クルーソーのこういう臆病《おくびょう》でありながらも、不埒で、懲りない、どこか無頼なキャラクターが、読者の脳裡《のうり》に少しでも具体的に像を結んでくれれば、訳者としては本望である。従来の翻訳ではこの点が少々不満だった。

底本には Michael Shinagel 編集の A Norton Critical Edition, Second Edition を使用し、Oxford World's Classics 版を適宜参照したが、両者に異同はほとんどない。先にも述べたとおり、本書は一八世紀の小説なので、まだ今日の小説のような体裁が整っていない。会話には引用符もついていないし、話者が変わっても改行していないところが多い。また冒頭から最後まで全文が、章を立てずにひとつづきで書かれている。

さすがにこれでは現代の読者には読みにくいと思われるので、翻訳にあたっては、直接話法で書かれている部分は「　」でくくり、適宜改行した。また、内容からして行を改めるのが適当だと思われる個所にも、やはり改行を加えた。さらに全体を二十五章に分けて、章題を付した。章題を手がかりにすれば、有名なエピソードの数々が、どのあたりに記されているのかわかるので、本書を通読はしなくとも、該当部分だけを読むことも可能だろう。

最後になったが、クルーソーが暮らした島の地図のオリジナルは、いまはなき旺文社文庫版の『ロビンソン・クルーソー』（佐山栄太郎・訳）に掲載されていたものである。これを見ていると空想がどんどん広がり、飽きることがない。島の内部については、想像で補わなければならない部分が多いので異論もあろうが、潮の流れや岬と岩礁《がんしょう》の形状などは、本文の記述と実によく一致する。クルーソーが舟旅に出る場面を読むさいには、大いに理解の助けとなるだろう。借用するにあたり、いくつかの文言を今回の翻訳に合致するように改めた。ここに記して感謝申しあげたい。

（二〇一九年六月、翻訳者）

本文地図制作　アトリエ・プラン

スティーヴンソン
鈴木　恵　訳

宝　島

謎めいた地図を手に、われらがヒスパニオーラ号で宝島へ。激しい銃撃戦や恐怖の単独行、手に汗握る不朽の冒険物語、待望の新訳。

スウィフト
中野好夫訳

ガリヴァ旅行記

船員ガリヴァの漂流記に仮託して、当時のイギリス社会の事件や風俗を批判しながら、人間性一般への痛烈な諷刺を展開させた傑作。

E・ケストナー
池内　紀　訳

飛ぶ教室

元気いっぱいの少年たちが学び暮らすギムナジウムにも、クリスマス・シーズンがやってきた。その成長を温かな眼差しで描く傑作小説。

マーク・トウェイン
柴田元幸訳

トム・ソーヤーの冒険

海賊ごっこに幽霊屋敷探検、毎日が冒険のトムはある夜墓場で殺人事件を目撃してしまい――少年文学の永遠の名作を名翻訳家が新訳。

B・ヴィアン
曾根元吉訳

日々の泡

肺に睡蓮の花を咲かせ死に瀕する恋人クロエ。愛と友情を語る恋人たちの、人生の不条理への怒りと幻想を結晶させた恋愛小説の傑作。

テリー・ケイ
兼武　進　訳

白い犬とワルツを

誠実に生きる老人を通して真実の愛の姿を美しく爽やかに描き、痛いほどの感動を与える大人の童話。あなたは白い犬が見えますか？

スタインベック
伏見威蕃訳

怒りの葡萄（上・下）

ピューリッツァー賞受賞

天災と大資本によって先祖の土地を奪われた農民ジョード一家。苦境を切り抜けようとする、情愛深い家族の姿を描いた不朽の名作。

大久保康雄訳

スタインベック短編集

自然との接触を見うしなった現代にあって、人間と自然とが端的に結びついた著者の世界は、その単純さゆえいっそう神秘的である。

ヘミングウェイ
高見浩訳

老人と海

老漁師は、一人小舟で海に出た。やがて大物が綱にかかるが。不屈の魂を照射するヘミングウェイの文学的到達点にして永遠の傑作。

ヘミングウェイ
高見浩訳

誰がために鐘は鳴る（上・下）

スペイン内戦に身を投じた米国人ジョーダンは、ゲリラ隊の娘、マリアと運命的な恋に落ちる。戦火の中の愛と生死を描く不朽の名作。

ヘミングウェイ
高見浩訳

日はまた昇る

灼熱の祝祭。男たちと女は濃密な情熱と血のにおいに包まれて、新たな享楽を求めつづける。著者が明示した〝自堕落な世代〟の矜持。

P・バック
新居格訳
中野好夫補訳

大地（一〜四）

十九世紀から二十世紀にかけて、古い中国が新しい国家へ生れ変ろうとする激動の時代に、大地に生きた王家三代にわたる人々の年代記。

緋文字
ホーソン
鈴木重吉訳

胸に緋文字の烙印をつけ私生児を抱いた女の毅然とした姿——十七世紀のボストンの町に、信仰と個人の自由を追究した心理小説の名作。

黒猫・アッシャー家の崩壊
—ポー短編集Ｉ　ゴシック編—
ポー
巽　孝之訳

昏き魂の静かな叫びを思わせる、ゴシック色、ホラー色の強い名編中の名編を清新な新訳で。表題作の他に「ライジーア」など全六編。

モルグ街の殺人・黄金虫
—ポー短編集Ⅱ　ミステリ編—
ポー
巽　孝之訳

名探偵、密室、暗号解読——。推理小説の祖と呼ばれ、多くのジャンルを開拓した不遇の天才作家の代表作六編を鮮やかな新訳で。

大渦巻への落下・灯台
—ポー短編集Ⅲ　ＳＦ＆ファンタジー編—
ポー
巽　孝之訳

巨匠によるＳＦ・ファンタジー色の強い７編。サイボーグ、未来旅行、ディストピアなど１７０年前に書かれたとは思えない傑作。

嵐が丘
E・ブロンテ
鴻巣友季子訳

狂恋と復讐、天使と悪鬼——寒風吹きすさぶ荒野を舞台に繰り広げられる、恋愛小説の恐るべき極北。新訳による〝新世紀決定版〟。

ジェーン・エア（上・下）
C・ブロンテ
大久保康雄訳

貧民学校で教育を受けた女家庭教師と、狂女を妻にもつ主人との波瀾に富んだ恋愛を描き、社会的常識に痛烈な憤りをぶつける長編小説。

チェーホフ
松下裕訳

チェーホフ・ユモレスカ
—傑作短編集Ⅰ—

哀愁を湛えた登場人物たちを待ち受ける、あっと驚く結末。ロシア最高の短編作家の、ユーモアあふれるショートショート、新訳65編。

チェーホフ
松下裕訳

チェーホフ・ユモレスカ
—傑作短編集Ⅱ—

怒り、後悔、逡巡。晴れの日ばかりではない人生の、愛すべき瞬間を写し取った文豪チェーホフ。ユーモア短編、すべて新訳の49編。

S・キング
山田順子訳

スタンド・バイ・ミー
—恐怖の四季 秋冬編—

死体を探しに森に入った四人の少年たちの、苦難と恐怖に満ちた二日間の体験を描いた感動編「スタンド・バイ・ミー」。他1編収録。

S・キング
浅倉久志訳

ゴールデンボーイ
—恐怖の四季 春夏編—

ナチ戦犯の老人が昔犯した罪に心を奪われた少年は、その詳細を聞くうちに、しだいに明るさを失い、悪夢に悩まされるようになった。

H・A・ジェイコブズ
堀越ゆき訳

ある奴隷少女に起こった出来事

絶対に屈しない。自由を勝ち取るまでは——残酷な運命に立ち向かった少女の魂の記録。人間の残虐性と不屈の勇気を描く奇跡の実話。

A・シリトー
丸谷才一
河野一郎 訳

長距離走者の孤独

優勝を目前にしながら走ることをやめ、感化院長らの期待にみごとに反抗を示した非行少年の孤独と怒りを描く表題作等8編を収録。

デュ・モーリア
茅野美ど里訳
レベッカ（上・下）
貴族の若妻を苛む事故死した先妻レベッカの影。だがその本当の死因を知らされて――。ゴシックロマンの金字塔、待望の新訳。

K・グリムウッド
杉山高之訳
リプレイ
世界幻想文学大賞受賞
ジェフは43歳で死んだ。気がつくと彼は18歳――人生をもう一度やり直せたら、という窮極の夢を実現した男の、意外な、意外な人生。

カポーティ
村上春樹訳
ティファニーで朝食を
気まぐれで可憐なヒロイン、ホリーが再び世界を魅了する。カポーティ永遠の名作がみずみずしい新訳を得て新世紀に踏み出す。

カポーティ
佐々田雅子訳
冷血
カンザスの片田舎で起きた一家四人惨殺事件。事件発生から犯人の処刑までを綿密に再現した衝撃のノンフィクション・ノヴェル！

カポーティ
河野一郎訳
遠い声 遠い部屋
傷つきやすい豊かな感受性をもった少年が、自我を見い出すまでの精神的成長の途上でたどる、さまざまな心の葛藤を描いた処女長編。

G・グリーン
上岡伸雄訳
情事の終り
「私」は妬心を秘め、別れた人妻サラを探偵に監視させる。自らを翻弄した女の謎に近づくため――。究極の愛と神の存在を問う傑作。

カフカ
高橋義孝訳

変身

朝、目をさますと巨大な毒虫に変っている自分を発見した男――第一次大戦後のドイツの精神的危機、新しきものの待望を託した傑作。

カフカ
前田敬作訳

城

測量技師Kが赴いた〝城〟は、厖大かつ神秘的な官僚機構に包まれ、外来者に対して決して門を開かない……絶望と孤独の作家の大作。

O・ヘンリー
小川高義訳

賢者の贈りもの
―O・ヘンリー傑作選Ⅰ―

クリスマスが近いというのに、互いに贈りものを買う余裕のない若い夫婦。それぞれが一大決心をするが……。新訳で甦る傑作短篇集。

O・ヘンリー
小川高義訳

最後のひと葉
―O・ヘンリー傑作選Ⅱ―

風の強い冬の夜。老画家が命をかけて守りたかったものとは――。誰の心にも残る表題作のほか、短篇小説の開拓者による名作を精選。

O・ヘンリー
小川高義訳

魔が差したパン
―O・ヘンリー傑作選Ⅲ―

堅実に暮らしてきた女の、ほのかな恋の悲しい結末をユーモラスに描いた表題作のほか、短篇小説の原点へと立ち返る至高の17編。

D・ウィリアムズ
河野万里子訳

自閉症だったわたしへ

いじめられ傷つき苦しみ続けた少女は、居場所を求める孤独な旅路の果てに、ついに「生きる力」を取り戻した。苛酷で鮮烈な魂の記録。

新潮文庫最新刊

今野敏著
探花
―隠蔽捜査9―
横須賀基地付近で殺人事件が発生。神奈川県警刑事部長・竜崎伸也は、県警と米海軍犯罪捜査局による合同捜査の指揮を執ることに。

七月隆文著
ケーキ王子の名推理《スペシャリテ》7
その恋はいつしか愛へ――。未羽の受験に、颯人の世界大会。最後に二人が迎える最高の結末は?! 胸キュン青春ストーリー最終巻！

燃え殻著
これはただの夏
僕の日常は、嘘とままならないことで埋めつくされている。『ボクたちはみんな大人になれなかった』の燃え殻、待望の小説第2弾。

紺野天龍著
狐の嫁入り
幽世《かくりよ》の薬剤師
極楽街の花嫁を襲う「狐」と、怪火現象・狐の嫁入り……その真相は？ 現役薬剤師が描く異世界×医療×ファンタジー、新章開幕！

安部公房著
死に急ぐ鯨たち・
もぐら日記
果たして安部公房は何を考えていたのか。エッセイ、インタビュー、日記などを通して明らかとなる世界的作家、思想の根幹。

三川みり著
龍ノ国幻想7
神問いの応《いらえ》
日織《ひおり》は、二つの三国同盟の成立と、龍《たつ》ノ原《はら》奪還を図る。だが、原因不明の体調悪化に苛まれ……。神に背いた罰ゆえに、命尽きるのか。

新潮文庫最新刊

綿矢りさ著
あのころなにしてた？
仕事の事、家族の事、世界の事。2020年めまぐるしい日々のなか綴られた著者初の日記エッセイ。直筆カラー挿絵など34点を収録。

B・ブライソン
桐谷知未訳
人体大全
―なぜ生まれ、死ぬその日まで無意識に動き続けられるのか―
医療の最前線を取材し、7000秭個の原子の塊が2キロの遺骨となって終わるまでのすべてを描き尽くした大ヒット医学エンタメ。

花房観音著
京《みやこ》に鬼の棲む里ありて
美しい男妾に心揺らぐ〝鬼の子孫〟の娘、女と花の香りに眩む修行僧、陰陽師に罪を隠す水守の当主……欲と生を描く京都時代短編集。

真梨幸子著
極限団地
―一九六一 東京ハウス―
築六十年の団地で昭和の生活を体験する二組の家族。痛快なリアリティショー収録のはずが、失踪者が出て……。震撼の長編ミステリ。

幸田文著
雀の手帖
多忙な執筆の日々を送っていた幸田文が、何気ない暮らしに丁寧に心を寄せて綴った名随筆。世代を超えて愛読されるロングセラー。

ガルシア＝マルケス
鼓直訳
百年の孤独
蜃気楼の村マコンドを開墾して生きる孤独な一族、その百年の物語。四十六言語に翻訳され、二十世紀文学を塗り替えた著者の最高傑作。

新潮文庫最新刊

浅田次郎著
母の待つ里
四十年ぶりに里帰りした松永。だが、周囲の景色も年老いた母の姿も、彼には見覚えがなかった……。家族とふるさとを描く感動長編。

羽田圭介著
滅私
その過去はとっくに捨てたはずだった。順風満帆なミニマリストの前に現れた、〝かつての自分〟を知る男。不穏さに満ちた問題作。

河野裕著
さよならの言い方なんて知らない。9
架見崎の王、ユーリイ。ゲームの勝者に最も近いとされた彼の本心は？　その過去に秘められた謎とは。孤独と自覚の青春劇、第9弾。

石田千著
あめりかむら
わだかまりを抱えたまま別れた友への哀惜が胸を打つ表題作「あめりかむら」ほか、様々な心の機微を美しく掬い上げる5編の小説集。

阿刀田高著
谷崎潤一郎を知っていますか
—愛と美の巨人を読む—
人間の歪な側面を鮮やかに浮かび上がらせ、飽くなき妄執を巧みな筆致と見事な日本語で描いた巨匠の主要作品をわかりやすく解説！

高田崇史著
采女の怨霊
—小余綾《こゆるぎ》俊輔の不在講義—
藤原氏が怖れた〈大怨霊〉の正体とは。奈良・猿沢池の畔に鎮座する謎めいた神社と、そこに封印された闇。歴史真相ミステリー。

Title : Robinson Crusoe
Author : Daniel Defoe

ロビンソン・クルーソー

新潮文庫　テ－2－1

Published 2019 in Japan
by Shinchosha Company

令和元年八月一日発行
令和六年九月二十日三刷

訳者　鈴《すず》木《き》恵《めぐみ》

発行者　佐藤隆信

発行所　株式会社 新潮社
郵便番号　一六二―八七一一
東京都新宿区矢来町七一
電話 編集部(〇三)三二六六―五四四〇
読者係(〇三)三二六六―五一一一
https://www.shinchosha.co.jp

価格はカバーに表示してあります。

乱丁・落丁本は、ご面倒ですが小社読者係宛ご送付ください。送料小社負担にてお取替えいたします。

印刷・株式会社三秀舎　製本・株式会社植木製本所
© Megumi Suzuki 2019 Printed in Japan

ISBN978-4-10-240131-6 C0197